走着瞧！

韩延 许曦文 作品

河北出版传媒集团公司
花山文艺出版社

图书在版编目（CIP）数据

走着瞧！/ 韩延，许曦文著. —石家庄：花山文艺出版社，2011.7
 ISBN 978-7-5511-0317-6

Ⅰ. 走… Ⅱ. ①韩…②许… Ⅲ. 长篇小说—中国—当代　Ⅳ. I247.5

中国版本图书馆CIP数据核字（2011）第142549号

书　　名：	走着瞧！
著　　者：	韩　延　许曦文
策　　划：	温廷华　张采鑫
责任编辑：	李　爽　李　伟
特约编辑：	甄煜飞　秋　水
责任校对：	梁　瑛
装帧设计：	八牛设计室
美术编辑：	胡彤亮
出版发行：	花山文艺出版社（邮政编码：050061）
	（河北省石家庄市友谊北大街330号）
网　　址：	http://www.hspul.com
销售热线：	0311-88643226/32/24/28/29
传　　真：	0311-88643225
印　　刷：	大厂回族自治县正兴印务有限公司
经　　销：	新华书店
开　　本：	710×1000　1/16
字　　数：	350千字
印　　张：	19.5
版　　次：	2011年8月第1版
	2011年8月第1次印刷
书　　号：	ISBN 978-7-5511-0317-6
定　　价：	29.80元

（版权所有　翻印必究・印装有误　负责调换）

爱还行

厨师画家

求婚

如愿以偿　失落

斗　嘴

追拍

劝慰

心结
分红包

 第一章

和煦的阳光透过高档的欧式窗帘给整个房间铺上了一层淡蓝色的低调奢华。漆黑的电视机屏幕，正显示着3、2、1的倒数计时。电视屏幕上闪出雪花，一段抒情的前奏音乐从两个小巧但质量上乘的高保真立体音响中流淌出来。前奏过后，GREENDAY乐队的音乐和MV开启，同时，桌上、书柜上大大小小五六个形制各异的闹钟接连发出错落有致的铃声，和乐队的RAP配合成了一首活力的"交响曲"。

在床上躺成一个大字形的汤若用力伸了个懒腰，吧唧了两下嘴，闭着眼睛摸索着从枕头下面掏出手机，熟练地拨出一串号码。

和汤若一样，此时的高博正躺在自己凌乱但温暖的小床上做着美梦。只见他歪斜着抱着枕头，一丝口水搭在嘴角。不知哪里传来一阵童声："爸爸，接电话啦！爸爸，接电话啦！"高博哼了一声，手碰倒了几个空啤酒罐后终于从柜子上抓起了手机。

他闭着眼睛，有气无力地说："喂？汤若啊……"之所以闭着眼睛就能猜到是汤若，是因为那个特殊定制的手机铃声。不过电话这头的汤若自然不知道高博已经给他改了辈分，他仰躺在床上，仍旧闭着眼睛，口齿不清地说："起床了。"

高博软绵绵地答应了一声又打起了呼噜。汤若也被感染一样，又慢慢睡着了。就在他的手指即将因为睡魔扔下手机时，电视里突然传来了一声巨大的吉他声。汤若一下子坐了起来，迷糊的双眼看到挂历上30那个画了红圈的数字时，陡然睁大，大叫一声："起床！"

高博被汤若一声大喊，吓得直接从床上摔了下来，床下的空啤酒罐乒乒乓乓响成一片，不过即使如此，还是牢牢抓着手机，他扭动着稍有些肥胖的身体爬起来，边打哈欠揉眼睛边踩着拖鞋走出卧室，"哎呀，起了起了，寡人马上更衣。"

高博是个典型金牛座男生，性格憨厚，再加上有些微胖，总给人老实孩子

的印象。可是,他本质老实,嘴却总爱占便宜,比如这个"寡人"就是他给自己的"爱称",当然,与此相对的还有"朕""孤"等等,而身边的人也被他叫成了"爱妃""爱卿"等等。他的这个习惯,一开始让大家很是讨厌,可是渐渐地,大家就不怎么当回事了。高博也很自得其乐,他和一般金牛座的小胖子一样没心没肺,乐观派。

这边的汤若正在芳香的厕所里刷牙。汤若那个勤快又爱好大自然的老妈不知为何竟然把两盆茉莉直接放在了盥洗台上,此时,这两朵雪白娇艳的花正不时用叶片抚摸着汤若的头和脸,他满嘴泡沫还含混不清地忙着跟高博贫嘴,"我跟你说,咱们公司现在可是秋后的蚂蚱了,能不能来个'厄尔尼诺'现象给回回暖,可就看这次了。"

高博此时也来到了厕所,可是他出租屋里的厕所可就狭小阴暗许多了,没有花草自不必说,就连墙皮也都渗水开裂。不过高博有自我解嘲的方法,拿他的理论来说,如果不开灯又从远处看的话,这面墙还是很有些抽象、立体加写意画派的意思。只见高博坐在马桶上,一边解决"军国大事",一边拿电动剃须刀刮着胡子,从不怎么明亮的镜子里打量着自己的"美好"形象,还不忘和汤若打趣,"你就放心吧!今天就把'太平洋暖流'提前带到你跟前儿,保证热得你接下来几个月都不想穿衣服出门!屋里没有两匹半的大空调给你制冷,你就得如坐针毡!"

高博正得意,突然外面传来一阵尖叫声。高博的同屋兼被追求者郭灿灿正要进卫生间。她看见高博,一脸狰狞地站在了原地。高博讪笑两声,换来的却是郭灿灿的一个大白眼,她重重地摔上了厕所门,把高博和臭气一起关在了洗手间。高博继续刮着胡子,满不在乎地说:"没事,是郭灿灿,你等会儿啊。"

高博把头贴在厕所门上,幸灾乐祸地抬高音调,"郭爱妃,朕什么都能依你,就这'军国大事',朕依不了你,要不,你去厨房将就将就?"

今天对郭灿灿来说是个大日子,因为她要去世界五百强企业INB面试。南方北漂的郭灿灿最大的梦想就是进入外企,在这个城市站住脚,给一直反对她留京的母亲一个交代。其实,她留京除了要追求自己的事业梦想,还因为一个人,可是这个人却总是在郭灿灿即将接受他的时候,做出一些让她讨厌的事情,比如说……现在。郭灿灿着急地看看墙上的廉价卡通钟,敲敲门,耐着性子说:"高博,我警告你,你这个月已经惹我发了两次火了,还差一次你就该面壁思过了,看来你是想铤而走险了对不对?"

厕所里的高博毫无反应,郭灿灿气得直跳脚,"人家时间来不及了啦……"话还没讲完,高博就在里面用一个声音沉闷的屁回应了她。郭灿灿直咬牙,瞪着两只明亮的大眼睛,狠狠地说:"我这次真生气了……你……你你你你……考察期增加三个月!"说完郭灿灿转身就走,将关上房门的时候,才想起没有带钥匙，又开门从门后随手取了一把，"高博，要是手榴弹一块钱六个，我肯定先扔你一百块钱的！"

高博从厕所里探出脑袋，龇牙咧嘴地冲着郭灿灿笑着。郭灿灿又白了他一眼，"懒驴上磨！"

两个人的对话，一字一句都透过电话传到了汤若这边。正下楼的汤若忍不住哈哈大笑。已经打扮妥当的他，西服加领带，头发则是时下年轻人流行的刺猬头，俨然一副成功青年企业家的样子。

汤若的父亲汤八营正在客厅里吃早饭，他保持着三十年来的习惯，戴着老花镜腰杆笔直地一边看早间新闻，一边吸溜着棒楂粥，听见儿子的脚步，他悄悄从碗后面观察着儿子。看到儿子竟然也不和自己打招呼，径直去拿玄关边的钥匙，作为父亲脆弱的自尊心立马又受损了。汤八营忍不住哼了一声，却不料被热粥一呛，咳嗽起来，他连忙掩饰着自己的狼狈，可是咳嗽却怎么都止不住。汤八营连忙用餐巾捂住口鼻，避免更难堪的事情被儿子看到。

听到父亲一哼，汤若就连忙紧张地放下手机，可是看到父亲满脸通红地忍着咳嗽，汤若又忍不住扑哧一声笑了，"您不用非得冒这么大风险来表示您对我的嗤之以鼻吧？"

汤若的老妈刘以萍连忙从厨房出来，摘下围裙帮汤八营拍着后背，有些不满地看着汤若，"你这孩子……"汤八营却赌气地推开妻子，"别拍了，弄得我像生活不能自理似的。"

汤若凑到父亲面前，拿起桌上一杯牛奶，然后指了指汤八营胸前的另外一杯。汤八营心领神会地端起了牛奶杯。

汤若说："一！二！三！"话音未落，父子俩一同把杯子里的牛奶往喉咙里倒。汤若先喝完，随即把杯子倒扣在桌子上，而汤八营一着急，把牛奶洒在了黑色衬衣上。汤若镇定地看了看手上的电子表，严肃地说："六秒七，您又输了！"

汤八营不耐烦地拿起餐巾擦着身上的牛奶，用几十年未改的浓重东北口音说："你……你别净给我整这些扯犊子的事，有能耐跟我比点难度系数大的！"

汤若做出一副恍然大悟的样子，"哟！您不说我还忘了呢，今天可是那笔风投一锤定音的日子，咱俩的约定您没忘吧！"

汤八营不屑地瞥了儿子一眼，假装毫不在意地说："你少将我军啊，我忘啥啊？我这脑子比那什么'因特耐特奔腾六'都好使！"汤若还是一副笑嘻嘻的模样，"呵，您总算是不拿自己的脑子跟'五八六'比了！这可是长足的进步啊！"

汤八营火气一下上来了，"啪"地拍了下桌子，指着汤若，"你就不谦虚吧

你,我看你还能蹦跶几天……"汤若突然严肃了起来,俯下身子,"父亲,您要是每天必须得说我一遍'不谦虚'的话,您看这样行吗,咱们找个彼此都空闲的时间,我给您沏好茶、点上烟,您集中说上我三百六十五遍!我先预支一年的,也省得您每天念叨了……"

汤八营气得前言不搭后语,"你……你就年少轻狂吧你!不听老前辈的指点,你早晚一败涂地!"汤若一脸悲哀,"父亲,咱们扪心自问,您那是指点吗?您那是指——指——点——点!"

汤八营说:"就算我指指点点那也是理所应当的!我是你老子!"汤若无奈地摇着头,"问题就出在这儿了,正因为您是我老子,我是您儿子,所以咱俩之间才会有代沟!您总隔着代沟指点我,难免偏差会比较大……"

汤八营拍案而起,绕过桌子,前前后后地打量了汤若一圈,"你给我说清楚,啥偏差啊?我公司里全是你这么大的员工,我跟他们沟通都挺好,怎么跟你一交流就代上沟了?我倒想听你说说你所谓的代沟是啥?"

汤若一字一顿地解释,"代沟就是——我问你:'你觉得《菊花台》怎么样?'你跟我说,'没喝过,多少度的?'"

汤八营一脸疑虑地站在原地。汤若无奈地摊摊手,"如果您还要问我咱爷俩代沟的深度的话,我可以这样回答你,咱俩的代沟已经到了连什么是代沟这事都聊不清楚的地步了!"说完他转身出了门。

汤八营愣了半响,回过头一脸疑惑地看着老伴,问:"'菊花台'是啥?"刘以萍也是一副不知所以,"看样子不是酒!——我去给你拿件干净衬衣去!"汤八营缓缓地坐到椅子上,眉头紧锁,一脸茫然。

与父亲例战告捷的汤若神清气爽地边拨手机边走到自己的帕萨特车前。他背后一幢幢的小别墅干净整齐,不远处的自家游泳池中,传来孩子们的欢闹声。是的,他是一个"富二代",作为一个二十四岁,而且还外形俊朗潇洒、受过高等教育的"富二代",他会有什么烦恼吗?难道这又是一个"陪你去看流星雨"那样的幻想故事?

此时车边的汤若拨通的还是高博的手机,"刚才跟我们家老爷子'例行辩论',你好了没有?""马上好。"高博正努力翻找着包,喃喃自语,"咦,钥匙呢?"汤若脸色一变,略带恐惧,"喂,你不会把公司钥匙弄丢了吧?"

高博一拍脑袋,从门后挂钩上取了钥匙,"郭灿灿昨天给咱收拾到门后面了。行了,齐活儿,朕要出宫了!"说着就往走廊走。汤若看着手表,"别忘了锁门。"高博连忙跑回去锁。汤若打了个哈欠,继续习以为常地说:"别忘了咱的'秘密武器'。"高博非常紧张地翻包,然后匆忙地打开门,几秒钟后拿着一个移动硬盘出来。高博说:"这……次真没问题了!"

汤若发动了他的爱车，清脆的马达声传来，爱车仿佛也感染了汤若的激情，如温顺的骏马正等着主人驾驭它去奔驰。汤若拍了拍方向盘，"OK! LET'S GO！"高博一脚蹬起四处乱响的破自行车，在叮叮当当的响声中，大呼："起驾！"

四平八稳的帕萨特载着汤若在公路上穿行，车外掠过鳞次栉比的高楼、穿着时尚的少女，汤若的目力所及都是这个城市最高尚繁华的一面。然而，即使是这样，汤若还是有很多烦恼。我们还是听听他自己怎么说吧。

我叫汤若，今年二十四岁。刚才你看见的那个老古板是我爸，叫汤八营。听我妈说，这名字是他自己改的，入伍的时候，他想当司令，后来又想当军长，后来又想当师长，后来又想当旅长，退伍的时候他正想当营长，可是他的退伍材料上军衔一栏什么也没写，所以他一气之下就去改了名字。据知情者透露，为了这件事情我那个没见过面的奶奶不知道跟他吵了多少次。后来，他就发奋图强和几个老朋友开办了瀚海投资有限公司，当上了CEO，不过这些是他跟我说的，我觉得他办公司就是为了让那些员工给他当小兵，过过营长的瘾。跟我打电话的那个无头苍蝇似的人叫高博，是我的发小，也不知道他是大智若愚还是大愚若智，大学毕业竟然还混了个双文凭。现在他在给我打工，说是打工，其实整个公司就我们两个人。我给我的视频网络公司起了个响亮的名字——走着瞧，3G时代到了，走着瞧可是趋势。当然了，我取这个名字还有别的原因，说起来有点不好意思，是为了跟我父亲——汤八营赌气。

这个时代，最脆弱也是最重要的东西似乎就是尊严了，而当脆弱但重要的父亲的尊严遇到了同样脆弱但重要的儿子的尊严，这两个同样讲究尊严的人就不得不为了这个再普通不过的词好好走着瞧一番了。其实，每一个时代，儿子和爸爸斗气，老子和儿子生气的事情并不在少数，然而，在这个飞速发展的新时代，电脑、网络等新新事物层出不穷，就连伦理和道德观似乎也开始了新一轮的定义风潮。父子关系在这个纷繁复杂的时代到底会怎么发展呢？

汤若停下车走进位于市中心的一家豪华写字楼，他相信金玉其中，也一定要金玉其外，成长在这个时代，再加上大学学的一些经营方面的理论知识，他深知"包装"对于一个企业的重要性。他倾其所有并向父亲贷款在这里的顶层租了一间办公室，也一直努力维持着，然而这几个月的房租他却一直拖欠。不过汤若并不是有意为之，他的走着瞧公司刚刚起步。和一切刚起步的公司一样，资金上有点小小的困难。不过，只要拿下今天绿萝公司的风投，汤若就有一百万的资金了，到时候，别说小小的房租，更新硬件、招募员工、扩大经营，一切都不在话下。汤若每每想到此，都不由得从心里美到眉梢。当然，他不是爱钱的人，这笔钱，对汤若来说是对他事业的肯定，更重要的是，这会给一直对他的创业冷嘲热讽的汤八营一个现实的响亮的耳光。当然，汤若并不是要打他的父亲，他爱他的父亲，谁跟他动手，他会跟谁拼命，可正是因为爱，他才更需要证明自己。说了那么多，眼前的欠租问题他到底是怎么解决的呢？一个字——"躲"。当然，要完成这个目标，还需要一个帮手，或者说，无间道……正按电梯的汤若得到了他的"无间道"——保安的提示，连忙凑了过去。保安四顾了一番，小心翼翼地指着电梯，说："张经理……"

电梯指示牌显示，汤若要躲的家伙已经下降到了三楼。"无间道"又一次在危难之中解救了汤若。汤若很领情地从怀里掏出一张光盘，说："最新版的极品飞车，测试过了，绝对没问题。"保安兴高采烈地接过，汤若在电梯开门前及时躲进了应急楼梯。

张经理走出了电梯，气呼呼地说："汤若一来马上通知我！"保安连连点头。等张经理一走，他又立马换了个表情，对着应急楼梯竖了个大拇指。汤若冲着满脸苦瓜相的张经理背影做了个鬼脸，溜上了电梯。

加长的商务车中，西装革履的汤八营正在看报纸，从厚厚的分量便能看出，这可不是一份报纸那么简单。和很多老同志一样，每天从报刊上了解国家大事是汤八营三十年来养成的习惯。其实，虽然汤八营反对汤若创业，但也不是对他的行为完全不闻不问。或者说，正是因为太关心太爱护儿子，汤八营才怕他不成熟，怕他跌跟头。为了了解儿子公司的进展，汤八营自然不能亲自出马，不过他派出了自己的老战友兼现在的总裁助理老王。这不，老王此时正坐在汤八营身边，汇报他通过种种手段了解到的走着瞧的情况。

根据老王的说法，绿萝公司不但是一家具有资质的合格风投公司，而且曾经做过好多小型网站的风投成功案例，在业内有一定的影响力。只要他们选中的公司，广告商也会积极关注，而且他们旗下有专业团队对选中的网站进行经营和策略上的辅助帮助，给出的建议非常中肯。可以说，如果走着瞧得到这次机会，将会是汤若事业上的大转机，唯一值得忧虑的是还有个叫ICC的公司和走着瞧同时进入了绿萝公司的法眼，而且，他们的实力和规模都比走着瞧大得多。对于老王的汇报，汤八营好像漠不关心地换了一份报纸。

老王继续说道："现在从网站点击率和经营状况看，情况对他们很不利，你看，要不要帮帮他？"

汤八营从牙缝里挤出一声，"哼，帮什么？我就要让这臭小子看看，商场如战场，纸上谈兵有什么了不起。"

老王说："可是走着瞧的财务情况很不理想，这笔风投他们要是拿不到，恐怕……"

汤八营突然很生气地把报纸用力一摔，嚷道："你看看，你看看！"老王接过来一看，才知道汤八营是因为报纸上的新闻动气。

汤八营气呼呼地叉着腰，说："现在这帮奸商简直太不像话了，早上新闻里国家领导还在三令五申食品安全人命关天，竟然敢在小学生的午餐上出问题。"

老王从报纸后抬起眼镜，看着汤八营，嘿嘿地笑道："老班长，我说您这臭脾气怎么那么多年还改不了。这事儿也不是您一个人管得了的。"

汤八营满脸严肃，"你这话我就不爱听，食品卫生安全人人有责。你在军队里培养成的'先天下之忧而忧'忧患意识都排泄到马桶里了？"老王也来了气，"哎哎哎。怎么说话呢你？忘了当年你那班长怎么被撸的？"

汤八营恨恨地说："我被撸，要不是吕强那小子给我打小报告，我现在说不定都是营长了！"

老王忍下气，"最后问你一次，你亲儿子的事帮不帮？"汤八营嚷道："不帮！他不是要跟我走着瞧吗，那就走着瞧。"

汤八营和老王，这两个昔日的战友、今日的同事、患难与共二十多年的老朋友像孩子一样，一人一张报纸背过身占据着车身的一边，谁也不理谁。

过了半晌，汤八营说："对了，你知道啥是'菊花台'吗？"老王煞有介事地扶了扶眼镜，说："好像跟'茅台'有点啥关系吧？"汤八营躺在坐椅上，无奈地说："完了，你跟那个臭小子也有代沟！"

几分钟后，车停在了瀚海公司的写字楼前。这座写字楼是瀚海公司的资产，气势威武又透出稳重。瀚海可以说是汤八营从退伍以来半辈子的心血，是他一手创办的事业的结晶。不过，和一般的家族企业不同，汤八营在几年前便对公司进行了股份改革，他现在是公司最大的股东兼CEO。虽然汤八营从没有在儿子面前表露过，可是和老一代的企业家一样，他很想把儿子培养成自己的接班人。只可惜，汤若对汤八营让他来瀚海实习几年的想法总是嗤之以鼻，汤八营将这一切归结于儿子的不成熟、自大。此时，汤八营在老王的陪同下走进了瀚海公司。公司里原本在电脑前躺得歪歪扭扭还争分夺秒吃着早餐的年轻员工纷纷打起十二万分的精神瞬间坐得笔直。略有些喧闹的办公室变得非常安静，只有打字和鼠标的声音有节奏地响起。

汤八营非常满意地环顾四周，点点头朝办公室走去，然而走到半道，他却又绕了一个圈子来到了财务部门的办公桌前。一个打扮清纯的秀气女孩——乔乔正对着电脑皱着眉头。一身职业套裙的财务赵经理走过来，汤八营挥挥手让她不要出声，饶有兴致地看着乔乔。乔乔突然用卡通铅笔敲了一下头，快速按了几个键，然后有点得意地看着电脑，打了一个响指，得意地说："OK了！"

汤八营不由得哈哈大笑起来。乔乔这才发现了他，连忙站起来，"汤叔叔。"

汤八营轻轻点了点乔乔的鼻子，故作严肃地说："哎，在公司要叫汤——

总。"乔乔调皮地吐吐舌头。汤八营笑着转过头,"赵经理,这小丫头没给你添麻烦吧。"

赵经理恭敬地回答:"没有。乔乔是专业院校毕业,业务能力出色,帮了我们不少忙。"

汤八营放心地点点头,环顾四周,疑惑地说:"哎,那两个小子怎么还没来?"

赵经理:"哦,他们早晨打电话来请过假了,说昨天吃了公司的盒饭有点拉肚子。"汤八营眉头一皱,又想起了早晨的事情。

早就对公司快餐不满的乔乔见汤八营沉思,不失时机地连忙建议说:"汤总,我觉得咱们要不换家快餐吧,我昨天也有点拉肚子,而且他们的饭菜总是老三样,毫无创新精神!这跟我们公司四处洋溢的蓬勃朝气简直大相径庭!你总说要把工作的地方当成战场,可是不给'战士们'供给营养,大家的体力在自己的战壕里就消耗得差不多了,哪还有力气让敌人缴械投降啊!"几句话把汤八营逗乐了。

乔乔连忙补充道:"我家对面的优优快餐不错,我爸妈都说好吃。要不,先让他们送一份来让您尝尝?"

汤八营笑道:"好,这件事情就交给你。"接着他换了一副略带严肃的表情,"对了,一会儿来趟我办公室。"说完转身朝办公室走去。汤八营的"变脸"让乔乔有些摸不着头脑,她喃喃道:"不是我犯了什么错误吧?"

赵经理推了推眼镜,一脸正经地说:"反正我们在一般情况下,是绝对不敢主动提改善伙食的事情的!"说完便扔下乔乔幸灾乐祸地回到了办公室。

乔乔傻站了半天,还是没有想出所以然,然而乐观的她从不会在一件搞不懂的事情上纠缠超过五分钟,她吐了吐舌头,拿起了电话拨通了优优餐厅的电话。餐厅老板被这个飞来的二百人大单惊喜得笑逐颜开,忙不迭地答应了乔乔的各种要求。

乔乔严肃地说:"对了,特别是你们餐厅那个招牌菜糖醋排骨,这次可一定要做好。只要我老板满意,就都跟你们那儿定。"老板笑道:"没问题,没问题。半个小时,保证送到。"

挂了电话后,老板立即兴奋地拍起手,嚷道:"动起来,动起来。大买卖上门了!小吴,坐着干吗?快去炒菜,红烧丸子、鱼香肉丝!你们几个去帮忙!"厨师和几个服务员之前正在看古装电视连续剧,此时都忙开了。老板叫道:"王大亮呢?大亮!大亮!"

老板喊着走进了叮当乱响的后厨,穿过重重烟雾,只见王大亮正光着膀子一手拿着菜谱,一手颠勺,老板一把把他的书抢下,换了一副笑脸,"糖醋排骨,靠你了!"王大亮咧开嘴憨厚地一笑。

此时，汤若正一脸郁闷地站在他被铁将军把门的办公室前，前后踱了几步后，毫无耐心的他拨通高博的手机，焦急地问："你到哪儿了？"

此时的高博却正站在修车摊前，他的"老爷车"前轱辘已经被卸了下来。烈日当头，高博一边擦着额头的汗一边说："马上马上，朕的座驾引擎发生了些故障，不过现在基本排除了！"汤若用力拉拉铁门，郁闷地说："什么破车子啊，怎么关键时刻掉链子！"

车总算修好了，高博扔下十块钱，飞快地骑上了车，"行了，你就放心吧，车子掉链子就让它尽情地掉吧，我的发条上得紧着呐！三分钟，马上到！"

这边的优优餐厅门口，肥胖的老板把几包慎重包装好的饭菜放在王大亮的自行车后座上，一脸严肃地说："十分钟送到。"王大亮露出标志性的笑脸，蹬上了自行车，笑道："没问题。"

马路上，挥汗如雨的高博奋力踩着车，小轿车都被他甩在后面。他的手机铃声一直此起彼伏地响着。高博一个急刹车，停在一条幽静的胡同前。高博把车把掉向胡同，嘴里咕噜着："两点之间，直线最短，走捷径……"

高博选择的正好是送菜的王大亮走的胡同，此时王大亮正哼着走了调的《你是风儿，我是沙》悠闲地踩着车，他把歌词唱成了：你是风啊，我是黄沙。正在此时，忽然他的背后起了一阵夹杂着黄沙的怪风，高博如箭一般从他背后快速插上，两个人的车把缠在了一起。王大亮和高博都努力平衡着车，奈何速度太快，两个人表情扭曲的同时尖叫着朝着一个垃圾桶径直冲去。"砰"的一声，王大亮的自行车轱辘还在转，再看，他和高博俩人都已经躺在地上，红色的鱼香肉丝汁、黑色的糖醋排骨汁把俩人的衣服弄得色彩斑斓。高博一边呻吟一边挣扎着站起来，却看见王大亮正躺在边上倒抽着冷气，双手抱着右脚踝，痛苦地号叫着。高博推推他，有些紧张地问："没事吧你？"

突然，王大亮一把抱住头，身体像一片落叶似的蜷曲起来，同时发出号啕的哭声，听起来凄惨而且悲痛。

高博吓傻了，声音颤抖着问："怎么啦你？"他弯下腰，仔细打量着王大亮，安慰着，"你别出这动静啊，听得我鸡皮疙瘩都起来了！"王大亮毫无反应，依旧大哭不止。

高博试着摸被王大亮抱起来的头，问："你这是摔哪了？后脑勺啊？"

王大亮把高博的手推到一边，凄凉地指了指腿，哭着说："腿！都动不了了！"高博一脸不解地说："那你捂着头干吗？"王大亮还是双手抱着脑袋，像战争片里负伤的美国大兵似的凄惨地说："这回不中了，肯定断了。"

高博的手机又响了，他连忙按掉，说："我还有急事，得先走了，你自己跟这儿缓一缓再走吧！"王大亮双手迅速死死地抱住了高博的腿，喊道："不中！你……你想肇事逃逸！"

高博被他气得无话可说，又犯了他一着急就结巴的老毛病，嚷道："我……肇什么事……了？"王大亮两眼直勾勾盯着高博，说："你咋骑车子的你不清楚啊？"

高博解释道："不是……我……这车子都这么骑了十来年了，没人跟我说过我的骑法有问题啊？"王大亮语无伦次地说："你骑得倒快，快赶上飞机啦！好家伙，我刚唱完一句'你是风儿'就觉得后面就有一股'黄沙'卷过来了！你在胡同里装啥'马路杀手'啊！撞死俺啦！"

高博听着王大亮浓重的河南口音有些吃力，说："两件事，咱们商量一下，第一，你别再抱着我的腿了，第二，你把舌头捋直了、语速放慢些，咱们好好说话……"王大亮嚷道："哎呀，俺娘一直跟俺说城里人是小白脸——脏心眼，俺今天可真是碰上啦……"

高博无奈地摇着头从口袋里掏出钱包，"这样吧，你看这是三百块钱。要不待会你自己去医院检查一下！"王大亮突然停止了哭闹，扭头看了看车后座的饭菜撒了一地，继而转入了更悲壮的哭闹之中，喊道："你别想跑，你撞了人就得负责任！还有俺的饭菜，你得赔俺糖醋排骨、鱼香肉丝和宫保鸡丁啊……"

高博耐着性子说："好好好，我赔我赔，你看这样行不行，你留我一个电话，有什么事随时跟我联系，你要信不过我的话，这是我的身份证，押……押你这儿。"

王大亮的哭声一点也没有减小，他继续哭喊着："俺要你这干啥？哎呀，这下不中了，骨质疏松啦……"高博长叹一口气，无奈地摊摊手说："这回……寡人彻底没辙了！"

这时高博的手机又响了。公司门前的汤若一脸焦急拿着电话，"你这'马上马上'的怎么还不到了，你到底上没上马呀你？你看看现在几点了？"

高博一看手表，已经九点半了，他连忙说道："汤爱卿，朕即刻就到！即刻！'神七'多快我多快！你就不要再催了！"挂上电话摸腰间，可是……坏了……公司的钥匙不见了。他这下也顾不上脏乱，连忙趴在倒塌的垃圾桶边，在壮观如小山的垃圾堆里翻找，嘴里还喃喃道："糟了糟了。"

王大亮此时终于冷静了下来，只是不时发出一两声啜泣，他坐在地上，一手捂着腿，一手捂着头，"你还糟了呢？俺老板说了，盒饭送不到要炒俺的鱿鱼。"

高博生气地说："你能不能先沉默一会儿！我的钥匙都找不着了！"王大亮根本不当回事，说："说起我老板，那可不是个善茬子……"他突然转过头，狠狠地盯着王大亮，"告诉你，我这钥匙可值一百万！"

王大亮还自顾自地陶醉在自己的讲话中，继续诉说着老板的种种"伟大"，接着王大亮回过神，疑惑地看着高博，"你说啥？"高博认真地看着王大亮，一字一顿地说："我这把钥匙值一——百——万！"王大亮倒吸一口冷气，两个人开始在垃圾山中狂扒拉。

汤八营正坐在办公室里，微微点着头看财务报表。乔乔敲门走了进来。汤八营很和蔼地指了指面前的椅子，"坐。怎么样，上了三个月的班还习惯吧？"

乔乔笑道："还行，以前总听我爸说'瀚海'是魔鬼训练营，不过切身体会了一下，也没那么可怕！也许我天生有做魔鬼的天赋吧！"汤八营爽朗地笑了，慈爱地指着乔乔说："瞧你这张嘴，跟你爸一样！当初汤叔叔要是有这口才，那个营长就不是你爸爸的啦！"

乔乔娇憨地趴在桌子上，"幸亏如此！您要是口才好点，把我爸肩膀上那两杠四星抢到您肩膀上，他恐怕就要一事无成了！因为他可不像您这么有魄力，离开了军队依然可以生龙活虎、排山倒海！"

汤八营笑声更爽朗了，"哦？这个老陈又加星星了？！过几天我还真得去看看他。你这个小丫头呀，嘴上跟抹了蜜似的！汤若要是有你一半懂事，我就不用这么费心了！"提到汤若乔乔不由得脸一红，不过她还是掩饰着，"汤若是男孩，自然和我们女生不是一卦的啦！"

汤八营摇着手，叹气道："不说他了，再说下去我就得吃降压药了！——怎么样？想不想留下来帮你汤叔叔？"乔乔连连点头。汤八营指了指财务报表，"做得不错。希望下次继续保持。"乔乔高兴地笑了。汤八营郑重地站起来伸出手，"欢迎加入瀚海。"

乔乔认真地同汤八营握手，保证道："我一定不会让您失望的。汤——总——裁！"她故意把汤总裁三个字拉长了音调，汤八营又被她逗乐了，接着他换了一个表情，有些不好意思地说："对了，还有一个事，我得向你讨教，不过这可是咱俩之间的秘密，你跟谁都不能提起！"乔乔一脸严肃地点点头。汤八营神秘地探过头，问："啥是'菊花台'？"

胡同中的高博和王大亮已经满头满脸的脏，简直成了垃圾人。王大亮擦擦汗，"咱们先说好啊，是你撞俺的。钥匙找不到，你别赖在俺头上。"说着他想站起来，可是却"哎哟"一下又摔在地上。他去拉高博，高博正找得着急，随手一推，却推倒了王大亮。

王大亮捂住了腿尖着嗓子叫道："哎呀，你撞人，现在还打人？俺……报警！"说着他便动手抢高博的手机。高波捂着手机，一脸厌恶地看着王大亮，"报什么报？不要芝麻大点儿事就给警察叔叔添麻烦！"

王大亮委屈地说："俺都站不起来了，这事还小啊？你再不送俺去医院，俺就和隔壁村的王二瘸子一样啦！"说着又一阵宰猪般的号啕大哭。

高博从鼻子里笑了一声，"有没有点常识啊！从自行车上摔下就摔成瘸子了，那你的腿得缺钙缺成什么样了！"王大亮不依不饶地继续嚷嚷："俺缺钙，骨头可脆！这回不中啦！"一边嚷他还一边用已经不太干净的袖子擦着鼻涕。高博使劲地挠着头，突然他想起了自己的"救火队员"，连忙在手机上按了几个键。

现在还对自己即将被拉下水一无所知的救火队员乔乔坐在电脑前摆弄着鼠标。汤八营的办公室里弥漫着《菊花台》的歌声，汤八营眉头紧锁地在办公室里踱着步，欣赏着音乐。乔乔的手机突然响了起来，汤八营侧眼瞄了一下，乔乔迅速拿过手机挂掉。汤八营笑着问："乔乔，你最近交男朋友啦？"

乔乔脸一下子红了，着急地辩解："没有！"汤八营仍然笑眯眯地看着她。

手机又响了。汤八营和蔼地说："你接吧。"乔乔皱着眉头，接起电话，用手捂住嘴，小声说："我正开会呢。"突然，她大叫起来："什么？喂，喂……"焦急地站起来，"汤叔叔，我朋友出车祸了。"

汤八营关切地说："要不要让司机送你过去？"乔乔着急地朝门外走，"不用。汤叔叔我一会儿就回来。"一出办公室乔乔就立即跑了起来，在门口还不小心撞到了财务经理。

乔乔飞车赶往高博的出事地点——胡同。她的脑中一次次闪过好友高博被撞得血肉模糊的脸。可是，到了目的地却看见高博完好无损地冲着出租车挥手。乔乔一下车就用包结结实实地给了高博一下，骂道："你怎么谎报军情啊，我真以为你出车祸了呢！"

坐在地上的王大亮哀叫道："不就是车祸吗，俺是受害者。"

高博没好气地看着王大亮说："你闭嘴。"接着他又换了一副认真的表情对乔乔说，"这次你可要帮我。"乔乔指着高博，半天说不出一句话，最终放下手，妥协了，她无奈地说："说吧，干吗？"高博说："送他上医院。"

乔乔说："医院？高博，你现在怎么跟汤若似的，自己惹了麻烦，找我来'清理'。完全把我当成免费的清洁女工了！都老大不小的了，能不能有点责任感？"高博满脸堆笑地说："算……算朕求你！"

乔乔白了高博一眼，"你说你天天'爱妃长，爱妃短'的，有事了怎么不去找你的'爱妃'求助啊！"高博很认真地解释道："郭爱妃今天要去面试，她为了这次面试可准备了一个多月了！我哪敢轻易惊动她啊！"

乔乔啧啧感慨着说："你倒是把'家、国、天下'事分得挺清楚啊，告诉你，今天也是我被正式录用的第一天！我还有一堆关于'江山社稷'的大事要去处理呢！恕不奉陪！"说完转身要走。高博连忙拉住她。王大亮见状也一把抓住了她的包，赖在地上不起来。乔乔气得直跺脚，骂道："你们……哎哟！"

乔乔正踩在那把宝贵的钥匙上，崴了脚。高博见状大喜过望，一把抢过钥匙，并深情地给了乔乔一个拥抱，瞬间骑上车飞也似的跑了，头也不回地说："改天朕请你吃变态辣鸡翅！"

乔乔喊道："高博，别怪我把你的劣行汇报给你的'郭爱妃'！"高博的车瞬间成了小黑点，乔乔无奈地回过头，正对着王大亮茫然又极度执拗的眼睛，无可奈何地说："你松开我的包吧，我不走！"王大亮露出了他标志性的憨笑。

此时的汤若已经到了崩溃的边缘，焦急地踱着步，反复拨着手机。满头大汗，衣服上还粘着一缕黄瓜皮的高博终于冲了过来。"来了来了。"

汤若生气地叫道："干吗去了？把自己弄成这样？坐垃圾车来的？"高博一边掏钥匙一边比比画画，叹着气说："一言难尽，二把刀太多，三言两语说不清楚！"

汤若赶紧看了一眼表，催促着，"快点快点！现在还有时间。进门气都别喘，第一件事儿——先把咱的程序更新了！让咱那蜗牛般的网速在通往胜利的路上——狂奔起来吧……"

高博把钥匙在手里抖得哗哗作响，模仿着汤若的样子，说："让不良信息都见鬼去吧，让恶意攻击都逃回神农架的原始森林中自生自灭去吧！ICC那块'IT界大鳄'的招牌将被一脚踢开，连抄后门的余地都不给他们留！——老板，加上刚才这遍，这段演讲你已经讲过了127遍了。"汤若挠着头笑道："我这不是鼓励员工呢嘛！"

高博嬉皮笑脸，"您放心，您这位唯一的、忠心耿耿的、像蜜蜂一样勤劳的员工的工作热情已经空前高涨起来了，您就别费吐沫了！"汤若催促道："别磨叽了！赶紧开门！"

高博又换了一把钥匙，还是打不开，蹲下用一只眼瞄着钥匙孔，疑惑地说："是不是谁把钥匙孔堵了？"汤若脸色一沉，从高博手里抢过钥匙，捅了两下门还是不开。他仔细一看，钥匙上拴着一个小小的饭碗猫，又惊又怒，"这是你'郭爱妃'的钥匙！"高博惊诧得接过钥匙，喃喃道："完了，肯定是郭灿灿拿错了！"汤若一脸无奈地靠在墙上，用轻蔑的眼光看着他。

高博连忙拿出手机打。手机中传来郭灿灿专为他设置的彩铃声："跟你说过多少次了，没事不要总给领导打电话，领导很忙……"他颓然地挂掉了电话，看着汤若说："爱妃不接电话，寡人郁闷了！"

两个人同时看着门，脑海中也同时出现了成龙踢开门，《电锯狂人》中电锯锯开了门，好莱坞片中炸弹炸开了门的场景。汤若和高博不约而同一人一脚

朝门踢去，可是铁门只是晃了晃。没有高强武艺和任何关于炸弹的化学知识的汤若和高博只好选择最适合他们的道路——飞车去找郭灿灿。一路上高博紧张地指着路，汤若则飞速打着方向盘。

汤若一脸激昂地挖苦着高博，"你叫我说你什么好呢？你靠谱不靠谱都行，但是不能没谱吧？你高调低调随便你，但是不能不着调吧！"高博很委屈地嘀咕："是'郭爱妃'拿错的嘛……"

汤若用力按着喇叭，咬牙切齿地说："不怕虎一样的敌人，就怕猪一样的队友！"高博小声地分辩道："是你先喝多了落我家的。"

汤若怒气冲冲地说："要不是你提议玩'十五二十'，我能喝那么多吗？"高博连忙摆手，"OK OK OK！朕很SORRY！你就别DISS朕了！专心DRIVE你的CAR吧！"汤若一脸愤愤不平。

高博的领导，拿错了钥匙的郭灿灿此时正在IBN的四个西装革履的面试官面前。她腰挺得笔直，甜美地微笑着，和之前与高博对话时老爱白眼的蛮横不同，此时的她看上去端庄、稳重，就连声音也透出很多知性。

郭灿灿对面试官说："这就是我对IBN营销部门工作的一点认识，当然，此外，我还有一些经过深思熟虑的方案，也希望进到公司里有机会实践。"

面试官问："那么你认为，你自身素质上最突出的优点和缺点是什么？"

郭灿灿低头思索了片刻，微笑着说："我认为，我个人的缺点和优点都比较突出……"她的表情看似平静，其实她的双手正紧紧抓着手提包，包随着里面的手机在不停地振动着。

回答完问题，郭灿灿正从表情上揣测着面试官的心意。看到他们的笑容，她悄悄在心中做了个V的手势。

考官最后交换了一下意见，问道："那么，你对薪资方面有什么要求？"郭灿灿自信满满地拿出早就准备好的台词，回答："我想IBN这样的大公司一定在这方面制定了对员工非常合理又能鼓励积极性的薪酬标准。而且，我主要看中的还是贵公司能为我提供广阔的发展平台。"

考官都笑了，主考官站起来，伸出手说："那么欢……"主考官的"迎"字还没出口，郭灿灿正准备上去与他握手，迎接自己应聘成功的好消息，突然听到背后一声断喝："郭灿灿！"

郭灿灿回过头，正看到满身恶臭的高博冲了进来。高博也顾不上考官，抓起郭灿灿的包就翻，一边还骂着，"你太不像话了。"

高博把郭灿灿的包翻过来，里面的应聘材料丢了一地，"啪"一把钥匙掉在最上面。高博抓起钥匙，指着郭灿灿，"就你拿错了钥匙，害朕一百万的生意差点泡了汤。"

等郭灿灿回过神，高博早已扬长而去，剩下了她面前同样手足无措的考官。考官脸上的笑容先是凝固，之后又慢慢地消失了。郭灿灿只能尴尬地坐下。

考官说："看来，关于缺点，好像你认识得还是不够全面啊。"

郭灿灿被高博一吓，现在已经完全乱了方寸，只能硬挤出一丝笑，"什么……什么意思？"

考官回答道："你知道营销部门最重要的品质是什么吗？就是严谨。好的口才可以让你得到客户，可是到了签合同的时候，你粗心少写了一个零，对我们公司将造成多大的损失？"郭灿灿两只手紧紧地搂住了包，头也低了下去，一副垂头丧气的样子。

考官严肃地说："我年轻时在华尔街的一家上市公司供职，也曾经因为拿错了钥匙这种小事被炒了鱿鱼，当时很不服气，后来慢慢发现，这个不幸的遭遇在'严谨'方面一直为我鸣着警钟。你回家等消息吧！"

郭灿灿当然知道这个所谓的消息就是没消息，她尴尬地鞠了一个躬，颓废地收拾起东西，退出了房间。此时的她简直想把清朝十大酷刑以及欧洲暴君所发明的所有刑具都一股脑儿地全加在高博身上。

此时的高博和汤若可顾不了那郭氏诅咒，两个人开门后冲到办公桌边，手忙脚乱地打开了主机箱上的三把锁。汤若连忙按了启动，接上了高博的移动硬盘。硬盘开始安装。电脑显示1%。墙上的钟指向十点四十五，离风投考评的十二点还有时间。看来，总算赶上了。高博一边看着钟一边安慰汤若，"没事，天塌下来，朕给你扛着。"

老王带给汤八营的消息没有错，确实有一家名叫ICC的网络公司正和走着瞧竞争。此时的ICC中也是气氛紧张。一双带着金丝眼镜的眼睛正紧盯着电脑屏幕，再仔细看，拥有这双眼睛的是一张俊秀又老成的面孔，他便是ICC风投项目的负责人，汤若同校师哥兼宿敌——李时恰。这几天，他一直关注着走着瞧网站的所有数据变化，他认定，汤若一定会在最后时刻拿出王牌。然而他的老板却不这么想，在他看来，虽然有经验的老手确实会选择最后亮剑，但走着瞧肯定是黔驴技穷了，汤若在他眼里，毕竟是个毛头小子！

李时恰完全不同意老板的看法，他认为自己更了解汤若。在他眼里，汤若确实有很多不成熟的地方，但是他的经营天赋和时尚的视频网站理念是不可否认的，不然，走着瞧也不会凭着落后的硬件和只有两个人的明显劣势获得和ICC庞大团队策划下几乎相同的点击率。李时恰对汤若的判断是正确的，他的个人能力也相当出众，不然不会以二十六岁的年纪，就得到了风投项目负责人的头衔。然而，正如所有的天才必定有愚蠢的一面一样，在人际这一点上，李

时恰真可以说是小学生的水平。他缺乏公司员工必备的圆滑，已经几次当众表明了自己的态度，又或者说否定了老板的看法。当然，他那么做并不是有什么野心，他只是不够成熟，一心想把事业做好，就忘掉了表达上必备的礼仪。这不，最后的关键时刻，对于老板"两条黄花鱼，蹦跶不了多大水花"的说法，他又直接地表示了否定。

李时恰说："他们跟我们点击率相差无几，而公司规模却比我们小这么多，硬件支持肯定是不够。唯一能做的，就是在技术上得分，这似乎是常识吧，即使没有经验也应该想到这一点吧！况且高博在读书的时候就是个编写程序的达人，我想汤若再迟钝，也不会浪费这个资源！"

ICC老板哼了一声，"如果他真的有这样的计划，而且都迫在眉睫了还迟迟没有动作，那我应该怎么理解他呢？稳重还是冒险？"

李时恰表示，"以我们公司的技术水平，无论他们更新出什么样的程序，我们都会在几小时之内破解并且加以弥补的，我想汤若对此肯定也心知肚明！所以，选择最后时间去亮剑，让我们没有时间对此作出反应，这应该是他事先计划好的！"

ICC老板仍然不相信，"我没有碰到过这样的竞争对手，觉得有些儿戏！"说完，老板离开了，自视很高的李时恰不屑于解释，只是微微一笑。其实，正如他所说，汤若此时安装的正是更新程序，他紧盯着屏幕，安装条已经到了50%。高博熟练地在控制台上敲出一排排编码。

ICC的李时恰紧盯着屏幕。突然电脑发出警报。公司员工喊道："走着瞧网站开始更新了。"李时恰紧张地走过去。

同样年轻的面孔，汤若紧盯着屏幕。安装条到了99%，突然，计算机一声惨叫，屏幕一下黑了。汤若急得连忙按重启，"怎么回事？"高博按了几下电灯开关，一脸恐惧地说："停电了！"

而此时，李时恰抢过了员工的位置自行操作，看着走着瞧的网站更新的突然停滞，眉头越锁越紧。

走出办公室，汤若和高博发现其他办公室中都亮着灯，他们立即意识到一定是张经理掐断了他们的电源，作为欠租的惩罚。走着瞧生死存亡之际遇到这一连串的麻烦似乎真是上天在和汤若开玩笑。他和高博一前一后冲进了大楼管理办公室，嚷着让张经理出来。然而员工却说张经理已经出去了，可是话虽如此，平时对汤若并没有什么恶意的员工，还是给了汤若一点小提示，他冲着经理办公室使了个眼色，并假模假样地喊了一句："张经理，确实不在。"

汤若和高博冲进了物业经理的办公室。张经理果然在里面。汤若质问："张涛！你是不是停了我们公司的电？"

张经理幸灾乐祸地回答："汤若，你都欠租半年了。我也是打工的，又不像你是个大老板，你为难我也没用。"

汤若气得直甩头，"啪"地把车钥匙扔在张涛面前，"我的车就停在楼下，这是钥匙，你给我通上电，车你开走。"

张经理："我要车有什么用？要不你去把车卖掉，回来交房租，反正你交了房租我马上给你通电。"高博："可是我们现在就需要用电，立刻！马上！一秒都不能耽误！"张经理无动于衷地看起报纸。

汤若为了通电的事情闹得鸡飞狗跳的时候，李时恰正如磐石一般双眉紧锁地坐在电脑前。ICC老板问："还没动静呢？"李时恰说："确实没有什么改动。"老板笑道："小李，你还是年轻啊，多虑啦！"

李时恰看了眼墙上的钟，只有最后十五分钟了，难道这次真的让老板说中？他咬了咬嘴唇，仿佛走着瞧没有更新对他来说也是一个打击，一个判断失误上的重大打击。

走着瞧的悲剧还没有演完，医院中的闹剧又鸣锣开演了。乔乔的老友医生刘威正在给王大亮检查，从X光片上看，王大亮的腿并没有大碍，只是轻微骨裂，稍微休息几天就能痊愈，可是不论按小腿或者按大腿，王大亮都鬼哭狼嚎地喊疼。

刘威也被他弄糊涂了，他仔细看看X光片，把乔乔拉到一边，低声说："从片子上看，大腿和小腿都完全没问题，可是他还是说疼，什么路数啊？"乔乔郁闷地回答："我也不认识他，今天早上骑车子跟高博撞一块儿了！就非得赖着要去医院检查！"

刘威："不会是'碰瓷儿'的吧？"乔乔说："看样子挺老实的，应该不是吧！要不，再做个脑CT吧，别是脑子有什么问题。"乔乔看看表，"没时间跟你开玩笑啊！我还得上班呢！"

王大亮躺在床上呻吟着："叔叔，叔叔……"刘威疑惑地问乔乔："他叫谁叔叔呢？"乔乔也侧脸朝王大亮看去。王大亮两眼含泪楚楚可怜地喊着："医生叔叔……"医生刘威嘴巴张成了O形，疑惑地指着自己的脸说："我看上去有那么成熟吗？"

断电事故给了走着瞧的风投评比几乎致命的打击，可是，汤若的心血、用来和老爸叫板的利器，怎么可能如此容易就放弃呢。毕竟风投有一百万，在任何人眼里，这不是一笔小数目，特别是对刚刚起步的走着瞧来说。既然大厦那么抠门，欠租就断电，看情况也绝不会为了断电舍得直接剪走着瞧的供电电线。那问题一定就出在变电箱上了。此时的高博蹲在墙边，汤若则踩在他肩膀上，拿着一个灭火器砸着高挂在墙上的变电箱。几下之后，变电箱开了，里面布满了纵横交错的各色电线。

汤若和高博的"小动作"给大厦可是带来了"大麻烦"。电梯中的人因为电梯突然停下摔得七倒八歪。走廊上的灯一闪一亮地反复了几次。停车场所有的灯都灭了，车喇叭声响成一片。接着更大的悲剧发生了，大堂的旋转门突然卡住，正准备出门的张涛正好被卡在了里面。

汤若从高博的身上跳了下来，拍着手上的灰尘，拉着高博往回走，"我把所有的闸都掰了个遍，里面肯定有我们公司的！"高博揉着自己的腰和肩膀，郁闷地喊道："哎哟……龙体欠安了！"

办公室终于通电了，汤若打开了电脑，和高博用喜欢的方式双拳对抵庆祝。他们刚准备继续行动，突然传来了微弱的声响。两个人一番找，终于从凌乱的文件下找到了汤若的手机，汤若看到是绿萝公司风投项目负责人韩经理的电话，连忙接起来，"喂，是韩经理啊……什么？您说什么？可是，我们没接到过电话，不可能，我们没有女员工，嗯，嗯……"

汤若"咔"地挂了电话。高博还沉浸在刚才恢复供电的喜悦中，汤若的表情让他感到一丝古怪，忙问："怎么啦？"汤若只是非常失望地盯着高博。

高博追问道："怎么啦你？"汤若恨恨地说："我真想用鼠标把你拖进'回收站'，然后第一时间清空掉！"说完转身就走，临走还重重地摔上了门。高博一脸茫然。

高博终于在停车场追上了汤若，问道："干吗去啊？这又怎么了？还更不更新了……"汤若回过头指着高博，气得说不出话来，继续往前走，高博也跟着他。汤若终于说："还更新什么？考核半小时前就结束了！"高博疑惑地说："提前半小时？"

原来，电话是风投公司打来的，负责人说改变了考核时间并且已经电话通知了高博，并说是一个女员工接的电话。汤若认定是郭灿灿接了电话并告诉了高博，高博却忘记了，高博却认定郭灿灿压根儿忘了告诉自己，牛皮糖扯来扯去也扯不出个结果。事到如今，只能试着去风投公司解释了。

医院中，王大亮这块牛皮糖还在纠缠着医生刘威。他不但坚持要住院观察，还总是医生叔叔地叫个不停。忍无可忍的刘威终于气愤地摘下口罩，指着自己的脸说："你仔细看看，就我这张脸，像是能当你叔叔的年纪吗？"

王大亮仔细地观察了一番，认真地说："像！"刘威生气地戴上口罩，继续写着诊断书。乔乔正捂着嘴在一边打手机请假，一边不时对王大亮翻一下眼睛，她显然已经对这个坚持自己残疾了的王大亮失去了耐心。

医生刘威告诉王大亮，他不过是有点轻微骨裂，其他一点毛病没有，小腿大腿疼完全是心理造成的。乔乔走过来,不耐烦地看着王大亮,"听见没有,医生都说你没事。"王大亮非常狐疑地看看刘威又看看乔乔,"大夫……俺不怕花钱。"医生刘威不由得直摇头。

王大亮认真地说:"你们郎中的事,俺不是很懂,可是俺爹说伤筋动骨一百天,我这骨头都裂开了,好歹也该打个石膏吧。"

刘威原本还想解释,可是看到王大亮极其执著的脸,最后还是妥协了,决定让他在脚踝处打个石膏作为心理安慰。刘威开完了单子交给乔乔,乔乔扶着王大亮往外走。走到门口王大亮又转过头,"大夫。打到哪儿?"刘威在自己小腿肚的位置比画了一下。王大亮转了转眼睛,问:"那俺如果动大腿,就没影响?这筋啊什么的不都连着呢?"刘威摁着太阳穴。

风投公司的办公室中,韩经理和其他几个部门负责人正在等候。墙上的投影板正投出ICC和走着瞧的数据分析图。走着瞧在公司规模和管理上占下风,点击率方面两边持平,技术方面则走着瞧略占上风。ICC公司的人还没有到。韩经理看到俩人,对汤若抱歉地一笑。汤若明白了走着瞧生死存亡一战的结果,想挤出笑容,但只是勉强扬了扬嘴角。高博径直走到韩经理面前刚想解释,外面就传来了ICC公司老板爽朗的笑声。李时恰表情阴郁地跟在老板身后,与汤若擦肩的时候,对他投来了意味深长的一瞥,这一瞥,疑惑中还带着一丝得意。

ICC老板笑道:"韩经理,让您久等了。"韩经理边与他握手边说:"您很准时。"ICC老板挑衅地看看汤若,"那咱们现在开始?"韩经理点头,"对了,高博,你刚才有什么话要跟我说?"高博嗫嚅着说:"我……没了……"

风投考核的宣布会就在一家欢喜一家愁的氛围中开始了。一百万风投的最后得主,不出所料,正是ICC公司。

ICC老板志得意满地安慰了汤若几句,无非是"年轻人还有机会""来日方长"等等老话。汤若始终低着头,高博实在忍不住了,终于站起来说:"韩经理。我们为了这次风投特地赶制了一套能够自动过滤不良信息和将访问速度提高一倍的更新软件,打算在最后一小时推出。可是你们却改动了考评的时间,提前了半个小时,我觉得这对我们不公平。"

韩经理笑道:"提前结束考评,是我们公司的临时决定,可是虽然提前了半个小时,我们都打电话通知了你们,对你们两家公司来说,还是公平的。"

高博争辩道:"您是打了电话,可电话不是我们接的!"

韩经理说:"在合同中,我们早就注明,绿萝公司可以更改考评的时间。而且要求参与这次竞争的双方都保持公司电话和移动电话二十四小时畅通,以应不时之需。可是,据我了解,我们的联络人员给走着瞧公司打了两天的电话，公司电话都是停机，汤若的电话也欠费停机了，高博的电话则总是没人接听。所以，我们也只能表示遗憾！"

这次的失利对汤若来说是致命的打击，可是他不服，他躲进厕所里把水龙头开得很大，"哗哗"地用力洗着脸，水花四溅。如果这次输在技术上，他认，输在硬件输在规模哪怕输在办公室颜色不讨绿萝公司喜欢上他都认，可偏偏……竟然输在一把小钥匙上。如果郭灿灿没有拿错钥匙，如果高博及时打开门更新了程序，他还会输吗？汤若反复地问自己。等他终于清醒过来，发现身边多了一个人，李时恰正在镜子里鄙视地看着他。汤若也从镜子里盯着李时恰。李时恰微笑着扯了一张面巾纸递给他。汤若不理会，径直往厕所外走。

李时恰喊住他，"我猜到你可能会制作过滤不良信息和提高网站速度的软件，可是，你们公司的服务器硬件质量和数量都不够，带宽又太低。即使更新成功了，也不可能解决根本上的问题。而且你们花了最多一个月时间仓促设计的软件，很可能留着后门程序，如果被黑客攻击可能引起更大的技术漏洞，导致系统崩溃。你的办法只能应付绿萝公司一时，可为了弥补这个技术漏洞，你要花成倍的时间和资金。这样是目光短浅还是破釜沉舟？我不知道。"

汤若苦笑着说："谢谢师哥的好心提醒，不过我暂时不想考虑这么多，我只想拿到这笔风投！"

李时恰："这种说辞让你看上去像个跟现实赌气的孩子，而不像个网站的经营者！"

汤若回过头，"那网站的经营者应该什么样子？像你们老板那样还是像你这样？——哦，对不起，我忘了，你不是经营者！"

李时恰自嘲地笑了笑，"木桶最短一节决定其容量；人最大的缺点决定其是否成功！希望你不要败倒在自身的'木桶效应'上！"

汤若也笑道："如果谈成功，我也不应该跟你谈吧！你顶多是个把成功送到老板面前，然后默默地看着老板春风得意马蹄疾的局外人，你拿不出成功者的姿态，甚至连失败的滋味也品尝不到！因为你始终是个局外人！"

李时恰："可是你的失败和这个局外人息息相关，不是吗？"汤若没有回答，走了出去。

与此同时，乔乔还在解决高博留下的麻烦。狭窄的胡同里乔乔扶着一瘸一拐的王大亮走着，累得满头大汗。穿着高跟鞋的她，几次差点崴脚。王大亮停在一个斑驳的小红门前，回头问道："医生是说肯定可以好的对不？"乔乔拼命地点头。王大亮又问："肯定不会瘸对吧？"乔乔又拼命地点头。

王大亮接着问："医生是不是还说……"乔乔停下了脚步，抹了一把额头上的汗水，模仿着王大亮的口音，"你就放心吧，养上一阵子，你肯定比运动员还健康！你肯定可以健步如飞地行走！扭秧歌、跳街舞、追公交车什么都不会耽误！"王大亮听完对乔乔露出了一个憨厚的笑容。

乔乔总算把王大亮扶到了他的住处。门一打开，乔乔不由得被里面的汗味、烟味和说不清的菜、油混合味呛得倒退了好几步。这是个只有一扇小小天窗的房间，斑驳肮脏的墙壁，满满当当堆着五个有上下铺的床，墙角放着一个痰盂，边上竟然是个满是污渍的电饭煲。王大亮一进门，就连忙用方言打起电话。

乔乔开始审视王大亮床上的书，发现大部分都是菜谱，整个房间中就床铺最干净，床单陈旧但是洗得很干净，床边的窗台上还放着一个漂亮女孩正在为人理发的照片。不过照片像是偷拍的，有点模糊。乔乔因为这些发现对王大亮稍微有点改观。可是他的大嗓门立即又让乔乔一点好感也没有。此时他正拿着乔乔的手机扯着嗓子喊："喂。老板啊！俺是大亮啊！我出车祸了，对啊！骨折，喂！骨折啦！好好好！"

挂掉电话，一直呼三喝四仗伤欺人的王大亮此时却不好意思地笑了，到了他在这个城市临时的"家"，他的语气也变得温和了些，"嘿嘿，男人的宿舍有点乱啊……"单脚跳到了自己的床边，"你坐会吧！"

乔乔有点尴尬地说："不啦。我公司还有事。"转身就要走。王大亮急忙拿出了高博的身份证，"等等，这个，还给你吧，我知道你们不是坏人，那个撞我的人也不是故意的，俺三天前刚学会了骑车子，所以有点紧张，也有一定责任！"乔乔叫道："什么叫有一定的责任啊，基本上都是你的责任！刚学会骑车就上街溜达？"

王大亮："俺可不是上街溜达！俺这次可是有重要任务的……坏了，这次俺老板交代的重大任务没完成，恐怕俺这工作是保不住了。"乔乔："指望一个刚学会骑车的人去完成的任务，能多重大啊！"

王大亮委屈地说："俺老板不知道俺刚学会骑车，不然就不录用俺了！俺已经送过七八次了都安全送到了，就是都稍微迟到了一会儿！俺老板说，这次是瀚海公司这样的大客户，一定要既安全又准时地送达！"乔乔疑惑地问："你是优优快餐的？嗨，你送的餐就是我订的。"王大亮眼睛一亮，"你就是瀚海的大老板？"

乔乔摇摇头，"不过我老爸和瀚海的老板是至交，他对我很照顾！放心吧，我会跟他解释这件事情的！"王大亮嘿嘿笑了起来，"那个，你能不能给俺留个电话。你放心，俺不是要找你的麻烦。俺就是觉得你人不错，俺在这个地方还没城里的朋友哩。"接着他话题一转，嗫嚅着，"何况万一要复查什么的呢？俺觉得今天给俺瞧病的那个叔叔还真不错！"

乔乔在王大亮的手上写下了电话，随口问："哎……窗台上的，是你女朋友

啊?"王大亮的脸突然通红了,分辩道:"不,不是……你是他女朋友啊?"

原来王大亮误解了乔乔和高博的关系。其实乔乔和高博只是死党,死党到能当"救火队员"的那种。当然,"救火队员"这个活,最早还是汤若派给她的,要不是因为汤若……一想到这个大男孩,乔乔不由得又有些脸红。她连忙收回思绪,看看手表,不用说,一天的工夫又给耽误了,乔乔无奈地叹了口气。

和乔乔同样无奈的是郭灿灿,她实在想不明白,那个死冤家高博怎么会在自己最重要的时刻当众让自己出丑呢?她也知道拿错了钥匙是自己不对,可是智者千虑必有一失嘛,用得着那么气势汹汹地冲进来,那么不分场合地瞎嚷嚷吗?就差一分钟。郭灿灿一想起面试官那只伸过来的手就伤心,有多少距离,十厘米还是五厘米?要是她的动作再快一点,说不定现在她就是世界五百强企业的高级白领了,那么五年以后,不,也许只要三年,她就能变成金领。到时候,她还会选择租房子住吗?不,她要在这个城市最豪华的地方买上一套好房子,再把妈妈接过来一起住。一百万的风投?得到了也不是汤若的,和你高博有半点关系没有?

郭灿灿坐在床上,脸上挂着泪痕,她一手拿着一本星座书,一手紧抓着一个毛绒玩具的脖子,毛绒玩具的脸上挂着一张高博的大头照。星座书上赫然写着:处女座今天要严防金牛座的小人。果然不出所料!郭灿灿举起玩偶,狠狠地打了一巴掌,"高博!打死你,我打死你!"

说高博,高博就到,他打开门,拖着疲惫的身体进到房间里。这下好了,与其独自神伤,不如彻底发泄。郭灿灿一下子冲到客厅,惊声尖叫:"高博,你今天可把我害惨了!"

高博伸出手示意让郭灿灿闭上嘴,有气无力地说:"你是不是接过我的电话?"郭灿灿:"对啊,怎么啦?"高博问:"什么时候接的?"

郭灿灿:"前天早上你上厕所,我接了个韩经理的电话,说什么考评提前半个小时,让你回电!"高博突然声音大了起来,嚷道:"那你怎么不告诉我?"郭灿灿说:"我贴在你电脑前了!"边说边走到高博房间,粉红色的即时贴混杂在一堆写满了格言警句和"上完厕所要洗手"的即时贴里,正贴在高博的电脑上。

高博看着又悔又气,恨道:"你……你贴在这了……那也得跟我言语一声吧?你知道我从来不看这些乱七八糟的纸条的!"

郭灿灿眼睛瞪得巨大,狠狠地盯着高博,"你从来不看?行啊,高博,你可真是口是心非、表里不一的家伙!当初你是怎么道貌岸然地跟我说,'把你对我的要求都写下来贴在我的电脑上,我要每时每刻看到这些东西,并且勉励自己'……"高博毫无心情地说："行了行了……没心情跟你逗闷子！"

郭灿灿追着高博，嚷道："什么？本公主跟你说话你居然觉得是在跟你逗闷子？当初是谁在大学里阴魂不散地追了我四年啊？我看你忠心可褒，让你当上了'见习男友'，这才几天啊，你非但没有朝着'正式男友'的方向迈出步伐，反而学会了反唇相讥，跟我恶言相向，近墨者黑，这些陋习肯定都是汤若传染给你的……"高博捂着耳朵，"你还有完没完啊？奥巴马的就职演说也没你这么慷慨激昂……"

郭灿灿的话被堵了回去，气得肩膀都在颤，指着高博，"你不是总喜欢问我喜欢你哪一点吗？我现在可以告诉你了，我喜欢你滚远一点！"说完转身回到了自己的房间，坐在床上，对着正笑得灿烂的"高博"玩偶又一个耳光，骂道，"有病！"

高博也无精打采地躺在床上。突然手机响了，高博慵懒地接了起来，电话里传出汤若的声音："爱来不来，不见不散！"

"爱来不来"鸡翅馆是汤若他们的小圈子据点，开心也好，不开心也罢，他们总喜欢坐在同一张桌子，点上不同口味的几串鸡翅。他们也说不清这个习惯从什么时候开始，只知道这里的老桌子老椅子记录下了他们好多的喜怒哀乐、豪言壮语。看来，今天这里注定记录不下什么喜剧。醉眼惺忪的高博正坐在汤若的面前，看他一杯又一杯地灌啤酒。

这顿酒和以往遇到重大问题时一样，从华灯初上喝到万籁俱寂，又喝到了天边泛红，街上渐渐恢复了清晨的繁忙。汤若和高博相互扶着肩膀，举着啤酒罐，歪歪扭扭地走回走着瞧办公室，边走边唱自己瞎改的歪歌。高博唱着："站在天堂看地狱，人生就像情景剧；站在地狱看天堂，为谁辛苦为谁忙！"汤若唱着："此处不留爷，自有留爷处。处处不留爷，爷混小卖部！"

两个人停在公司门口，高博愣住了。汤若打了个酒嗝，问："怎么啦？"高博还是没有反应，汤若回过头，顺着他的视线，公司已经空空如也，电脑、办公桌全都没了。地上铺满了公司的资料纸，俨然成了"毛坯房"。

第二章

眼前的一切如一记重拳,让汤若和高博瞬间清醒。他们连忙冲上去制止搬东西的保安。物业经理张涛走了进来。汤若问:"你们这是弄的哪一出啊?"张涛摘下眼镜揉了揉眼睛,假装同情地说:"没办法,我们也是听上面的布置!"

高博一边和保安争抢着主机箱,一边喊道:"你们上面布置你们明抢业主的私有财产了?"张涛:"合同里白纸黑字的写着呢,要是你们付不起房租,管理公司就扣东西代为保管,房租交清了就归还。上次,那个跑了的皮包公司你们还记得吗?他们的例子就是前车之鉴!"

汤若分辩道:"这能同日而语吗?我们说要跑了吗?"张涛嘿嘿一笑,"你们是没说要跑,那你们倒是把房租给交了啊!"

汤若无可奈何地解释道:"张经理,你看啊,我们现在是非常时期,你跟上面说说缓我们一下,我会尽快想办法把欠租补上……"

张涛完全不理会,"说实话,你们公司现在都成了大厦里欠租的反面教材了,停电、换锁、软磨硬泡——我们这点催租金的伎俩都给你们用遍了,再不采取点措施,恐怕上面就得对我们采取措施了!希望你们能理解!"

高博怒道:"你们这种行为完全是想把我们摇摇欲坠的墙给推倒!"张涛拿起了一个垃圾桶,"算了吧,小哥儿们,我们这张破鼓也被你们捶得够呛了!彼此彼此吧!"汤若:"你也太饥不择食了吧,连垃圾桶你都不放过?"张涛带着一行保安头也不回地走了。

高博:"怎么着?要不朕接着去跟他们死磕?"汤若心不在焉地摇了摇头。高博靠在墙边看着狼藉的办公室感慨着,"生,容易!活,容易!生活,难!"汤若仰天长叹:"就地解散吧!"说完便无精打采地朝外走去。

高博喊道:"不至于这么抑郁吧,想开点!人生自古谁无死!"汤若头也不回地说:"谁要抑郁谁孙子!"高博环顾空空如也的四周,有些留恋。

瀚海公司中,乔乔正坐在财务经理办公室里。赵经理非常严肃地拿着乔乔昨天刚被汤八营表扬过的财务报表,"你看看你做的这是什么东西?"乔乔接过来仔细查看,疑惑地说:"没问题啊。"

赵经理:"我跟你说多少次了,填表的时候要用黑色的水写笔,这样才能显得大气,显得整齐。你看看,这能用吗?"乔乔一言不发,反正赵经理的刁难已经不是第一次了,她知道至少在面子上要给足她,于是顺从地频频点头。

赵经理却不依不饶,"陈乔,你别以为你跟汤总私人关系好就了不起了,其他的领导就不是领导了吗?回去重做!"乔乔无奈地拿着报表准备出去。赵经理头也不抬地说:"对了,你昨天怎么不在岗?我去你们屋三回都没瞧见你!"乔乔解释道:"我跟汤总请过假了,我朋友有点急事……"

赵经理一副认真的样子,"根据公司的管理制度,请假必须提前十二个小时!而且必须向你的部门直接领导请假,根据责任分配原则,你越级请假是不允许的,也是无效的!"接着,她低下头,不知写着什么,淡淡地说,"通知人事科,陈乔工作失误、越级请假扣发当月奖金。"乔乔眼睛瞪得很圆,诧异地盯着赵经理。

赵经理抬头,托了托眼镜,"怎么了?如果有异议的话你可以去找汤总!这些制度都是他亲自制定的!如果他说你可以在制度的管辖范围之外,我可以收回这个处罚决定!"

乔乔只能撇撇嘴往外走,走出办公室后,她长出一口气,靠在门口的墙上,一脸无奈。汤八营跟秘书从走廊的另一头经过,看到了乔乔,汤八营把手上的资料暂时扔给了秘书,远远地喊了一声:"乔乔!"

乔乔立马打起精神和他打招呼,可是她刚才的神情已经被细心的汤八营看在眼里。面对他的询问,乔乔犹豫了片刻,还是没把赵经理刁难她的实情说出来。其实,乔乔心里很清楚,赵经理和她作对,无非因为她是个"关系户"。赵经理的目的不过就是要在她面前保持权威罢了。反正乔乔从小到大都不是个爱抢风头的人,谁愿意当头,就让她当呗。只是,这被当成假想敌的滋味,还真是不好受。汤八营还有别的事情要处理,嘱咐了几句,就回到了办公室。乔乔郁闷地摆弄着手机。

走着瞧算是名存实亡了,公司名义上的头头汤若将车停在郊区的树林里,坐在车头,拿着一支铅笔在一张白纸上随意地画着素描。阳光透过树叶洒在他的脸上,让他的眼睛眯成了一条缝。

汤若怎么也不会想到,最终竟然败在一串钥匙上。上帝是个大导演,把喜欢的人的人生编成喜剧,把不喜欢的人的人生编成悲剧,却把他的人生写成了一出闹剧。此时他感觉自己就像是被人愚弄的玩偶,而种在他心里那颗总是不发芽的理想的种子,此时也成为别人的笑柄……

乔乔和汤若面对面坐在咖啡馆里,汤若依旧无精打采地低着头。乔乔拿手在汤若面前晃晃。汤若头也不抬,"没睡着,有话你就说。"

乔乔无奈地摇着头,"失算了,真是失算了!本来想中午跟你吃个饭,被你如同打过鸡血似的热情和横冲直撞式的斗志感染一下,以便获得些鼓舞,下午继续应付我们那个吹毛求疵的部门经理,可是没想到,你那往日熊熊燃烧的革命火种偏偏赶在今天熄灭了……郁闷!"

汤若:"过去一直不明白什么叫栽了,这次可算是身临其境地体验了个淋漓尽致!"

乔乔:"刚开始做这个网站的时候我就问过你,你说你全都想好了!看来还是没想透啊!创业本来就是充满着艰难险阻的嘛!看来脑子越复杂的人越容易把问题想简单,聪明的人往往在思考上会留下不该留的死角!"汤若突然严肃起来,欠了欠身子,把头探到乔乔面前,"你说我算不算一事无成?"

乔乔一口水险些喷了出来,"以您这'芳龄'问出这么'沧桑'的问题,简直就是无病呻吟的典型症状!"汤若问:"你知道我这回输给谁了吗?"乔乔:"ICC嘛!他们是IT界的大鳄!你们虽败犹荣!"

汤若摇摇头,"错了!我输给了李时恰!"乔乔撑着头,纳闷地说:"李时恰不就是ICC营运的头儿吗?那我说你们输给了ICC没错啊……"汤若继续摇头,"我不介意什么ICC,我在意的是那个自以为是的李时恰!"乔乔愣了一下,然后心领神会地笑了起来,说:"你说你和李时恰,从学校时就对着掐,这都毕了业还是仇人见面分外眼红!我就一直搞不明白,你和李时恰——两个在老师和同学的眼中一样杰出、一样优秀的青年,哪来的这么大的仇恨呢?"汤若皱起了眉头,盯着乔乔。

乔乔笑道:"你今天必须得把这个萦绕我心头多年的疑云给我解了!而且千万别拿'一山不容二虎'之类的低级借口来敷衍我!"汤若有些苦恼地想了想,"你别说,你这么一问,还真把我问住了!"

乔乔转着手中的奶昔,"你看!又是一个思考的死角!我来告诉你吧,你跟李时恰根本就无冤无仇,也完全不必这么针锋相对!你们就各立一个山头,插上自己的旗帜,签订个互不侵犯条约就得了!何苦这么较劲呢?!"

汤若煞有介事地思考了半天,"不对不对!你差点把我绕进去!我告诉你,有时候相互看不惯是不需要确切的理由的!而且往往这种冤家才是最不易解的!"

乔乔:"你看你,左边跟你爸赌气,右边跟冤家较劲,就这种心态,你能把事情做好吗?"汤若撇着嘴,神情古怪地看着乔乔,"你才刚到了瀚海几天啊,这么快就把汤八营那套迂腐陈旧的实用主义哲学体会得如此透彻!"乔乔叫道:"你少挖苦我!你怎么看你爸是你的事,汤叔叔可是我的良师益友!"

汤若认真地说:"凭我跟他在一起混了二十多年的经验劝告你,他可是个'洗脑'高手!千万别让他把你新世纪崭新的思维给你洗变了色!"

乔乔笑道:"你是不是跟你爸也是这种毫无理由的'冤家'啊?如果是的话,那你可要注意了,没准问题出在你这呢!"汤若不耐烦地把头扭向了窗外。乔乔看了看表,喊道:"糟糕!要迟到了!我先撤了啊!别回头去晚了,把我下个月的奖金也给扣了!"汤若不耐烦地摆了摆手示意她赶紧走。

走到门口,乔乔转过头,"临走前送你一句莎士比亚的话:不要因为你的敌人而燃起火把,烧伤自己!"

ICC的基层领导们坐在会议室里叽叽喳喳地议论着什么,李时恰也身在其中,但是他清高地玩着手中的笔,没有参与其他人的话题。风投的成功意味着什么,李时恰心里很清楚。但是,上进的他并不想把这次成功当成什么功劳簿里的金徽章,永久珍藏。他要以此做台阶,进一步往他早就为自己设计好的职业生涯顶峰攀登。

这时ICC的老板带着一个陌生的年轻人走了进来。大家都站起来面向老板,老板示意大家坐下后,笑着说:"我待会儿还有个董事会,因此这次的例会咱们长话短说,首先,最近网站的经营状况良好,而且点击率和广告客户稳定,希望大家能够继续保持这种势头;第二呢,这次在风投公司的竞争中,我们ICC视频网最终脱颖而出,这与营运总监李时恰的努力是密不可分的,所以呢,我做了一个决定,从今天起,李时恰正式被委任为ICC视频网络——PAR的高级运营顾问!"大家稍微迟疑了一下,疑惑地鼓了掌。李时恰的脸色一下子低沉了下来。

老板继续说:"还有,这位年轻人叫邹树,是我的儿子,刚从英国留学回来,在国外也是主修的计算机和网络,他将接任营运总监的职务,希望大家能给予配合!特别是李时恰,你实战经验丰富,要多加协助!"邹树谦和地跟大家鞠了个躬,"希望大家多加指点!"会议厅里响起了掌声。李时恰虽然也在鼓掌,但是阴沉的脸上明显地写着三个字:凭什么?

老板在秘书的陪同下,正匆匆忙忙地朝大堂外走,李时恰追上来喊住了老板。老板瞥了李时恰一眼,并没有停住脚步,"有事等我回来再说吧!我现在要赶去开会!"李时恰却不由分说地挡住他,质问道:"您这么做是什么意思?"老板不屑地白了他一眼,"怎么?不喜欢你的新职位?"李时恰压制着情绪,"这个职位简直是形同虚设!"

老板压抑着怒气,笑道:"年轻人,话不能这么说吧!每一个职位都有自己的作用的!"李时恰压抑着内心的不满,"您不觉得这么快就把我架空有点卸磨杀驴的意思吗?"

面对这个年轻后生的步步紧逼,老板终于站住了脚步,认真地看着李时恰,"小李啊,咱们直说吧!你的能力全公司的人都是有目共睹的,但是你的为人呢却差强人意!你清高和狂妄的性格经常惹员工们不满,频频向我投诉!"

李时恰还没有听出老板的弦外之音,固执地说:"您有没有想过那可能是他们的嫉妒心理呢?"老板哼了一声,"做了这么多年管理,是不是嫉妒我还是能分清的!可能你现在的位置实权不如过去大,但是必定薪水和待遇是翻倍的啊!所以,说我卸磨杀驴是不是有点过分了!"

李时恰分辩道:"邹总,我是喜欢实实在在工作的人,我希望掌管项目,我敢于承担责任!虽然我也有加薪的愿望,但是我不希望加薪的代价是让我待在这么一个可有可无的职位上虚度光阴!"

老板轻叹了一口气,开门见山地说:"咱们再说明白一些吧!邹树是我的儿子,从他出国游学、在国外大的IT产业里吸取经验,这一切都是我一手安排的,为什么?因为我要让他接我的班!这是我策划已久的事情,希望你不要忘了,ICC是家族企业!"说完径直走开,走了几步又回过头对着李时恰,"年轻人有点野心是应该的,但是把野心二字天天写在脸上,就让人看着不放心了!"李时恰若有所思地看着老板离去。

其实,在中国企业家中想把儿子培养成接班人的并不在少数,老板如果说有什么错误,也无非是表达上稍微强势了点。然而,李时恰自己的所作所为不引起老板的强势态度才奇怪呢。可是,年轻的李时恰还不懂得检讨自己,他暗下决心,一定要和这个刚夺了自己位置和胜利果实的名叫邹树的年轻人好好一较高下。

和爱儿子的李时恰的老板一样,汤八营也深深关注着儿子的事业进展,虽然昨天在听老王的汇报时他显得无动于衷,但整整一天,心里都跟打鼓一样。晚上,儿子没有打来电话,甚至没有回来。他是去庆祝了,还是……汤八营终于悄悄地拿起电话,"喂。韩经理啊,关于走着瞧网站的那笔风投?哦,哦。没事儿,他还年轻,是需要这样的锻炼的,我想看一下你们对于走着瞧的考评意见……那太感谢了!好好好,改天咱们一起喝茶!"

汤若走进了房间,汤八营连忙挂了电话,打开了DVD机和音响,周杰伦的《菊花台》从音箱里飘了出来。他得意扬扬地看着汤若,可是汤若却一言不发地走了,汤八营刚想说话,汤若又折了回来,"知道菊花台是什么了?"

汤八营笑道:"一首歌嘛!别以为我落伍了!那周……啥玩意来?周木伦唱的嘛!"话刚出口,还没有进展到汤八营接下来的现实部分,汤若突然开始气势汹汹地脱上衣摘领带,汤八营不明所以,紧张地站起来。刘以萍从厨房出来,正看到这一幕,连忙拉住儿子,"汤若,你干吗?"

汤若开始的动作似乎是要和汤八营动手打架，可是后面的动作就变得奇怪了，他先动手解下皮带又脱了西装裤，就穿着一条平角裤，"我愿赌服输。"说着便一个翻身倒立在墙角。

汤八营眼见这一幕，从鼻子里哼了一声，哗啦啦打开报纸，"三个小时，我替你看着。"汤母疑惑地问："哎，你们这是干吗？"

原来，早在一个月前，父子俩打过一个赌，若此次一百万风投失败，他自愿倒立三个小时，汤八营说如果他坚持不了三个小时，就必须乖乖来瀚海。现在汤若不过是实现承诺而已。

老子跟儿子打赌，这父子俩人真让人又可气又可笑。可是，汤八营怎么办呢？作为父亲，他深知儿子的毛病，自以为是、听不进劝告。他更深知，这一切正遗传了自己的脾气。汤八营还知道，自以为是也代表着有主见，而主见是作为公司领袖必备的条件之一。可是在明知一切，完全掌握利弊的情况下，他为什么还要和儿子抬杠，非和他作对呢？因为他知道，在没有经验的时候，自以为是很可能会让一个企业家一败涂地。想起瀚海创业初期，因为自己的自以为是，不是差点让整个公司倒闭吗？那个时候承担的心理压力，他不希望儿子也尝到。可这个儿子实在是太拧了！太像自己了！一想到这些，汤八营就喜忧参半。

汤八营时不时抬头看儿子一眼。已经过了一个多小时了。汤若脸通红，手臂也有些发抖。汤母端上了晚饭，"行了行了。快起来吧。"汤八营幸灾乐祸地说："唉，坚持不了就别坚持了，到瀚海来给我帮忙，从小兵干起，让我好好调教调教你身上那些坏毛病！"

汤若继续坚持着。汤八营也不管他，自顾自坐在餐桌边，兴高采烈地大嚼一块红烧肉，还使劲扒拉了两下饭，得意扬扬地看着汤若。汤若的汗滴滴答答地掉在地上，脸憋得通红，可他还是不放弃，再怎么样，也不能让汤八营看了笑话，汤若不停想着这句话。

汤八营坐在电视机前津津有味地看着新闻节目，时不时喝口茶朝汤若得意地瞥一眼。突然有人敲门，汤母开门，乔乔提着一袋子茶进来了。

汤八营连忙起身，招呼道："乔乔来了……坐坐坐！"乔乔笑着说："汤叔叔，我爸从浙江带回来的茶叶，今年的新茶，让我给您拿过来！"

汤八营接过袋子仔细看着茶罐，"嗯，这个老陈啊，还真是了解我的口味儿！"乔乔看到正在倒立的汤若，面露喜色，"嘿。拿上大顶了？看来打赌又输了……"

汤若憋着气，"你别跟这儿分散我注意力，我已经坚持了两个多小时了，还有四十分钟就成功了！"乔乔抬起头，调皮地说："汤叔叔，您这惩罚也太狠了吧？有点不近人情了！"汤八营哼了一声，"有人情味十足的他不选啊！"

汤若故作镇定地说:"算了吧!汤总!想让我去瀚海给你做勤务兵,看你的脸色!NO WAY!我才没那么愚昧!"

乔乔认真地说:"汤若同学,你这话我就不爱听了!我可得代表我们瀚海的员工跟你说道说道!瀚海怎么了?我们瀚海可是知名的大企业!现在哪台电脑上没有我们公司参与设计和编写的软件啊?而且看看我们的老总的精明就能知道员工肯定也不会差到哪儿去!"汤八营不断地给乔乔竖大拇指。

汤若:"你别跟着起哄了!刚被扣了奖金还在这儿捧臭脚!有劲吗?"汤八营意外地看着乔乔,问:"怎么回事?"乔乔看看汤八营严肃的表情,知道事情瞒不下去,嗫嚅着说:"是这样的,昨天我不是跟您请假出去了一趟吗?赵经理说公司的制度是不准越级请假的,所以……"汤八营:"这个赵经理,我都跟她说过多少次了,要对你多加照顾了!"

乔乔连忙打圆场,"没事,汤叔叔!我可不想在公司里搞特殊,让别人说三道四的,今后多注意点就行了!"汤若冷笑着说:"看看看看,多么死板和无趣的制度啊!尼采曾经说过,一切束缚人的桎梏都要统统被粉碎,人们要自由感性的意志生活!"

汤八营嚷道:"少跟我扯那些不着边际的事!我就相信一点,人不能逃避自己的弱点,没错,不叠被子、不爱起床是些小事,这些小事你都做不好,能成什么气候,卡耐基那句话怎么说的来着……"乔乔补充道:"一个不注意小事情的人,永远不会成就大事业!"汤八营频频点头,"对!"

汤若长叹,"哎……枯燥无味的说教啊!您这么崇尚卡耐基的人不会不知道他的另一句话吧:人生如舞台,如果你单单叙述一件事情,就无法打动人心。"汤八营一脸的无奈,指着汤若跟乔乔抱怨,"你看这孩子!我说一句他有十句在那儿等着!一天不顶嘴,白日遇见鬼!我这高血压就是让他给一点点气出来的!不行,我得吃药去了!——你给我立直了!乔乔,你帮我看着他!"然后蹒跚着走开。

乔乔拿起一块毛巾走到汤若身边,给汤若擦着汗。汤若却一点也不领情,"你爸跟我父亲物以类聚我能理解,他们属于臭味相投!你说你怎么年纪轻轻的也混进他们那个年龄段去了?"乔乔抿嘴一笑,没有回答,继续给他擦着汗。

回到卧室里汤八营终于放下刚才端起来的架子,很难受地捂着胸口。刘以萍连忙递上药和水,扶他躺上床休息,责备着:"你这是何必呢?每次跟儿子理论,最后都自己遭罪。"

汤八营叹了口气,挥挥手。床头的电话响了,汤八营接起来,"喂。老陈,乔乔在呢。啊?"他从床上跳下来,急切地说,"好,我马上就到。"刘以萍忙问:"怎么啦?"汤八营一脸紧张地说:"吕强进医院了。"两个人慌忙抄起衣服跑出了门。

乔乔笑嘻嘻地拍了下汤若的脑袋，"你运气可真好。"汤若说："怎么啦？"乔乔用目光示意他汤八营走了，"还不快起来。"汤若不屑地说："君子一言，快马一鞭！"乔乔"切"了一声，跳在沙发上，哗啦啦打开一包薯片。

汤若和父亲闹得不可开交，王大亮也因为意外的骨折遭遇了下岗风波。这时的他正拿着被褥和包袱站在老板面前，周围站了一圈服务员和厨师。王大亮可怜巴巴地说："老板，咱再商量一下！"

老板背着手，冷酷地说："不用商量了！小本生意不养闲人！我告诉你，我收下你都是看咱村长的面子，我上初中的时候，你二叔和隔壁村的几个孩子揍过我一顿，到现在我都恨他！要是单凭你家和俺家这点关系，我起根儿就不会让你留下来！"

王大亮赔着笑脸，"俺二叔就是那个脾气，你和他计较啥来。"老板："我和你二叔的过节多得很！本来你二婶是村长给我说的对象，也让你二叔给抢走了！啥玩意儿！"王大亮沉默了半天，"那等俺脚好了，还能回来吗？"

老板嚷道："你可别再回来了！耽误了我这么大生意我没和你计较就算不孬啦！赶紧走吧！"王大亮还想再说点什么，看着老板坚决地挥动着大手，就没说出口，提起包袱从人群中走了出去。

失业的王大亮提着包袱在街上缓慢地走着，对他来说，失业还代表着失去了住处，虽然打工几个月稍微有点积蓄，但这里的高消费，他的那点钱能支持多久？可就这样打道回府？王大亮不甘心。他深信，一技傍身，只要给他一个礼拜的时间，不也许只要三天，他一定能在这个大城市再找到工作。可是，要熬过这三天，就不得不动用他的存款，作为一个收入一般的厨师，这些钱他攒得很辛苦，而且，他还要用这些钱做一件更重要的事情。唉，如果不是倒霉地碰到车祸……王大亮停住了脚步，对啊，要不是因为车祸，他怎么会在这里烦恼呢？他果断地走进了路边的小卖部，拿起柜台上的电话，按照手里一张皱巴巴的纸条拨了一串号码。

医院的病床上，老战友吕强为自己不争气的儿子叹道："如果，我当年把他留在身边会出这些问题？如果，他挪用我第一笔公款的时候，我能及时制止，他能想到私募资金？如果，他找借口，在那里夸夸其谈、粉饰太平的时候，我没有被蒙蔽，没有盲目地相信他，会有今天？我就是相信了他那张嘴，才落得今天，也害了他呀！"汤八营不由得捂住了心脏。

离开了病房，可是吕强的话却反反复复回荡在汤八营的耳边，他沉默地开着车。刘以萍从后视镜中观察着他的表情。三十多年的夫妻生活，已经让她对丈夫的一举一动都了如指掌，她知道每当暴脾气的丈夫沉默，就是他心理活动非常剧烈的时候。其实，儿子的创业她一直是暗中支持的。但是，丈夫的担忧她也并不是没有。手心手背都是肉，作为一个妻子，同时作为一个母亲，如何平衡丈夫和儿子的关系，成了她的一个大难题。刘以萍安慰地按了按汤八营的手。

乔乔一边吃着薯片，一边看着连续剧，汤若依然倒立着。汤若问："现在几点了？"乔乔看了看表，"快了！还有八分钟！再坚持一下。"突然，手机响了。乔乔接起电话，"喂……我记得！哦……好的，见面详谈吧！街心花园！好的！"汤若："怎么了？你妈最近又给你相了一亲啊？"

乔乔又打了汤若一下，"胡说什么呢！是王大亮！——就是被高博撞翻在地后硬说自己残废了的那个优优快餐店的厨师！"汤若笑道："你的概括能力真强！"乔乔撇着嘴，"你的分析能力真弱！还相亲呢！拿你的大顶吧！"说完便拿起包离开。

乔乔在一个饮料摊买了两瓶水，穿过马路，朝街心公园走去。远远地就看到王大亮蹲在喷泉边上狼吞虎咽地吃着肉夹馍，乔乔走近把拧开盖的饮料递到王大亮面前，"慢点吃！没人和你抢！"王大亮含糊答应着，依旧大口大口地吃着，他把失业且无家可归的事情经过都告诉了乔乔。

乔乔生气地说："你们老板也太不像话了！虽然那件事情你有过失，可也不能这么决绝吧！"王大亮灌了几口水，"你看，能不能去给你们老板说说，今后都从优优快餐订盒饭，这样的话，俺可能还有机会再重新回去！"

乔乔恨道："你们老板如果是这色人等，不值得我去帮他！"王大亮说："你就当帮俺了！"乔乔面露难色，犹豫了一下，"要搁过去，我肯定可以帮你这忙，可是我因为带你看病没请假，刚刚受处罚，所以最近得避嫌……"看到王大亮一副失落的神情，她又忙说，"这样吧，等你吃完，我陪你去一趟餐馆，跟你们老板理论理论！他这是违反新《劳动法》的，我们去申请仲裁，告他！"王大亮连连摇头，"别……别别……那可使不得！"

乔乔："你别担心，劳动仲裁的程序不复杂！"王大亮低下头，"不是……唉……我那个……"他急着要解释什么，但是又觉得不知道该怎么解释，索性在自己的包袱里拿出了一张"项春春"的照片，举到乔乔面前，害羞地说，"俺老板是她舅舅！亲舅舅！"乔乔不解地皱了皱眉头，仔细看着那张照片。

一个破旧的老式数码相机在伸缩着镜头，液晶屏里一会儿虚一会儿实，终于看清了项春春的样子，她正在理发店里给一个中年人按摩头部，一脸恬静的微笑显得质朴。相机举在街对面的王大亮的手里，乔乔弯着腰眯着眼睛看着，低声说："你上次不是说这个姑娘跟你没关系吗？！"

王大亮把相机举到自己眼睛前面，痴迷地看着液晶屏，"现在是和俺没关系，可是俺一直努力和她扯上关系！"乔乔笑道："你喜欢她啊？"王大亮憨乎乎地笑着，点了点头。乔乔问："那她知道吗？"王大亮依然憨厚地笑着，又摇了摇头。

"看你挺老实的一人，没想到花花肠子还挺多的！"乔乔说着接过了相机，举在自己眼前，端详着。王大亮嗫嚅着，"她叫项春春，和俺是一个村子里的，俺一直挺喜欢她的！可是上完了高中，她离开农村来这里找他舅舅打工来了！在饭店里端了几个月的盘子，后来学了个美容美发，就开始给别人剃头了！你看俺这头发，她给剃的！"王大亮揪着自己的头发展示了一番，突然打量起乔乔的头发，"俺看你这头发也该剪了……"

乔乔忙说："打住打住！给你梦中情人拉客人可别打我的主意，我可是沙宣的金卡VIP，有专业发型师照顾着我的头发呢！——你不会为了追这个姑娘才从农村进城打工的吧？"王大亮使劲地点了点头。乔乔若有所思地点点头，又皱了皱眉，"我理解你的痴情，不过，为了一个女孩，一猛子扎到大城市，你不觉得有点盲目吗？"

王大亮连忙分辩，"不盲目！俺来之前去镇上学了厨师，在全国著名的'凤凰厨师学校'……你不知道？电视里整天广告……"乔乔摇了摇头。

王大亮疑惑地说："这么出名的学校你竟然不知道？就那个'凤凰凤凰，一路辉煌'……"接着手舞足蹈地给乔乔演示着凤凰厨师学校的广告。乔乔仍然一脸懵懂，"行了行了！你别费劲了，我又不学厨师，知不知道的关系不大！"

王大亮又开始打量起了乔乔的头发，认真地说："其实，俺觉得你这头发春春应该也会剪，她也是专业发型师，也可以给你办个Ｖ什么Ｂ……"乔乔不耐烦，"你有完没完啊，都流落街头了，还在这左顾右盼的！"

王大亮叹了一口气，"反正俺不能告春春她舅，俺二叔已经把他得罪得够呛了，俺要再得罪他，恐怕他就得干涉俺和春春的来往了！"乔乔听了也面露难色。

高博在房间里玩着游戏，手忙脚乱地忙活了一额头汗，没心没肺的他根本没把风投失利的事情放在心上。因为他相信汤若。他觉得，汤若一定能想出好办法让走着瞧绝处逢生，到时候他只要继续积极配合做勤劳的小蜜蜂就可以了。郭灿灿脸上敷着面膜出现在门口，敲了敲门，靠在门框上。

高博瞥了郭灿灿一眼，依然忙着点着鼠标，"爱妃不生朕的气了？"郭灿灿生气地又使劲敲了敲门，示意高博停下游戏。高博："爱妃别急啊，等朕把这个怪物打死，马上跟你会晤！"

郭灿灿白着眼睛，"本公主没耐心等！你听好就行了！——下个礼拜五之前，请您务必把房租和水电费交齐！"她转身要走，高博赶紧扔下鼠标，追上

去一把拉住她,"哎哎哎!爱妃,咱那房租和水电费不是刚交过吗?"郭灿灿一字一顿地说:"是我刚交过!"

高博有些着急,"朕的那份你不是也替朕垫上了吗?"郭灿灿冷笑道:"你还要本公主把话说到多么明白?我替你垫上了你就不用还了吗?"高博皮笑肉不笑地蹭到郭灿灿身边,扶着她的肩膀,"低头不见抬头见,总谈还钱伤情面……"

郭灿灿用两个手指头把高博的手从肩膀上拨开,用公事公办的口气说:"这位同志,咱们是异性合租不是异性同居,请您行为上自重一些,经济上独立一些!OK?"高博媚笑着说:"这话说得也太见外了吧?好歹朕也是你的见习男友啊,转正的日子指日可待啊!"

郭灿灿:"不好意思,本公主没兴趣讨论除还钱以外的其他主题!"高博半认真地说:"我说爱妃,你知道,寡人的公司刚黄!你这么紧跟着催债,未免太落井下石了吧!"

郭灿灿嚷起来:"那是你公司吗?!再说了,你光想着你公司黄了,别忘了,本公主那准备了一个月的面试也黄了!还是让你这个搅屎棍子搅和黄的!"高博又犯了结巴,"那……那……朕的公司破产倒闭,你也多少有些责任吧!"

郭灿灿冷笑着说:"算了吧你,就你们那破公司不倒闭属于奇迹,黄了属于客观规律!而且,本公主早就奉劝过你,不要跟着汤若去搞什么公司!以你的专业水平,找个稳定的工作完全不成问题!可你呢?偏要做着那二毛五分钱的春秋梦去跟着人家公子哥去创业,怎么样啊?一个月工资都没拿到吧?"高博频频点头,"爱妃挖苦得对,朕现在正痛苦万分!朕肯定会痛定思痛!痛改前非!"

郭灿灿:"你少跟我装片儿汤!本公主绝不会再被你那套满嘴跑火车的把戏所蒙蔽蛊惑!下个礼拜五之前,我希望有一沓差不多五厘米厚的百元人民币静静地躺在我的梳妆台上,否则,后果自负!"

高博有些诧异地盯着郭灿灿的面膜看,然后一副恍然大悟的样子,"哦……朕还想为什么今天善良可爱、仗义疏财的爱妃怎么突然变得这么冷酷呢?原来是爱妃戴着面具的缘故……"一把抓了郭灿灿脸上的面膜,"这伪装的面具被摘下来,你还敢说一遍刚才的话吗?"

郭灿灿一字一顿地说:"还——钱!"说完她一把抢回面膜,走回自己屋子,重重地摔上门。高博轻轻敲着门,可怜巴巴地说:"爱妃啊!你这不是要逼良为娼吗?"郭灿灿在屋子里应答着:"堂堂男子汉,欠着女孩的钱不还,你也不觉得羞耻!"

高博生气了,喊道:"什么男子汉啊,有钱是男子汉!没钱是汉子难啊!"郭灿灿在屋子里没了动静,高博把耳朵贴在门上听,突然,手机响了起来。

汤八营和刘以萍脸色沉重地回到了家。墙上的钟，正指向9：00。汤若一个鹞子翻身站起来，可晕得左右晃，他扶着墙壁，总算勉强站住，"三个小时，一分不差，说到做到。"

汤母看汤若脸色通红，爱子心切，连忙上去按他坐下，帮他按摩。汤八营并不理他，自己低头在那里换完鞋，不带任何感情色彩地说："你今天早点休息！明天一早和我一起去公司，先去报个到！"

汤若晃了晃脑袋，"是不是倒立太久头晕导致听觉系统紊乱了？您说让我明天跟您去哪儿？"

汤八营："去瀚海。"汤母示意汤若别犟。可汤若已经跳了起来，叫道："凭什么啊？三个小时我坚持下来了啊！"汤八营放下钥匙，"咱们打的赌已经结束了！你倒立了三个小时！也算是愿赌服输了！那件事情已经过去了，不再提了！现在我跟你谈的是你接下来的事情，是关于你未来的前途的规划问题……"

汤若半真半假地说："父亲，我真心谢谢您的好意！我有自己的公司，那就是我的前途！"汤八营还是耐着性子，"你就别嘴硬了！我已经找人查过了。你们公司现在已然是名存实亡，几个月来不但一点盈利都没有还欠了一屁股债。连租金和电话费都交不起了。还谈什么前途……这样吧，那些钱我替你还上，然后你去把公司注销了，到我这来上班！"

汤若这次真急了，绕到汤八营面前，"您的好意我心领了！不过，这种恩赐我没法接受！还是我自己来处理吧！"汤八营叉着腰，有些喘气，"你不必在这件事情上表现你的自尊心！现在不是都兴儿子创业，老子买单吗？"汤若叫道："我可不赶这个时髦！"汤八营急了，指着汤若也嚷起来："公司做成这个样子了，还有什么资格这么理直气壮！"

汤若："公司成了什么样子也跟您无关！即便是失败了，我也享受这一败涂地的感觉！"汤八营冷笑道："你是享受了！你考不考虑你的员工！人家跟你折腾这么久，你给人家开过工资吗？"

汤若辩解道："我们是好朋友！亲兄弟！金死党！铁哥们儿！有福同享有难同当！没那么重的铜臭味！"汤八营一阵晕眩，刘以萍连忙扶住他，一边还劝着儿子，"汤若！你爸爸今天心情不好……"

汤八营甩开妻子，指着汤若的鼻子骂道："你的好朋友是信任你才跟着你做事的，到头来竹篮打水一场空，你非但没点悔意，还一副死猪不怕开水烫的架势！连做人最基本的一点责任感都没有，还谈何做事业？"汤若喃喃道："反正我在您眼中就是一块千疮百孔的劣质蜂窝煤。扔到炉子里点不着，放在外面碍眼。"

汤八营嚷道："我没觉得你碍眼！我现正以'瀚海国际'CEO的身份正式

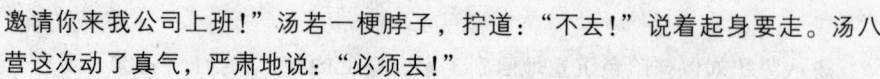

邀请你来我公司上班!"汤若一梗脖子,拧道:"不去!"说着起身要走。汤八营这次动了真气,严肃地说:"必须去!"

汤若沉默了片刻,终于忍不住,"我不希望我们的父子关系因为你的强权压制而陷入到剑拔弩张的处境,如果您非要让我们之间的矛盾登峰造极,那我也奉陪!需要加以说明,这可不是您所谓的大逆不道!这是一种无以复加后的捍卫!"汤若说完摔门而去,汤八营坐在沙发里呼哧呼哧地喘着气。

快餐店里,乔乔和王大亮比肩而坐,刚刚被电话紧急召唤来的高博一副惊呆的表情坐在俩人对面。只见他张着嘴巴,指着王大亮说:"你所谓的十万火急的要紧事就是让朕把他——王……什么……"王大亮叫道:"王大亮!"高博:"把王大亮带回家住?"

乔乔吸嘬着饮料,"对啊,他现在可是流落街头了!"高博不可置信地看看王大亮又看看乔乔,"开……开什么后现代玩笑!郭灿灿会要了寡人的命的!"乔乔:"那你得自己想办法了!毕竟是因为你人家才落到现在这步田地的!"

高博郁闷地说:"实不相瞒!就在几个小时前,朕也被逼到了幸福的边缘,眼看也要流落街头了!"乔乔笑道:"那你们就一起搭伴流浪吧!我不管!我的任务已经完成了!"起身要走,高博一把拽住乔乔,紧张地说:"你……你……拍拍屁股走了,把这大鼻涕甩在朕身上,让朕怎么处理啊!"王大亮据理力争,"俺不是大鼻涕……"

乔乔嚷道:"你讲不讲点道理啊!高博!我为了你这'撞车门'事件做出的牺牲还小啊?这大鼻涕本来就应该粘在你身上的!"王大亮依旧抓着高博的手据理力争地说:"俺不是大鼻涕……"高博甩开王大亮的手,"可是这大鼻涕本来都已经甩掉了,是你把他再次粘回来的!"

乔乔:"你怎么那么没同情心呢!现代人身上的那点冷漠全让你给吸收了是吧!"高博分辩道:"这跟同情心没关系的!朕现在的境况实在是棘手得很!你也知道,人怕出名猪怕壮,男怕没钱女怕胖。朕现在正是缺钱的尴尬期,腰板不直啊!"

乔乔摊摊手,"那我就爱莫能助了!我想,无论在什么情况下,都应该自己擦鼻涕才对!"说完便径直离开。王大亮看着乔乔的背影小声嘀咕:"俺不是大鼻涕……"

高博和王大亮面面相觑,突然,高博眼珠子转了两圈,想一跑了之,他若无其事地四下看了看,骤然拔腿朝餐厅的大门跑去,可是跑了没几步,脚下一滑,跟餐厅的服务员摔在了一起。王大亮不解地看着在地上挣扎的高博,一脸疑惑地说:"你这是干啥?"

汤若坐在大排档的人群中吃着烤串,闷闷不乐地喝着啤酒。李时恰走到另一个桌子旁刚坐下，就发现了邻桌的汤若。李时恰招呼服务员点了一瓶啤酒拿着酒走到汤若的桌前坐下，汤若瞟了他一眼继续喝酒。李时恰喝了一口啤酒说："我坐在这儿不打搅你体会'失败滋味'的雅致吧？"

汤若抬头瞥了李时恰一眼，继续吃着东西，"今晚心情欠佳，不想跟你斗嘴！"李时恰笑道："理解！长途奔袭后输掉了比赛，剩下的除了沮丧，还多少会有些倦怠！"

汤若也做出笑脸，"ICC是个大马力的平台，驾驶它赢下比赛是不足为奇的，只是我可能永远也无法体会你这种'狐假虎威'的心理优越感究竟能带来多大的快乐！"李时恰苦笑着摇着头，举起杯子跟汤若碰了一下。

李时恰："毕竟你还是比我小两岁啊！再过几年你就会明白，关爱对手也是人生的必修课！"汤若："现在咱们不是对手了！我的公司已经无力回天了，你就在你的迷魂阵里独孤求败吧！"

李时恰："还记得我们第一次说话吗？就是在这个大排档，期末考试结束了，大家都跑到这里来庆祝！"汤若回忆道："那次我喝多了！"李时恰说："现在你没喝多，不过说话时的刻薄却跟上次如出一辙！"

汤若喝下最后一杯酒，"那我赶紧撤吧！免得待会又喝多了，重蹈覆辙！"李时恰皱着眉头，"有一件事情我一直想不明白，就是为什么咱俩总是针锋相对？"汤若不置可否地摇摇头，"我也不明白！"汤若坐在一辆空荡荡的公交车上，出神地望着窗外。

汤八营则黯然坐在漆黑的客厅中抽烟，红星一亮一灭。刘以萍叹了口气，帮他打开台灯，又掐灭了烟。刘以萍知道，汤八营已经戒烟很久了，这次他复吸，一定是还放不下小吕出事的阴影。她劝道："吕强家的事是个意外。也不是谁家的儿子都那么大逆不道……"

汤八营叹道："那臭小子我见过，和汤若一模一样，比谁都能说，比谁都自以为是。"刘以萍安慰地拍拍汤八营的肩膀。

汤八营："我原来想让汤若来瀚海，主要是考虑他经验不足，希望给他一个好的平台，扶上马再送一程。所以，他要自己创业搞什么破视频公司，我也就睁一只眼，闭一只眼。可现在看来，他一天不懂得做人的责任，我就一天不能让他踏上社会。"刘以萍："他能听你的？就你那暴脾气，说不了两句就得吵。"

汤八营："明天，我得跟他好好谈谈。"他久久凝视桌边相框里那张泛黄的他与吕强、陈大虎、刘祺的军营合影。

屋子里亮着一盏昏黄的灯。高博和王大亮偷偷摸摸、小心翼翼地摸进了门。高博示意王大亮站在原地，自己跑到了郭灿灿房间门口听了听，然后才放

心下来，用几乎听不到的声音，小心翼翼地说："进来吧！轻点！"王大亮放下了东西，疑惑地说："这是不是你家啊？你咋像做贼似的！"

高博作了个嘘的手势，再度压低声音，"废话！不是我家我能有钥匙吗？只不过朕在家里的地位比较低下！——你就睡客厅沙发上吧！"说着，他便帮王大亮收拾着沙发上的杂物。可王大亮却偏偏朝着郭灿灿的房间走去。高博连忙喝住他："站住！瞎转悠什么？回头把地位高的人吵醒了，那咱俩就都得出去睡了！"

王大亮无奈地猫着腰走回到沙发，脱鞋躺了下来。等高博把王大亮的臭袜子扔到门口时，王大亮已经鼾声四起了。

郭灿灿一声尖叫划破了清晨的寂静。头发零乱刚起床的郭灿灿和满嘴泡沫正在刷牙的王大亮对视了几秒，随即，郭灿灿抄起来一只玩具熊开始追打王大亮，王大亮四处逃窜。

郭灿灿喊道："高博！高博！快出来！——家里进来人了！"高博迷迷瞪瞪地冲出屋子，见势不妙，一把拉住了郭灿灿，谄媚地说："误会误会！这是朕的客人！"

郭灿灿疑惑地看看高博又看看王大亮。高博忙说："他叫……大鼻涕……"王大亮据理力争道："俺不是大鼻涕……"高博赔笑说："对对对！不是不是！他叫王……你自我介绍一下！"王大亮龇出两排小白牙，"俺叫王大亮，结业于凤凰厨师学校！"郭灿灿还是眉头紧锁，一脸茫然。

王大亮继续说："俺学校可出名啦！电视成天广告，'凤凰凤凰，一路辉煌！'"高博推着手舞足蹈的王大亮，"你先去洗漱一下！我们有点儿事要说……"王大亮不置可否地被推进了洗手间。高博一脸讪笑地凑到郭灿灿身边。

郭灿灿冷笑道："记不记得咱们当初的约法三章！——禁止留宿狐朋狗友！如有特殊情况，需要提前通知对方！"高博："昨天回来得太晚了，你都睡下了，所以就没向你通报！"

郭灿灿朝着卫生间的方向心有余悸地看了一眼，"这个王……什么大……他叫什么来着？"高博也被问住了，疑惑地说："王……"

郭灿灿突然警惕地看着高博，高博一脸紧张，连忙掩饰着说："管他叫王什么呢！我们都管他叫'大鼻涕'，这是他的外号……"郭灿灿的警惕性毫无消除之意，"这大鼻涕和你什么关系啊？"

高博不敢直视郭灿灿，眼神忽忽悠悠地乱飘，"朋友啊！好朋友……"郭灿灿咄咄逼人地盯着高博，"那你连好朋友的名字都记不住？"

高博笑道："他那名字太绕嘴……何况，记人名也不是朕的强项！"郭灿灿想了想，撅着嘴，"撒谎！你最好老实交代，这人究竟是谁？来自何方？"高博扶着郭灿灿的肩膀，"他自己不都说了吗！他结业于凤凰厨师学校啊，应该是个厨师吧……"郭灿灿杏眼圆睁，跳了起来，"什么叫应该啊！高博，你少跟我打马虎眼！本公主的基因链里写着'去伪存真'四个大字呢，能骗本公主的生物种群还没被发现呢！我再给你一次机会，你要是还不从实招来，我就让你抓栏杆、撕床单、痛不欲生……"

高博忙拉住郭灿灿，"好了好了好了！别往下说了！我坦白！其实朕也不知道他是谁，前几天朕骑车子去公司，一不留神跟他撞到了一块儿，然后他就赖上朕了……"

郭灿灿白了高博一眼，"高博！你这胆子里撒了发酵粉了是不是？几天没留意你，胆子就膨胀到如此之大！一个完全不了解的人，你竟然敢擅自留宿，并且还想跟我瞒天过海，蒙混过关……"

高博赔笑道："爱妃息怒！息怒！朕今天肯定想办法把他甩掉！朕有这样一个计划……"他凑到郭灿灿耳边，被郭灿灿不耐烦地推开，"甭跟我说这个，怎么处理是你的问题！反正不准陌生人寄宿，这是铁打的原则！"高博继续嬉皮笑脸地讨好着郭灿灿。郭灿灿不耐烦地说："高博，我真想拿把尺子精确地测量一下你脸皮的厚度！自己的房租赖着不交，还觍着脸往家里招呼外人！厚颜无耻，出门踩屎！"

郭灿灿说完径直回到了自己房间里。高博推开厕所门，发现王大亮脸上涂着洗面奶，轻轻揉搓着，还一脸陶醉地说："这个玩意真滑溜，比肥皂舒服多了！"

高博指着其中一个化妆品瓶子，紧张地问："你是不是用的这个？"王大亮睁开了一只眼，看了一下，点了点头。高博连忙关上了门，小心翼翼地往洗面奶里对水，压低嗓子说："这一小瓶，赶上你三个月的工资了！"正准备冲掉的王大亮大叫："啥?！咦……那俺可不敢洗了！"

高博不屑地说："就你那糙皮烂肉，都比不上郭灿灿胳肢窝的皮肤金贵。赶紧给朕销毁证据！"王大亮还一副犹犹豫豫的样子，冷不丁还伸出舌头，舔了一下嘴边的洗面奶。高博简直烦透了这块狗皮膏药，按着王大亮的头一阵乱冲。

汤若鬼鬼祟祟地从卧室里钻出来。正看到汤八营来到客厅吃饭。躲得了初一，躲不过十五，他无奈地整理了一下头发衣服，快步下楼。面对母亲的招呼，他也只敷衍了一句去公司。现在他只想赶紧逃离这个家，逃离汤八营。可是怕什么来什么，汤八营史无前例地让他陪着出去一趟。汤若当然是拒绝，他心里打着小算盘，只要父亲一唠叨，他就做出一副不堪其扰的样子飞速蹿出门去，一点不给汤八营留反应的机会。可是奇怪了，汤八营那些"不谦虚""没礼貌"的老生常谈并没有在耳边响起。汤若偷眼看，汤八营正沉默地坐在桌边。看来，沉默确实是对待桀骜不驯者最佳的良药，汤若搞不清父亲的状况，被他少见的沉默吓着，乖乖坐到桌边。

原来,汤八营是要带汤若打高尔夫球,当然,醉翁之意不在酒。汤若心里很清楚,这次汤八营是要"借球论事",果然不出所料,汤八营打出了几杆好球后,便把球杆递给了他。汤若推辞一番,接了过来。虽然他觉得汤八营的这个想法很幼稚,但也想在父亲面前露露脸。可是从没有打过高尔夫球的他还是跌了面子,重重地挥了一杆,不但球没打远,还把手腕震得生疼,汤若脸上又红又白。汤八营不失时机地抓着儿子的手打出一杆,球飞了个漂亮的弧线。汤若更尴尬了,他索性先发制人,说:"打球跟做公司能一样吗?"

汤八营回答:"道理是一样的。"汤若"切"了一声。汤八营在一个缓坡上坐下,递给汤若一瓶水,昨天晚上他已经痛下决心,今天绝不发火,心平气和地和儿子好好聊聊。汤八营说:"你跟我说说,你为什么要做公司?"

汤若还在为刚才的"跌份儿"懊恼,没好气地回答:"你说呢?"汤八营:"就为了跟我走着瞧?"汤若被逗乐了,笑道:"别把我想得那么狭隘。主要是,那是我的理想。"

汤八营也笑了,"哦?那你说说,你的理想具体是怎么回事?"汤若皱了皱眉头,烦躁地说:"我的理想是把公司做好。中国二十至四十岁之间的年轻网民中有百分之八十将走着瞧设置为首页,每天一上网就先浏览我的网站,对我来说才算成功。"汤八营抬抬眉毛,他没想到儿子的志向还挺远大。

汤若以为镇住了父亲,兴奋地说:"我要他们每天从我的网站上接收资讯,了解最新最快的社会百态,我将用轻松幽默的视频方式,取代传统媒体严肃的长篇大论。另外,我还要为年轻人在庞杂的网络世界争取到一块领地。在走着瞧只要不违法,不违反道德,人人有权利发言,有权利展现自己的生活态度,有权利与一切腐朽的伪道学家及其必然要被取代的陈词滥调作斗争!"

"你所谓的伪道学家,就指的我这样的人?"接着汤八营叹了口气,"你的想法很好,可是真做起来有说得那么容易?好,我们假设你有万分之一的希望做到了你所说的那个好……"汤若叫道:"为什么是万分之一?"

汤八营摆摆手,"如果做到了,你打算传达给大家什么样的价值观,道德观?你要跟我们不一样,那你的观点是什么?"汤若一时语塞,"这个,这个当然按照不同的事件有不同的观点……"

汤八营认真地看着汤若,说:"那你的基础是什么?"汤若:"总之,等百分之八十的人把我们设成了首页,我自然知道该传达什么。"

汤八营笑道:"就怕你到了时候,还是不知道该怎么做。"汤若故意学着汤八营的口吻,"传达一种积极进取,回报父母,回报社会,回报祖国的负责任态度,行了吧。就知道你叫我出来,是想让我听你讲思想品德课。"

汤八营皱着眉头,认真地说:"汤若,你觉得一个人的思想品德就那么不重要?"汤若不耐烦地说:"重要。但重要的东西就要整天放在嘴里说吗?最讨厌你们这种口号主义。"

汤八营："好。你不愿意喊口号。那就来点具体的，你说说，你自认为现阶段该负的责任都是什么？你都做到了没有？""这还不口号啊？"汤若叹了口气，"好吧，亲爱的父亲。我敢说，您敢听吗？"

汤八营笑了，示意他说下去，汤若决定跟汤八营开个玩笑，一边打量着父亲的脸色，一边说："我看过一个电影，叫蜘蛛侠，里面有句话，叫能力越大责任越大。"汤八营点点头。

汤若："所以，我认为一个人只有能力大了，责任才能大。换句话说，如果没能力，即使口号喊得再响，也白搭。就拿走着瞧来说，如果没有人看，我们传达任何观点宣扬怎样的价值观都没用。"汤八营皱皱眉头。

汤若接着说："所以，就走着瞧的现状来看，第一步就是增加吸引力，至于以后要担负的社会责任，到时候再说。而就我个人现阶段来说，在不偷不抢不啃老的前提下把公司做好，就算负责任了。"

汤若说着自己给自己鼓掌，还装模作样地点头感谢。汤八营很看不惯，但咳嗽一声还是忍了，"你管这就叫责任啊？我看这叫自私。不偷不抢不啃老，这是你应该做的，还上升不到责任的范畴。责任指的是，你该为身边的人做些什么。你那……"汤八营话还没说完，就被汤若打断，"对自己负责任就不是负责任了？一个人连对自己都付不了责，怎么对别人负责？"

汤八营："可一个人如果只对自己负责，为了对自己负责，不考虑父母，不考虑朋友，不考虑身边的任何人，这不是自私是什么？"汤若："所以我说了是现阶段嘛。跟你这个年龄段的老古董讲不清。"

汤八营神色严肃地说："汤若，你讲不清，因为你讲的是歪理。你这是伪责任感！"汤若跳起来，"那你让我现在去拯救地球啊？"汤八营实在忍不住了，吼道："你至少应该对我、对你妈，对你那个唯一的员工先付起责任来！"

两个人都沉默了。其实，一听到责任问题，汤若就很不耐烦，那个关于对自己负责任的话也不过是他跟汤八营故意开的玩笑。但是，说着说着，汤若就发现其实自己是部分赞同那个对自己负责任的理论的。和所有的年轻人一样，汤若不是没有想过孝敬父母，对唯一的员工，从没有拿过工资的高博，他更是感到十二万分的抱歉。可是，他的公司刚失败，他连未来都看不到，拿什么去为他们负责任？他深深感到自己的无力，一种明知有责任却做不到的无力。汤若很讨厌这种感觉，于是下意识地拒绝了这种责任。一个人只对自己负责任该多好！别装，难道作为一个年轻人，你心里就没有冒出过这个念头？汤若这样纠结地沉默着，他很想把真实的想法和父亲聊聊，得到一些安慰。可是，汤八营的表情又让他打消了这个念头。公司失败后，汤八营对他冷嘲热讽，乔乔则一副早就料到的样子，就连高博，似乎也没什么表示。汤若很累，为什么他最

尊敬的父亲就不能和其他人的父亲一样，给儿子说几句鼓励的好话，打打气呢？这时的汤若很失落，很难过，可汤若很拧，越是得不到安慰他就越不能气馁，最终还是赌气地说："说来说去，不就要我去瀚海？"

这句话的出口，让汤八营也感到失望。他以为儿子的沉默是在反思自己的理论，进而反思自己公司失败的根源。其实，只要儿子提起这个话题，他愿意以在商场摸爬滚打了几十年的老前辈的身份，将所有的经验都传授给他。汤八营甚至想过和儿子一起好好分析一下走着瞧的整个失败历程，如果可能，说不定他还会继续支持他创业，给他做顾问。当然，他的心里，还装了很多安慰的话。可是，儿子却以为自己的一番好心，不过就是要压迫他去瀚海。他觉得，儿子还是太不成熟了，但他还是决定理智一点，"如果你跟我说，你的理想是为了把公司做好，让父母放心，让跟你啃馒头的好朋友实现价值，我可能支持你继续创业。可你刚才的回答……"汤八营摇着头，"你现在这样，要我怎么放心？即使你把网站做大了，做强了，做的有影响力了，又怎么样？我恐怕现在这样还好，等关注走着瞧的人真的多了，你又整天传播你那套歪理，真不知道会闹出什么事情来！"

汤若："我就纳闷了。这口号在你们这代人眼里怎么就那么重要。行，我不跟你扯那些。反正，我现在已经到了可以对自己负责的年龄了，您就省省心吧。"

汤八营无奈地摇着头，"你连责任怎么回事都搞不清，怎么对自己负责？俗话说，差之毫厘，谬之千里，讲的是射箭的道理，也是做人的道理，作为你的父亲，我必须在你这支箭没有射出去太远之前把它追回来，免得它伤害了无辜的人，甚至伤害了你自己！总之，你现在必须去瀚海学习！"两个人都沉默了。汤若脸色很难看。

汤八营缓和语气，"你放心，我给你的绝对不是虚职。我都想好了。你先干半年我的助理，如果能力确实优秀，我可以让你负责项目。"汤若不屑地踢着草皮。汤八营苦口婆心，"我可不想你将来一败涂地，回过头埋怨我。"

汤若嚷道："你不就怕担骂名吗？开弓没有回头箭，我的箭已经射出去了！放心吧父亲，我即使一辈子是条翻不了身的咸鱼，也不会怪在你身上的！"说着就往回走。

汤八营喊住他，"等等。一会儿我要和你朱伯伯谈一个大项目，准备建立一个视频网站的分公司，对你可能有启发。"汤若头也不回，"我才不要你帮我呢。我还有事！"说完就朝远处走去。汤八营看着儿子的背影苦恼地揉着眼睛。

第三章

　　高博带着拿着大包小裹的王大亮在商场里转悠着。王大亮左顾右盼,"你不是说给俺找旅店去吗?咋跑这来了?"高博平静地说:"你急什么啊,顺路逛逛商场不挺好吗?"

　　王大亮往上提了提编织袋,"俺提着这么多东西累得很,你最好快点逛!"两个人说着走进了一家服装专卖店。王大亮拎着包袱行李,行动笨拙。边上的客人都对他侧目。

　　高博指着一件衣服,"这T恤你穿还挺合适的!试试去!"王大亮看了一眼标签,大吸了一口气,"俺可没钱买!"高博急急忙忙地将王大亮推进试衣间,"没关系!试一下又不花钱!"服务员殷勤地给王大亮打开了试衣间的门,王大亮有些为难,但最终还是走了进去。

　　高博连忙关上门,凑到门口,"我说,大鼻涕,你试完了在这等我啊,我出去接个电话!"为了逼真,他还把手机铃声打开,然后假装接起来,"喂……你在哪儿啊?"高博溜达着接着电话走出了专卖店,一出店门,就把手机塞进了口袋里,狂奔起来。试衣间里传来王大亮的声音:"俺穿上可真神气!哎呀!人靠衣服马靠鞍……"

　　高博一路狂奔到了汤若家,一进门一下瘫坐在沙发里。汤若递过一瓶可乐,高博一口气喝下了多半瓶,然后深深打了个大嗝,"别提了,朕这一通儿狂奔啊,这心肝都快颠出来了!"

　　汤若很严肃地说:"你说一个人对自己负责任,是不是负责任?"高博很疑惑,继而点点头,"是啊。"汤若一下轻松起来,"切。就知道他说的是歪理。唉,你这也忒不仗义了吧,就这么把人家甩了……"

　　高博也轻松下来,笑道:"朕也是逼不得已啊!每天应付郭灿灿催缴房租已经让朕焦头烂额了,再加上这么一个'鬼见愁',两面夹击,长此以往,没几天朕就得壮烈喽!对了,你以后关于什么责任啊、理想啊之类的话题,能不能换个人讨论,朕的脑容量装不下这些口号主义。"

汤若:"你当我装得下啊?哎,你到底欠郭灿灿多少钱?"高博郁闷地回答,"不到四千块钱!"汤若想了想,起身回了房间,拿出了两个车模和一个变形金刚模型,"走!换钱去!"高博连忙起身,挡住汤若,"别别别别介啊!这些宝贝可是你跑断了腿才搜集到的,哪能说卖就卖啊!"

汤若故作轻松,"我都这么大了,已经过了痴迷这些玩意儿的年龄了!走吧!"

玩具店老板仔细端详了一下车模和变形金刚,伸出五个手指头,"五千!"高博指着其中一个车模,狐疑地问:"一个五千?"老板一字一顿,"一共五千!"

高博跳起来,嚷道:"你懂不懂行情啊?这可全是限量版的,极具收藏价值的!"老板眼珠子一转,笑道:"那你们卖它们干吗?自己收藏着得了!——而且,你看看我的店里,哪个不是限量版的玩具?我做这行十年了,这里面的猫腻我见多了,说是限量五千套,过几年,稍微改动一下,就又发出来五千套,没那么靠谱……"

汤若为难地说:"稍微再加点吧!你也知道,铁杆的玩具玩家,不是急着用钱,也不会轻易拿出来卖的!"老板挠了挠头,"六千!最多了!行就卖,不行你们就去别的地方转吧!"汤若犹豫了一下,"拿钱吧!"

老板去柜台后面数钱,汤若拿起其中一个车模,仔细地看着,又拿起了变形金刚的模型,小心地擦拭着上面的灰尘。高博在旁边看到了汤若的依依不舍。老板把六千块钱拍在了柜台上,高博一把抢过变形金刚,"不卖了不卖了!老板,您把钱收起来吧!"

汤若跟高博抢着玩具,"这是我的东西,卖不卖我说了算!"高博死死地抱着东西不放,汤若使劲一抢,变形金刚的一只胳膊被掰断了。老板探着脑袋看着,"嘿,这下好,最多给你们四千五了!"

高博手上拿着一沓钱,汤若手里抱着那个断了胳膊的变形金刚,两个人茫然地蹲在店门口,一副沮丧的神情。良久,汤若开口,"你说少一只胳膊的擎天柱能不能打过霸天虎啊!"高博不置可否地摇了摇头。

汤若叹了口气,故作轻松地说:"行了,赶紧回家吧!我也得撤了!"高博喊住他,挥了挥手里的钱,"谢了!哥们儿!"汤若把变形金刚的断胳膊扔给了高博,"这个送你了,留个纪念!"高博摊开手掌,看着那支断胳膊若有所思。

口袋里有了钱又甩掉了"大鼻涕"的高博心情大好,他拎着一些蔬菜和排骨一脸得意地进了门,郭灿灿正站在客厅,眼神犀利地盯着他看。高博晃了晃手里的钱和菜,"朕带着房租和膳食回来了!今晚,寡人和你来个烛光晚餐……"话还没说完,王大亮就从厕所里走了出来,看到高博,一脸哀怨地说:"你跑哪儿去了!俺在那等了你老半天呢!还以为你出了啥事了?"

高博瞠目结舌。王大亮却一点也不见外，接过了高博手里的菜，"哎呀，有排骨！太好了！俺给你们露一手！"说着便径直走进厨房。高博疑惑地结巴着，"怎……怎么回事？他怎么回来了？"

郭灿灿怒目圆睁，压低了嗓子说："我还想问你呢！我今天回家时，人家正坐在咱家门口打盹呢！"高博郁闷又狐疑地说："不应该啊！朕为了甩掉他，连续狂奔了半个多钟头！"

郭灿灿气得直跺脚，挤出一句："你……你这个290！"高博一脸茫然。郭灿灿嗓门不由得响了起来，"250加38加2！你要想甩掉他，起码找个远点的地方下手啊，你就把他扔在小区对面的商场，这不是掩耳盗铃、刻舟求剑的愚蠢之举吗？"

高博连忙叫她小声，"朕这次纯属老马失蹄！低估了这厨子的智商！"说着他谄媚地递过刚从汤若那里得来的钱。郭灿灿接过来，仔细清点着。

高博看看她的脸色，小心翼翼地说："要不……看在朕提前还租的分上，就暂时收留他一下！"郭灿灿看了看厨房里王大亮做饭的矫健身影，没有表态。高博连忙说："就这么定了！多谢爱妃赏脸！"正要起身回屋，郭灿灿一把抓住他，严肃地说："今天中介又来电话了，下个季度的房租要在月底前缴齐！"高博听后，脸扭曲成一片树叶，瘫软在沙发里。

郊区树林中，汤若站在车旁边，画着摆在车前盖的变形金刚，一副愁眉不展的样子。乔乔则在树林里溜达着，"我觉得汤叔叔让你来瀚海绝对是正确的选择。毕竟你将来总得子承父业嘛！"汤若一言不发地画着画。

乔乔笑道："你说你爹妈要给你个烫手的山芋也罢了。瀚海可真是个金元宝，不，大金山。你知道，有多少人羡慕你吗？"汤若皱着眉头说："要真是个烫手的山芋，我还真愿意帮他们接着。就是因为是个金山我才不要。接过来，搞砸了，人家说我是败家子。接过来，搞好了，人家说我是站在父亲大人伟大的肩膀上。我不想子承父业。我要自己证明自己。"

乔乔："证明自己能对自己负责，不需要父母操心。你从高中就开始说了，有没有点新鲜的？不过，你不觉得这么做有点自私吗？"汤若："自私是相对而言。如果我不肯接班叫自私，那汤八营把自己的理想信念强加给我，而且还完全不考虑我的想法是不是也是自私呢？"

乔乔皱着眉头，思考了半天，"可父母毕竟养育了你二十多年。哪怕让你放弃一点，又何错之有？"汤若回答说："没错，可如果我今天放弃了，妥协了。二十年后，不，也许只要十年后，我就会后悔。到时候，我又已经错失了今天的机会和冲劲，我只能将此时此刻的理想信念加在我自己的孩子身上，逼迫着他，让他来完成我未竟的梦想。果真如此，我不就走了汤八营的老路？而我的孩子,也必然继续我现在的痛苦。"

乔乔扑哧一下乐了,"就你,还想到二十年后呢?"汤若摇摇头,"你当我真像汤八营说得没心没肺啊。反正,为了对我的未来负责,今天就决不能去瀚海!"乔乔笑,"我看你呀,就是抬杠!哎,你到底怎么打算的?既然不去瀚海,就更不能一天天地瞎混吧!"

汤若放下笔,长舒了一口气,双眼望天,"青春啊,全都挥霍在年轻上了!"乔乔看着汤若,眼神中有些同情和心疼。

高博、郭灿灿和王大亮围坐在一起,桌上摆着丰盛的菜肴,并燃着几支蜡烛。王大亮紧张地盯着郭灿灿,郭灿灿尝了一口排骨,咀嚼了几下,脸上露出了兴奋的神采,称赞道:"味道太棒了!让我拿什么评价你呢,我的排骨!"

王大亮听完紧张感一扫而去,急切地说:"你再尝尝这个鱼!"郭灿灿夹了一口鱼,塞进嘴里,再次露出兴奋,学着电视机里女主持的样子,陶醉地说:"入口即化!而且毫无泥腥味!我给满分!"心情突然好了起来,帮王大亮把筷子摆好,"你也吃啊!别客气!"

王大亮马上拿起了筷子,狼吞虎咽地吃了起来。高博被冷落在一旁,甚是尴尬,"大鼻涕,你吃饭的声音能不能讲究点,吧唧吧唧的多破坏气氛啊!"郭灿灿冷嘲热讽地说:"吃白食的还这么多毛病!还好意思让人家讲究点,你就不能将就点?"说着给王大亮夹菜,王大亮也不含糊,依旧狼吞虎咽。

高博瞥着郭灿灿,阴阳怪气地说:"爱妃,你这态度的180度大转折,可真是把朕晃着了!"郭灿灿一副坦然的样子,"本公主在'吃'这个问题上是没有原则的,只要能烧出让本公主满意的菜,即便他是魔鬼撒旦,依然可以得本公主虔诚的祝福!"接着她喝了一口饮料,"还有,别再叫人家大鼻涕,人家有名有姓的!"

王大亮满口含着饭急切地说:"俺叫王——大——亮!"郭灿灿笑着喊道:"结业于凤凰厨师学校!"王大亮手舞足蹈地配合着,喊:"凤凰凤凰,一路辉煌!"他一激动,几个饭粒喷到了高博的脸上,赶紧把饭粒从高博脸上摘下来,随即又塞回到自己的嘴里,而郭灿灿对这个过程没有表示丝毫反感,反而一笑而过。高博闷闷不乐地使劲擦擦脸,"倒胃口!"

高尔夫球场上,汤八营推杆,可球滑洞而出。球友朱总揶揄道:"汤总,儿子一走就发挥失常了?"

汤八营不好意思地连连摇头。绿萝公司的赵总和韩经理坐着小车过来。一见汤八营,赵总连忙迎上来,笑道:"汤总,今天还真巧。对了,上次可多谢你雪中送炭,要不是你熬了几夜带着技术人员帮我们开发那套地质勘察系统,我十几亿的大生意险些赔了。"汤八营笑道："应该的。"

赵总问："小韩，汤若公司的那笔风投已经划过去了吗？"韩经理脸色有些难堪，说："这个……"汤八营连忙打圆场，"是我让韩经理照规定办事的。对了，上次我问你要的那份汤若公司的考评意见……"韩经理连忙从公文包里拿出来。

汤八营笑道："麻烦你了。"赵总也笑了，"您呀，还是那个老脾气！太讲原则啦！"几人都笑起来。汤八营忽然回过头，神色严肃地看着赵总，"老赵，有个问题，我想跟您探讨。您说，在责任问题上，如果一个人只对自己负责，是不是自私的表现？"赵总不假思索地回答："那还用说？"

朱总接着说："只为自己想的人，路也只能和他的头脑一样越走越窄。"赵总补充道，"如果做企业，也只会一败涂地。"汤八营若有所思。

万籁俱寂的城市已经进入了梦乡。汤若怀抱着那个缺了一条胳膊的擎天柱，已经睡着了。主卧室中，汤八营正披衣伏案，桌上摊着不少资料。刘以萍从梦中醒来，披衣而起。时钟已经指向了两点。刘以萍拍拍丈夫，关切地问："怎么还不睡？"

汤八营气不打一处来，"你看看这财务报表，活动经费竟然占了全公司百分之八十的开销，这辣鸡翅馆的发票和这什么组合沙发的发票，这都是什么乱七八糟什么玩意儿。"

刘以萍爱子心切，忍不住为他开脱道："他……又没经验。"汤八营揉了揉眼睛，深深叹了口气，"没经验就不要瞎折腾，我让他来我这上班，就是为了让他学经验！"

汤母沉默了会儿，等汤八营心平气和了，问："这财务报表，是乔乔给你的呀？"汤八营点点头，毕竟年岁不饶人，熬夜和为儿子担心让汤八营的身体承受了很大压力，他不由得揉了揉腰。刘以萍忙让他躺下，帮他按摩，按了一会儿，"我觉得乔乔这女孩不错，大方热情做事情还踏实，要是她能跟咱儿子……"汤八营忙说："得了吧。你可别拉人家女孩下水。"

汤母说："我儿子怎么啦？又帅又有能力……"汤八营哼了一声，说："帅有什么用？还不是被卒吃了。"

第二天，汤八营的办公室。他有点不好意思地看着乔乔，乔乔正拿着一沓题为《关于走着瞧公司经营失败的几点分析》报告看。汤八营问："你看行吗？"乔乔佩服地点点头，"汤叔叔，您写得很全面啊！很多事情，我都不如您清楚！"

汤八营放心地笑道："我托人从那家风投公司拿回了人家的考评意见，然后结合我的一些经验，简单写了一下！"乔乔放下资料，皱着眉头，"只可惜，以走着瞧现在的状况来看，恐怕仅靠这些意见是没法让网站起死回生了！"

汤八营一笑，"我压根儿就没想让走着瞧起死回生，我是想用这个报告打击一下汤若！让他彻底偃旗息鼓，知道自己能力上的不足！"乔乔补充道："然后乖乖来瀚海学习！"汤八营意味深长地指着乔乔笑了起来。

乔乔说："汤叔叔，您可真是用心良苦啊！不过……"她观察着汤八营，汤八营示意她说下去。"不过汤若有自己的想法……"汤八营"啪"一下靠在椅背上，嚷道："他？他就是自命不凡！"

乔乔忙说："您别急，听我说完。既然汤若有自己的想法，您为什么不让他试试呢？"汤八营盯着乔乔，"说他的原话？"乔乔很为难地嗫嚅了一番，最终咬了咬嘴唇，"他说，您不考虑他的想法，把自己的理想强加在他身上，是……是……自私……"最后两个字乔乔几乎没有发出声音。

汤八营嚷道："我自私？一个父亲，为了不让他的儿子在没有准备好的情况下盲目上马，去接受市场和社会的枪林弹雨是自私吗？"乔乔连连摇头。

汤八营说："你知道我是最讲原则的人。汤若进入公司，对他对我都是一个重大决定。我也不希望别人说我利用职权提拔自己的儿子。可是，他现在的能力、经验，特别是做人的态度，根本不可能成功。如果我放任他，就等于没有尽到一个父亲应尽的责任。走着瞧他也干了两年多了吧，可我做这份报告的时候，几次都想放弃。因为走着瞧的状况不是使人堪忧，而是让人绝望！他这是做生意吗？他这是玩生意！玩到最后，铁定把自己、把他那个朋友都给玩没了！"

乔乔被他虎视眈眈的样子吓着了，嗫嚅着说："我……我现在知道，汤若为什么那么怕您了……""他不怕我。是我怕他。我怕他出事。"汤八营沉吟片刻，"我不知道，为什么好好的一条康庄大道他不走，非要冒着落水丧生的危险，爬自己的独木桥。"

乔乔嗫嚅了几句，最终没有说话。汤八营也沉默了，气氛有些尴尬。良久，汤八营说："在汤若是否来瀚海这个问题上，你的态度怎么样？说实话。"

"我的回答可能得让您失望了！虽然我认为您的决定有您的道理，不过，我还是全力支持汤若的选择！"汤八营愣了一会儿，突然想到了什么，"对了，给汤若看这份报告的时候千万别说是我做的！"

高博、郭灿灿和王大亮坐在出租车里，王大亮坐在前面的副驾驶座上。今天他们几个是去"爱来不来"赴汤若的宴。虽然没有说出口，郭灿灿知道这是走着瞧的"散伙饭"。虽然高博这两年来的努力她看在眼里，多少有点为他的竹篮打水可惜，但她心里，更多的还是高兴。其实，之所以总对高博冷言冷语、杏眼圆睁并不是郭灿灿有意欺负他，她只是希望可以用这个方法来点醒高博，让他好好找一份正当稳定的工作。郭灿灿深知，高博是有能力的，而且他的双文凭也是找到好工作的有力保证。郭灿灿是现实的，她知道好工作是好生活的保证，而好生活则是好未来的基础。从决定留在这个城市起，郭灿灿就知道她要比同龄人付出更多的努力。她希望高博能和她一起为了他们共同的未来奋斗。这一点点要求，郭灿灿认为并不过分。可是高博却总不觉醒。他是个讲义气的人，为了汤若两毛五分钱的热情死磕到现在。这下好了，走着瞧倒闭，正好断了高博的念想。想着这些，她不由得偷偷打量高博。高博也是一副心事重重的样子。好吧，今天就让你感伤个够吧。灿灿暗下决心，明天一定要催他去找工作。不过，为了防止汤若再想出什么馊主意拉住高博，今天无论如何也要稍微敲打他几句。

　　这时，高博仿佛看透了她的心事，突然开口说："爱妃，朕得跟你商量个事情！待会在饭桌上，千万别当着大家的面催朕找工作，要催咱们回家催！"郭灿灿瞥了高博一眼，说："你能不能光明磊落一点啊！每次聚会都遮遮掩掩的！"

　　高博说："还有，也别总当着大家的面数落朕，朕已经认识到自己的那些陋习讨厌得很，而且正在大刀阔斧进行改进！"郭灿灿不表态，脸扭到了另外一边。这时，收音机里传出了凤凰厨师学校的广告：凤凰凤凰！一路辉煌！

　　王大亮立即在座位上张牙舞爪起来，高兴地嚷道："听见没有，这就是俺的学校！"他见俩人没有接他的话茬儿，开始跟司机搭起话来，"司机师傅，我就是从刚才广播里说的那个学校毕业的！凤凰凤凰，一路辉煌！"司机把王大亮的脑袋推开，"您二位谁跟这位先生换换，他这么张牙舞爪地打扰我开车！"高博和郭灿灿一脸无奈。

　　郭灿灿、高博、王大亮、汤若和乔乔几个人围坐在一张桌子上，大家都被变态辣的鸡翅辣得嘶嘶哈哈地倒吸凉气。

　　郭灿灿说："乔乔，改天来我们家吃饭吧，大亮的菜做得绝了！绝对符合咱们美食天后的高标准！"乔乔忙不迭地啃着鸡翅，抽空冲郭灿灿比出了OK的手势。

　　高博凑到郭灿灿身边，"爱妃！刚才我好像听见你说'我们家'而不是'我家'，不知道这是不是意味着咱们的关系有了进一步的突破？"郭灿灿冷笑道："想突破吗？"高博边啃鸡翅边点着头。郭灿灿说："那你就麻利的去……"

　　高博赶紧制止了郭灿灿的话，说："哎哎哎！打住打住！忘了朕在路上的嘱托了！"乔乔笑道："哎哟！你们开始有私密话题啦？看来我们赤诚相待的历史应该宣告结束了！"

　　王大亮啃得满嘴是油，不屑地说："啥私密话题！就是不让俺郭姐催他找工作，数落他上茅房时间长……"高博措手不及地盯着王大亮看，王大亮一脸身正不怕影子斜的样子，"看啥啊？你让郭姐别说，又没嘱咐俺别说！"

高博使劲拍着脑门儿，"你把朕搞得很尴尬！知道吗？"汤若有些不自然地放下了正在吃的鸡翅，拿着餐巾纸擦着手，假装不在意地说："你要找工作了？""没有！"高博连忙回答，接着指了指郭灿灿，"就是敷衍一下她而已！"可是当他与郭灿灿冷峻的目光碰撞在一起的时候，又服软了，对汤若挤着眼睛，故意拉长了声音，"是要找工作！找个收入稳定的工作！"

郭灿灿冷冷地说："挤眉弄眼的什么意思？"高博连忙分辩道："没有啊！——有点辣着眼睛了……"

乔乔看出了汤若的郁闷，赶紧圆场，"哎呀，我看大家也该各就各位了，反正走着瞧现在就剩下一空壳了！汤若，你也得考虑一下是不是先找个过渡性的事情来做！"汤若沉默地吃着东西，看都不看乔乔一眼。乔乔从包里掏出了《关于走着瞧公司经营失败的几点分析》的报告递给汤若，说："我托一朋友从那家风投公司拿到了这个报告！你看一下，我觉得分析得还不错！"

汤若接过报告看了两眼，就丢到一边，"一看就是汤八营写的，谎也是汤八营教你撒的吧？"乔乔吐了吐舌头，没有回答。高博拿过了报告说："这都机打的，又没有笔迹，难道你从指纹上认出是你爸写的？"

汤若哼了一声，"这些话我都倒背如流了！字里行间弥漫着成功人士的优越感和对年轻人创业激情的不屑一顾，完全是披着平易近人的外衣，道貌岸然地大谈经验主义和古典组织行为学，引经据典、博古论今，洋洋洒洒几页纸下来就一个目的，逼你承认自己的行为准则有失体统，并心服口服被他招安，然后在他的魔下体验炼狱般的生活，翘首盼望着涅槃重生！"

郭灿灿笑道："真不愧是我们学校的演讲专家！几句话就把父子关系勾画成了敌我矛盾！你爸有那么可怕吗？"汤若摇了摇头，继续啃鸡翅。

高博边看报告边不由得笑着说："写得还挺逗。你看这几句，公司失败的最主要原因来源于领导层，也就是汤若，缺乏正确的市场观、价值观。建议：汤若加强自身道德观、市场观、价值观建设。参考书目：中学生品德教育课本1至4册。大学生品德教育课本1至4册……"

汤若对着郭灿灿说："听见没有？你说这可怕吗？"郭灿灿笑得前仰后合，乔乔只是装听不见，不发表任何意见。

"哎哎哎哎！这一点提得还是很老到的！听着啊。"高博念道，"'视频网站虽然是一种眼球经济，但也需要有些自己的主打产品。这种产品以意识化形态存在于市场之中，潜移默化地起着举足轻重之作用，如ICC做出的《80后生活指南》《80后爱情指南》等视频系列，不但使得关注群体固定化，而且形成了一定的话题性，在某种程度上解决了网络受众群流动性强的问题。'"大家都沉默了下来。汤若突然朝高博摆了摆手，高博搬着椅子坐到了汤若身边，两个人一下从消遣的状态恢复了工作状态。

高博说："你想到了什么？"汤若说："我觉得咱们完全迷失在技术和硬件的问题的怪圈里了！"高博嚷道："没错！每秒四百亿的信息吞吐量和解决星型拓扑结构中心结点的桎梏都不是网站的立足之本！"

汤若："我们需要的是像样的、能吸引眼球的、有话题性的视频素材！"高博接着说："只要有了这些视频，就会让关注群逐渐扩大，新鲜视频也会接踵而来，这样就可以进入到一个良性循环里！只是起初，拿到这些鲜活的'产品'可能要费些周折！"

汤若思索着，"我们可以自己去街上抓拍，把有意思的东西一网打尽，然后回来进行编辑和处理，挑选质量高的视频作为我们的第一批产品！只要其中一个视频可以引起关注，我们就可以搭上顺风车了！如同一家饭馆可能因为一道菜而闻名遐迩，如同一个作家可能因为一部作品而永垂不朽，如同一篇文章可能会因为一个章节而被人铭记，一个视频网站，也需要一个像模像样的视频来挑起大梁，这样才可以鹤立鸡群！"高博已经被蛊惑得信心百倍了，"我感觉走着瞧离重整旗鼓的日子不远了！"

乔乔和郭灿灿看着兴奋的汤若和高博，一脸无奈。乔乔低声自言自语："汤叔叔，我为这种适得其反的结果深深地表示遗憾……"

乔乔和汤若在胡同里步行着，汤若手里还拎着一瓶啤酒喝着，兴奋得上蹦下蹿，而乔乔则很落寞。汤若蹿腾了一阵子，气喘吁吁地回到乔乔身边，"踏破铁鞋无觅处，蓦然回首，成功就在灯火阑珊处！"乔乔听了汤若的话，只是投来了冷冷的一瞥，没有回答。

汤若睁大了略有醉意的眼睛，看着乔乔，"怎么着啊？'乔乔了——乔乔'。"汤若喝高时通常这么称呼乔乔，"在这个天才稀缺的时代，你就不打算对我那个伟大的计划投出你赞许的目光？"

乔乔不屑地说："你那算得上是计划吗？拿汤叔叔的话说，没有市场调查报告，没有项目策划书，没有时间规划表……"汤若双手有力地一挥，"那些都不是问题，事情的成与败取决于热情！"

乔乔一脸冷漠地回答："那你就带着你那一脑门子热情去拍你所谓'吸引眼球'的娱乐产品吧！"汤若满脸堆笑着说："就算你对这事有点不屑一顾，但也好歹得稍微隐藏一下吧！打击人不是你一贯作风啊！"

"这次就打击你了！刚刚输了个一穷二白，这才几天啊，又摆出一副'运筹帷幄之中、决胜千里之外'的姿态跟这儿大言不惭地谈什么伟大计划、攻城略地！不出意外，你还得重蹈覆辙！"汤若完全没有被乔乔的话打击到，东倒西歪地跳上了路边的一个垃圾桶，"乔乔了——乔乔！泼吧！把那冰封了几个世纪刚刚融化的冰水化合物全部倒在我身上吧！告诉你，就算你把整个太平洋的冷水泼在我身上，也浇不息我熊熊燃烧的心脏！"

乔乔讥讽道："嗯！上次做公司之前你也这么说的！看上去这次的宣言比上次还要略显猛烈！"汤若站在垃圾桶上俯视着乔乔，"今非昔比了，小鬼！失败是成功之母，如今哥们也是找到母亲的人了！"

乔乔皱着眉头，"我就不明白，你为什么放着好好的康庄大道不走，非要冒着落水的危险去独自爬你的独木桥！"汤若摇摇头，"啧啧啧。乔乔了——乔乔。你说话的语气神态和汤八营真是如出一辙。"

乔乔认真地说："猜对了。这就是你爸说的。我这几天仔细想了想你的事情。我觉得你上次的说法就有问题。你要实现自己的理想没错，可是你去了瀚海就不能实现理想了吗？哪怕你在汤叔叔身边先学习几年，然后再创业呢？"汤若一愣，苦笑了一下。

乔乔得意地说："怎么了？理屈词穷了？"汤若说："我是为你叹息啊。那么明显的陷阱你都看不到？我承认你说得没错，去瀚海对我来说确实是成功的捷径……"

乔乔："捷径不好吗？谁不喜欢走捷径？"汤若点头，说："正是因为我也喜欢走捷径，所以我才一定不能走捷径。"乔乔皱起眉头。

汤若陶醉在自我中，用朗诵腔装模作样地说："因为今天如果我走了汤八营提供给我的这条捷径，尝到了其中的好处，我以后也会继续想走捷径。而真正的成功，唯一的秘诀只来源于努力和艰辛。我不愿意为了轻松地生活下去而放弃理想和信念。更不愿意让我自己这份奋斗的勇气，消磨在一次次的妥协上。"

乔乔沉思着，接着狐疑地说："你这不是自找苦吃嘛？"汤若说："就算是吧。逆境催人进步，而我从小的家庭环境又太优越。我知道，只要我一张口，瀚海的高级职务唾手可得。可这样对那些没有优越条件的人来说公平吗？即使不理会他们，这种太容易得来的成功，对我又有什么意义？"

乔乔叹了口气，"汤若同志，你很能说，太能说了。可是现实和理想总是差着十万八千里。你老实说，要没你爸爸给你在后面当后盾，你敢那么一往无前吗？"汤若皱了皱眉。

乔乔接着说："你就是知道自己即使失败了，汤叔叔还能给你收拾残局。可是你想过高博吗？"汤若挥挥手，"高博是我的好哥们儿，我有饭吃，绝不会给他喝汤。更何况，你凭什么说，现实和理想差着十万八千里？不是有句话吗？心有多大，舞台就有多大。"

乔乔摇头，"强词夺理吧你。可唾沫是用来数钞票的，不是用来瞎掰的！您的money怎么办？"汤若沉默了片刻，最终决定把这个问题抛到脑后，轻松地说："面包会有的，牛奶也会有的，钱嘛，也总是会有的！"

"一说到关键问题，你就一副敷衍的态度。"乔乔无奈地摇了摇头，说，"如果你真的想重整旗鼓，拜托你发扬点现实主义的精神，先把项目策划书写出来，把时间表制定好，还有，把欠的房租和银行贷款给还上。"

汤若掏出手机，拨着号码，"我觉得这前两项工作，好像都应该是军师的重任，我得给她打个电话！"乔乔的手机响了起来，她心领神会地看了汤若一眼，接起了电话，"汤同学可能误会了，我可不是你们的军师。我最多也就是监督监督你们的思想状况，在你们走向错误方向的时候，大声地嘲笑你们一下。"

乔乔挂掉电话，补充道："不过，我可以给你出个锦囊妙计，去找汤叔叔谈谈你的计划，他一定是个好军师！"说完就自顾自地朝前走去。汤若站在垃圾桶上一脸失落。

高博三人进了门，郭灿灿一脸的不高兴。高博小心翼翼地观察着郭灿灿的一举一动，王大亮径直走到客厅里轻松地看起了电视。郭灿灿要进屋，高博一把拦住了她，谄媚地说："爱妃，可以生气，也可以发脾气！你这么一言不发，朕心里犹如小鹿乱撞啊！"

郭灿灿用眼白看着高博，"本公主跟你这个'人来疯'话不投机半句多！"高博认真地举着手，"朕向你保证，这次如果成功不了，绝对一句废话没有，马上积极、主动、自觉地去找工作！"

郭灿灿仔细观察着高博的脸，看得高博都发憷了，良久，她终于说："你是不是给自己的脸编好程序了，为什么每次信誓旦旦的时候表情都是一模一样的？"高博一脸讪笑，"爱妃讽刺朕，不过朕喜欢！"

郭灿灿瞪着高博，"你可别往自己脸上贴金了，本公主不屑于讽刺你！本公主是想放弃你！"高博一本正经地说："嗯，放弃一个腐朽陈旧的高博，迎接一个崭新靠谱的高博！"

郭灿灿冷笑道，"你既然选择了跟汤若继续做公司，那你等于把本公主和那个'崭新靠谱的高博'置于十万八千里之外了！我只能遗憾地祝你们在'爱丽丝梦境'里过得愉快！"高博半真半假嗫嚅道："爱妃为什么这么不看好我们的事业？"

郭灿灿没有听出他的弦外之音，继续使用着高压政策，"因为，你们的事业开始是'异想天开'的，结局是'血本无归'的！"高博笑道："爱妃的理解过于偏颇了吧？这视频网站又不是我们头脑发热的唐突妄想，朕和汤若在读书时就已经在为此夜以继日地做计划和准备了，而且朕作为出色的IT工程师，加上汤爱卿敢想敢为的营销作风，还有失败的经验为我们指明方向，吾不成功谁成功乎?"

郭灿灿狠狠掐了高博肩膀一下,"乎什么乎!你这个巧舌如簧的骗子!本公主现在宣布,我不会在你这一棵树上吊死!本公主决定物色新的男友候选人了!"高博急了,捂着肩膀,结巴着说:"那……那……朕呢?"

郭灿灿冷笑道:"你就自甘堕落地去跟汤若做那些华而不实的事情,现在,请你为本公主把路让开,好让本公主回到屋子里把所有对你的回忆彻底擦除!"她一把推开高博,回到屋子里去。高博一脸无奈地朝客厅瞥了一眼,发现王大亮正龇着两排小白牙,托着腮趴在沙发上朝自己看着,凶狠地说:"你这个凤凰厨师学校毕业的三流厨子,我警告你,我们吵架是禁止观看的,再有下次,朕就把你赶出去!"

王大亮笑眯眯回嘴:"你不看我,咋知道我看你呢?"高博想回话,但是欲言又止,回到了自己的屋子里,过了一会儿,从屋子里探出脑袋来,一脸不耐烦地说:"你是不是觉得自己特幽默啊?我再警告你,我们家严令禁止这种80年代末90年代初的春晚式幽默!"

汤若的车停在了街道旁边,他拿着一个三脚架和一台DV下了车,高博和王大亮迎面走过来。汤若指了指王大亮,说:"怎么把他带上了?"高博无奈地说:"郭灿灿这几天要出去找工作,留他一个人在家他寂寞,朕也不放心!"

汤若半真半假地笑道:"他天天跟着我们混吃混喝,也不去找工作,这什么时候是个头啊!"高博恍然大悟,盯着王大亮,"对啊!你怎么还不去找工作啊!"王大亮没有丝毫表情地说:"俺的脚病了!"

高博苦恼地说:"又来了又来了……朕怎么就那么讨厌你那副'大鼻涕'嘴脸啊!"汤若摆了摆手说:"得了,带着他吧,多个人多双眼睛!重申一下原则,标新立异、搞笑古怪、特丑的、特怪的、特傻的、特愣的、特绝的、特猛的、特煽情的、特幼稚的,只要是特有话题性、特能吸引眼球的都在我们的拍摄范围之内!"王大亮眨眨眼睛,问:"特美的行不行?"

汤若:"特美当然可以,感谢你可有可无的提醒!行动吧!"一行三人在街道上风风火火地走着。他们穿梭于琳琅满目的广告牌、钢筋混凝土的大厦森林、市井的小吃一条街、昏暗的地下通道、嘈杂的菜市场、高档的购物中心。汤若和高博轮番拿着DV四处拍着。战场转移到了公共汽车上。汤若还是拿着DV四处拍着,高博四处观察着,王大亮则在座位上呼呼大睡。

一天的时间就这样很快过去了,夕阳西下,汤若、高博和王大亮在公园的长椅上颓唐地坐着,王大亮抱着一个煎饼果子狼吞虎咽地吃着。

高博看着DV里拍摄的东西,无奈地说:"看来精彩的事是可遇而不可求的啊!"汤若:"那当然了,我们不就一直信奉着这个真理做着视频网站吗?"

高博："要不咱把范围再扩大一些，多往郊区跑跑！必要的话，也可以适当下一下乡！"汤若看了看表，"行，下午咱们买张地图，按图索骥朝农村扎去！不过，我得先去理个发，这几天避免不了要跟汤八营有一场对话，我准备先下手为强，切断他在我发型方面的指责点，让他自乱方阵！"

汤若回头看了王大亮一眼，王大亮正在仔细地盯着他的头发看。汤若有些疑惑，问："你看什么呢？"王大亮指手画脚地说："你这头发需要打薄一下，发迹线剃直一点，鬓角也可以适当修一修！"汤若奇怪地看了看高博。

高博撇撇嘴，说："完了，你算是中了他的下怀了！"汤若怀疑地看着王大亮，说："你不是厨师学校毕业的吗？"

王大亮突然又盯上了高博的头发，高博连忙说："甭看了，朕这头发刚剪的！"王大亮弯下腰仰脸看着，"你这个发型很奇怪，从这个角度看，很像大个的驴粪球！"高博不耐烦地推开王大亮，嚷道："去去去！你少打朕的主意，寡人正蓄发明志呢！"

春春理发店中，王大亮和春春并排站着。王大亮热情地给汤若介绍着，"这是高级发型设计师项春春，俺老乡！——这是汤若和高博，他俩是俺——同事！"

高博和汤若面面相觑，有些不解。王大亮冲他们俩挤眉弄眼地示意让他们不要反驳。春春热情地说："来来来，快坐下吧！"

几个服务员走过来招呼着高博和汤若，很快，他们就被摁在了椅子上，头发上涂上了洗发水。王大亮在店里忙活着，一会儿帮着拖地，一会儿帮着拿东西。项春春说："俺听说你不在俺舅那儿干了？"

王大亮故作平静地说："对，俺干腻了，又找了个新工作……"项春春问："你现在干啥？""俺现在……"王大亮指着高博和汤若，"他们做网站，觉得吃力，就把俺叫去帮忙了！"

项春春叫道："咦……你还会做网站！"王大亮得意地说："那有啥难？"项春春问："工资多不多？"王大亮说："唉……都是朋友，也不好谈钱，先干着点吧！"

项春春又问起了王大亮的脚伤，王大亮一改往日的"大鼻涕"样，不但没有哭鼻子抹泪，反而一副大义凛然的"小事"模样。项春春笑着说："你啊……从小就跟别人不一样，各一路！人家医生咋说你就咋治呗！"

王大亮一脸男子汉般自豪的笑容，突然回头，看到汤若和高博正瞠目结舌地盯着他看，又是一阵挤眉弄眼。汤若和高博眉头紧皱，哭笑不得。

理完发，几人回到车上。汤若把倒车镜搬了一下，照了照自己参差不齐的头发，一脸不满，"你自己看看，这像是用手剪出来的吗？还高级发型设计师？你给我解释一下，这是什么流派的发型啊？"王大亮坐在后排，一动不动地低着头，像一个犯了错误的孩子。

高博说："一进门我就觉得够呛！那么点门面……"汤若生气地说："你甭跟这儿事后诸葛亮！知道前面是陷阱还不赶紧扔出救生的绳索！"高博忙抱拳，"朕刚才有点死机了，没反应过来！原谅朕吧！"

汤若郁闷地摆弄着头发，"你这一死机，我这头发成跌停板了！——王大亮，你别一脸语文没考及格的无辜和委屈，刚才在理发店里那副神采奕奕吹牛说大话的劲哪儿去了？本来我已经非常不修边幅了，让你那春春一弄，直接把我列入了粗制滥造行列里了……"

王大亮身体突然朝着右侧倒去，然后鼾声四起。原来，低着头的王大亮一直在睡觉，没有在听训。汤若一脸愤怒，高博则试着捅了捅王大亮，王大亮眼睛睁也没睁，就把高博的手打到一边了。

一天很快又过去了，汤若、高博和王大亮在城市灯红酒绿的霓虹灯下徘徊着。

起初，汤若和高博目光都很呆滞，只有王大亮坐在零食堆里一副精神饱满的神情。渐渐地，王大亮在一堆吃光的塑料食品袋中睡着，汤若和高博也七仰八歪地面带沮丧。又过了一段时间，电视机里闪着雪花，三个人都已经仰面躺在地板上了。

高博和汤若仰面长叹。高博："从城市到农村，从市井街道到高档商场，从社会底层到商贾耆老，怎么就没点让人眼前一亮的东西呢？"

汤若："我们倒是彻底坚持了'两个凡是'原则，凡是觉得有点意思的都拍了，凡是拍下来的看着都觉得一点意思没有！"王大亮翻了个身，说了一句大家耳熟能详的梦话，"凤凰凤凰，一路辉煌……"

汤若看着睡得如同婴儿般的王大亮，感叹道："他是不是拿了那厨师学校的回扣了，怎么睡觉也不忘宣传！"高博伸了个懒腰，"都是开发了百分之十左右的大脑，你看人家活得多简单！睡吧！明天继续'觅起来'。"汤若也安静地躺下，长长出了一口气，"生前何必久睡，死后自会长眠！"

几天过去了，除了收获了一堆拍废的磁带，还是一无所获。三个人坐在马路边，王大亮依旧是无忧无虑地吃着汉堡。汤若把自己的汉堡和薯条也递给了王大亮，"你吃吧，我没胃口！"

高博也把自己的汉堡递给王大亮讽刺地说："你把朕的这份也吃了，别没几天饿瘦了，体现不出我们社会主义的优越性了！"王大亮轻松地说："你们多少也吃点，人是铁，饭是钢，一顿不吃饿得慌……"高博不耐烦地说："行了行了，地球的真理都掌握在你一个人手里了，赶紧吃你的吧！"

汤若晃动着手里的DV，有个女孩的身影从路边音像店的橱窗玻璃里映了出来。汤若的心突然激动地跳跃起来，他从橱窗倒影中看到了一个背着个系满了各国机场牌的军绿色背包、拿着照相机的古怪女孩,古怪女孩似乎是朝着他们的方向按下一下照相机,然后便转身离去,风吹乱了她的头发。汤若放下DV,朝女孩的方向巡视而去,女孩却不见了踪影。汤若朝着他认为的方向狂奔寻找,但最终还是人海茫茫,不见伊人。汤若站在原地喘着粗气,高博和王大亮赶了过来。高博气喘吁吁地问:"什么情况啊你?跑什么啊?找谁呢?"

汤若不置可否地摇了摇头,眼睛还是在四处搜寻着什么。橱窗里那一抹倩影瞬间让汤若的世界乾坤倒置,他甚至都没来得及看清那抹身影的任何细节,她就如风一般飘走了,是幻觉吗?是想象吗?是这个眼花缭乱的城市给他开了一个善意的玩笑吗?不是,一定不是,那冰凉的可乐在他味蕾上残留的腻甜和奔跑后双腿的酸胀都在提醒着他,那是真实的,他的心像挨了一记重拳,积蓄了二十几年的情感在那一刻井喷,如果这就是爱情的感觉,他可以把右手摁在《安娜卡列尼娜》俄文原著上起誓,这感觉比所有的文学作品带给他的都要剧烈!

汤若和乔乔面对面坐在咖啡馆里。汤若刚把那美丽的邂逅告诉了乔乔。乔乔一脸的醋意,娇嗔地说:"汤若,你有点出息行不行?在街上瞎转了几天,正事一点进展没有,还摇身一变,成了一怀春少年了!"

汤若还是有些神情恍惚地说:"你……理解不了我这种心情!"乔乔啜着饮料小声嘀咕,"你也理解不了我的心情!"汤若愣了一会儿,突然意识到了乔乔的话,"你刚才说什么?"乔乔撇撇嘴,"错过关键的话是你一贯的风格!"

汤若还是没有觉察乔乔脸上没有掩饰好的不满和嫉妒,只是自顾自地沉浸在恍惚的情绪之中,"如果在电影里,我肯定该每天待在那家音像店门口,守候着那惊鸿一瞥的再次到来!"乔乔脸上有些挂不住了,"你差不多点行了啊!酸倒我刚洗完的两排牙我就不跟你计较了,假如你还要做守株待兔这等愚昧之事的话,那咱们从小到大培养出的风雨无阻的革命友谊就岌岌可危了!"

汤若不屑地说:"小姑娘家的,情感这么粗线条!"乔乔突然非常气愤地说:"你说我粗线条?我带着王尔德般的细腻对牛弹琴了好多年啦!"汤若一脸木讷,"什么意思?""自己琢磨吧!无知无觉的榆木疙瘩!"乔乔拿起包,一口喝掉了所有饮料,气愤地起身离开。汤若对她的离开没有丝毫意外感,依旧不死不活地若有所思。

电脑屏幕上写着几个大字:"走着瞧"重整计划书。汤若站在卧室窗边看着窗外出神,过了一会儿,他突然摇了摇头,试图让自己清醒一下,坐回到了电脑前,喝下一口饮料,把那几个字删掉,噼噼啪啪打上了两个字:欠条。

汤八营穿着睡衣,拿着一沓文件看着,汤若敲了敲门进来,把打印好的欠条递给汤八营,汤八营戴上了老花镜看着,汤若则坐立不安地看着父亲。汤八营读完笑了一下。

汤若："同意就借，不同意也不强求！没必要这么轻蔑地嘲笑'八九点钟的太阳'吧！"汤八营少有和蔼地说："汤若，你叫我怎么说你呢？公司也做了两年了，到现在为止连个欠条也写不好。"他拿起欠条边念边走，"'走着瞧公司由于要完成重整计划，需要借款十万元。'你问谁借款十万呢？'一年内保证归还'，既然保证归还，就要有抵押品，你的抵押品是什么？别跟我说，是你的那些不良信用记录。'公司法人汤若'，既然写了法人，就代表是公司借款，公司借款必须加盖公章，你的公章呢？好，就算是以你汤若的个人名义借款，你也必须签上名字，你这都打印的算什么？"

汤若起身便走，到了门口，又忍不住回头说："谢谢父亲的指点！欠条怎么打初中语文里就学过了！不过限于这种特殊情况，我们必定是有血缘关系的，打断骨头连着筋，我跟您借钱，第一不会抵赖，第二不会携款潜逃！所以，我想程序稍微简化一点也无妨吧！"汤八营无奈地笑道："好好好，谁让我是你亲爹呢！你欠债来我还钱也属于常理！但是你总得把还债的细则表附在欠条后面吧……"

汤若："我想父亲您误会了，我欠的债还是要自己偿还的，跟您借的钱是用于公司重整的，重整旗鼓的'重整'！"汤八营一脸疑惑地说："你……还要接着弄你那个不着四六的网站？"汤若点了点头。

汤八营问："乔乔没给你看那个'分析表'吗？"汤若恍然大悟地点了点头，"哦，您不说我还差点忘了，多谢父亲对我们公司的关怀，您的一片良苦用心将鼓励我们重跨战马，您的出色分析也为我们指明了前行的方向！"

汤八营把借条重重地拍在桌子上，嚷道："少跟我面前耍贫嘴！借钱还债可以！其他免谈！我的钱不是用来为你的狂妄自大、自命不凡推波助澜的！"汤若稳定了一下自己的情绪，"我们能心平气和地谈谈吗？"

汤八营也缓了缓自己的情绪，"行，谈吧！你先跟我说说你借这十万块钱准备怎么'挥霍'？"汤若在"挥霍"两个字上纠结了半天，最终还是英雄气短地说："一言难尽，还是谈点别的吧！"

汤八营说："你这是心平气和的态度吗？"汤若忍不住回嘴，"是您的态度先差强人意的！您凭什么说我是拿钱去'挥霍'？"汤八营急了，"凭你那五花八门的财务报表！凭你那'组合沙发'和'限量垃圾桶'的实报实销发票！凭你频频犯错但不知悔改的做事态度！"

汤若等汤八营平静下来，讽刺地说："您这排比句真有排山倒海的气势！"汤八营被激怒了，摆出军人的架势说："你给我严肃点！"汤若拱手认错，"我承认我过去犯了些低级错误！可是，人总要犯错误的，否则正确之路会人满为患的！"

"胡扯！你犯错误还犯得理所应当了是不是？"汤八营一脸怒气。汤若伸出双手，示意他冷静下来，"咱不是说好了要心平气和吗？"汤八营还是被气得胸口起伏，"心平气和不代表你可以跟我嘻嘻哈哈！你要是还没想好怎么回答我的问题的话，你可以再回去好好思考几天！别耽误我的时间，我这一堆文件等着批阅呢！"说着拿起了文件继续看起来。

汤若转身朝门口走了几步，突然站住，"父亲，你好像落了一句话！"汤八营扶了扶眼镜，"不谦虚！"汤若满意地冲汤八营竖了竖大拇指，转身离开。

高博和王大亮在家玩着网球游戏，王大亮动作大得夸张，满客厅里飞奔。高博说："你动作不用这么大！你这样让朕很没有安全感！"王大亮似乎没有听到高博的话，依然满屋子飞奔，喊着："扣球！扣你！我扣你！"

高博无奈地白了王大亮一眼，"缺心眼少智慧！"说完，他轻轻一挥手柄，扣球得分。郭灿灿突然推门而出，高博像弹簧似的从地上爬起来，抓起桌上的普希金诗集。

郭灿灿进了洗手间，把门关得严严实实。高博拿着普希金诗集在厕所外夸张地朗诵着："爱情、希望、默默的荣誉——哄骗给我们的喜悦短暂，少年时代的戏耍已经消逝……"一阵冲水声，郭灿灿从洗手间出来，把高博罩在眼前的书打到一边，"少弄这种诗情画意的圈套！本公主对'罗曼蒂克'毫无兴趣！没有面包的爱情，即使是在浪漫的灿烂星空下也会饿扁了肚子的！"说完她径直走回到自己的房间里，重重地摔上门。高博跟到门口，刻意地大声朗诵了两句，"再见吧，自由的元素！最后一次了，在我眼前你的蓝色的浪头翻滚起伏，你的骄傲的美闪烁壮观……"他听了听屋里毫无反应，落寞地把书往旁边一扔，回到客厅。

王大亮趴在地板上，一副天真的样子，"好听！你咋不念了？"高博不屑地说："普希金，你听得懂吗？"王大亮点点头。

高博撇撇嘴，重新拿起手柄，"你还好意思点头，也不怕把下巴点掉了！朕都弄不明白那绕嘴的玩意儿是什么意思，你还跟这儿装得一包带劲的！赶紧起来！三局两胜，打完睡觉！"

阳光斜射在树林里，汤若坐在车头画着一张素描：女孩拿着相机，有些是女孩的侧脸，但是都没有正面形象。高博拿着DV乱拍着，王大亮拿根树枝晃悠到汤若旁边，一脸苦恼地问："啥时候吃饭啊？"汤若画得入神，没有理睬他。

高博叹着气，夸张地说："这种现实主义色彩的问题你最好来问我，他被箭射中了，正沉浸在魔幻的想象之中呢！"王大亮一脸木讷地看着高博。高博瞥了他一眼，不屑地说："丘比特之箭，说了你也不懂！"

高博凑到汤若身边，看了看素描，"朕原来还真以为你脑子里装着卡巴斯基，达到了百毒不侵的境界呢！"

汤若说："旅行包上全是机场的托运牌！你给分析分析！"高博装模作样地托着下巴沉思片刻，"如果那些东西不是装饰品的话，那她铁定是个四处游荡的人，根据她的打扮和年龄分析，她一定是个标新立异非特色场所不去的人，融合天气因素，排除高低气压对人心理的负面影响和本地面积因素，朕脑子里的数据模型显示，你再能见到她并动心的机会是百分之0.00006，也就是俗话说的，约等于零。"

汤若撇撇嘴，把素描高高举起，阳光穿过了纸张，画里的女孩显得很漂亮。王大亮也抬着头看着，说："咋没脸啊……"高博说："你懂什么，这叫朦胧派。"

王大亮疑惑地摇着头，"没吃过，上次在汤若家吃的那个叫'蛋黄派'！"高博说："说话能不这么销魂吗？这个派跟你吃的派不是一码事！"

王大亮一拍脑袋，急切地说："俺想起来了！圆周率，π=3.1415926……"高博挥着手，头疼地说："停停停！少在朕面前耍大刀了，朕在小学六年级的时候就把圆周率背到七十位以后了！这个派是流派的意思……"

汤若笑了，"省省吧你，你要能跟他解释明白什么叫朦胧派，达·芬奇都得去卖盒饭了！"高博无奈地叹了口气，靠在车上，"要是真有卖盒饭的当代'达·芬奇'，倒是值得拍拍！这事要不轰动，朕就把三宫六院放把火烧了！"汤若点点头，"嗯，最好是这个'达·芬奇'除了有画蛋经历之外，还历经了生活的重重磨难，愣是从完全与艺术无关的土壤中破茧而出了！"

高博激动起来，继续说："还得有点身体缺陷，那样便于引起大众的同情！"汤若也进入了状态，继续设计道："比如就是哑巴！一肚子的辛酸却无法像常人一样用语言表达出来，只能通过在地板上画出的'蒙娜丽莎'来传达对生活的哀怨和无奈！"

高博抢着说："一定得是个地道的农村青年，一个由鸡蛋认识了美术大师达·芬奇作品的农村青年，从鸡蛋开始了他对于崇高艺术殿堂无休无止漫长的征途。当其他农村青年都在忙着和村里的小芳们谈恋爱的时候，他在忍受着单身的孤独，一个接着一个地画蛋。"

汤若夺过他的话头说："他在农村无法得到专业的良好的美术教育，他也无法负担美术学院昂贵的学费，于是他只有自己研究，临摹。每个月趁着赶集的时候，来到县城唯一的一家书店，绕过一大堆小学课本中学教辅书，在书店最里面的架子的最下面一排淘到了一本灰尘扑扑、印刷糟糕、封面残缺的达·芬奇画册。他在书店最幽暗的角落找到了通往艺术殿堂的钥匙，那一瞬间，他觉得他的生命被照亮了。"

高博抒情地说："他得到了那本达·芬奇画册之后，如获至宝，买回家后，他照着画册临摹，然后又趁赶集的时候，拿给县城中学的美术老师指教。在他临摹了几千张达·芬奇的画之后，在一个全村大停电的晚上，他带着简单的行李，行李袋里面放着那本画册，去城里闯荡，开始了他流浪的生活。在路上，钱花光了，他就买了一盒粉笔，在路边用粉笔作画乞讨为生。他在地上画什么？蒙娜丽莎！可是，在这个物欲横流，每个人都向钱看的时代里，没有人停下脚步向着地上看一看，看一看这惊世的艺术作品，看一看这幅作品后面山寨达·芬奇那双不被世俗所污染，清澈透亮，一心为艺术执著到底的眼睛！"

高博自己把自己给感动了，咂着嘴说："流浪、沧桑、励志、煽情兼具话题性！依朕看，咱们就该按照这个方向找素材去拍！"

汤若踢着脚下的石头，"说得轻巧！等我们找着，得山无棱、天地合了！通常最完美的，只存在于想象之中……"说着说着，眼睛瞄向了正在拿着铅笔在画纸上画花鸟鱼虫的王大亮。

高博也循着汤若的目光看去，汤若一把把王大亮涂得乱七八糟的画纸抽了过来，仔细端详了一会儿，展示给高博看。一个念头在汤若脑海里形成，他刚要说话，高博就猜到了，连忙伸手制止了他，"朕跟你是多年的铁磁，明白你要说什么！不过，这个想法有点疯狂！朕脑子有点乱！"两个人看向了正在拿着树枝比比画画的王大亮。

"爱来不来"鸡翅馆里，汤若和高博把军师乔乔约了来。对这个危险的"鸿门宴"一无所知的乔乔准时赴约。汤若和高博谋算着时机，当乔乔正吃到尽兴时，汤若不失时机地将他们伟大的计划说了出来。听完，乔乔愣愣地看了汤若和高博半天，接着表情夸张地拍案而起，叫道："什么？你们要摆拍？"

第四章

坐在旁边的汤若和高博被乔乔的拍案而起吓了一哆嗦，只有王大亮不为所动，美美地啃着鸡翅。

乔乔被汤若和高博的主意所触怒，他们两个却不以为然，"这个主意既不伤害谁，又可能得到双赢的结果，大亮得到报酬，而我们公司又能从中获利，何乐而不为呢？"听到汤若这么说，乔乔更加生气，"这叫欺骗，知道么？"她指着王大亮，"诚实而无知，是软弱无用的。"又指着汤若，"有知识但不诚实，却是危险可怕！加在一起！就是不可救药的！"

汤若看到乔乔如此激动，接过话茬儿，"我发誓，这辈子就撒这一回谎！而且是为了宣扬一种'正面的、积极的、励志的'生活态度……"乔乔见汤若这么顽固，脸色更加难看，"汤若，我必须直截了当地提醒你，你这种做法非常急功近利！非常掩耳盗铃！非常危如累卵！非常……"

汤若跳到王大亮身边，"乔乔你就想象，如果在地下通道或过街天桥上，你看到这么一个青年娴熟地画出'蒙娜丽莎'或'最后的晚餐'，你能不驻足感叹吗？当你知道了他的经历，他可能是一个穷得连颜料都买不起的穷小子，而且因为咽喉病变导致声带失声，你能不为这种'身残志坚'的精神所动容吗？接着就是点击率直线上升，我们的走着瞧也起死回生……"

高博补充，"这对走着瞧来说可是意义非凡的！这个视频就是市场的敲门砖，前景的试金石！朕觉得如果真能达到预想的效果，我们的网站就算并进了IT界的快车道了！"乔乔看到他们两个这一唱一和的，知道他们都已经拿定主意了，只能抱着脑袋，一脸的苦恼。

汤若说道："还有乔乔我知道你是为我好，可是我没有挽救走着瞧公司的好办法，请你在汤八营那给保守一下秘密，我可不想让他抓住这么有力的话柄来数落我！"高博也赶紧凑上来说："还有，在郭灿灿那边，你也得多给捂着点，她跟你一贯是统一论调的，这事要让她知道了，非得给朕炸了营不可！"乔乔只能无奈又沉默地点了点头。

而此时李时恰正在办公室看着一份新的"ICC网络营销策划书"，脸色阴沉。他合上策划书看了看旁边站着的员工，"你让邹树来我办公室一趟！"员工答道："邹主管说您要是有异议，请您去办公室找他！"李时恰倒吸了一口气，拿着策划书气愤地出了门。

来到邹树办公室，李时恰举着策划书直奔主题，"从效果上讲，我认为这跟我的营销计划没有太大区别，但从成本上计算，比我的计划要高出一倍多，这样的营销方案邹总会通过吗？"邹树轻描淡写地看了他一眼，"没问题！简单地说，我认为先前你做的营销方案过于传统，那种初级的网络营销平台会把我们的网站形象做'扁'！虽然那是有利于可持续发展的，但是我觉得那不符合未来IT业的游戏规则！我的目的不是实用，而是包装！我认为你先前提出的'口碑营销和网络聚合营销'速度都太慢了！我没那么多时间去把精力花在整合资源和内容上！而且，ICC的硬件已经升级到现阶段国内视频网的一线水准了，在这些方面也没有太多突破口可以切入了！所以，我要做的就是短期内提高ICC的品牌价值，以吸引更多的VC和高端广告客户的目光！如果可以在资本层面上去运营网站，我想，这里面的利润和回报率就不用我说了吧！"

看着邹树的傲慢态度，李时恰心中涌起一股怨气，是生不逢时？是怀才不遇？怀着复杂的心情他摔门而去。

汤若、高博为王大亮找了个住所，这是一间只有几平方米的地下室，显然这很符合一个艺术家未成名前的潦倒和落魄。他们和王大亮搬着一大堆画板、画架以及初级水准的油画之类的东西踹开了地下室的门。

汤若四处打量着地下室说："五百块钱一个月，可以接受！下面你就得多盯着他点了！让他没事就画一画，貌似神似都行，只要别不似！"高博得意地说："放心吧！朕给他挑了一堆关于画家的电影和读物！力争一个礼拜之内，补得他梦话都不说"凤凰凤凰"了，张口闭口全是达·芬奇、凡·高和毕加索！"

安排完王大亮的住所，汤若疲惫地回到家里。汤八营正坐在客厅里喝茶看报，汤若和父亲打了招呼后拿着一沓打印好的文件从房间里出来，径直走到汤八营面前，把文件递给了汤八营，"我知道您是一寸光阴一寸金，不过我这也是寸金难买寸光阴！索性咱们就不要客套、寒暄、搂腰、拍膀子了，直奔主题，如果您同意我的用款计划，您就签字，然后把钱打到我的卡号里，如果您对此还是报以轻蔑的态度，我也希望您不要长篇大论，尽量保留意见，只需要把协议再递回给我就成！"

汤八营眼睛从报纸上移开,"你这是跟长辈说话的态度吗?""我现在不是以您儿子的身份在跟您对话,咱们现在谈的是合作,回报率和股份结构调整图都可以显示出在这笔生意里您是有利可图的!"汤若一本正经地说道。汤八营笑了,"我缺你那点'利'啊?"

"那当然是不缺了!瀚海一贯是只做大手笔的项目,动作从来都是夸张得让人瞠目结舌!我们这点蝇头小利您自然是看不上的,但这是我们走着瞧必须要表现出的诚意!"看到父亲对自己的态度,心里有些委屈,但是极力不表现出来。此时的汤八营更加像面对一个商场的对手而不是自己的儿子,"我来帮你算一算,走着瞧公司现在的银行贷款包括利息以及员工工资欠款还有房租欠款,费用应该就已经在十万元左右了,如果你重整走着瞧,那么就必须租用更多的服务器,雇佣更多更有经验的管理人员和技术人员,寻找新的办公场地等等,先期费用至少在十五万到二十万元之间。你只问我借十万,看来是想继续躲债了?"

汤若知道越是在这种情况下越要表现得坚定而自信,"您这军将得可好,连环炮还加个老车。不过,我的算法和您的不同。房租欠款方面我与大厦已经达成了协议,他们同意我先交三个月的,另外三个月可以再宽限三十天偿还,而租用更多的服务器雇佣更多的员工确实是公司发展的必然,但是不是最紧迫的,现在我们的带宽已经可以基本满足现有网民基数同时在线的要求,只要我们起步顺利,随着点击率的上升我们可以逐步增加服务器的数量,而与此同时,广告收入也必然会增加,这两方面正好可以互补。"

汤八营耐下性子看着汤若,"说到底,你的计划说服不了我,不是我为难你。汤若,难道你还没有认识到自己的错误吗?你可以有理想有抱负,可是成功者最需要的是踏踏实实地做事,做人。而你呢?做事,你红口白牙的没用,我要的是白纸黑字的计划书,这个要求不过分吧。做人,你连思想上的问题都没解决,何谈行动?来瀚海就那么不好吗?在创业前,多学点经验,在踏上社会前,多成熟一些不好吗?"汤八营起身朝卧室走去边走边说,"就你这种浮躁的、不踏实的状况,我跟你无话可谈!我看不起的正是你天天自命清高、浅尝辄止、巧舌如簧,面对现实却只会逃避。上次的风投为什么没有拿到?你好好总结过吗?上次我们关于责任感的讨论,你仔细想过没有?你这么天天像无头苍蝇似的撞来撞去,这种生活你觉得有意义吗?"

汤若的声音越来越高,"你怎么知道我没有总结过?你凭什么一口咬定我是浅尝辄止的?你的所有结论都是来自于你一厢情愿的归纳!你有没有真正俯下身仔细地审视过我的生活、我的理想、我的努力?我现在还很年轻,我想这么撞来撞去!即使会头破血流、一败涂地甚至一事无成,我不在乎,我有足够的勇气来面对所有的坏结果,我也有足够的耐心去期待所有的好结果!表面上看你是想成为我的遮阳伞,其实你就是想把我的青春钳在你所能控制的范围之内!你口口声声地号称要改变我的性格、习惯和为人处世,可是你并没有察觉你在渐渐地成为我人生道路的掣肘!"

汤母冲过来拉扯着汤八营。汤八营气得发抖,"你把我当什么了?敌人?仇人?我说的哪句话不是为了你好。难道就得每天捧着你,哄着你,才叫尊重你吗?"汤八营叹口气,"我花钱送你读书、学知识不是让你回家跟你老子坐而论道的!你要觉得你翅膀已经硬到折不断的程度了,你就飞去吧!你别花我一分钱,别来求我,也别摔得浑身是伤然后跑到我面前来抹眼泪!你就自食苦果、自生自灭去吧!"汤若咬了咬牙齿,冲出了家门。

乔乔刚好从出租车上下来,看到了脚步匆忙的汤若一脸阴沉。乔乔知道一定有什么事,她拎着高跟鞋在后面跟着。汤若毫不理会,继续朝前走着。

汤若过去跟汤八营吵过很多次,但是没有像这次那么伤心过,这次的打击让他彻底明白了,父亲对他的态度并不是单纯地为了让他去他的公司帮忙以便子承父业,而是一种彻头彻尾的轻蔑,一种让他从头凉到脚的不信任,一种让他自尊扫地的不屑一顾!他要成功,哪怕只有一次!哪怕只有一瞬间!他要死磕!不计代价地死磕!

汤若冲着车流大声号叫了起来,脖子间的青筋绷出,那声嘶力竭的声音几乎穿透了整个城市。乔乔远远地看着汤若,汤若的泪水和抽噎让她有些心疼。

面对父亲的"铁石心肠"无奈的汤若只好卖掉自己的座驾。他径直来到王大亮的地下室,高博正教王大亮拿画笔的姿势,王大亮笨拙地模仿着。汤若拿着一张银行卡递给了高博说:"这里面有十万多,你下午就开始着手采购一些耗材用品,服务器该定的就尽快定!网站页面的设计以及推广用的一些程序赶紧编程,这里就作为我们的临时工作区域了。"高博愕然道:"这是干吗呀?按计划暂时还不需要介入这些有支出的工作啊!"

汤若:"计划取消了!马上动起来!他学得怎么样了?不管怎么样,赶鸭子上架吧!先吃饭,吃完饭咱们分头忙,我先带大鼻涕把那破石膏拆了,做好拍摄准备!"

乔乔和汤若为了把王大亮打扮成艺术家颇费了一番周折,经过反复的试装王大亮已经被装扮成了一个街头艺术家的形象,低低的鸭舌帽让他颇具了些艺术气息。汤若冲着在旁边编写程序的高博说:"不能只追求形式的相似,内容也得向人家取经!如果可以做到低带宽需求并可简易地借由FLASHPLUGIN内嵌个人的BLOG或其他网站中,那你的工作算是到位了!"

高博:"人家的服务器核心还支持CDN呢,你怎么不让朕把这个技术也加进咱们的网站去?就咱们这几台破'牛车',还想一口吃个胖子!天方夜谭！"

汤若笑了笑，"一口肯定吃不出胖子，但是胖子确实是一口一口吃出来了！我们就把宝押在了'达·芬奇'身上了！"

这几天汤若带着摄像机不停地来往穿梭于广场、公园、地下通道和王大亮的住所之间，生性愚钝的王大亮始终不能达到汤若的拍摄要求。但是他知道这是赶鸭子上架，他又怎么能怪罪王大亮呢？汤若懂得他本来是无辜的。

几天后，汤若和高博、乔乔围坐在王大亮的地下室里，电视里播放着上一场戏中王大亮背着画板遥望的场景，还配着煽情的音乐盒画外音："我们不需要知道他叫什么，也不需要询问他来自何方，我们只需要记住他是一个流浪的人，一个靠绘画来抒发情感的人，一个为理想坚持不懈的人，一个被生活勒令沉默的人，失去了声音的他也许在精神层面上更加靠近了达·芬奇，我们就叫他流浪的达·芬奇吧……"

王大亮第一个鼓起掌来，一脸兴奋，"把俺照得还真像个画家！"

高博也兴奋了起来，"朕感觉相当是那么回事！可能是朕太脆弱，刚才有几个地方差点给寡人看哭了！"

汤若看了看乔乔，"怎么样？乔乔，乱真吧？"乔乔嘟囔一句，"既然'乱'真说明还是假的！"汤若并不理会乔乔的"不买账"，招呼着大家先去吃饭吧以示庆祝，搂着乔乔出了门，此时乔乔一脸的受宠若惊。

乔乔万万没有想到，在"庆功酒会"上，汤若提出了一个在她看来更加大逆不道的念头。为了弥补资金缺口，要乔乔帮他挪用汤八营公司的款项。面对这个要求乔乔一动不动、目光呆滞，汤若瞥了乔乔一眼，轻叹了一口气。

高博举着杯子，"乔乔，你可是唯一一个能为这闷热的夏天带来缕缕凉风的人！你要袖手旁观，我们必然死得难堪！"

乔乔不耐烦地看了看有些不自然地玩着手中杯子的汤若，"别别别，你们什么意思啊？捧杀我是不是？你们也真够可以的，既然知道我是个'五讲四美三热爱'的好青年，竟然还教唆我去做挪用公款这等罪恶的事情！"

高博有些强词夺理地说："挪汤八营的公款给汤若用，这从形而上的层面看，也算是肥水不流外人田吧！"

汤若补充说："而且，我会尽快地把这个钱还回去的！'流浪的达·芬奇'你也看了，不至于对我们网站的前景这么没信心吧！我有十足的把握和百分之百的信心在事情败露之前就还上这笔钱！"乔乔问："你到底需要多少钱？"

"二十万！"

汤若张口就是二十万，乔乔的脸立刻扭曲了起来，捂着胸口，"二十万？我现在终于明白为什么汤叔叔在跟你谈话之前总要吃上两片救心丸才肯开口了！"

高博搭腔，"我们保证拿到第一笔广告费用就立即把这个缺口堵上！其实，这事就像你在走着瞧和瀚海之间接一根水管似的，让那笔钱从这个管子里转一圈再流回去！"

乔乔最终经不住两个人的软磨硬泡，有气无力地举起酒杯，"我就知道，我性格中最大的弱点就是善解人意！行了行了行了！你们不用一个阴阳怪气、一个假装洒脱的来刺激我了！我帮还不行吗！"高博接着恭维道："不但善解人意，还很仁义！"

晚上，乔乔在床上辗转反侧，难以入眠，她突然坐了起来，翻开了钱包，钱包的夹层里放着一张她和汤若早年间的合影，对着一脸灿烂笑容的汤若翻了几个白眼，"还说我粗线条！关键时刻为你冲锋陷阵的还有第二个人吗？有一脸灿烂的笑容就了不起啊！"

乔乔说完仰面看着天花板，若有所思。与其说拗不过汤若的软磨硬泡，倒不如说受了某种超越友情甚至亲情的感情所驱动，乔乔知道挪用公司款项是违法犯罪，即便她知道事情败露也不会给自己造成什么严重后果。乔乔反复掂量着，无论这笔款项挪用给谁，都是违反自己做人原则的，然而在天平的另一端是自己对汤若的感情，无论这种感情是友情还是爱情，天平的分量都偏重于这一端。

第二天的中午，汤若接到乔乔的电话："我正在作案现场呢！款已经划过去了，我现在正要把所有的电脑上的划款记录挨个删除！行了，一分钟前，我已经成功成为了跟你们一样的坏孩子了！"汤若兴奋得给了乔乔一个飞吻，飞奔着拿着银行卡就来到了自己早已看好的一间写字楼。

这是一个高档写字间，装修得很时尚也很个性，只有乔乔在怀着惴惴的心情四处走动打量着自己亲手制造的"罪恶"。

汤若、高博和王大亮聚精会神地盯着电脑屏幕，像在看赛马一样，一动不动。乔乔一个箭步冲到电脑显示器前面，上面仅有一个可怜巴巴的2。

高博低声地说，"你看到的这个'2'是我们自己点击的。从视频放上去到现在，总计五个小时零三分十八秒。"乔乔躺在沙发上抱着垫子开始喃喃自语，"过去我曾歌颂黎明，可今后，我只能拥抱黑夜了！"

汤若说："别这么悲观，没准现在是黎明前的黑暗呢！再说了，就算我们坠入黑夜，我也不会让你背这个黑锅的。"

这时乔乔突然眼睛发直地看着前方。乔乔眼睛突然睁得很大，把右手食指放在嘴唇边做了个嘘的手势。电脑荧幕上网络监控器的数字在飙升！王大亮顾不上手里的零食，"哎呀，机器是不是坏了，这数字咋变得这么快，俺眼睛都花了。"汤若、高博和乔乔几乎在同一时刻欢呼拥抱起来。

汤若突然表情僵住，冲出了房间，疯狂地爬着楼梯，一脸的兴奋，脸上看不出是汗水还是泪水。他的动作渐渐缓慢了起来，最后，他索性坐在楼梯上，靠在墙角，大口喘着粗气，脸上悲喜交加，跟着出来的高博、乔乔看得出他此时是百感交集的。

此时，郭灿灿一个人郁郁独行在深夜的街道上，一个转角处，几个喝醉的男人在大声叫嚷着，似乎是在吵架。郭灿灿站在远处谨慎地看着，她又拨打了电话，电话中还是老声音：你拨打的电话暂时无法接通。

郭灿灿啜泣起来，突然一支啤酒瓶子落在她身边不远处摔了个粉碎，远处几个男人似乎吵得更激烈了。郭灿灿哆嗦着朝前走着心不停地默默念着：高博，你在哪儿？

刘以萍已经好几天没有看到儿子了，手机也打不通。也一直在担心着儿子的去向，不停地抱怨汤八营把儿子气走了。

突然手机响了起来，看是儿子的来电，刘以萍很惊喜，"喂，汤若。你这几天都跑哪儿去了？"电话中传来汤若的一点啜泣，刘以萍很担心，"怎么了，是不是出事了？"

汤若哽咽了好久，"不是。妈，我成功了！这次走着瞧真能起死回生了。但在完全成功前，我不想告诉汤八营。我要用现实给他一记响亮的耳光！不说了，您早点休息吧。晚安。"说完还对着电话亲了一下。

很快，《流浪的达·芬奇》的点击率就达到了三十六万，这一天，在一个永和豆浆店里，豆浆油条满满当当堆了整整一桌，汤若和大家围坐了一桌，每个人脸上都露出开心的笑容。汤若站起来，手上拿着一杯豆浆，"我现在以豆浆代酒感谢公司各位员工在走着瞧最艰难的时候不离不弃，现在走着瞧有了新的转机，我汤若在这里以十二万分的感激感谢大家对公司的大力支持。这一杯，为走着瞧。"王大亮一脸懵懂。

汤若转向大亮说："你的观众已经达到了三十六万，如果其中的四分之一成为了你的粉丝。那你现在的粉丝人数就已经达到了……"王大亮问："粉丝啥意思？"

高博解释，"就是喜欢你的人。你想象一下，被你们学校所有的人，不对，几十个你们学校的人喜欢的滋味是什么？"王大亮憨笑，"俺就想知道那么多学校里包不包括延安中学？"高博和汤若很疑惑，乔乔恍然大悟，"项春春是延安中学毕业的吧。"王大亮第一时间龇出两排小白牙。

突然背后一个声音大叫道："'达·芬奇'！"王大亮一下就哽住了："呃……

呢……"这样更显得他像哑巴，眼前站着的人在他从喉咙里发出一串怪声之后，脸上立即又现出了同情的表情。一个学生走到王大亮面前，两手胡乱地比画着，"请问你是'达·芬奇'吗？"王大亮疑惑地点点头，学生们一下兴奋了起来。汤若怕穿帮连忙拦住他们。

"咱们合个影吧。"不等大家反应，两个女学生就冲上来站在王大亮一左一右，学生甲则拿出手机来拍照。学生们离开的时候，王大亮仍杵在那里，眼神发直。走到门口的学生们依然回过头朝着王大亮招手告别。汤若松了口气，"从今天起，你得装一段时间哑巴了！"

和王大亮、汤若分手后，高博突然想起好长时间没有跟郭灿灿见面了，可他兴致勃勃地刚进门，一只拖鞋就朝他飞来，看见郭灿灿怒冲冲垂泪坐在沙发上。

高博赶快走到郭灿灿面前安慰她，郭灿灿死命地捶着高博说："你夜不归宿，手机不开也不汇报，我还当你被车撞死了呢！"

尽管这样高博心里还是很美，"好了好了，爱妃别难过，朕就是手机没电了！"郭灿灿带着哭腔地说："本公主昨天晚上胃病犯了，都快疼死了也没人管。我一个如花似玉的女生三更半夜走夜路买胃药，途中还险些遭到几个醉汉的攻击，这情景搁哪儿都是一出凄凉的悲剧。"

高博一把把郭灿灿搂进怀里说："哎呀公主你受委屈了，可昨天是我们测试视频点击率的紧要关头，要不现在让36小时没怎么合眼的朕带你上医院瞧瞧医生？"郭灿灿嗔怪道："我不管你做什么，以后你手机二十四小时开机，随时待命，随叫随到，做一个彻底的'招之即来挥之即去'的人！"

高博听着眼睛又闭上了，"行行行，朕依你！"然后随便拿了本杂志递给郭灿灿，"这里面的，你随便挑！"郭灿灿满脸的不信任。高博得意地说："那当然，现在朕已经踏在了飞黄腾达的边缘了！一宿刷了三十多万的点击率！——爱妃，今后你的主要任务就是不遗余力地替朕消费。"

郭灿灿熟练地翻到她做了标记的一页，指着页面上印着一瓶化妆品挑衅地看着高博，"眼见为实，耳听为虚，飞黄腾达的事先搁一边，你先把这个套装从雅诗兰黛专柜请到我的梳妆台上再说吧！"

的确，李时恰和汤若都是有抱负的年轻人，汤若为了施展自己的抱负，用《流浪的达·芬奇》找到了突破口，而李时恰在公司内不但不能施展抱负，反而在前进的道路上遇到了顽固的"拦路石"。他试图说服邹总不要实施邹树的计划，"邹总，这是个荒唐的计划！"

老板却不以为然，"你凭什么说那是荒唐的？年轻人就是喜欢过早地给事情做出总结性的定论！"李时恰显得有些激动，"我记得您过去亲口跟我说过，视频网站的存亡关键在于内容资源的整合和利用！昨天晚上走着瞧的卷土重来

也间接证明了这一点！没有大手笔的营销照样可以取得胜利！"

老板依然不为所动，"那只能说是阶段性的胜利！对于ICC来说，已经取得过很多次类似的胜利了！他们只是在步我们的后尘，而我们现在需要的是再往上登一个台阶，把ICC同走着瞧摆在一起比较，多少有点妄自菲薄的意思！"

"邹总，恕我直言，我认为您的这种做法属于一种盲目的'大国心态'，与ICC的实际情况大相径庭……"李时恰一脸无奈地叹了口气跟着老板走进了会议室。

会议室内，ICC的员工们都很沉默，大家陷入一种僵持状态。

邹树打破了沉默，开始发话，"大家不要像霜打的茄子，要振作起来！二十四小时刷出三十万的点击率不足以说明对手的强大！其中的偶然因素是很多的！况且我们ICC现在状况绝对是走着瞧所不能企及的！没必要在这件事情上有过多的纠结！"

老板也很清楚大敌当前自己必须显出大将风范，"没错！塞翁失马，焉知非福！邹树，跟大家讲一下我们接下来的策略！"

邹树接过了话题，"我跟邹总对这件事情交换过意见！两个步骤，第一，去与走着瞧接洽，不计成本地争取与他们战略合作，把《流浪的达·芬奇》做成一个系列，ICC有共享权！第二，如果在第一步走不成的状况下，我们不惜任何代价找到这个'达·芬奇'本人，与他签订一个合作协议，完成这个视频系列的制作！需要提醒大家的是，今后遇到类似问题，我们要持续这么做，我们需要走着瞧这种'小鱼'的营养来把ICC养胖！而在这个过程中，无论是第一步的经济成本还是第二步的时间成本对于ICC都不会是伤筋动骨的事情！"

李时恰一脸不屑，"我可不可以归纳一下您刚才的两个步骤，如果我没理解错，第一个步骤就是'策反'，第二个步骤就是'寻人'！"邹树看了李时恰一眼，"如果你非要那么通俗地理解，我也没有意见！"

"我跟汤若是校友，我了解这个人，如果你觉得他是一条小鱼，那他也是一条硬骨头的小鱼，即便吞下去，也会卡在喉咙的！所以，现在我就可以告诉你，他不会被'策反'的！"李时恰显然被邹树逼得走进了死胡同。

邹树紧接着又说："你们不仅仅是校友吧，据我听说的，你们好像一直针锋相对！你是担心你们的个人矛盾会导致这次合作谈不成？既然你上来就打退堂鼓，那你就直接进行第二个步骤吧！"李时恰有些不耐烦地说："第二个步骤比第一个更荒谬！城市这么大，天晓得这种'海底捞针'般的寻找究竟能给我带来多大的收获！"

邹树和李时恰的争论一直持续了很久，会议室内的其他人根本插不上嘴，最后邹树甩出这么一句，"那你就是认为我们做出的对策是不可行的了？那你有什么对策？"

李时恰显然也没有什么灵丹妙药，邹树最后做了结论，"既然你也没有什么好的办法，那就执行我的方案！具体执行由你来负责，散会！"所有人离席，李时恰只能郁闷地坐在桌旁，一脸的愤慨。

在风云突变的商海，没有谁能常胜不输，即使你是高明的水手也难以独领风骚。就像ICC这样的大公司也会被对手——汤若几个刚刚下海的年轻的"弄潮儿"搞得手忙脚乱。而对于汤八营来讲，他觉得自己叱咤商场这么多年没有什么能让自己乱了手脚，即使面对再大的风浪，他也能做到"胜似闲庭信步"。可是这几天每每想起汤若，他都会陷入沉思。

此时，汤八营站在窗前发着呆，乔乔敲了两下门走了进来，"您的脸色好像也不太好看！"

"唉……我也睡不好啊！"汤八营想掩饰自己，但是想乔乔还是个孩子，也没有故作镇静，接着就问，"汤若他……最近怎么样？"乔乔看出来汤总是为汤若的事，赶紧答道："挺好的！要不我给他打个电话，您跟他说几句话？"

汤八营顿了下，"别别别……别打了！我们上次吵得太凶了，有些在气头上的话说得也有点绝，我想他可能不想听到我的声音！乔乔，汤叔叔的一些观点对你们这些年轻人来说真的那么难以接受吗？"

"对此，我想站在一个中立的位置上！我们这代人与父辈的成长环境是完全不一样的，我们接受着各种新兴的本土文化和外来的异域文化的烘焙，我们是在溺爱和骄矜的胚胎中被孕育成形，然后在精华和糟粕中乘风破浪，渐渐开始在这个嘈杂的世界中发声，在我看来，只要勇于发出声音的年轻人都是好样的，无论声音大还是小、对还是错，这都无关紧要！因为在成长的道路上，我们势必与你们这代人是殊途同归的，就像汤若，他也许会在某天完成自己在成长中的回归！"

对于乔乔的这番话汤八营似乎有所悟，他知道自己似乎错了，但是以自己的人生经验他不可能轻易向自己的子辈认错，难道做老子的为儿子多考虑一些有什么错吗？"你觉得我现在是在掐着汤若的喉咙，不让他出声吗？"

看看汤八营口气有些缓和，乔乔借机发挥了一番，"您清楚这个成长的过程，清楚创业中的所有的细节，清楚什么是正道什么是歧途，所以，您迫切想指引汤若走向您所期待的那条路，可是，您却剥夺了他作为一个年轻人犯错误的权利，这样看来，您的做法更像是在拔苗助长！"

"乔乔，晚上你来我们家一趟，我让你阿姨给汤若收拾了一些衣服和生活用品，拜托你带给他！你没事多给他打打电话、发发短信，嘱咐他多喝水、按时吃饭！"汤八营突然想到了什么，拉开了抽屉，拿出一张信用卡，"还有，把这个信用卡交给他，让他少去大排档吃那些不干不净的东西！"

乔乔是了解汤若的，她现在成了他们父子俩之间的传声筒了，不过她很乐意做这个沟通桥梁，如果她能帮助他们化解隔阂，她觉得这是她最近做得最了不起的事。"叔叔，衣服我可以捎给他，可这信用卡的事我没法代办！我想以汤若的性格，十有八九他看都不看一眼就会把这张卡原封不动地给您退回来！"

听了乔乔的话，汤八营感到自己的确和汤若之间有代沟，他甚至自责起来，觉得不是代沟而是自己跟孩子沟通不够，还不如身边的人了解汤若，想着这些嘴里轻声地说了句："嗯……也是！"

看着转身出门的乔乔，汤八营又陷入了沉思。

第五章

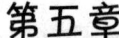

汤若依次伸出手指,"大拇指代表饿了,你要吃饭就比画大拇指!食指代表要上厕所!中指代表……"王大亮说:"中指代表我想见春春!你得带我去理发店!"

汤若:"成!就这么定了!无名指代表你困了或者累了,要睡觉!"王大亮拿着小本子在旁边一边记录,一边点着头。"小拇指代表SOS……情况危险,你要赶紧离开!"汤若补充说道。

"啥情况危险?"王大亮不解地问。"这个……哎呀,现在还不知道,这是急救信号,不能随便用!遇到你顶不住的事情才能使用!"

这时候,乔乔提着一个大包走了进来,汤若赶快上去把旅行包接了过来。"你爸让我给你捎来的日常用品!"乔乔冲汤若说道。

汤若没好气地说:"你帮忙转告他,谢谢他还记得有这么一个儿子正风餐露宿呢!"乔乔:"这种不着调的话你还是自己去说吧!我都快成了你们爷俩情感沟通的纽带了!"

王大亮冲着乔乔比出大拇指。乔乔还以为王大亮在支持自己,"你看,王大亮都赞成我的话!"汤若:"得了吧你,他那是饿了!"王大亮冲着汤若使劲点着头。

午后的商场,顾客寥寥。高博、汤若和王大亮来到一个化妆品柜台前。售货员面对自己唯一的顾客把化妆品递给高博并极力推销着,"这是我们公司新出的晚霜,效果特别好,很多明星都用这个,您可真有眼光,是买给女朋友的吧?你还真是来得巧,今天最后一天打折了!折后才1786元!"

高博一下愣住,"标价1860元,才便宜一百块钱,这是什么折扣?"售货员:"九五折啊,这次已经算是挥泪价了!我给您包起来吧!"

高博狠狠地甩了一句,"包……包包包……包什么包?买不起!"

此时突然从他们背后传来一声尖叫,一个女孩冲了上来,"你是大亮吧,给我签个名。"大亮想想和汤若的约定,手足无措地看着女孩,嘴巴轻轻动了动。汤若连忙赶上去,"签吧,人家是你的粉丝。"

大亮还是很疑惑,嘴又动了动。高博夺过大亮的笔就在女孩T恤上胡乱地写下了王大亮三个字。女孩如获至宝似的兴奋地走了。王大亮低声说:"咦,好好的衣服就糟蹋了?"汤若连忙捂住王大亮的嘴,一直目视女孩走远,"我警告你,以后只要有人的地方,你就不能说话。"

王大亮无奈地嘀咕了两声,突然灵机一动指着面前的八音盒。汤若一脸茫然。王大亮贴着他的耳朵,"你给俺买这个,俺就不说话了!"汤若惊讶地看着王大亮。王大亮盯着他,忽然挑衅地动了动嘴。

汤若:"行行,小姐,把这个给我包……包包包起来吧!"售货员包着八音盒,王大亮在旁边冲着汤若和高博比出了中指。汤若一把握住了王大亮的中指,"现在咱们变一下,今后想见项春春就比画小拇指,中指代表SOS!因为……不文明!"

走出商场,三个人走进春春的理发店。

项春春只是简单地打了声招呼,"哈啰。"王大亮郁闷地看了汤若一眼把八音盒递给春春,春春却毫不在意地随手放在桌上,热情地对着汤若,"洗头还是理发?"汤若轻声地说了声,"洗头。"春春一边招呼着小李帮汤若洗头,一边问大亮洗不洗。王大亮只能拼命点头。春春惊讶地问:"你咋了?哑巴了?"

这时两个年轻时髦的姑娘走了进来。两个人一进来就看见了正对门口位置的王大亮,迸发出一阵尖叫。姑娘的叫声让项春春吓了一跳。姑娘甲走到王大亮身边问他是不是"流浪的达·芬奇",王大亮点点头,从喉咙里发出一串咿呀呀的声音。

其中一个姑娘走过去说:"我们能摸摸你画画的手吗?我们还从来没摸过艺术家的手。"王大亮不知该做何反应,嘴张着,没有发出声音,眼睛却瞟向了项春春。项春春也正好朝王大亮看去,王大亮慌忙将眼神移开。

一姑娘说:"我特佩服你,身残志坚还追求艺术,'上帝关上了你与人交流的门,却打开了你心灵的窗户'这句话说得真好。"

另一个姑娘说:"对了,我男朋友是正大医院的耳鼻喉科主任,如果你有需要,可以找他看看。他也特佩服你,虽然他说你的病很难治,但是他还是愿意帮助你。"王大亮茫然地接过女孩的名片。春春拉着王大亮进了洗头室,上下打量着王大亮,又摸摸他的额头,继而又摸摸自己的额头,"你到底得啥不治之症了?"

汤若在门口对王大亮连连摆手。王大亮张张嘴,最终还是没有说话。汤若怕大亮待的时间长了露了馅,连忙说急着上班回来再和她解释,拉着大亮就回到了公司。

王大亮非常委屈地说："哎呀憋死我了，俺不装了。"汤若耐着性子，"你觉得是让项春春知道你不是哑巴重要，还是让他知道你不是骗子重要？"王大亮说："可俺根本就不是骗子，俺就是演了个戏。"

高博接过话茬儿，"王大亮，朕这么跟你解释吧，虽然你是演了个戏，但是在有些人，不，在大部分人眼里不是演戏。""为啥呢？那还珠格格里的皇帝，俺不也知道他不是真皇帝吗？"王大亮一脸疑惑。

高博："这中间的事情说起来也很复杂。我就跟你说吧，如果有人知道你是在演戏，并不是哑巴，后果将非常严重。"

汤若看着一脸茫然的大亮，"老实跟你说吧。我们这个视频对外宣称是完全真实的，如果你暴露，大家就知道我们是在骗人。而且乔乔为了你那个视频能放到网上挪用了公司二十万的公款，我们现在必须利用这个视频拿到广告费还上这二十万。如果有人知道了你不是哑巴，不但不可能拿到广告费，我们还会被当成骗子，一辈子翻不了身，走着瞧也会破产，乔乔还会坐牢，我们的命现在都在你手里了。你自己看着办吧。"

王大亮听后几乎傻了，蜷缩在屋角啜泣，几分钟后终于缓过神儿来，擦干眼泪走了过来，"俺答应你们以后装哑巴，不过，你们得帮俺跟项春春解释一下。"

汤若："你放心，网络上的事情不论多火，就是一阵风潮，等咱们拿到广告费还上公款，过段时间就没有人再记得你了，到时候你就能恢复你原来的样子了。"王大亮苦笑一下，他觉得，他可能再也不会回到过去那样了。

项春春怎么也不明白王大亮突然就成了哑巴。当汤若带着高博和大亮再次来到春春的理发店的时候，春春急切地跑过去问到底是怎么回事。

汤若回答道："他发的是四十度的高烧。大亮这情况照医生的话说就是因为持续高烧不退而导致暂时性的失声。不过你别担心，这不会说话只是暂时的，等病毒从体内完全清除了之后，加上一段时间疗养就又能说话了。"项春春依然表示很疑惑。

高博说："你听说过海伦凯勒吗？她就是一个特别倒霉的外国女人。在襁褓三个月的时候，由于发烧，丧失了听力和说话能力，长大后本来挺好一姑娘就彻底变成了聋哑人。"看到春春脸上担心的表情高博又煞有介事地补充，"不过他不会哑一辈子的，我给你讲的这个海伦，她跟咱们大亮可不一样。第一，她是外国人，人种不一样，对病毒的抗体能力有很大区别；第二，她是个女人，女人在某些方面天生就比男人脆弱，你看看大亮那体格，还能找到比他更MAN的吗？第三，这个海伦，距离现在算是古老时代的人物了，现在科学日新月异地发展，早就不会让高烧带来的并发症变成终身的遗憾了。朕只是从历史上找到一个活例子，让你明白这病是有历史传统的。"

项春春看着低着头的王大亮，依然一头雾水，"那这'流浪的达·芬奇'又是啥？"高博摇着头，"你不知道王大亮是一个艺术家吗？厨师只是他的谋生手段，实际上他在精神层面完完全全就是个艺术家。"

项春春还是不可置信地摇着头。高博起身掏出《流浪的达·芬奇》光盘就播放。音乐弥漫开来，项春春的表情由不相信变成了啜泣，"俺真没想到你那么执著。"王大亮不好意思地低下头。

从理发店出来，三个人在一个没有人的僻静街道走着，看了看周围没有路人，突然迸发出一阵欢呼声。他们尝到了成功的喜悦。

《流浪的达·芬奇》视频走红消息也通过一个客户传到了汤八营的耳朵里，当他知道是汤若的公司在炒作的时候，他反复地看着《流浪的达·芬奇》的视频……并把正在工作的乔乔叫到自己的办公室。不知就里的乔乔有些紧张。

汤八营压低了嗓音，"我叫你来是想问问汤若的事儿。"话音刚落，乔乔立即整个人都轻松了。汤八营笑着问："你知不知道《流浪的达·芬奇》？"乔乔："当然知道，这是走着瞧推出的最新视频，网友的反响不错。"

"汤若跟我说要找视频的时候我还真没想到他能找着。现在我出去跟客户谈生意，休息的时候都要被迫扯上几句流浪的达·芬奇才算跟这个时代接上了轨。我还真有点不适应呢，是汤若自己完成的？"乔乔点点头，"您觉得怎么样？"汤八营故作不屑，"马马虎虎吧。"

《流浪的达·芬奇》视频引起了汤八营的关注，汤若并不知情。在走着瞧公司办公室，汤若像往常一样，一边喝着啤酒一边吃着烤串。此时李时恰拿着一瓶啤酒坐在了汤若对面："我们老总的大公子让我找你谈战略合作，被我当场拒绝了！我可不想吃闭门羹！"

汤若显然看出了李时恰是无事不登门，"我不擅长揣测别人的内心，你有话就直说吧！"李时恰看到自己的心思被汤若看穿就把自己的来意全盘搬了出来，"ICC被《流浪的达·芬奇》打蒙了！狗急跳墙之后，现在是赶鸭子上架喽！我来的意思就是想跟你谈两件事，第一步，跟走着瞧合作，走不成，就来第二步，找到'达·芬奇'，挖人！合作的事我看你是不会同意的，所以我来只是求你件事，帮我找到'达·芬奇'！"

汤若脸上掠过一丝不安，但是接着又恢复了平静，"求我？师哥，你的桀骜不驯被抛到九霄云外之后我还真有点不适应！但是很抱歉，别的事都好商量，这件事情恕我爱莫能助！我们……我们需要'达·芬奇'！"

李时恰没想到汤若会把话说得这么绝，"说实话，我不喜欢ICC的这个决策，但是没办法，我要想重新在ICC夺回话语权，只有把这件事情做成，我知道你不会帮我的，之所以告诉你，是因为李时恰不想背着人做这样的事情！我一定要找到'达·芬奇'！"汤若点了点头，"那就祝你好运吧！"说完就离开了办公室。李时恰呆呆地坐在椅子上看着汤若的背影。

王大亮最近一直在过着做网络红人的瘾，记者、粉丝、签名，这些过去跟自己不相干的词儿每天围绕着自己，几乎使他飘飘然了。这一天，汤若、高博找到王大亮的住处。汤若郑重地对王大亮说："现在ICC在围剿你！所以，你从今天起，要做到足不出户，深居简出！没事别出去招摇！这样明白了吗？"

王大亮还是一脸的不解。高博忧心忡忡，"李时恰这个人可是不达目的不罢休的！朕还真是挺担心的！到时候露了馅咱们可得吃不了兜着走呀。"

汤若："所以，大亮！我们需要你隐居一段时间！要隐居到不需要你隐居为止！"王大亮不情愿，"'隐居'？你要憋死俺呀？"

从王大亮的住处出来，汤若回到了公司，汤八营已经等他很久了，"我可以进来跟你谈谈吗？"乍一看到汤八营，汤若有些愕然。"我看了你做的《流浪的达·芬奇》。做得很好，我很喜欢。"汤若除了嗯了一声外一直保持沉默，"我认真想过了，觉得以前有些事是我做得不对，我没有好好地了解过你，就妄下评论地决定你的命运。我在看到《流浪的达·芬奇》那一瞬间，忽然有一种被击败的感觉。"

汤若冷不丁插了一句，"你可是从不认输的人。""谁说我认输？别忘了瀚海今时今日也还是比你的公司要强得多。"汤八营坚定地说。看到父亲那么强硬，汤若也不示弱，"但总有一天会是我的手下败将。"

看到自己的儿子有这等志气，汤八营并不为他的顶撞而生气相反心里涌起一丝欣慰，"长江后浪推前浪，如果咱们父子的公司真有对战的那一天，我倒还真希望你能赢。"两个人互视良久，大笑了起来。

汤八营走后，汤若从内心里荡漾出一丝感激，《流浪的达·芬奇》这个策划使自己和父亲的关系贴近了，有哪个儿子不从父亲的鼓励中获得莫大的力量呢？

然而《流浪的达·芬奇》却使高博和郭灿灿之间几乎爆发了一场战争。郭灿灿看到视频怒气冲冲地对高博说："我麻烦你给本公主解释一下，为什么这个在我们家骗吃骗喝的农村厨子突然摇身一变成了'达·芬奇'了？"高博看着郭灿灿愤怒的样子，畏畏缩缩地说："这是汤若的点子！"

"胡说，高博，我太了解你了，什么歪点子没你的份那才叫活见鬼了。为了走着瞧有千种万种方法，条条大路通罗马，你们怎么就偏偏选一个骗人的？"

高博反驳，"别说得这么难听，我们又没有害人。我们不过是树立了一个为艺术执著追求，身残志坚永不放弃的典型形象。不知道有多少人会因为学习王大亮的英雄事迹而改变了一生的命运呢。即使有些虚假成分，但是，这叫包装，叫营销。"

郭灿灿依然不依不饶，"你少跟我堂而皇之，几天的备课，终于让我有了点教师的感觉，我明天就要试讲了，所有的正义感都被你给破坏了！跟一个骗子生活在同一个屋檐下，我还要大言不惭地去教育别人，我真是无地自容啊！你让我以什么心情面对学校里那些天真可爱的未来祖国花朵？当这些早晨八点钟的太阳满嘴'流浪的达·芬奇'时，我应该如何回答？我是应该立即就过去破坏掉他们的幻想，顺带也毁灭了他们对艺术的激情和热爱。还是放弃掉自己的原则，跟你们一起欺骗他们？"边说边一手抄起背后的靠垫就朝高博身上打，"我倒霉就倒霉在偏偏选了《达·芬奇画蛋》这篇课文来试讲！我恨死你了！"悻悻地摔门回自己的房间去了。高博傻坐在地上呆呆地看着那扇关闭的房门嘟囔："哎，真是女子与小人难养呀。"

阳光透过树影洒在人行道上，汤若边走边盘算着下一步如何实现着自己的计划，隐约中突然看见牧歌在出租车上举着相机在拍照，他快跑了几步，然而牧歌很快消失在车流中。

汤若无奈地回到办公室，回味着刚才的瞬间，边拿出笔来画着牧歌的肖像，这时候乔乔急匆匆推门进来。汤若匆忙把肖像塞进了抽屉里，乔乔拉住汤若的手，"事情可能要败露！二十万的事。"

汤若吓了一跳，"他们发现了？"乔乔紧张地说道："我的同事小叶发现了账目有问题，但是赵经理以为是电脑问题，所以没有在意，今天我看到技术支持来维护电脑了，如果维护完了还是有问题的话，纸里就包不住火了！"

汤若绞尽了脑汁安慰乔乔，"冷静点，冷静点！咱们好好分析一下这事！别乱想了！我都说过，出什么问题我顶着！何况现在问题还没严重到那个程度！"他从抽屉里拿出了一沓资料，"看看，这是找上门的一个广告客户，明天就要跟我们谈合作细则了，要是顺利的话，没几天就能把钱给你了！"

乔乔大喜过望，"你就放心吧！要真自杀也轮不到你，我肯定排头一个！现在我得赶紧做一下计划书了，你赶紧把心放到肚子里，回去上班吧！"

汤若打发走乔乔赶紧打电话告诉高博，"快来公司做广告计划书，广告费的事成不了我们就完蛋了。"两个人迅速凑到一起赶写计划书，直到墙上的钟表指针指到晚上九点，桌子上已经散乱地放着一堆饭盒。

汤若终于敲下最后一个字，"终于完成了。看看怎么样？"高博看完得意地说："嗯，有理有据，最关键是有利可图，给他们要二十万广告费绝对便宜他们了！朕有预感，走着瞧这次真的时来运转了！"

汤若感到还是不能放松，他清楚明天的客户毕竟跟ICC合作了不短的时间，他会有一个很清晰的比较。他不说话，走到窗户旁边，很久一直保持着沉默,突然他转过身,眼睛望向高博:"我想跟你商量个事。我必须要在乔乔被公司发现之前还给她。我们这次能启动'流浪的达·芬奇'这个项目全靠了这笔资金,否则我们还能坐在这里写一份五千字的计划书去抢ICC的客户吗?瀚海公司的财务制度是汤八营特地花重金请了五位世界著名企业的财务总监共同制定的,几乎没有漏洞,如果不赶在银行跟财务对账之前把这个缺口堵上,可能就真的麻烦了。所以我们明天要是能签了这笔单子,资金一到就要把这笔钱还给乔乔。"

高博说:"朕没意见!老板怎么指路咱就怎么走!乔乔从小就没犯过错误,就连为数不多的几次迟到早退还是为了给咱们帮忙。我们不能对不起她!"

汤若看到高博和自己如此合拍,高兴地说:"理解就能万岁!"高博默契地跟汤若击掌后起身收拾东西,"万岁就得遭罪!我先撤了!"说完离开了。

夜色逐渐笼罩着四周,城市里车流攒动,五颜六色的霓虹灯把这个城市装扮得像个年轻的姑娘。这一夜汤若睡得并不踏实,他满脑子都是明天见到客户时的头头绪绪。

第二天早晨在公司,和高博简单聊了几句后,汤若西装革履,深吸一口气走出公司,心里的感觉有点壮士一去不复返的悲壮,然而他很快打消了这个悲观的念头,他相信自己的实力和运气。正当他打足了十倍的精神走出公司的时候,突然在落地窗里看到了一个熟悉的身影,可是影子一晃就没了。汤若四处寻找,却看见牧歌走进了走着瞧的办公室。他屏住呼吸跟了进去。

原来牧歌是前来应聘的,汤若心里暗自高兴。而高博却并不知道这一切,"你怎么又回来了?早叫你别那么丢三落四了,忘了什么了,文件、光盘还是……"汤若推开高博,两眼只是盯着牧歌,"我是公司负责人,要不我先带你参观一下。"牧歌淡淡一笑点了点头。汤若领着牧歌就往公司里面走,高博追到汤若旁边。

汤若低声地说:"人家来应聘,作为走着瞧的老总,当然应该带新人熟悉环境。"高博做出很严重的表情,手指比画着二十万。汤若胸有成竹地说:"参观完了马上走。放心,误不了事。"

这时一直在两人身后一声不响的牧歌突然站住了,她看见公司地上有一张地铺,旁边的墙上贴了一张素描,素描画的是一个女孩手提着包拿着相机行走的样子。汤若看见牧歌站在那里静静地看着墙上的素描,不由得脸刷一下红了。

牧歌表情有些严肃,指着贴在公司里面的她的素描,"这幅画你从哪弄来的?"汤若挠着头,刚想回答,牧歌却摇摇头说:"不可能。是我看错了。"说着就往办公室走,边走边说,"我从网络上看到了《流浪的达·芬奇》的视频,对王大亮很感兴趣。我是一个自由摄影师，想和你们老总谈谈，看能不能把王大亮的联系方式告诉我……"高博暗中拉了汤若一下，汤若却甩开他，很绅士地伸手开道，领着牧歌往外走，高博着急地在身后大叫。汤若背朝着高博挥挥手，把牧歌领到了楼下的咖啡厅。

服务员问道："你好，需要点什么？"两个人异口同声，"芒果汁。"两个人愣了，继而都笑了，"好多人不喜欢芒果汁的味道，没想到在这点上我们还挺有默契的。"说着汤若尴尬地笑笑。

汤若借着招聘的名义问了很多关于牧歌的个人方面的问题。牧歌笑了，"你好像对我特别感兴趣？放心，我不是坏人，也不是电视剧中常见的那种商业间谍。"

汤若："是间谍我也不怕，走着瞧的团队结构牢不可破。"牧歌接着笑，"刚才去你们公司，整个办公室就两个办公桌，椅子也才三把，虽然现在规模不大，不过将来一定会有长足的发展。"

汤若感觉像被对方看穿了，"那……那你觉得，我们这个小公司的领导是个什么样的人？"牧歌微笑着赞许，"嗯……有想法，有主见，有创新意识。我也是看了《流浪的达·芬奇》才得出这样的结论的。对了，咱们还是说说王大亮的事情吧。刚才说了，我是一个自由摄影师。'流浪的达·芬奇'这种群体我过去一直没有接触过，所以想了解一下。如果有机会，我想创作一组作品。他的经历这么引人注目，而你们公司拍摄的视频长度又限制了对他生活的全面展示。所以我想给他拍摄一部90分钟左右的纪录片。让更多人清楚了解到这样一个身残志坚的青年的真实生活状态。而且，自从视频推出后，他也成了最当红的网络红人，我想了解一下，他现在的生活是不是跟过去有很大不同，他对理想的追求和精神状态有没有改变。"

汤若嗫嚅着，"可是我们网站也是偶然拍到他的。并没有留下联系方式。恐怕……"牧歌沉默了片刻，汤若观察着她的表情，很有点紧张，"我们网站上还有一些其他有趣的视频，不知道你有没有看过？如果你感兴趣的话，这些都可以帮你联系。"

可牧歌说暂时只对"达·芬奇"感兴趣，并要求把拍摄地点告诉她，她自己去找。汤若喝了一口芒果汁，镇定了一下，"这样吧，我也不知道我们员工是在哪里拍摄到的，我回去帮你打听下吧。我……我能要你一个电话吗？"牧歌笑了，递过一张写了电话号码的纸条。汤若也手忙脚乱地掏出自己的名片。

"汤若。原来你就是走着瞧网络视频公司的老板。"牧歌收起东西，"那就再联系。谢谢你的芒果汁。"转身提包离开了咖啡厅。汤若望着牧歌在柳絮中渐行渐远的背影，久久出神。

汤若恍恍惚惚地走出咖啡厅，在马路上缓慢地骑车，川流不息的车辆行人与他的恍惚形成了鲜明的对比。这时，客户那边打来了电话，汤若立即像触电一样整个人清醒过来，挂了电话，飞也似的向前骑去。

当汤若满头大汗气喘吁吁地冲进客户刘总办公室的时候。刘总脸上的表情有点失望，"汤若，你知道我平时很忙，原定计划中我给走着瞧的时间是四十分钟，现在你迟到了十五分钟，这就意味着你只有二十五分钟的时间来说服我。"汤若故作镇定地要拿出自己准备好的材料作阐述，突然发现自己居然两手空空，心里一惊，硬着头皮，"不好意思，我准备的材料落在车上了。我保证一分钟之内拿上来。"

刘总对他显出一个不可置信的表情，"汤总，我不得不说，你实在不够专业。"汤若心急如焚，"我马上去取。"说完，一个箭步冲出门去。

汤若一路狂奔出去，还差点摔了一跤。跑到自行车前，看见自行车上空无一物，他顿时整个人都瘫软下来，抱着脑袋蹲在地上，这时他脑中突然闪现出自己跟牧歌在餐厅里的画面，恍然大悟，原来计划书还在咖啡厅。汤若呀汤若，这是什么关键时候呀，你不爱江山爱美人呀。此时他已经顾不上自责了，他飞快地冲进刘总的办公室，差点跟准备离开的刘总撞个正着。

刘总上下打量着两手空空的汤若，强压住火气，"你要拿的材料呢？"汤若："要不我直接口头阐述吧。"刘总无奈地坐下，看着表，"八分钟时间。"

汤若深吸了一口气，用很快的速度表述，"……我今天离开公司的时候，网络浏览器上的数字是一千……"然而这时牧歌的微笑突然在他脑子里面闪现出来，和《流浪的达·芬奇》的画面重叠在一起。汤若极力想摆脱牧歌的画面，但他感到心不由己。

"一千……一千三百多万吧。我们的视频平均点击率比你们长期合作的ICC公司高了百分之……百分之十七。而且与贵公司长期合作的ICC的网站广告比例一直居视频网站的前列，听说他们又准备增加视频植入式广告，到时候一打开他们的网页，充斥眼球的必然不是优秀视频而是广告，我们的做法则跟他们不同，走着瞧打算在不妨碍观看的前提下，在视频右上角增加广告字幕滚动播出。同时，增加可选择的弹出式广告，这些方法经过各大网站尝试，是目前为止最不让网友讨厌的方案。而且，我们网站现有的广告栏位置在业内属于非常低的水平，上升的空间还很大。"

刘总有点拿不定主意，"我需要准确的测评数字和点击率走势图表，以及每个时段详细的增加数目。"汤若立即说："这个我立即叫公司的人送过来。"

刘总沉思片刻，"作为一家业内资深的网络广告代理商，我们公司有很严格的时间成本管理条例。CMC给走着瞧的时间已经到了。在这四十分钟里，我看到的是你的丢三落四、不专业不敬业，我不知道是应该将这一些都归纳为你对CMC的不重视，还是你根本就对走着瞧的前途漠不关心。"

汤若又陷入自己的幻想中，对刘总的话完全没有反应。刘总不由得摇头，"我本来很有兴趣跟你们这样的年轻创新型公司合作，希望能以我们的资金跟你们的冲劲碰撞出新的火花，为两家公司都带来利益。可我现在觉得自己错了，你的所作所为，说明你从根本上还没有长大，我很难相信这样的领导者，可以带领出一个负责任的公司。时间刚好，请回吧。"

刘总径直离开，汤若一个人站在原地发呆，还喃喃自语："难道我真的恋爱了？"他像只泄了气的皮球，没精打采地走进咖啡厅，远远看见高博和乔乔坐在之前自己和牧歌坐的位置上。他一眼就看见材料仍然放在桌上。高博和乔乔一抬头，汤若看见四只杀人的眼睛。

汤若耷拉着脑袋，"合同的事情没谈妥，由于我今天迟到加上谈判的时候状态不好，所以这笔生意彻底吹了。"对乔乔，"我事先说好今明两天就能先还你的二十万，你只有再打打掩护了。"又转向高博，"你的房租也……"乔乔和高博同时瘫坐在椅子上，"完了……"

接着俩人开始轮番攻击汤若。高博指着那份材料说："要不是咖啡厅的服务员跟咱们熟，咱公司的机密就早就公之于众了。"乔乔："这几天技术部门已经重新检查过系统了。钱再还不上，咱们只能一起完蛋！"

汤若挠头，"我保证你们的钱我都会还给你们的。反正……反正，总有一天会还给你们。"乔乔听了更加愤怒，"每当我听见这四个字的时候我觉得我就仿佛听见了另外几个字，那就是……根本没有这一天。"

汤若清清嗓子，"请相信我，我还有一件事跟你们商量，不，向你们宣布……我想我恋爱了！"高博和乔乔俩人几乎相同的表情，眼睛瞪得溜圆，大张着嘴巴，难以置信地看着他。

突然俩人开始哈哈大笑，继而又变得更加愤怒。"你以为编造这样不靠谱的理由，我们就会原谅你了？"汤若神秘地说："还记得我跟你们说过的那个照相机女孩吗？"高博瞪大了眼恍然大悟，"今天来的那个？"

汤若点着头，"牧歌，牧歌……原来我活了二十四年，目的就是为了跟这个叫牧歌的女孩相遇。"说着又沉浸在自己的幻想中，脑海又闪回到牧歌优雅的一笑，"你好，我叫牧歌。"乔乔的脸色显然因醋意而开始难看了，高博则疑惑地看着汤若。

"她还是个自由摄影师呢，才来了北京一个月。你们说，这是不是好莱坞经典爱情片千里姻缘一线牵的现实浪漫版重新演绎。我谈判的时候一直想着她，我还记得她刚走进公司的样子，还记得她的第一个表情，第一个笑容，第一句话，她跟我说……"

"你们知道我从小就没有对任何东西动过心，我怕她今天好不容易出现，明天又突然消失了，所以就跟她多聊了几句。不过现在……"汤若变戏法一样从贴着胸口的口袋里拿出写着牧歌电话的小纸条，满脸放光，神采奕奕。高博看到汤若陶醉的表情，真后悔当初没硬把他拽到CMC公司！

汤若继续说道："我答应她，一有王大亮的消息，马上就告诉她。"乔乔脸色难看地说："你就为了一个素不相识来历不明的姑娘，准备冒咱们假拍门被拆穿的风险？你怎么帮她找王大亮？王大亮现在正在我们给他找的地下室藏着呢！王大亮自己以为自己是明星，但是他不是，他是个连凤凰和辉煌都说不清楚的厨子！再说了，就因为她，连合同都没签成，眼看要到手的钱又飞了。我看这个女孩别的时间不挑，关键时刻出现，说不定还是ICC派出的美女间谍呢。"

汤若一脸花痴样，"你们说什么我都不听。因为这就是爱情。毫无理由。"乔乔："爱情？我看你是鬼迷心窍。你们这算是一见钟情，还是再见倾心？或者你们下次就干脆三见以身相许好了！"

汤若没想到乔乔火气这么大，"你别嚷嚷啊，不就是二十万，至于嘛。"

乔乔站起身拿起包冲出咖啡馆，跑出数十米，背对着咖啡馆大门嘴里喃喃地说："给你三秒钟，三，二，一！"她多么希望汤若能在背后叫自己的名字，然而后面没有人影。她没有想到她冒着风险苦心帮助汤若，他却被一个不相干的女孩迷住了心窍，然而事已至此又能怎么样呢？她几乎都想掉眼泪了，无奈她只有撅嘴跺脚，疾步向前冲去……

第六章

高博看出来，汤若已被爱情冲昏了头脑，他喝了口咖啡说："汤总，接下来怎么办？""能怎么办？再联系其他广告商，把合同搞定。尽快把钱还回去就好了。"

高博看汤若答非所问，补充说："我说你答应那牧歌拍王大亮的事怎么办？""你我能在茫茫人海中相遇，只能说是一种缘分。"汤若学着周星驰电影中的台词。

看到汤若越来越离谱，高博觉得他简直就是一个爱美人不爱江山的"无道昏君"，一时满脸的愤懑，"这么说来，你还是想让牧歌拍摄到真相，打算牺牲我们了。朕最后给你一句忠告，当你抱着炸药包攻占你的情感碉堡时，先看看周围，确定我们自己人都跑光了你再喊爱情万岁！再说了现在是大敌当前，我们的计划还没有完成，你可不能开小差爱美人不爱江山呀，我们都必须全力以赴，明白吗？"

第二天刚刚来到办公室的汤若和高博便接到CMC拒绝合作的电话。高博放下电话对汤若说："你得罪谁不好，得罪业界的龙头老大？"汤若无可奈何，"我哪知道CMC那么有威望？早知今日，我哪怕让你先把牧歌稳住，我去CMC呢！"

高博："色字头上一把刀，谁人碰上谁挨刀。亲爱的老板，咱们现在怎么办？"汤若看着高博，"要不，我们再拍个视频？"

高博摇头，"第一，王大亮人气正旺，我们现在的瓶颈不是出在公司本身的质量上，而是出在您老人家不负责任的态度上。第二，别忘了咱们现在可是负资产，拍摄的器材、费用哪里来？第三，我们说好了，王大亮的事情是为了挽救走着瞧于狂澜的稻草，用一次叫救急，用两次就真成骗人了。我可不想在错误的道路上渐行渐远。"

汤若此时从文件夹中拿出一沓资料，"谁说要造假了。再拍咱们肯定拍真的。这是我这几天做的计划书，等有了钱，就上马吧。"高博迫不及待地拿过来看，被其中的内容逗乐了，"你小子还行啊，没想到你还真没把所有的脑容量都留给爱情做内存。只可惜，没钱，一切都白搭。"两个人四目相对，脸上都是无奈。

在一家户外咖啡馆，汤八营约了他的老战友CMC的刘祺刘总坐在遮阳棚下啜饮着咖啡。作为老战友他们聊了彼此的生意，聊了他们曾经共度的军营生活，谈到过去的趣事他们开怀大笑。汤八营突然岔开话题，沉吟片刻说："上次，汤若广告费的事情……"

"我按你说的看了他公司的资料和视频，也给他去了电话。接电话的时候他倒是很认真的样子。我也想着这二十万的广告费用，走着瞧是实至名归的。可惜，汤若迟到了，还忘了带资料。我这几天一直等着他把资料再送来。可他迟迟没打电话。"听了刘总的话汤八营眉头紧锁地抽了一口烟，把目光移到了别处。

刘总看出了老战友的心思，"怎么？想让我再给汤若一个机会？"汤八营缓缓地说："可他那个视频做得那么好，不给他机会我又于心不忍。"

刘总说："你呀，就是瞎操心。不过，我可跟你说，CMC在业内的公信度颇高。我们没给走着瞧投广告，其他公司也不敢贸然地投。这样下去，我怕汤若撑不了多久。"汤八营看着老战友，"看来，我还得找他谈谈。不过，咱们还得说好，数据资料他送来以后，你按程序办事，千万别给我面子。""按程序，CMC可从来不给一家公司两次机会。"听了刘总的话，汤八营也只好无奈地笑了笑，算是对老战友的感谢。

已然是华灯初上的时候，灯光把整个城市照得绚丽而浮躁。高博建立了一个"流浪的达·芬奇"群，他得意地按下一个电脑键，"群建好了，有没有人捧场，就看咱们造化了。"

汤芎却面对着手机喃喃自语："你说，我是主动给她打电话好呢？还是主动打电话好呢？还是主动打电话好呢？"高博做了个鄙视的手势，转身打开MSN，给郭灿灿发了个大大的吻。

汤若听见声音不由得叹气，"你说……咱们骗她说，王大亮已经回老家了，是不是有点不靠谱？再说了，没了王大亮，我有什么借口约她出来呀。"高博一边和郭灿灿聊天一边回答，"装青年才俊，纯情小生，摇滚青年，反正女孩子喜欢的就那么几类。再不行，朕冒充劫匪，你来一个李小龙式的英雄救美。反正为了爱情也不能节外生枝，特别是王大亮的事情，江山和美人，朕要美人，你么，还是要江山好了。你不为朕想想，也得为乔乔想想。咱们可不能保证牧歌是不是一个和郭灿灿一样，拥有极度正义感和社会责任感的人。"他说完拿起牧歌留的便笺纸，拨了电话扔在汤若的怀里。

汤若抑制住自己紧张的心情拿起电话，"是牧歌吗？我是汤若。那个……王大亮他……他回老家了。"

电话那头牧歌暂停手中的工作，"哦？真的？他是探亲，还是放弃流浪生涯了？""大概……大概是放弃了吧。毕竟艺术家的道路不好走嘛。呵呵……对了，我最近还想拍些别的视频，也跟艺术有关。要不，你跟我一起去？"

牧歌告诉汤若既然是这样就算了吧，她在天津还有个拍摄计划，北京本来就是个中转站。汤若急得跳起来，"别……我已经有消息了。对，刚才我同事回来了。嗯，王大亮已经回来了，刚有人看到他在我们之前拍到他的地方画画……那明天，咱们一起去。好，不见不散。"

汤若挂上电话，刚想松口气，就看到身后高博杀人的眼睛瞪着汤若说："唉，看来事业、原则、友谊在爱情里还真都是闲杂人等！"此时，电脑里的MSN响了一下，高博屁颠颠地跑去回。汤若往沙发上一靠仰天长叹："就让我在初恋的蜜汁里溺死吧！"

第二天一早，汤若骑车一路奔向王大亮家，对着睡眼惺忪的王大亮喊："你走运了。有人要给你拍纪录片！"王大亮听了汤若的话一头雾水。

汤若耐着性子解释，"纪录片就是记录你的真实生活，然后放到网上去给大家看！"王大亮说："你不是说过俺只有不是俺，才是网友心中的俺吗？"

汤若看跟倔强的王大亮解释不清，就突然拿出了杀手锏，他知道这样一定能让王大亮乖乖就范，"那好吧。你不拍我就不勉强你了，不过明星都拍过纪录片，你不拍恐怕过不了多久就不红了，到时候你又成了一个普通的厨子，不对是失业厨子，那项春春就……"

王大亮眼睛一亮，"那这个纪……纪啥该怎么拍？还是你给俺拍吗？"汤若高兴地说："是一个你不认识的美女摄影师拍。所以你千万要记住两点，一，你在纪录片里，不是厨子王大亮，而是流浪的艺术家王大亮，是一个从山沟沟里出来的画家！第二，你是一个哑巴，有什么事，你就用纸笔或者邮件和她交流。千万别说话了。她要拍什么，你就让她拍什么，尽量配合她，但是你一定要装得像。记住，你其实不只是一个艺术家，你是一个演员！你是一个演流浪艺术家的演员，所以你要对得起这份伟大的职业，好好地演到底，知道吗？"

王大亮一脸疑惑，"那这个拍完，俺就一辈子是明星了？"汤若拍拍他的肩膀告诉王大亮，他现在就是明星，但是拍完了这个，就是大明星。王大亮高兴地答应了。

做好了王大亮的工作，汤若便约了牧歌，牧歌早早地按约定的时间在公司门前背着照相机等着汤若。汤若反倒晚了几分钟，汤若看着自己的自行车贫嘴说："要不，你上我车。虽然我这车是肉包铁，但是司机保证安全和行车质量，而且，不要你买票。"

牧歌爽快地坐上后座："那走吧，司机先生。"汤若开心地跨上自行车，载着牧歌向前方骑去。坐在车座后的牧歌手没有环抱，但汤若已经觉得很开心了，忍不住一直哼着电影《甜蜜蜜》的小曲："甜蜜蜜，你笑得甜蜜蜜……"

牧歌说："看来你心情很好。"汤若傻笑，"大概是天气原因。对了，你打算拍点什么呀？"

牧歌说："视频里虽然展示了王大亮的画画过程，但没有展现他为何喜欢达·芬奇的过程。我想王大亮在那么多的画家中，唯独选中了达·芬奇，一定有很特殊的原因，说不定，在他看来，达·芬奇的某些生活经历和他本身还有关联。这方面我想着重突出下。"

汤若一个刹车，故作镇定，"你有那么多的问题，可他是个哑巴呀。"牧歌："他写也行。我这个纪录片想做得有点突破，增加一段拍摄者和被拍摄者的交流。"

汤若突然掉转了车头，被爱情冲昏了头的他已经骑过了地下通道入口。牧歌笑了，虽然她是第二次见到汤若，但她莫名地感到从眼前这个乐观、自信、热情的毛头小伙子身上找到了自己的影子，或者说自我认同感，还有她第一次被一个男生这样用自行车载着，感情的距离一下拉近了。

他们来到行人来来去去的地下通道里，但是没有王大亮。牧歌很失望。她问一个卖东西的阿姨，"阿姨，请问你见过这里有个在地上画画的人吗？"

阿姨回答："哦，前段时间见过一次，就在地上不知道画什么东西，好多人看的，后来就没看到过了。"汤若故意说："看来他还真是个流浪的艺术家。"

从地下通道出来，汤若安慰牧歌，"没关系，今天找不到，明天再来。反正我一定帮你找到他。"牧歌："这怎么好意思，要拍的是我又不是你。今天又麻烦你跟我白跑一趟。"

"我愿意。我的意思是，我也想找他。那明天老时间老地点，不见不散？"汤若很兴奋。牧歌点点头，"我请你吃饭吧，感谢你拔刀相助。"

汤若在牧歌身后两个指头成"V"状，然后不好意思地笑了。

在"爱来不来"，汤若满脸喜色地和牧歌吃着鸡翅，但继而又阴沉下来，"你那天说在天津也有个拍摄计划，什么时候走啊？"

牧歌说："如果能找到王大亮，那个拍摄就暂延吧。我喜欢把这个城市里所有值得留恋的东西都记录一遍，然后再离开。"汤若极力在想除了王大亮这个理由，还有什么理由能让牧歌留下来，"那如果留恋的东西很多，你就不走了？"

牧歌笑了，"我去过很多地方，但是很难有一个城市让我真正留恋到停下脚步。所以我的生活状态也可以算成一种流浪。这也就是我对王大亮感兴趣的原因之一。我打算拍下不同城市里同样在流浪中生活的人，想试着了解他们的生活、思想，并把这一切都会合成一部关于人类的人生价值的系列纪录片。"

汤若听的时候脸上充满了内疚，他觉得自己这种小伎俩耽误了牧歌的行程。而这种流浪情结在汤若看来骤然增加了一些她的若即若离的神秘色彩，更加点燃了汤若心中爱的火花，"我还以为你就是一时兴起呢。放心，我一定帮你找到王大亮！"

牧歌直视着汤若的眼睛认真地点点头。两个人相约明天不见不散继续寻找王大亮，牧歌打车回去了。汤若一边目送着牧歌离开，脑海里一边回味着刚才俩人在一起的画面，突然手机的铃声打断了他的思绪，原来是汤八营让汤若回家去。

汤若骑车刚进小区就碰见爸爸和妈妈在遛弯，汤若故意把车横到了俩人的面前。汤八营指着汤若的自行车明知故问："这孩子，别给我嬉皮笑脸的。你的车呢？"汤若不好意思地低下头。

汤八营："说不问我借钱，倒好意思卖我买的车？"刘以萍轻轻地碰了碰汤八营，"说了不说他的。"汤若脸色沉下来，"你今天非要把我叫回来，就说这事儿？你放心，用不了多久，我就把您送我的车给您原原本本地赎回来。保证不带划痕，油光锃亮的像没有用过一样。不过，父亲，我还以为你送给我的东西就是我的了。看来，你的口头说法，我将来真得好好打个问号。"

汤八营说："行了。车的事情咱们不说。你公司最近资金上是不是有困难？"汤若故作镇静，"跟广告公司谈着呢。《流浪的达·芬奇》视频正火，连带着我们的网站点击率节节攀升。像我们这种冉冉升起的新星，选择合作对象不也得谨慎吗？"

"我听说你丢三落四，去CMC的时候把资料给忘了。而且，还迟到了十五分钟。让刘总对你的印象非常恶劣。二十万的广告费丢了不说。别的广告公司，也因为这件事情，对你们公司留下了不好的印象。现在都在观望。"汤若没想到父亲对自己的动向这么了解，顿了一下，"我的事情，我自己会处理。"

"你怎么处理？到现在都没跟CMC道歉，没有亲自把资料给人家送过去！"汤若听了有些急了，"你背着我，打听我公司的事了？咱们说好互不干预的。我就说嘛，迟到了那么一会儿算什么大事，原来是你先跟CMC说了我坏话！"

汤八营紧锁眉头，看来汤若真是顽固不化，父子这次短暂的会面就要不欢而散了，刘以萍给汤若使着眼色，汤若似乎没有看到甩了一句，"妈，我周末再来看您！"抬腿就上了车。汤八营气得说不出话来。

晚上汤若匆匆来到高博家中，他咕噜噜地灌下一大杯可乐。郭灿灿没好气地看了他一眼，关上了房门。

汤若告诉高博CMC的事情就是他"伟大"的父亲搞砸的。高博不明白为什么这个责任要推卸到汤八营身上。汤若肯定地说："是他在CMC刘总面前说我坏话横刀阻拦，广告费才泡汤的。我创业初始就跟他说好，绝不能干预我公司的具体工作，他竟然偷偷摸摸去CMC打听我的情况。"

高博始终不明白两者有什么必然联系，不过他觉得这是他们父子之间的问题便也不想多问。"他越不让我拿CMC的广告费，我就越要拿。明天，我就亲自去找刘总。"汤若坚定地说。

高博对汤若的决定似乎很满意，"看来只要能跟你爸对着干，面子呀、自尊呀，你都可以暂时放下。这样我们的计划就有希望了。"

汤若说："对外人我可以放得下，对他就是不行。我要让他看看。"高博："好，不愧是汤大公子。对了，你跟那个牧歌怎么样了？"

郭灿灿正跑到卫生间上厕所，听见了不怀好意地凑过来。"呦，汤大公子也谈恋爱啊。"汤若一脸不屑，"就许你们非法同居，不许我正常恋爱啊？"

郭灿灿脸上一阵红一阵白，"我们这是异性合租，我跟他一点关系都没有！我不跟你说，反正哪家姑娘跟你了就真倒了霉了！"汤若："这咱们可得说道说道，人民教师可不带信口开河、造谣诽谤的。"

郭灿灿："切！就你那自私自利唯我独尊为了成功不惜造假骗人，满口仁义道德，一肚子坑蒙拐骗的伪君子模样，还需要我详细地描述吗？"汤若摇头笑了笑，"你描述得够详细了。"

郭灿灿接着说："我看你在懂得责任感之前，最好不要盲目地把人家好端端的女孩子拉下水。"

汤若："郭老师，你说话怎么跟我父亲一个论调。那我倒想请教请教。你说负责任，干吗整天威逼着高博交房租，他经济困难，你这个做女朋友的就不该体谅吗？"高博偷偷竖了竖大拇指。

"咱们说的根本是两码事。第一，我不是高博的女朋友，第二，就算我是他的女朋友，难道就该放任他跟你做那个毫无前途，还没一分钱报酬的工作吗？我是逼他交房租了，但那是他该交的，而且，我就是要用经济的压力，让他尽快懂得自己想在这个城市中生活下去就必须承担的压力！"郭灿灿的话真的刺激了汤若，"你怎么知道我们的公司毫无前途？高博是我的元老，我的好哥们儿，走着瞧现在欣欣向荣，赚钱的日子指日可待，很快高博就要先于其他同龄人富起来了！"

　　郭灿灿真的是伶牙俐齿，"等你们把白花花的银子放在我面前的时候，咱们再好好讨论吧！"高博一听在旁边插话了，"灿灿，你这么说我就不爱听了。那朕要没银子，你就不理朕了？"郭灿灿瞪了高博一眼："你说呢！"

　　第二天一早一身职业装的汤若就来到CMC的楼下，一边走一边接着高博的电话，"行啦。明白啦。我一定低三下四、前倨后恭、一把鼻涕一把眼泪也要把那二十万给你搞回来。你就等着早日做郭灿灿的驸马吧！"

　　挂了电话，他突然想起了跟牧歌约好了去找王大亮，电话铃声又响起来，是牧歌告诉他今天要去天津，汤若心里这才轻松了些，查看一下手中的资料，走进大楼。

　　其实刘祺早已经在等着汤若的到来，但他不露声色地仔细看着汤若的资料，"怎么没有关于财务和人事方面的报告。"汤若疑惑地接过来，"可能，可能我落公司了。我现在就去拿。"说着便冲出了房间。刘祺拨通了汤八营的电话，"哎呀。我说老汤，你这个儿子还真够丢三落四的。"

　　汤八营："怎么了？"刘祺："我想跟他开个玩笑，说财务和人事报告没有。谁知道他检查也没检查，人已经跑没影了。"

　　汤八营电话那头说道："老刘，这回我得让你给个面子了。"刘祺脸色一变，"好。我知道了。"挂上电话，连连摇头。

　　不久满头大汗的汤若直冲进来气喘吁吁地说："资……资料！"刘祺看了看资料的一角粘着一点点盒饭的汤汁，汤若不好意思地连忙用手一抹。

　　"我还有个会。咱们改天再聊。"刘祺说着起身就走到了门外，回头看了看欲言又止的汤若和秘书一起上车扬长而去。汤若抹了抹头上的汗，空荡荡的楼道里只留下他满脸懊恼。

　　汤八营在看着几家公司的调查报告，"大概的情况就是这样。这是我让调查公司做的调查报告，这几家公司业内的评价都不错，虽然现在规模不大，但是未来很有发展。"他的副手朱总在旁边解释道。

　　"为什么没有走着瞧？"汤八营真正目的是想看看汤若公司的情况。朱总："这个。走着瞧不是汤若的公司吗？调查公司原来把它是放在第一个的。可我觉得……就删除了。"

　　汤八营："你站在经营者的角度看，走着瞧的状况怎么样？"朱总："在那样的硬件条件下，只靠两个人就做出现在的成绩，算是非常不错的了。特别是《流浪的达·芬奇》视频。现在走着瞧可以说是人气飙升，各大论坛都在谈论他们。"

汤八营："如果收购走着瞧,大概需要多少资金?"朱总愣住,汤八营抬眼看着他。朱总伸出一根手指,"他们的资金状况很差。我估计也就这个数。"

汤八营："如果收购成功,对我们来说,有多大收益?""加入了我们的人力资源,和先进的财务制度,可以说是百倍的收益。"听完朱总这番话,汤八营合上报告。

汤若郁闷地推着车缓慢地走在大街上,嘈杂的车声和他烦乱的心绪绞在了一起。此时电话响起,是牧歌,汤若为之一振,刚才的郁闷似乎烟消云散,"我大概一周回北京。我想托你在这段时间里帮我找找王大亮。最好等我回来就能拍摄。"

"没问题。那……那你有没有想我……我是说想我们,想这个城市……嗯。拜。"挂了电话,情绪大振的汤若还依依不舍地亲了手机一下,哼着小曲骑上车穿行在车流中。

汤若在书店买了厚厚的一沓美术书籍后来到王大亮的家里,进门把书一放,冲着发愣的王大亮说:"这些是你上演员课要读的书,你读了这些,到时候拍纪录片的时候,才能体现出你是一个艺术家。"

王大亮刚才正在看着食谱,"俺的妈,这么多书?除了看视频俺长到现在连这三分之一也没读到。"

汤若把他的食谱从手中抢过来,"你要记得,你不是一个厨子,你是一个演艺术家的演员,在剧本里这些是你从小就熟记于心的,所以现在为了避免穿帮,咱们得补课。"王大亮掏出小本,"那俺的工资……"汤若压抑着火气说:"为了爱情,我忍!"

为了给王大亮补课,汤若自己都成了真正的美术老师,他每天要大量阅读美术方面的书籍,尤其是意大利文艺复兴方面的美术资料。但是对于王大亮来说,在这些拗口的美术课本面前就像个刚学写字的幼儿园小朋友,汤若必须从一撇一捺教起。然而无论多么难他也要耐着性子教下去,他必须在牧歌回来之前打造一个"达·芬奇"。高博对这还一无所知,一直催问和CMC的合作问题。

"反正打电话,刘总也不接。我估计CMC是对咱们彻底失望了。你还是赶紧拨114,给其他的广告代理公司打电话吧!"高博满脸失望,"真是的。郭灿灿那里我大话都说出去了。这回又得被她数落好几天。呦,怎么看起美术书来了,你也想当'达·芬奇'?"

汤若:"牧歌快回来了,我也是为了帮王大亮补课。虽然这样怪对不住牧歌的,但是本着做戏做全套的原则,我也只得拼了,我可不想她发现我是骗子。"高博:"你可真是活到老,学到老,对了,乔乔约中午'爱来不来',你来不?"

汤若："不去了，我还得去王大亮那里帮他补课。乔乔最近怎么样？"高博："还不就这样，你也不给人家打个电话？"

汤若："我现在都自顾不暇了。在爱情和友谊方面我打算追随你老人家的步伐，坚决义无反顾地投身在爱情中。"汤若的错误在于他过于相信王大亮，尽管他一再强调"不想成为艺术家的厨子不是好厨子"，而且用高薪来诱惑，而对于王大亮来说，用记一个菜谱两倍的时间他也记不住一个拗口的意大利画家的名字。汤若甚至用不给饭吃来威胁，但王大亮还是终于忍不住罢工了。气急败坏的汤若只好打电话给乔乔说去"爱来不来"找她俩。

乔乔接完电话没好气地嘟囔："他来干什么？"高博："你得原谅年轻人为了爱情犯一点小小的类似昏头的毛病嘛。"

乔乔："他这算小毛病？"高博："过几天就好了。我听他跟牧歌打电话了，每次说不到一分钟就挂，肯定没戏。"当乔乔从他口中得知汤若的"女神"也就一平常人，心里稍微好受了一些。

汤若一进门，说了声，"你们都在呢？"乔乔没好气，"用不着你为了我们在这世界上安全存活二十多年的平淡事实来欢呼一下。"

汤若："王大亮罢工，我跟他吵了几句，说不背书就不给他饭吃。谁知道，他一个签名还真换了俩肉包子！"高博朝前挪挪椅子，"那敢情好。敢明儿你也给我来个视频，朕这糊口问题就算彻底解决了。"

"别开玩笑了，赶紧帮我想想怎么办，过不了两天牧歌就回来了！"乔乔看着汤若那副媚相心里酸酸的，"怪不得你那么积极呢。我亲爱的汤总，拉广告费的事我怎么没见你那么尽心尽责？"

高博："这你可错怪汤若了。这几天俺两人轮番给广告公司打电话，汤若骑着自行车满北京溜达跟人洽谈，就差提桶糨糊刷小广告招代理了！"乔乔撇了撇嘴，"反正你对牧歌跟对我的态度就是不一样。"

高博："废话，能一样吗？不如这样，我去找春春试试，让春春去劝劝王大亮。"汤若心里豁然开朗，"关键时刻，还是你有用！"

在理发店内，高博一边让春春洗着头一边告诉春春王大亮打算放弃艺术家这份很有前途的工作，继续回他叔那儿颠锅铲。"啥？他也太不追求进步了。"正在洗头的春春一使劲，泡沫都掉在高博眼睛里，弄得高博嗷嗷叫。

高博擦掉了泡沫，"就是呀。其实大亮是很有天赋的，就是美术专业知识储备得有点不够，所以不敢拍纪录片。"春春虽然不太明白高博的意思，但她知道肯定是王大亮在犯浑。

高博看春春已经被说动继续加油，"现在很多网友已经知道他要拍纪录片的事了。他们可不了解他的为人，很可能觉得他是耍大牌，到时候弄不好恶评如潮。要不你帮我们劝劝他？"春春："俺劝能有用？"

高博："当然了。他不都听你的嘛，对了，那个摄影师还说，准备让你给大亮重新塑造一个时尚版的达·芬奇发型。到时候，王大亮那么多的粉丝中只要百分之十跑你这儿来剪达·芬奇头，你店里的生意就红翻了。"春春犹豫了一会儿，"那光是一发型，不给上广告词谁知道是我给剪的？"高博："保证让人知道是你的独门手艺。"春春看着高博，"一言为定！"高博哈哈笑了。

春春约大亮来到公园，他们靠着旋转木马吃冷饮。王大亮怕被人认出来，戴着帽子墨镜。春春问大亮是不是要拍纪录片了，大亮一听直摇头。

"要是你这次不干，走着瞧会不会开除你啊？最近工作又那么难找。你现在住的地方还是他们给找的吧？"王大亮感到很奇怪，怎么春春说话向着汤若？

春春："我看你挺聪明的，菜都做得这么好，不至于几本书就把你难住了吧。"王大亮看着春春，有点犹豫了。春春告诉大亮最近街对面又多了两家理发店，技术不怎么样，门面倒很大，弄得自己一点生意都没有。"高博答应俺，让俺给你设计一个新达·芬奇头，在那个纪啥……纪录片上做广告。你可不会让俺的店倒闭吧。"尽管春春这么说，王大亮还是有点犹豫。

春春故意撒娇，"俺爹说了，有困难就上才是靠得住的男人。一点安全感都没有。"王大亮此时转过身盯着春春的眼睛很久，点点头。项春春看着王大亮，笑了。

和春春见了面后，王大亮每天都头上绑着"敢死"头巾，在地下室内拼命地背书、画画。汤若和高博每当这个时候都会很满意地看着他，两个人感叹，爱情的力量果然是最神奇的，以前王大亮连达·芬奇是哪国人都说不清楚，但是现在就像他家亲戚似的，他连人家在哪上的小学，吃饭爱吃什么不爱吃什么都搞得一清二楚。

牧歌快要回来了汤若着急布置王大亮的艺术家的小屋，尽管乔乔心里一百个不愿意，但是她还是拗不过汤若，何况，她觉得为汤若的付出都是值得的，虽然让她做的这些都是为了一个自己不喜欢的、可以称之为情敌的女人。

为了让大亮多一些艺术的熏陶，汤若让高博带大亮去七彩画廊见见世面。乔乔和他来到大亮的小屋，汤若踩着梯子，在墙上涂鸦，乔乔帮他递粉笔。汤若问："更年期最近没找你麻烦吧？没怀疑那二十万的事？"

"没找我。光顾着跟维修部门理论了。赵经理虽然平时不近人情，对我们还是蛮信任的。她就觉得是管理软件出了问题。"乔乔回答。汤若："那倒好。你放心，二十万一到手，我就给你划过去。"

乔乔问广告费现在到底怎么样，有没有希望马上到账。汤若马上气愤地说:"别提了。还不是汤八营搞的鬼。要不是他,CMC 的广告费早就到手了。"说到 CMC 乔乔似乎想说什么,欲言又止。汤若疑惑地看着她。

乔乔:"总之,你一定要竭尽所能把钱给我弄回来。牧歌那里,对你来说就是个情,我这里可不是情那么简单。"汤若:"你放心,你对我的好,我都记着呢。等走着瞧赚钱了,我不会忘了你的。"

乔乔喃喃地说:"我要的才不是这个。"说着郁闷地递上粉笔,看着心情大好的汤若在墙上勾勒了一个大大的笑脸。

大亮的小屋逐渐被装扮得像个艺术家的住所了,而在七彩画廊高博也感到大亮越来越有艺术家的"范儿"了。高博带着王大亮来到达·芬奇的名作《抱白貂的女子》前,"这幅画就是你拍纪录片的时候沉思的地方了。"王大亮不懈地说:"这俺知道,不就是《抱白貂的女子》吗?这个女的叫切奇利亚·加勒兰妮,是米兰多维哥·史弗萨公爵的情妇。"

高博:"看来汤若对你的集训还颇有成效。那你说说,她为什么要抱个白貂?"王大亮摇头晃脑,"因为史佛萨家族一直以白貂为族徽。很凑巧,这种动物在希腊语的发音是'加蓝',这很接近'格列拉妮'。"

高博很高兴,"不错。不过千万记住,拍摄的时候,只能……"王大亮不耐烦地做出写的动作。

做完所有的铺垫,终于等到了牧歌已经回来的电话。做完拍摄准备,汤若就高兴地带着牧歌来到大亮的小屋。整个房间已经焕然一新,墙上、地板上有很多涂鸦作品,墙壁上还粘着汤若代画的几幅蒙娜丽莎。牧歌打量了一番,微微地点头。

这时高博凑了上来,"你好,我叫高博,是汤若的好朋友兼员工。上次见了一面也没跟你问个好,还把你当成是应聘的,真是不好意思了。"汤若咳嗽了一下,高博心领神会,"这次汤若为了帮你找到王大亮可真没少下工夫。把我这个全公司唯一的员工都发动起来了。"

牧歌:"哦?那你们公司不是暂停运营了?"汤若:"没事儿。公司的都是小事。你的纪录片对我来说才是大事。"他期待着牧歌的回答,牧歌只是微笑着说了个谢谢。

牧歌走到桌边,王大亮连忙低头看书,还做出一副长吁短叹、深思熟虑的样子。

汤若拍拍大亮,"他呀,一创作起来就旁若无人。大亮,这是牧歌,自由摄影师,纪录片导演。"王大亮装模作样地摆摆手,在笔记本上写了两笔,然后才大功告成似的夸张地松了口气,站起来和牧歌握手。

牧歌低下头，"你好，王大亮，我叫牧歌。这次的纪录片还要多麻烦你。"王大亮咿咿呀呀露出傻笑，拍拍胸脯。汤若使个眼色，高博立即给牧歌拉上一把椅子，又倒上了咖啡。

牧歌："因为拍摄需要，我得事先和你增进一下了解，好吗？"王大亮又咿咿呀呀地从旁边的桌子上拿起一纸笔和一张纸，写了个"好"字。

牧歌接着说："这次的纪录片拍摄时间初步定为一个星期，我将对你的日常生活进行拍摄。不过你放心，并不是24小时全天拍摄。而且事后我会对片子进行修剪，你觉得不合适的地方，都可以减掉。拍摄过程中，你不要紧张，就做自己平时做的那些事，就当我没有在。总之，自然就是了，懂吗？如果没有问题的话，我们明天就开始。"王大亮点了下头。高博暗中朝汤若竖了竖大拇指。

此时汤八营和朱总正在商谈关于收购走着瞧的事务。

"调查做得越详细，我越觉得这个年轻人不容易。人手、财务方面的困难咱们就不说了。我仔细看了他们的技术测评，公司所有的软件都是自行开发的，即使借鉴国内外先进程序也做了不少改动。虽说，还是有些技术漏洞，但基本符合了现在的网站运行需求。而且，我还听说，汤若跟那个高博，为了节约经费，挤公交车、骑自行车去广告公司谈代理。要不是CMC……唉，其他的公司就凭着他们的诚恳也给钱了。"听到朱总这样的话，汤八营笑了，"没想到，大刀阔斧不留情面的朱总也会说这么人情味的话。"

朱总："我虽然收购了很多公司，也见识过很多努力但没有天赋，或者有天赋却不努力的经营者，不过汤若这样的还真没见过。他虽然缺点经验，身上也有些年轻人惯有的小毛病，但真是很肯学，那个高博就更不用提了，能力出众、文凭过硬，如果找工作，国际企业都没问题。"

汤八营听了朱总的话，内心里多少有些欣慰，几天来憋在心里对汤若的火气也少了许多，"老朱啊。你这么说，我也就开诚布公了。其实，我是想让你把汤若的企业收购过来，然后还是让他继续经营。"朱总"哦"了一声，汤八营接着说："这个臭小子我最了解，能力确实有一点，努力么就算是一般水平。可是他最大的问题，就出在那些所谓的小毛病上。拿CMC来说，当时我看了《流浪的达·芬奇》视频很受感动，于是就推荐给了刘祺，他也觉得很不错，主动邀约汤若去公司谈广告代理的事情。结果，汤若不但迟到，还落了资料，后来更是迟迟不去道歉挽回。要不是看我的面子，刘祺不会再给他第二次机会。可是你猜怎么样，第二次，刘祺开玩笑说他的资料里落了人事和财务方面的，臭小子检查也不检查就跑了。"

朱总附和了一句，"这个刘祺怎么还改不了爱开玩笑的毛病。"汤八营却很严肃,"问题不是刘祺有没有开玩笑。而是汤若自己为什么临去前不好好检查资料,这已经是第二次机会了。他为什么不珍惜?"

朱总:"他年轻,毕竟不成熟。""他不成熟,我能理解。可是市场不会在意的。所以,我才想把他的公司收购下来,让他在我的监督扶植下成长。这些不说了,我最看不惯的是他不负责任还自以为是的模样。上次高尔夫球场,我不是和他谈了谈吗?你猜他跟我怎么说?他认为,现阶段他对自己负责任就行了。父母、员工、社会,他压根儿都没放在心上。"说完汤八营又叹了口气。

"他知道对自己负责任就不错了。现在多少孩子,连这点都没体会到。更何况,将来随着他年龄的增加,能力的增强,他明白的自然也会更多。"汤八营知道朱总的话多少有安慰自己的意思,摇摇头,"我就是怕他光增加能力,忘记了责任呀。有多少人,盲目地追逐能力,不,不如说是利益的扩张,却忘记了,责任才是一个人立身之本。先不说了,总之,你先找技术人员研究一下走着瞧。刘祺那里我打了招呼,暂时他们得不到任何广告公司的支持。等他们无力回天了,咱们再抛出最后一根救命稻草,我不信到时候他不接着。"

汤八营刚说完,外面一阵喧哗,财务部的赵经理和技术部的崔经理走进来,两个人都气呼呼的样子。赵经理一肚子气地说:"我们的财务软件出了点问题,我怀疑是病毒或者是系统漏洞造成的,可是崔经理却不肯帮我们解决。"

崔经理:"汤总,我们这几天光忙财务部的事情了,系统维护、病毒检查都做了,没问题呀。"赵经理怀疑那就是软件设计的时候出的岔子。

崔经理好像受了多大的冤枉,"怎么可能,汤总,这套软件的设计过程您是知道的。全世界最好的四家财务公司最尖端的技术人才,二十多号人的心血,要说一般公司的软件出BUG我相信,我们瀚海的,绝不可能。"

汤八营看着崔经理,"那这样,老崔,你这两天熬熬夜。把财务部门的软件、电脑都好好查查。如果确定没问题……"他又看看赵经理,赵经理也不说话。她知道如果排除了电脑故障的原因,就可能是人为的,那她的责任可就多了,不管是财务部门哪个人干的,她作为财务部门负责人都逃不了干系。

乔乔是从小叶嘴里知道公司怀疑账目问题的。两个人在喝咖啡的时候,小叶说"更年期"虽然嘴上说电脑的问题,但背地里却非说是小叶查账查得不清楚,还扣了她当月的奖金。乔乔听后尴尬地笑笑。

出门后满面笑容的乔乔立马换成了个满脸惊恐,她手忙脚乱地打电话给汤若,电话中却传来"您拨打的电话已关机"。乔乔懊丧地连忙又拨通了高博的电话。

在"爱来不来",乔乔双目无神地瞪着对面。高博气喘吁吁地跑进来疑惑地在乔乔眼前晃了晃手,乔乔依然不动。

高博:"我的大小姐,您是好是坏先说一声,等朕确定出了事,你再装傻逃避刑责不晚。"乔乔喃喃地说："完了。这下真完了！"

汤若此时正沉浸在跟牧歌的合作中，连续三天陪着牧歌，每天的兴奋都溢于言表，而牧歌却感到自己的拍摄并不成功，"这都第三天了，怎么他每天的生活都一模一样，连画的大小内容都完全一样。他简直像个上了发条的机器人。这样下去我没办法拍了。"

汤若唯恐王大亮露出破绽，"艺术家的辉煌只在舞台上绽放，平时不就是枯燥无味的吗？"牧歌却不以为然，"可是，王大亮给我的印象不是这样。他应该是个有激情的人，会有突发的灵感，会突然沮丧，但还是会坚持下去。而且，他在北京住了那么久，难道连个朋友都没有？二十多岁的年龄，正值恋爱的花季，他就没有心爱的女孩？如果说他把所有的精力都放在了绘画上，不考虑爱情，我总觉得不真实？"

汤若边琢磨边说："这个……我觉得他可能还是有点紧张。人在压力下，灵感不就会悄然溜走吗？要不你让他缓几天，顺便你也理理思路。"牧歌突然甩了一句，"我就是怕他在镜头前演戏呢。"汤若瞠目结舌，有些慌了神。

"我总觉得，他所做的是为了塑造一个执著追求艺术，而且只喜欢达·芬奇的青年。就连去七彩画廊和书店他都只盯着达·芬奇的画。那天去画廊，我看到他明明对那个特殊的电灯开关很感兴趣，可是我一把镜头对准他，他立即转头对画做出一副深思熟虑的样子。"

汤若不得不佩服牧歌的犀利，看来这样的女孩子不好骗，他急忙尴尬地掩饰，"可能在镜头面前他还是有点不习惯。这样吧，我再跟他说说，等他能放松了，我给你打电话！"牧歌无奈地做了个OK的手势，收拾东西。王大亮一看到牧歌放下摄像机，立即丢了画笔，坐在地上打了个大哈欠。

汤若看着牧歌的背影，心里非常失望。他真的担心自己精心导的这场戏成了闹剧，如果被牧歌识破，在梦中情人面前自己就颜面尽失。现在他也顾不得那么多了，只能一步步往前走了，他感觉自己就像走进了一座陌生的大山里，不知道前面是什么样的风光。

第七章

正在此时,汤若和王大亮一前一后走进店来。乔乔见到立马兴奋地跑过来,瞬间情绪又低落了下来,瞪着前方不说话,忽然趴在桌上哭起来。汤若看看高博,"她怎么了?"高博摇头。

汤若连忙拉王大亮坐下,"是不是二十万的事情暴露了?"乔乔点头。高博颓然地倒在椅子上,"完了。肯定已经报警了!"正在此时,远处传来警笛声。

汤若一把拉住乔乔,"放心,一会儿你就把事情都推我身上。记得千万说是我拿刀子逼你干的。"乔乔泪眼蒙眬,"那你不完蛋了?"

汤若:"本来这事儿就是我连累得你。更何况,哪怕是咱们联合作案,不,哪怕是你一个人干的,关键时刻我也得挺身而出!"乔乔心中涌起莫名的感动,"你真愿意为了我去坐牢?"

"都什么时候了,还说这种琼瑶剧的台词!一会儿,你千万记得!"汤若几个男孩都站了起来,目视着警车开过来,王大亮也不由得吞吞唾沫。

高博眼看着警车开过"爱来不来","放心,进去了哥们给你送鸡汤!"没想到警车只是从门前开过。男孩们愣了半天,随后"哎哟"一声虚脱着坐下。

乔乔喃喃道:"今天小叶说,二十万的资金缺口已经被发现了。赵经理怀疑是系统出了问题正在让技术部门检修。我的电脑也被收走了,估计明天一上班就得被发现。"高博瘫在椅子上,"吓我一跳。我以为已经报警了呢!"

乔乔告诉男孩们,其实,赵经理已经找技术部门维护过三次电脑了。这次是第四次,她虽然表面严厉,骨子里还是相信没有内鬼。另一方面,真要是知道乔乔偷了二十万,她也怕担领导责任。

汤若安慰乔乔,即使确实少了二十万,不也没法确定是谁挪的。乔乔这时脸色稍微轻松一些。可是尽管这样大家也知道少了二十万不可能不被查出来,高博突然想出了用黑客程序侵入瀚海公司电脑的主意。幸好乔乔知道公司电脑的代码,汤若也觉得这是唯一的办法了。

晚上在汤若的办公室高博用自己设计的软件登录，二十秒换一个IP地址，这样就查不出是哪台服务器进行了攻击。高博拿起一个U盘插入电脑，打上一串代码，"还好我趁业余时间设计了这个黑客软件。原来是等着咱们网站被黑客攻击的时候，以其人之道还治其人之身的。没想到还应急了。我先用黑客程序攻击，让他们无法恢复系统，然后再直接把你的系统格盘。"汤若在一旁说："光她一台电脑不行。得把财务室的都格了。"

在瀚海技术部赵经理看看手表，紧张地看着面前的技术人员。这时，突然传来警报。技术员紧张地说："糟糕，电脑被黑客入侵，已经突破了第一道防线。"崔经理赶紧让小李拿新开发的防黑客软件过来。

而汤若办公室里，大家紧张地盯着电脑，高博出了一头汗。他发现系统立体加密还隐藏了程序。高博咬咬牙，输入一串代码。他的汗水已经流到了脖子上。

瀚海技术部内，大家也都紧盯着屏幕，技术员气喘吁吁地跑过来。崔经理接防黑软件放入电脑，快速敲打着按键。然而晚来一步，突然电脑惨叫一声，开始播放菊花台，所有的桌面标志也变成了卡通的菊花造型。

高博喊了一声："成功了。"大家欢呼起来，拥抱在一起，王大亮也兴奋地叫起来。

汤若和乔乔都十分感激高博让大家度过了危机，但是他们忽略了一个问题，在公司电脑维护的时候遭到黑客攻击等于告诉瀚海公司是财务部和技术部内部走漏了消息。这一点汤八营等公司高层已经注意到这一点，他们下一步的调查方向就是要查出公司的内鬼。

度过了这个危机，汤若满脑子想的都是怎么把牧歌留下来继续拍摄王大亮的纪录片，走在灯光斑斓的街道上，汤若、高博一人推着一辆自行车，车后坐着乔乔和王大亮。

汤若："今天牧歌说，王大亮每天的生活千篇一律毫无激情，她拍不出感觉。你们帮我想想，怎么帮他制造点激情出来。"高博："别问朕，朕现在还满脑子的黑客代码呢。"

汤若："她还说，王大亮在北京那么久，连个朋友都没有很古怪，而且他才二十多岁，难道就没有爱人？"王大亮笑嘻嘻地朝汤若竖了竖小指头。乔乔听后给出了个主意，让王大亮去找找项春春，甚至，让他画项春春。听了这个主意，王大亮高兴得连连点头。

汤若担心到时候大亮一激动，都露馅了，可是他一时想不出比这更好的主意，只好去冒险。接着高博骑车到理发店跟项春春做好沟通，让她配合拍摄。

第二天，牧歌按约定时间和汤若走进理发店。

画架已经摆上，身着一身红衣服，打扮得像个新娘子的项春春站在画架前摆了个姿势。王大亮做了个OK的手势。牧歌低声问："那人是王大亮的女朋友？"汤若告诉她，春春是大亮喜欢的人，他画画一多半也是为了她。

牧歌听后很高兴地打开摄像机，从监视器中看着他的样子：王大亮很认真地画着项春春，不时还做出沉思的样子，画几笔就傻笑。牧歌满意地说："画自己的爱人状态还真不一样！"

王大亮把春春画成了一个张牙舞爪的古怪红色外星人。项春春气愤地摘下头上的佩饰，"原来俺在你心里就这形象！我看你一点天赋都没有！"王大亮大张着嘴，一顿急切地咿咿呀呀，指指画又指指自己的心。牧歌在一旁忠实地记录着生活中的艺术家王大亮。

王大亮看春春生气，颓然地走出店外来到街上，牧歌跟在后面从不同角度拍摄他失落的表情。汤若、高博不远不近地跟着。这时汤若的手机响了，"啊？"汤若呆愣了几秒。高博问："怎么了？"

汤若："昨天就该想到的。系统维护的时候正好黑客入侵，哪有那么巧合。""不行，我得去趟瀚海！"汤若跟牧歌说了一声，打了个车迅速离开。

乔乔走进财务室。正看到大家都神色古怪地围坐在中间的方桌前，银行工作人员将一沓对账单交给小叶，资料室人员则尾随赵经理将一沓资料搬进来。乔乔悄声问小叶："怎么了？"

听小叶说"查账"，乔乔眼睛一下子黑了。银行和资料室的人走后，赵经理扫了一眼大家，"过几天瀚海要和一家海外公司签一份合同，数额不小，对方要看我们的资产状况。所以今天要提前查账，真是辛苦大家了。一定要仔细检查，一笔账目都不能漏过。"说着赵经理托托眼镜，咧嘴露出一点少见的笑容，乔乔的手紧紧攥在一起。散会后，乔乔匆匆地到公司走廊的角落浑身发抖地压低了嗓子打给汤若，"糟……糟了。"

乔乔颤抖着，眼睛不时观察着赵经理。赵经理突然眉头皱了一下，朝乔乔这里看过去，乔乔慌忙地低下头，手攥着银行对账单。赵经理走过来，看了乔乔一眼，"我看下你电脑。"

乔乔紧张地地打开电脑，输入密码的时候，连连出错，"今天早晨刚换了密码，记不住。"赵经理注意着她的动作，"以后不要随便改公司电脑的密码。"

乔乔点头，继而欲盖弥彰地补充，"昨天技术部维护电脑，我怕泄露机密才改的。忘了向您汇报了。"乔乔心都要跳出来了，这时小叶很着急地跑过来，"经理，这是取款条，刚才掉桌子底下了，我看错了代码，那家公司的定金不是用电脑转账的。"赵经理狠狠瞪了小叶一眼，"那么不仔细。"

这时，乔乔口袋里的手机振动起来。她说了声，"经理，我去上厕所。"快速溜出办公室。

走廊内，乔乔一把把汤若拉到角落，由于紧张几乎喘不过气了，"刚才说两笔账目对不上，原来是小叶把代码看错了。我估计另外那笔就是咱们的了。"哭丧着脸接着说，"我昨天晚上回家查了刑法。挪用公款数额较大、超过三个月未还的，是挪用公款罪，处五年以下有期徒刑或者拘役；情节严重的，处五年以上有期徒刑。挪用公款数额巨大不退还的，处十年以上有期徒刑或者无期徒刑。我挪了二十万，铁定是十年以上了，出来我得三十四岁了。不知道到时候，你还记不记得我。"

汤若："别傻了。要坐牢也是我去。你还是好好享受轻松自由的十年青春吧！没辙了，我去找汤八营。"汤若说着朝汤八营办公室走。乔乔一把拉住他，几乎哭了，"我不想坐牢，也不想你坐牢。咱们当时是怎么想出这个馊主意的，要是有时光机器，我真想飞回那天，把出主意那个人暴揍一顿！"

汤若说主意是他出的，责任他付。乔乔还是拉着汤若。正在此时，赵经理从办公室里出来张望。乔乔说："我先进去。说不定，说不定能出现奇迹呢！你在外面等我消息吧。"汤若无奈地拍拍乔乔的脸，"镇定点，咱们都不是坏人。老天会给咱们帮忙的！"

乔乔走进办公室，故作镇静地对赵经理笑了笑。赵经理不满地看了乔乔一眼，"你对的那几笔账目都合上了吗？"乔乔说没问题。这时小叶走过来，凑着赵经理的耳朵，"那笔账还是核不上，刚才打电话问了银行，说确实是公司网银直接转账的。"小叶还要说下去，赵经理冲她摆摆手示意她不要再说，"那今天就先到这里，大家早点回家休息，辛苦了。"赵经理给小叶使了个眼色，两个人钻进了办公室。

下班后，坐在早已等在外面的汤若的自行车上，乔乔故作轻松地说："总算又逃过一天。就不知道，警察会不会半夜冲进我家。我爸爸那暴脾气，要真发作起来，还说不定被告个暴力袭警。"

汤若知道躲不过去了，跟乔乔说还是找汤八营坦白吧。乔乔叹了口气："我都想好了。真要出事，我一个人顶！被你拿刀威胁的故事，实在太不可信了。再说，确实是我在工作上不负责任，犯了罪，应该受惩罚。"汤若轻声地说："乔乔，我真对不起你。"

"为了你，从小到大，我受的委屈也够多了。不过，我愿意！"乔乔深情地说。"你为什么对我那么好？"乔乔听了汤若不解风情的问话，脸红了，"因为……因为……因为我们是好朋友嘛。好了。就送到这里吧。希望咱们还能明天见！"

乔乔蹦蹦跳跳地朝前跑去，似乎很开心，汤若却轻松不起来。回到小区，高博已经坐在花坛台阶上等候了，"怎么样？"汤若摇头，"我想晚上就跟汤八营摊牌。我太了解他了。他最讲原则，在他心里，国比家大，法律绝对比儿子重要。更何况这次确实错在我，该我负责。估计他会亲手打电话报警抓我。不过，我认了。只可惜，让你跟我那么久，这下要竹篮打水一场空了。"

高博听完这话一脸囧色，接着突然眼睛一亮，"要不……你试着向你妈妈借点钱？如果能把二十万还上，咱们不都没事了？"汤若也似乎在黑暗中看到了一丝亮光，"能行？"高博说："把钱从走着瞧划到瀚海，然后想办法改下系统时间，但把握也就三成。"汤若点点头，"只能这么试试了。"

汤若回到家里，问母亲有没有私房钱借给他，刘以萍一直反对汤八营对儿子的态度，但听到二十万这么大数目也摇头表示无能为力，家里的存折都是用的汤八营的身份证。汤八营回家后，刘以萍借口买基金说需要取出一笔二十万定期的定期存款，但她的动机被汤八营察觉了，他肯定是儿子在后面撺掇的，所以他找出各种理由推脱了。

看到借钱无望，汤若只好郁闷地走进卧室把自己反锁起来。

周遭万籁俱寂。乔乔躺在床上看这皮夹里她跟汤若早年的一张合影，她微笑着，眼泪却慢慢地滑落了，落在枕头上。门被悄悄打开，乔母端着水果走进来，乔乔连忙擦干眼泪，把皮夹藏在枕头下面。"哎呀，你怎么哭了？"乔母看到女儿似乎有什么心事，乔乔赶紧擦了擦眼泪，"没……没有啊。妈妈，你会不会因为什么不要我了？"乔母很诧异，"是不是工作上遇到问题了？"乔乔说："不是。"乔母放下水果说："那早点睡吧。"刚走到门口，乔乔叫住她，"妈！你今天能跟我一起睡吗？"

乔母心里纳闷女儿今天怎么跟妈妈撒娇了，略带惊讶地回到床边，抱住了乔乔。乔乔把头埋在母亲的怀里暗暗地流泪。

同样汤若也在辗转反侧，他思考了很久终于起身朝汤八营房间走去。汤若的到来汤八营有些意外，他低头走到汤八营面前，"爸，你能不能借我二十万急用？"

汤八营："没有广告费，撑不下去了？正好有件事情想告诉你。我有个朋友，就是你朱伯伯，打球的时候你见过的。他们公司打算收购一家视频公司，正好看上了走着瞧。而且还愿意让你继续经营，价格也很诱人。"

汤若紧锁眉头，"您要收购我的公司？您为什么那么不喜欢我创业？"汤八营："我不是不喜欢你创业，而是你现在没能力创业。你不是缺钱吗？我让他明天把合同带给你。"汤若知道自己借钱的希望落空了，摇摇头颓然地离开了父亲的房间。汤八营也摇头叹了声气。

第二天乔乔在门口深呼吸了一口,走进办公室。大家都忙碌着,没有人注意她。乔乔有些疑惑。赵经理说:"加班工资按公司规定为三倍。下班之后,自愿加班的人留下,如果有事也不强求。"赵经理说着朝乔乔笑了一下,乔乔连忙低下头。

晚上加完班,大家伸着懒腰都准备离开公司的时候,赵经理叫住了乔乔,乔乔脸一下子黑了。赵经理难得地将一袋点心递给乔乔,"吃点东西。这几天查账辛苦了!"

为了掩饰紧张,乔乔拿了块饼干嚼起来,又怕发出声音,结果弄得呛住了。赵经理帮她倒了杯水。赵经理就这样不动声色地看着乔乔吃饼干。乔乔吃完了一块,看看经理的脸色,又拿起了一块,但又觉得不妥地放回去。赵经理认为时机已到,开始她的温柔战术,"陈乔,你是汤总推荐进入公司的,虽然来得时间不长,但是业务出众,我一直很看好你。"

陈乔不知就里地盯着赵经理,赵经理突然话锋一转,"最近公司账目出的事你知不知道谁干的?汤总一直很信赖你,希望你不要隐瞒。二十万不是小数目,如果公司报警你知道后果,现在我还没有报警一方面为了公司名誉,另一方面就是为了让做了这件事情的人自己坦白,并找一个合适的处理方法。你明白了吗?"乔乔点了点头。

"如果你知道是谁做的,你帮我告诉他,只要把二十万还上,而且主动承认,我可以既往不咎。但是,一定要快,现在汤总很重视这件事情,是我一直在帮着他隐瞒着,等闹大了,我就也帮不上了。"乔乔点点头。"那好。如果有什么想法随时来我办公室。"赵经理对着乔乔莞尔一笑。乔乔手足无措地离开了办公室。

王大亮因为春春的冷落情绪十分低落,也不愿意配合牧歌的拍摄。他一大早打开门,却看到牧歌正坐在门边。王大亮张张嘴,很意外。牧歌笑着爬起来,可是腿因为久坐有些麻木。"我能进去吗?"王大亮闪开身。牧歌走了进去。

王大亮颓废地坐在床边。指指自己,又指指牧歌的摄像机,摇摇头。牧歌知道是因为项春春的肖像没画好,他有点沮丧。牧歌不断地鼓励王大亮,肖像画不好,是因为过去只知道临摹,临摹和写生有很大的区别,只要努力,就一定能画好!

牧歌看到了王大亮床头摆着项春春的照片,就鼓励大亮试着画照片,照片跟临摹比较接近。王大亮疑惑地看着照片,在纸上写下:我能行?牧歌说:"没问题。一定能行。忘了你这些年的路是怎么走过来的?"

王大亮还是有些犹豫，牧歌说："春春一定很想看到你的画。"王大亮的眼睛一下子亮了起来。

此时，汤八营办公室灯也在亮着，他正在听技术部的崔经理的汇报。崔经理愿意主动承担这次被侵入的责任，汤八营没有过多责怪崔经理，但他很奇怪到底是什么人有那么好的技术。

崔经理答道："技术部今天已经完全破译了昨天的黑客代码。虽然做得很聪明，但明显不是专业黑客，或者我们的对头公司做的。而且，代码和市面上常见的黑客软件都有明显的不同，应该是个业余高手。最奇怪的是，我们不知道他想要什么。如果是为了公司的数据和资料，数据只是被删除却没有盗取。如果是为了钱，公司的网银并没有受损。如果只是为了欺世盗名，以入侵我们公司的电脑作为自己炫耀的资本，那他在接下来的这两天里，他应该会陆续入侵其他部门的程序，但是却没有。"

汤八营："崔经理，那今天咱们就说到这里。明天开始，技术部门全体动员，彻查公司系统，一定要杜绝类似的事情再次发生！"崔经理点头离开。

汤八营回到家，桌上已经摆上了丰盛的晚餐。汤若端着一壶酒过来，还给汤八营倒上一杯。刘以萍说："儿子亲手热的，都热好几遍了。"

汤八营笑着点点头，感叹地看着酒，拿过酒壶，给汤若也倒了一杯，还主动碰了一下杯，"汤若，今天我原来心情很不好。但是……唉，你想通了就行。你放心，走着瞧还是你的，经营方针也按照过去的执行，只是在具体事务和人事方面，我跟朱伯伯帮你把把关。至于高博，朱伯伯对他评价很好，我们考虑送他去美国进修一年，再委以重任。至于你的工资，是按照瀚海的规定，还是分红形式，咱们都可以商量。只要你愿意并入瀚海旗下，一切都……"

汤若脸色很难堪。汤八营的手停住了，"你别跟我说，你跟你妈合起来搞这套，只是为了让你继续那条并不正确的道路。""您就直接告诉我，能不能借钱。或者，您能不能让CMC把我们从黑名单里剔除。"对于汤若的问话汤八营不置可否，揉了揉眼睛，径直回卧室了。

此时已经是晚上十点，王大亮房间内，他在仔细画着照片，不时拿起一张和牧歌张牙舞爪地比画着。牧歌为了把王大亮的片子拍下去，宁愿放弃自己的休息时间。

这时候还有一个人为王大亮夜不能寐。在离王大亮家不远的路边，李时恰和两个同事正在马路边的摊上边喝酒边等候着。夜风有点冷，李时恰和同事们都不断蹬着腿，他们已经找了一个多星期了，大海捞针到底不知道什么时候是个头。

李时恰坚信一定能找到王大亮，有人在这里见到过王大亮，而且不止一次，所以这里应该就是他的住所，也许这几栋楼中的某一个亮光，就是他点亮的。

　　李时恰无意地往旁边扫了一眼，却看到汤若正坐在一张小桌边自斟自饮。汤若看到李时恰，也没有打招呼，只是拉开边上的椅子，示意他坐下。

　　李时恰坐下，汤若还是自顾自地喝酒。李时恰趁他杯子一空，将自己的啤酒给他倒上，汤若也没有反感，一饮而尽。

　　李时恰：''关于王大亮的下落……''汤若摆摆手，''你回去告诉邹总，王大亮已经对他们没有价值了。因为，他们感受到威胁的本体已经快成为一家倒台公司的CEO了。''

　　听汤若说瀚海要收购走着瞧，李时恰摇了摇头，''汤若，瀚海的这次行动，与其说是收购，不如说是对走着瞧注资，走着瞧一旦利用了瀚海的资源加以扩张，ICC的市场份额就危险了。''

　　汤若脸色一变，又笑了，''可惜到时候的走着瞧已经不是我的了。他们即使被打倒，也是被瀚海这样的国际大公司打倒，也算输得有尊严了。''李时恰：''输就是输，有没有尊严根本不重要。瀚海是大公司，平时做事都是大手笔，这次怎么会对视频网站感兴趣？再说了，瀚海也应该先找ICC洽谈合作，别忘了ICC的市场占有量几乎是走着瞧的两倍。''李时恰疑惑地沉默片刻，''不行，我得回公司了！''

　　''如果瀚海的资金和人员注入，走着瞧的扩张速度必然超乎我们的想象。到时候，我们就危险了。''

　　李时恰连夜把这个消息向邹总做了汇报，而且他建议ICC公司要提前给走着瞧注资，让他们有实力抵御瀚海的收购。在这个问题上俩人又发生了严重的分歧，''扶植我们的敌人？我在经济学课程上可没学过！''李时恰显然对邹树的话不屑一顾，''扶植汤若是为了规避更大的敌人！你不过在国外读了几年书，最多是个纸上谈兵，现实的博弈比你那些案例复杂得多！''

　　邹总俯身瞪着李时恰，''李时恰，我警告你说话注意点！邹树是我大力培养起来的。你的能力出色毋庸置疑，但是你的刚愎自用也到了让我忍无可忍的地步！''李时恰还想辩解，邹总挥手打断他，并限他一周内找到王大亮！

　　第二天早餐的时候，汤若神情萎靡地想溜出门。一边看报，一边吃着面包的汤八营头也不抬地叫住他，''等等。收购的事情，我会让他们暂缓。至于钱，我想你一定有办法弄到的。''汤若有些疑惑，汤八营接着说，''多跑跑广告公司！''

　　汤若瞬间脸上的阴霾烟消云散，高兴得几乎跳起来，''太好了！亲爱的父亲，只要你答应把我们从黑名单上弄下来，我保证走着瞧在六个月内跻身全国十佳视频网站！"

汤八营冲着出了门的汤若说："你就狂吧。你注意了，收购是暂缓，不是取消！六个月后，如果，你没达到今天的目标，别怪我手下无情！"站在旁边的刘以萍看到父子间"破冰"也开心地笑了。

"这个老朱平时雷厉风行，昨天电话里竟然跟我吼了一通，劝我再给汤若一个机会！我要是一意孤行，这多年的合作伙伴都得有芥蒂了！"刘以萍接过汤八营的话茬儿，"这就说明儿子的努力是世人可见的，也就是你，整天对他不放心！"

汤八营笑着说："不吃了，我得赶紧给刘祺打个电话。这个汤若，弄得我整一个言而无信。"

还在被窝的高博被电话铃声吵醒，"喂？什么？太好了！"迅速起床，一蹦三尺高，匆匆向公司跑去。

这时候，汤若早已经准备好了资料、计划书、合同，还有《流浪的达·芬奇》光盘等一切跟广告公司谈赞助所需要的东西。他们相信"走着瞧"的黎明真的到来了。

然而到傍晚他们满头大汗地会聚在一起的时候，也只有高博成功和一家小公司签了两万元的合同。

汤若都怀疑汤八营有没有通知CMC取消走着瞧的黑名单待遇。高博说："我问了，确实是取消了。可惜，人家有行规，上过黑名单的要做三个月观察。"

汤若也只好自我安慰，"两万不多，好吧，就当是个好兆头。"手机响了，他一看是牧歌，急切地接起来，"牧歌，对不起，这几天有点忙。你的纪录片拍得怎么样？"牧歌告诉汤若在大亮和春春的配合下纪录片终于完成了。

"好啊，太好了！那我在车站等你！"汤若挂上电话，撇下大家，快乐地跑了。而高博突然说了声"糟了"，然后飞一般地往郭灿灿的学校骑去。

郭灿灿的教室后面坐了很多家长和老师，这是本学期优秀教师的评选会，郭灿灿一边讲课眼睛一边往门外瞅。课还没讲完下课的铃响了，她只好说："那么先讲到这里，下课。"

教学主任走上来，"郭老师，今天的教学内容好像没有讲完。"郭灿灿很不好意思，"差了一点。"教学主任不满地走出了教室。

高博没有按时赶到学校，只好买了很多郭灿灿喜欢的零食赶紧往家里赶。一进门郭灿灿气呼呼地坐在沙发上等着他。高博赔着笑脸，"灿灿，你听我解释。""解释什么？"郭灿灿从沙发下拿出一个巨大的行李箱。"跟你说得好好的，你今天不来，咱们就各过各的！"

高博谄媚地剥开橘子，"今天真的是有急事。我跟你说，走着瞧就要起死回生了，朕凭着三寸不烂之舌，说了整整两个小时，终于得到了两万元的广告费……"

郭灿灿斜睨着高博，"吹吧你。"高博："真的，你看，合同还在这儿呢。嘿嘿，我的小公主，你就别生气了。朕今天累了一天了，确实是忘了，当然了，朕一想起来，马上赶去学校，可惜，小公主已经下课了……"高博把橘子送到郭灿灿嘴边，郭灿灿委屈地说："人家等了你整整一节课，结果，内容没完成，今年的优秀教师算是泡汤了。"

"泡汤就泡汤，把荣誉让给老同志嘛。你没看朕怀揣着两万元的巨款合同吗？过几天，钱一打过来，朕立马把房租还有小公主的奖金乖乖地放在梳妆台上。"郭灿灿终于被逗笑了。

在一个公交站台，牧歌走过来，汤若殷勤地迎上去。牧歌告诉汤若纪录片拍完了，而且拍得很好。牧歌问："拍摄'达·芬奇'的纪录片原来是我对这个城市最大的留恋，现在拍完了……你就不想，再给我多找点留恋的东西吗？"

汤若反应过来，"想！当然想了！这样吧，我带你去全国最大的博物馆？"牧歌摇头。汤若要带牧歌去坐全国最惊险刺激的过山车，或者最浪漫的旋转木马，牧歌还是摇头，"我要你陪我坐，全国最长的公交线！"说着，牧歌就拉着汤若跳上刚好驶来的9路公交车，坐在上层第一排的位置。

"我每到一个城市，最喜欢的就是坐他的公交。我感觉，如果城市是一个人，那地铁和公交就像是他血管中的一个个红细胞，我喜欢这种流动的感觉，也喜欢让车随意地把我带到这个城市的任何角落，如果碰巧坐上了一辆长途车，我也不在意直接去到下一个城市开始一段新的生活。"牧歌看着窗外说。

汤若："你可别告诉我，你每天把所有的行李都带在身上。"

"不过，我很喜欢这里，而且片子刚拍还没有剪完，也许要补拍镜头。所以不会马上走。"汤若听后笑了。

"不同地方的车上也集中了这个城市最有特色的人。有些城市的人偏爱穿黑色和灰色，满车厢都是那两种颜色，有些城市则喜欢立领，全车厢不论男女老少，大衣还是衬衫都会把领子立起来，还有些城市的人喜欢说话，整个车厢嘈杂一片，而有些城市的车厢又很安静。"牧歌敞开的内心好像一个斑斓的世界，汤若感到十分的新奇。牧歌说每到一个城市，最让她流连的是城市中那些擦肩而过正在历经悲喜的陌生人，他们都是她眼里的风景。汤若出神地听着牧歌讲述着自己的每个城市的经历。

　　牧歌从包里翻出一本相册，牧歌翻到一张照片，照片上的竟然是汤若和高博坐在街角的背影，汤若很惊讶。"我觉得这两个人一定是好朋友，而且当时一定遇到了很不开心的事情，不过我猜他们一定可以解决。"

　　牧歌对着汤若优雅地一笑，汤若不知道她是否认出了自己就是照片的主角，只能苦笑了一下。"来，闭上眼睛。"汤若闭上了眼睛。

　　夕阳照在俩人的脸上，窗外飘来一段悠扬空灵的音乐。

　　车厢这边有年轻情侣的嬉笑声，那边有一对老夫妻的低声呢喃，这边有一个落魄老板的抱怨，那边有两个年轻打工仔的相互激励。

　　"这就是城市的声音。"牧歌说。汤若睁开眼睛，看着牧歌的侧脸安详、神秘得好像一幅油画，久久地不能移去目光。

第八章

高博约好了汤若、牧歌、王大亮和春春来家里看片。高博把各种零食放在桌上,一再叮嘱灿灿,牧歌和春春都不知道大亮的秘密,让她千万别拆穿他们。郭灿灿警告他要想不拆穿就麻利地离开汤若,赶紧去找工作,高博敷衍地同意了。

门铃响了,高博边开门边对郭灿灿赔笑。汤若、牧歌、王大亮和春春走了进来。牧歌还拿着一件小礼物给郭灿灿,"给你们添麻烦了!"

郭灿灿打开一看,是一瓶高级香水,高兴得合不拢嘴,"麻烦倒不麻烦,我这个人是很好客的,以后欢迎你,你,还有你经常来我家玩!"郭灿灿依次指牧歌、王大亮和项春春,就是不指汤若,以此来告诉汤若在这里他不受欢迎,汤若有些尴尬。

汤若怕郭灿灿揭穿他们,也没有多说,就连忙招呼高博拉上窗帘,把光盘放进机器中。画面中是春春嗔怪大亮的那一段,接着淡出淡出,片名《幸福的达·芬奇》。项春春看得一脸陶醉,王大亮悄悄地想拉她的手。高博注意到了他的举动,示意汤若,汤若故意"哗"地拉开窗帘。王大亮吓了一跳,手连忙缩回来,满脸通红。

汤若故意问:"大亮,脸怎么那么红?病啦?"王大亮咿咿呀呀地赶紧比画。春春担心,"呀。这可不中。上次生病烧成了哑巴。这次不会更惨吧!"王大亮连忙摇头,汤若和高博大笑起来。

牧歌也笑了,"大亮对你是真心的。为了画好你,他临摹了几百张你的照片,整整三天都没有合眼。"春春脸红了,斜睨一下王大亮,"他哪有我照片?"王大亮羞涩地低下头。

汤若和大亮等人走后,郭灿灿抱着一袋零食,指挥着高博扫地。郭灿灿踢了他一脚:"哎,今天乔乔怎么没来?"高博脸色一沉,直起了腰。郭灿灿脸色也严肃了,"怎么了?"

高博急忙干活掩饰,"没……没……什么……"郭灿灿一把拧住高博的耳朵,"给本公主老实招来!"

　　从高博家里出来,王大亮和项春春走在路上,大亮不时地偷偷看春春傻笑着,他感觉这是他认识春春以来最快乐的时光。两个人正走到路边的一家豪华装修的影楼前。橱窗中放着一对情侣的合影。

　　王大亮指指影楼,拉着春春走了进去。影楼小姐迎上来,"先生、小姐,拍婚纱还是情侣照?"王大亮比画着要拍项春春。

　　小姐:"写真我们有380、480、580的,你们想要什么档次的呢?"显然,王大亮不能承受这样的价格。春春拉着大亮转身来到街上,王大亮垂头丧气地跟着项春春。春春说自己照片很多,不要什么写真。大亮拍着胸脯执意要为春春拍写真。春春看大亮对自己一片真心,感动地说:"走,我带你去一个熟悉的地方。"一走进这家小照相馆内,老板迎了上来,项春春爽快地说:"老板。我想拍合影。"王大亮脸一下子红了。"哦?交男朋友啦?"老板话音刚落,项春春一把把傻笑着的王大亮拉了进去。

　　春春来回来去地换了几身衣服,王大亮不时地傻笑地看着她。春春摆了几个POSE,向大亮招手说:"大亮,快来!"王大亮连连摆手,"都说好了拍合影的!俺想好了,现在好多店都把明星的照片挂在墙上,你现在也算是大明星了,而且头发还是俺给你精心设计的,俺回去把咱俩的合影也挂在墙上。就当作个广告!"听项春春这样说,王大亮才很羞涩地随着她来到拍摄区。

　　乔乔终于承受不了压力,病倒了,现在正憔悴地躺在床上。乔母给她拿来药,看了看温度计。

　　乔乔问:"妈,咱家有积蓄吗?"乔乔撒谎说自己要上一个培训课程,学费要五六万,乔母把家里的两万先拿给了她并说明天把定期给取出来。乔乔接过钱,头埋得很低。然后趁妈妈做饭的时间说临时有点事就出去了。乔乔平生第一次跟妈妈撒谎,她觉得有些委屈、有些对不起妈妈,然而想到这是为了汤若,她的心又坚定起来。

　　乔乔约了郭灿灿来到咖啡馆,"我……我想上个培训课程。挺贵的,钱有点不够……"乔乔低着头,声音小得像蚊子一样。

　　郭灿灿看出了苗头不对,"乔乔,咱们两个关系还算不错吧。你有什么事,别瞒我。"接着一把拉住乔乔的手,"是不是跟汤若的公司有关?"

　　乔乔脸色一沉,"高博跟你说了?"郭灿灿摇头,"我威逼利诱,连取消见习男友资格的酷刑都上了,他还不肯招。你现在又吞吞吐吐地要借钱……"

　　郭灿灿沉思片刻,忽然凝重地看着乔乔,"你是不是挪用公款了?!"乔乔连忙捂住她的嘴。郭灿灿脸黑下来。灿灿:"是真的?乔乔,你怎么那么傻?

你知不知道挪用公款是犯罪？"

乔乔抱着头，"我知道，当时汤若车都卖了，实在是没办法了。我真是鬼迷了心窍！"当郭灿灿听乔乔说挪用了二十万的时候，瘫在椅子上，"这得坐牢的！"

乔乔哭着说："十年以上，我都查过了。现在公司已经查出了资金漏洞，虽然没有明说，可是赵经理已经找我谈过好几次话了！再这么下去，就算他们不明说是我干的，我也要疯了！灿灿，我知道我不该做这样的事，你跟高博的经济状况也不好，高博这几年跟着汤若一分钱没赚，家里的开销都靠你，你也……"

郭灿灿觉得乔乔太傻了，这件事情的罪魁祸首是汤若，没理由要乔乔承担。要和乔乔一起去找汤若。乔乔拉住她，"别。汤若的压力够大了。这段日子他一直在发愁！"

"愁什么呀？就刚才，汤若带着牧歌、王大亮和项春春到我们家看牧歌新拍的纪录片。汤若跟高博还一唱一和地戏弄王大亮，看汤若和牧歌的神情，两个人说不定都好上了……乔乔你别傻了。"乔乔捂着耳朵，"别说了……"

郭灿灿："这不是小事。你没理由为了汤若这么个不负责任的人搭上青春。你要不愿意找汤若，咱们去找汤八营，找你的经理把事情说清楚。"乔乔只是趴在桌上哭。

郭灿灿从路边的取款机里取出一万块钱交给乔乔。加上乔乔的积蓄、高博搞来的两万元广告费，还有妈妈给的钱，乔乔算了算一共也才十万，剩下的十万只能找大学同学借了。

郭灿灿看着乔乔的憔悴的样子，心疼地说："乔乔，别撑着了，实在不行就找汤八营揭发汤若。"乔乔不断地摇头。

郭灿灿搂着乔乔的肩膀正色说："你老实跟我说，你是不是喜欢汤若？""没……没有。我出生就认识他了，二十多年的朋友，发小，我就是想帮帮他。"

听了乔乔的话，郭灿灿依然不解，"没有一个女孩子为个普通朋友就敢豁出去做这样的事情。"乔乔无奈地说："灿灿，你别问了。我现在得去找大学同学借借钱。至于揭发汤若的事情，我跟他那么多年的友谊，我实在做不出来，也请你帮我们保密。"郭灿灿难过地看着乔乔，并没有回应。

"还有，你千万别跟汤若说我借钱的事情。"看着脸色憔悴的乔乔离开，郭灿灿不由得叹气。

郭灿灿回家后不停地拨打电话，向同学朋友借钱。高博这时从外面回来，大大咧咧地躺在沙发上，伸了个懒腰。"高博，你现在胆子渐长啊？你跟我说说，乔乔挪用二十万公款的事情到底是怎么回事？"郭灿灿的话像一声炸雷，吓得高博一屁股滑到了地板上。

乔乔联系了所有能联系到的大学同学，然而大家都刚刚工作两年，没有多少积蓄，很难凑齐十万。她失望地一个人漫着步，满腹心事地面对滚滚的车流。

陈大虎回家后听说乔乔要去参加一个课要五六万的培训费，拨通了汤八营的电话，"我的宝贝女儿在你那儿上班，还要自己去参加培训。这培训费还得五六万。"汤八营很吃惊，约陈大虎晚上一起吃饭，见面再谈。

挂上电话，脸色很差的赵经理走了进来，他定了定神告诉汤八营，财务室确实有人挪用了二十万公款，其中一个重要怀疑对象是陈乔。"二十万？"汤八营脑海里闪现出汤母要二十万买基金的事，汤八营脸色阴沉下来。赵经理接着阐述了怀疑陈乔的理由，因为账目是她在管理，而且她知道所有的电脑密码。汤八营听后若有所思，并叮嘱赵经理不要报警，以下的账目由他亲自来查。

和陈大虎共进晚餐的时候汤八营得知，乔乔这段时间工作压力大，晚上老做噩梦，有时候还偷偷哭。加上她撒谎说五六万培训费的事，汤八营越来越怀疑乔乔挪用了公款，然而在没有确凿证据之前他不能妄下结论，尤其在陈大虎面前。

晚上汤八营回家后就坐在儿子的电脑前看着他之前写的那份重整计划，刘以萍推门进来，汤八营就把自己怀疑汤若伙同乔乔挪用公司资金的事告诉了她。

刘以萍不解，儿子怎么会做这样的事，这可是要连累乔乔坐牢的呀！

汤八营："我也糊涂着呢。对了，后天不是陈大虎生日吗？你帮我准备一下礼物，咱们一起去贺寿。还有，叫上汤若。"刘以萍说，"你知道他最不喜欢应酬。"

"如果他没问题自然不肯去，要是有问题……不说了，睡觉。"汤八营点点头。

霓虹灯、路灯、车灯这闪动的光与影把城市照耀得流光溢彩。

在一个路边摊，汤若开心地和牧歌碰着杯。牧歌："跟今天中午的大餐相比，我还是喜欢这里的路边美食！"汤若："老板，来个麻辣香锅。这里的味道和其他地方的都不一样，保证你喜欢。"

牧歌问："会比四川的还正宗？"汤若："正宗说不上。不过，北京的外来人口那么多，什么口味到了这里都会被改良，博采众长，自成一派。"

牧歌问："所以那么多人要留在这里？"汤若点点头，"因为，这是一个让你能追求梦想的城市。"

汤若告诉牧歌，这个城市也许没有南方拥有那么多的霓虹灯，或者香港那么快的生活节奏。可是，只要待在这里的人，就能感受到这里一种博大的气质。每一个人都会感到它的包容，各种思想在这里交汇贯通。多少人怀着不同的梦想从全国乃至世界各地来到这里，但是不论你是哪里来的人，只要有梦想，只要有执著的精神去实现，就都会拥有一片自己的天空。他希望牧歌像高博、郭灿灿、王大亮和项春春一样虽然都不是本地人，还是喜欢留在这里，把这里作为第二故乡。

牧歌说："你还在当说客。城市的气质，我相信有，而且每个城市都各不相同。可是，我还是喜欢自由，一个地方待久了，我会腻，跟一群人待久了，也一样。"汤若看了看表，"咱们今天已经在一起整整十四个小时了，你腻了吗？"

牧歌笑了，"十四个小时也许不腻。可是十四个十四小时呢？更何况，就算我不腻，你也不腻吗？"汤若急着表白："我这个人很执著的。拿吃来说，十年如一日地喜欢吃烤鸡翅。喝酒么，就喜欢这个学校边上的小吃摊。朋友也一样，乔乔和高博都是发小，绝对能做一辈子的朋友。就连对动画片的兴趣也一样，最喜欢看《黑猫警长》、《圣斗士》，哦，还有新出来的《喜羊羊与灰太狼》。"

牧歌"喜羊羊，美羊羊……"唱了起来，边上的吃客对他们投来善意的目光。

时间已过零点，汤若和牧歌满脸通红地坐在天桥扶手上，两个人显然都喝多了，对着车流肆无忌惮地大声唱着歌。牧歌忽然大喊一声，"今天我简直是太开心了。"

汤若："我跟你在一起每天都很开心。"他马上意识到了自己说错了话，紧张地等待着牧歌的反应，牧歌却满脸通红地对着他傻笑，"哎，你到底在杯子里看到什么了？"

汤若："你不是说最讨厌问问题的吗？好吧，我这个人心胸最开阔了，那就告诉你吧，我看到两个正在接吻的小人，所以我坚信你一定不会走的。"牧歌问："真的？"汤若直视着牧歌点了点头。

"那么，如果你看到的是这个，而我又不能让你失去期待的话，最好的方法就是……"牧歌说着朝前探了探身子。"危险！"汤若一把拉住牧歌。突然牧歌转过头，风吹起了她的头发，等待汤若的便是一个悠长的吻。

汤若惊讶片刻，便投入到他期待已久的时刻中。他们的脚下，是轰鸣的滚滚车流。

第二天在办公室，高博告诉汤若，郭灿灿已经从乔乔那里知道了挪用公款的事。

汤若知道郭灿灿的性格，一激灵，"她打算举报我们？"高博点头，"朕昨天费了半天唾沫，她都没答应不举报。其实她也是为乔乔考虑，说等公司确认是她，说什么也白搭了。还有你知不知道，乔乔这些天四处借钱，打算一个人顶雷了。"

汤若若有所思地看着高博。高博接着说："肯定是赵经理用了什么怀柔战术。类似于把钱还上就不追究啦，主动承认就从宽处理啦。乔乔单纯老实，最容易上这种温柔一刀的当。"

汤若跳起来，脸色沉重，"赶紧阻止乔乔呀。"高博："等你反应过来，乔乔早就完蛋了，朕大清早就打了电话，她一会儿就来。你好好想想对策，怎么开导她吧。"

不一会儿乔乔脸色憔悴地走进来。高博给乔乔倒了杯水，"我都跟你说了，一旦被发现，你就全推给我。你为什么非要担那么大的压力？更何况，即使是借钱，也该我去借。"

"你顾着和牧歌卿卿我我，还能管得上我的事吗？"乔乔白了汤若一眼。汤若真诚地说："牧歌对我是很重要，可是在我心里，你也很重要的。"

乔乔含着眼泪默不作声，汤若看着她精神如此憔悴就带着她去了医院。高博这边再次拨通了两个有投资意向的广告公司的电话。

病房内，乔乔挂着点滴，汤若垂头丧气地坐在她身边。"现在我已经凑了十五万了，估计下周应该能凑齐。"汤若看到乔乔病床上还在想着钱的事，心痛地说："赵经理那套是怀柔战术，你以为还了钱，他们就不报警？好，即使为了瀚海的名誉，他们不报警，你是做财务的，经济问题是大忌。以后，你到哪儿找工作？"

乔乔叹口气，"瀚海的情况我比你了解。可是，钱确实是我挪用的。不论结果如何，我都应该还上。至于将来的前途，我早就做好心理准备了。"

汤若沉默了，此时手机响了，显示是汤八营。汤若挂了电话告诉乔乔，"我爸明天要我跟着去你家给你老爸过生日，我猜是为了试探我们。"

"赵经理已经跟他汇报我了，还是郭灿灿已经找了你老爸？"汤若沉吟片刻，"现在只能走一步看一步了，你把凑的十五万先放到我公司，我再找我妈借一万，尽快让高博把钱想办法汇回瀚海。高博能改系统时间，到时候，钱没少，证据也没有，哪怕他们再怀疑也拿你没辙。"乔乔疑惑地看了看汤若。

吊完点滴已经是夜里，汤若把乔乔送到了楼道口，乔乔转身看看汤若，"谢谢你，今天陪我打点滴。从小到大，只有我爸爸陪我打过点滴。"

汤若："打点滴有什么好，等这件事情过去了，走着瞧赚了钱，我带你吃香的喝辣的。"乔乔笑了，"希望有这天吧。"汤若转身离开了，乔乔凝视着他的身影在夜色里消失。

　　从乔乔的小区出来，汤若心思沉重地走着，不知不觉到了牧歌家门口。他感到牧歌这几天突然对自己冷淡了下来，打电话总是说有事。汤若又拨通了牧歌的电话，却又被挂断。

　　汤若疑惑地挠着头，这时，电话响了，是高博，"汤若，灿灿终于被朕说动了，不会到汤八营那里举报。还有个好消息明天我岳母来北京，我得请一天假。广告费的事情还没落实，你明天要不亲自去趟CMC吧。那些小鱼小虾都看他们脸色呢。"刚要挂电话，汤若说："等等。那个……你说这女人是不是都怪怪的？突然对你好，突然又不理你？"

　　电话那头，高博一边帮郭灿灿敲腿一边打着电话，郭灿灿则捧着一盒冰激凌看电视。"别的女人我不知道，郭灿灿倒经常这样，不过前提是，在这好与不好之间我确实做了什么足以转折她态度的事情。"郭灿灿递过来一勺冰激凌，高博谄媚地吃了，"简单地说，就是朕肯定得罪她了。"

　　"可我没得罪她呀。还有没有别的可能？"汤若沉思着说。电话那头非常神秘地说："那就只有一种可能了。"听着听着汤若似有所悟的，嘴变成了O形。挂了电话，立即冲进了边上的便利店。

　　汤若大包小包地来到牧歌家里，牧歌的表情有些尴尬，而汤若则一脸的高兴。看到牧歌正在收拾屋子，汤若自顾自地收拾起来。他发现墙角堆着的垃圾，"这些都不要了？我帮你扔了。"牧歌点点头。汤若揭开上面的一片破布却看到下面都是奖杯和奖状，疑惑地问："全国摄影大赛一等奖，亚太人物摄影优秀奖……这些都不要了？"

　　牧歌淡淡地说："都是垃圾没什么用。"汤若："可是这都是奖杯奖状呀？"

　　牧歌依旧淡淡地说："奖杯奖状不就是给人鼓励的吗？我很喜欢摄影，再苦再累都觉得很开心，所以就不需要鼓励了。更何况有了这些难免就有了负担，我还是喜欢随时从零开始。"

　　汤若有点不好意思，"其实我也不知道女孩子这个时候应该吃点什么，都是瞎买的，你要想吃什么我再去买。""我并不是像你想的那种情况。汤若，我是真的很忙。"

　　汤若："我知道你很忙，我不是来帮你收拾了吗？还有，我今天也有点心事，想……"牧歌冷冷地说："你能不能先回去？"汤若愣在那里。"昨天的事情，我希望你不要误会。我不是那个意思。"

　　汤若手足无措，只能用笑来掩饰，可是笑得非常尴尬，"我没有误会，没有，我怎么会误会，我是怕你误会了。那，那你忙吧，我先走了。有事再打电话。"

街头的汤若像被浇了一头冷水，回想昨天的牧歌，好像瞬间经历了冰火两重天。他突然跺一下脚，冲着天大叫了一声。

账目没有查清楚，赵经理这几天几乎夜夜失眠，她是个有职业精神的人，她必须给汤总一个交代，或者说给自己职业生涯一个交代。陈乔请病假还没有上班，在找小叶谈话时说："老实说，这次账目出错，我怀疑的人中间，有你。"小叶急得跳起来，"赵经理，不是我，绝对不是我干的。"

赵经理摆摆手，"我现在可真不知道该相信谁了。虽然你是出纳，可接触不到账目的密码。你要作案，除非有同伙。"并告诉小叶她认为陈乔的反应有些失常，但又没有足够的证据。

小叶："我觉得不可能。您想啊，陈乔家庭富裕，自己又没什么负担，为什么要挪用公款？而且，她跟汤总关系那么好，二十万说少不少，说多也不是很多，她真要急用，完全可以问汤总借。还有，我知道她有个朋友是开网络公司的，《流浪的达·芬奇》就是他们出品的，经营状况肯定不错，她也可以问他们借钱，干吗非冒这风险。"

赵经理沉吟，突然死死抓住小叶的手，"你说她有个朋友是搞网络的？"赵经理立即起身出门直奔汤八营办公室，"我刚得到消息，陈乔有个好朋友是搞网络公司的，财务室电脑维护的时候正好黑客入侵，这两者之间会不会有联系？"汤八营脸色很难看，"赵经理。这件事情说了我来调查的。"

"汤总，事关重大，我是财务室的负责人，怎么能放手不管？现在账面上莫名其妙少了二十万，叫我怎么做账？年底董事会那里怎么交代？"

汤八营沉吟片刻，平静地说："其实这件事情是个误会，这笔钱确实是陈乔划的。但是，是我让她划的。"这之前汤八营已经从崔经理那知道攻击公司财务的黑客的IP是走着瞧公司的，对于这次账目的事情他心里也基本有数了，但他不能把"家丑"暴露在两个下属面前，"赵经理，以后查账目的事情，就交给我吧，你就不用管了，董事局那我来交代吧。"赵经理看不出端倪，疑惑地退了出去。

汤八营一回家就从刘以萍那得知，儿子今天问她借五万，被她敷衍过去了。汤八营："看来这件事情确实是他们两个搞的。"

刘以萍："老汤，咱家儿子的事情你可以不管。可乔乔这孩子是咱们看着长大的，不能让她毁了前途，更何况还是因为汤若。你要是把乔乔连累了，咱们没法跟老陈他们两口子交代。"汤八营叹了口气，"我知道了。你把定期取出来，明天我想办法帮他们摆平。"

汤八营跟妻子商定按原定计划参加陈大虎的生日宴会，他要看看汤若这小子有没有点良心，会不会跟他亲自坦白。

爱情的困惑、事业的危机，几乎使汤若有些喘不过气来。而被卷入这场危机的王大亮却似乎感到命运对自己的某种青睐和眷顾——一夜成名，收获爱情。在春春的理发店内他们的谈话一直洋溢着快乐和幸福。项春春嗔怪着说："上次那纪……纪啥片里，俺的镜头有点少，下回你让他们给俺多照点。"王大亮连连点头。

"要说俺这形象气质，比你好多了，你都当明星了，俺咋还不是呢？"说着项春春从里屋拿出一个饭盒，"你猜这是啥？"王大亮摇摇头，"俺忙活一天，最痛快的事就是晚上吃上碗臭豆腐。这是咱老家的'刘记'，味最正宗，可惜就是太远了，要托人捎，等好几天都不一定能吃得上。"王大亮指指自己又指指臭豆腐，然后拍拍胸脯。

"咦，这臭豆腐可不好做。要是个厨子就能做，刘记能开得那么火？"看到春春有些不信任，王大亮又更加自信地拍胸脯。

从春春的理发店出来，王大亮一路哼着歌，手舞足蹈地下到地下室。他没有注意到已经找了他多天正坐在地下室台阶上的李时恰，李时恰疑惑地看着正在哼歌的王大亮，抬抬眼镜，脸上泛起了诡秘的笑。

第二天在ICC邹树主持的会议上，人人都正襟危坐，只有李时恰沉浸在自己的思考中。

邹总看李时恰一言不发，就问了一句："李时恰，你们找王大亮的事情办得怎么样了？"一同寻找王大亮的同事刚想回答，李时恰及时制止住了他，"还没找到。"

同事很疑惑地看着他。邹树和父亲快速交换一下眼神。邹总："那好，今天就到这里了。李时恰，来趟我办公室。"

李时恰刚到邹总办公室，邹树谨慎地拉上了百叶窗，他看了看李时恰，"对顾问的工资待遇还算满意吗？""很满意，可我还是希望得到更有发展空间的职务。"

听了李时恰的回答，邹总笑了，"比如说，让你负责给走着瞧的注资项目？不瞒你说，我已经在业内打听过了，瀚海和另一家公司合作，确实正在收购一家视频公司，但不是走着瞧，而是一家以动画视频为主的小公司，而且他们的收购完全是投资行为，暂时没有进入视频领域的意图。"

李时恰脸色一沉。邹树在旁边插话，"当初我父亲就料到这一定是汤若设下的陷阱，目的就是为了让我们对他们进行投资。绿萝风投事件失败以后，他们一直存在资金缺口。"

李时恰："这件事情，确实是我没搞清楚，我道歉。"邹总："那么，王大亮的下落问题呢?"

李时恰:"你给我点时间。我保证不但找到他,还给你一个巨大的惊喜。"说完微微鞠了一躬,起身离开。邹总隐约感到李时恰隐瞒了什么,对儿子耳语,"让跟李时恰去找王大亮的两个人进来。"

李时恰回到自己办公室,他搜出了一篇《发声障碍的临床表现和治疗》的文章,反复看了几遍。他心里想:汤若,收购的事情你竟然骗我。哼,哑巴还能哼歌?《流浪的达·芬奇》一定是你设计的,这次我要让你输得一败涂地。

汤若并不知道自己可能陷入另一场危机,他备好生日礼物和汤八营一起去为陈大虎祝贺生日,车上,汤八营始终悄悄观察着汤若,汤若也从后视镜中观察着汤八营。汤八营故作轻松地问:"最近公司怎么样?"汤若轻声回答:"托您的福,还没有倒闭。"

汤八营看汤若没有向自己摊牌的打算,接着说:"资金上有什么困难吗?或者,有没有什么急事想用钱?上次你问我借二十万,已经解决了?"汤若沉默着,等待父亲发难。汤八营却只是看着他,不说话。

汤若忍不住了,"二十万的事情我已经差不多快解决了,就是还差最后五万。不过,我知道你是不会借给我的,我会自己想办法。"

汤八营:"你能想出什么办法?坑蒙拐骗,还是用你那几乎赤字的信用厚着脸皮去借你朋友们那点少得可怜的工资?"汤若心虚却提高了嗓门,"谁,谁坑蒙拐骗了。"

"我就是提醒你,冰冻三尺非一日之寒,还是不要贪功冒进。有时候胆子太大了也不好,胆大就会妄为,妄为容易走上歪门邪道。"

汤八营的话句句击中要害,汤若强作镇定,"你年轻时候大胆的事还少吗?少年不胡作妄为,大胆放肆,老了怎么有你这底气话当年?我现在缩头缩脑地过着,等我混成老子,也想这么无条件地教训教训儿子,让我拿什么题材?"

汤八营:"你是为了赌气?我看你能蹦跶几天!"汤若:"你吃芥末以前,我就单腿儿也必须蹦跶着。"

汤八营:"汤若,虽然你从小自私自利惯了,总拿什么对自己负责任作为对别人不负责任的借口,但是,我提醒你,朋友、父母都不可能永远这样无条件地帮助你,总有一天你要为此付出代价!"汤若咬牙不说话。父子的争论以双方的沉默结束,这种气氛一直僵持到进入乔乔的家门前。

陈大虎早已在家等候了多时,寒暄几句后,乔乔神色萎靡地走出来,"汤叔叔。"汤八营点点头故意问:"最近好像精神不太好,有心事?"乔乔神色恍惚,"没,没有。"

陈大虎也觉得自己总忙于工作而没有时间关心孩子,于是关心地问:"要有心事说出来听听。是不是谈恋爱了?"乔乔尴尬地摇头。

说话间两个主妇端上了菜。汤八营先举起酒,"先敬老陈一杯,祝你身体健康,继续为我们国防事业作贡献。"大家都笑了。老陈指着汤若喝下一杯。

汤八营接着说:"再敬乔乔一杯,感谢你平时帮助汤若。"乔乔愣了,尴尬地说:"汤叔叔,什么意思啊?我……我没有帮汤若。"

汤八营话里有话地说:"走着瞧的账目不一直是你代做的吗?而且在其他事情上你也帮了汤若不少。比如说平时的策划啦、资金啦……"汤若眼看气氛不对,"对,不过你是我的好朋友,谢来谢去多见外。等我好了,自然忘不了你。"他冲乔乔使眼色,乔乔尴尬地喝了酒。

汤八营接着举杯向陈母:"第三杯我可要敬给我亲爱的军属同志了。感谢你无私的奉献,另外还感谢你生下了那么乖巧的一个女儿。"陈母笑得合不拢嘴。

汤八营接着问了问乔乔是不是因为工作压力大,身体出了状况。接着话题转到培训费的事情,"听说你要参加一个培训?好像要五六万的报名费,国内有那么贵的培训课程吗?"汤若连忙圆场,"有,怎么没有?再说现在不还有国外学校办的国际函授课程嘛?"

乔乔尴尬地说:"我……我吃饱了。你们慢慢吃。"说完溜进了房间。汤八营若有所思。汤若连忙打岔,"哎呀,差点忘了。我上次介绍了一个朋友给乔乔认识,结果见面没几天人家去美国出差了,要我通知乔乔我给忘了。"

陈母:"我说呢,那人怎么样?"汤若:"在外资工作,本地人,身高180,比乔乔大一岁,英语不错,是人事部的经理。"

陈母:"二十五岁就做外资人事部的经理?看来发展不错。原来女儿是为了这事。"陈父也连连点头。汤若说现在去告诉她,逃也似的进了乔乔房间。汤八营狐疑地看着他。

卧室里,乔乔正痛苦地趴在床上。看到汤若,乔乔起身,泪眼婆娑地说:"你爸爸肯定知道了。"但汤若分析他还没确认。"你想啊。他要有确凿的证据为什么不当面发难?当着你父母不好意思有可能,但是,在来的路上他完全可以问我。"乔乔疑惑地问:"你的意思是?"

汤若:"高博打电话说郭灿灿确实约过汤八营,但最终良心发现没告发我们。至于你们那个赵经理,看来怀疑的也不只你一个。"乔乔低下了头。

从陈乔家出来,汤若借口去广告公司先走了。刘以萍开着车,汤八营回想起汤若的表现便痛苦地捂住胸口。刘以萍紧张地叫着:"老汤!"汤八营往嘴里塞了两粒药,这才平静下来。

汤八营摇了摇头,"这个汤若,太让我失望了!"接着他拨通了CMC刘总的电话,"刘淇,我又有事要麻烦你了。"

　　高博今天有些激动,郭灿灿的妈妈今天就到北京。火车站接站口,人来人往,郭灿灿给高博整理着衣服,"我妈最看不得别人邋遢,你一会儿一定要表现得特别上进,特有精神。表现不好直接把你打进冷宫永世不得超生!"

　　高博笑嘻嘻地说:"怎么可能,我现在就是一枚聚能环,就等着您一声令下让我发挥光与热呢。对了,你说我是叫郭伯母呢还是叫郭阿姨呢?要不就直接叫妈?"

　　郭灿灿:"想得美。你叫她常老师她可能会觉得亲切些,叫阿姨也行,见了我妈别乱说话。"高博连连点头。这时一个打扮时髦的女人提着一个很漂亮很少见的名牌拉杆箱走过来。郭灿灿突然一声怪叫,朝着女人扑过去,"妈妈!"高博没想到自己会有这么年轻漂亮的准丈母娘,几乎傻了。

第九章

　　为了讨好准丈母娘，高博预订了附近一家地道的老北京菜馆，席间他谄媚地拿着菜单，"阿姨，您看吃什么？"

　　郭母微笑着，"北方菜我吃不惯。灿灿，你现在也能吃北方菜了？"郭灿灿在桌子下面踢了高博一脚，"其实味道还不错啦。"

　　高博想尽力表现，唯恐第一次见面在准岳母面前有什么闪失。看得出来郭母是一个见过世面、生活上养尊处优的女人，显然她很注重保养，举止优雅，谈吐不紧不慢，看起来要比实际年龄小几岁。高博知道这样的丈母娘很难对付，于是他讨好地说："常阿姨，我还知道一家不错的茶餐厅，要不去那里尝尝？"

　　郭母接着微笑着，"不用了。就随便吃点吧。那个，高……""您叫我小高就行，当然了，小博也行，高博同学也行，您觉得怎么好就怎么叫。"高博把郭母逗笑了，"灿灿说得真没错，你话可不少。"

　　高博看看郭灿灿，"她跟您说过我啊。其实我平常不这样，就是爱紧张，一紧张就不知道说什么了，不知道说什么就容易话多。"郭母："这都是小毛病。"

　　高博这时心里放松了一点，"您说得太对了，我大节上是好的。怎么就您自己来了，郭叔叔没来？"郭灿灿暗中踩了高博一脚。郭母脸色微微一变，但很快恢复了淡定，依然用不紧不慢的语调说："她爸爸十几年前就去世了。"

　　高博尴尬地说："啊？怪不得，上次我给我爸买东西，也给灿灿捎了一份让她带给老爷子，她死活不要。我早该想到的。太粗心了！对不起阿姨。"郭母却显得十分平静，"没关系，高博，平时都是你照顾灿灿吧？家里的事情多亏了你，我一个人带大她，觉得她没有父亲，对她太好，可有些宠坏了。"

　　高博："没有没有。灿灿爱干净，平时经常做家务，而且饭也做得很好。"郭母惊讶地问："你会做饭了？"随后眼睛便红了，"家里可是一次碗都没洗过的。"

郭灿灿有点尴尬，"我现在也不洗，都是高博洗。"说完连连对高博使眼色，高博急着想岔开话题连忙说："对对对。您一直一个人？可真不容易。我是说，您那么漂亮应该有很多追求者吧，不不，我的意思是……"郭灿灿瞪了高博一眼。郭母笑了，"我和灿灿都只有对方这一个亲人了，当彼此是宝贝。我身体不好，真是一天都不想和她分开了。"她看了灿灿一眼，余光扫过高博。高博觉得这句话似乎很重要，却没来得及反应是哪里有问题。带着一脸疑惑讪笑了两声。

郭母端起饮料，"工作这么忙，还让你去接我。"郭灿灿嘴一撇，"他忙？没见他忙出什么正经事来。"

高博："慢慢来啊，我这是创业阶段。你要有耐心等着铁杵磨成针。"郭灿灿白了一眼高博，"铁杵是能磨成针。可你充其量就是根木棒子，估计我等到下辈子也只能看到一根牙签！"

郭母放下筷子说："灿灿，别这样说小高。年轻人有闯劲是应该的。"郭灿灿："他可不是有闯劲，是冒傻气！"高博傻笑着吃饭，郭母看着俩人，脸上掠过一丝忧虑。

在CMC广告公司楼下，汤若焦急地等待着，这时刘祺从楼中走出来，拿着资料的汤若连忙跑上去，刘祺无奈地笑了，"你跟那个高博来了几次了？"汤若："十五次了。"

刘总摇着头说："汤若，我老实说吧，我过去是很想跟你们合作的，可是你实在太让我失望了，所以近期我都不打算跟走着瞧合作。另一方面，我也一直关注着你们网站，虽然你们网站《流浪的达·芬奇》视频推出初始点击率上升得很快，可是现在已经出现了下滑，而我又没有看到你们为这件事情所做出的补救，另外你们的硬件条件实在太差了，我怕加入广告占用了一定的数据，速度会变慢，这也会导致广告商的不满，所以，对不起了。"

"我们其实已经设计了未来的发展计划，这是下面准备拍摄的视频计划，这是活动计划，就等着资金到位上马了。"汤若说着拿出一沓资料，"您先看下。"

刘总迟疑片刻终于收下了，"不过我先说好，我看归看，合不合作咱们再说。"汤若连声道谢，总算舒了口气。

商海行船，有时候危机悄然而至，而你还恍然不知；有时危机又悄然退去，而你也不知道自己幸运地躲过了劫数。而汤若却没有完全地明白他经历的一切起伏都是父亲无形的大手在操纵着，他也无从明白这是自己的幸运，还是自己的不幸。

此时，汤八营约了赵经理在一个咖啡馆落座。赵经理疑惑地问："汤总，您今天怎么想起来和我吃饭？"汤八营点了一支烟说："听说你托了技术部的人在调查陈乔的电脑。还不肯放手？"赵经理点了点头，"这是我的职责所在。"

汤八营笑了："您到瀚海已经有十五年了吧。我还记得第一次面试你的情景，那时你还只是个刚出校园的大学生呢。一眨眼，财务小赵就变成财务总监了。"赵经理也很感叹，自嘲地笑了，"时间过得真快。"

汤八营："你自己走过的路付出的时间和艰辛你最清楚，从一个初出学校的小财务成长成一个有责任心有定力的成熟财务要经历很多的坎坷和磨难。乔乔是我看着长大的，人品上绝对没有问题。你看，能不能不要再查了。"

"我也不是对她有偏见，关键是这次的事情太不寻常了。我不相信是您让她转账而且删除了记录。您是专业的，您很清楚这么做会直接造成公司财务的混乱。更何况到现在为止，我们还没有收到任何公司对于这二十万的回票。"对于赵经理的认真汤八营非常赞赏，微微一笑，"那我现在就给合作的公司挂电话，你亲自问他们。"

赵经理紧张地答道："汤总，我不是这个意思。"汤八营摇手示意没事，拨通了电话。赵经理疑惑地接过来，"喂。我是瀚海公司的财务经理，嗯……"

赵经理挂上电话，脸上的表情终于轻松了，"这下没问题了。CMC说明天就把回票打过来。"汤八营舒了口气。赵经理抬起头说："您以后让乔乔或者其他职员执行这种特殊任务的时候能不能先告诉我一声？不然真是很麻烦。"汤八营笑着说："行。下不为例。"

王大亮捧着五六个瓶子兴高采烈地钻进了春春理发店，他不知道他这几天一直在一个人的视线里，这个人就是李时恰，他也尾随着王大亮进入了理发店。

春春刚剪好一个顾客的头发。王大亮迫不及待地打开盖子，剩下的几位顾客被熏得纷纷跑出。王大亮试图拦住他们，顾客更是绕着他赶紧出门。王大亮愧疚地望着春春，春春却无所谓地笑笑，"没事，我正想休息一会儿呢。"

春春的助理正热情地招呼着李时恰，他选择干洗，边洗边从玻璃中监视着王大亮。王大亮一心讨好春春，完全没有注意到他。

螳螂捕蝉，黄雀在后。李时恰没有想到他也成为被调查怀疑的对象。这时邹树和之前跟随李时恰的两名职员来到了王大亮的地下室。邹树问："确定是这里？"职员们点点头，"那天李顾问让我先回去了，至于他有没有等到王大亮就不知道了。"

邹树点点头，"你们先回去吧。"邹树找了个角落拿报纸看了起来，他要看看到底李时恰葫芦里卖的什么药，等王大亮回来他自然会弄个水落石出。

当王大亮咧开大嘴一笑,把几瓶臭豆腐摆在桌上的时候,理发店内满屋子弥漫着怪异的臭味,李时恰也不由自主捂住了鼻子。

项春春夹起第一瓶里的一块尝了尝,"这是酸的,不像臭豆腐的臭,倒像咱村造纸厂排水沟的味。"

王大亮看着她扔下那块,又夹起第二瓶的一块,"这个,还有那么点意思,不过味差远了。太硬还有疙瘩。"王大亮听了眉开眼笑。项春春从第三瓶中夹了一块,闻了闻便皱着眉头丢了回去。王大亮可怜巴巴地望着最后一瓶。

项春春嗔怪地说:"这个光是臭了。你吃没吃过臭豆腐啊,臭豆腐吃起来得是香的,你这吃起来都是臭的。"她迅速将几瓶臭豆腐盖上盖子,走过去开窗透气。王大亮坐在一旁显得有些失望。

项春春:"大亮哥,你现在是厨师兼画家了,比普通的厨师上了一层楼。怎么连个臭豆腐都做不出来?"王大亮更加失望地低下头。"要不就算了吧。"看到项春春对自己失去了信心,王大亮使劲拍胸脯。项春春看看大亮又看看臭豆腐,"那就再给你个机会?"

这时有客人进来,王大亮示意春春去忙,不用管自己。春春开始熟练地给客人洗头,王大亮托着腮,在一旁痴痴地看着她。

邹树在地下室焦急地不停看着手表。苦苦等了两个小时,王大亮才蹦蹦跳跳地下了地下室,邹树刚想跟上去,却发现了尾随的李时恰。拐过弯,邹树拉住了李时恰,李时恰吃了一惊,脸色一沉,"怎么是你?"

邹树嘿嘿一笑,"李顾问,你现在还有什么话说?"李时恰的表情很平静,"什么意思?"

"你明明发现了王大亮的住处为什么不汇报?你跟走着瞧之间到底是什么关系?听我父亲说,你和汤若是学友,但是针锋相对,莫非你们早就尽释前嫌甚至开始合作了?"李时恰对邹树一向都投以轻蔑的眼光——一个无知、狭隘、蛮横,靠老子发展的公子哥。"我确实在三天前就找到了王大亮,可是光找到他,对我们击败走着瞧根本起不到决定性的作用!"

邹树对这些解释都置之不理,"这样你跟着他就能起作用了么?李顾问,我父亲欣赏你的才华才让你担任顾问的要职,可是我现在却很怀疑你的人品。从今天起,王大亮的事情不用你负责。"

李时恰:"你不是我的上司,有什么话让邹总跟我说。"邹树气得扬长而去。

回到公司李时恰把自己怀疑王大亮不是哑巴的事情跟邹总一五一十地说了,邹总郁闷地看着插着手的李时恰。

邹树冷笑着说:"笑话,王大亮不是哑巴。你有证据吗?"李时恰说:"没有，所以我才跟着他。"

邹树针锋相对地说："你以为我跟我父亲都是傻瓜吗？即使你怀疑王大亮不是哑巴，也应该先跟我父亲汇报。要不是我今天正好撞见了你，你是不是还打算隐瞒？"邹总突然意识到自己应该给李时恰一个台阶下，"李时恰，我相信你的人品。可是这件事情我需要你给我一个合理的解释。"

李时恰："好。那我就直说了。邹总，我来公司已经两年多了，兢兢业业，一心为公司着想。为的就是在ICC得到一个实现自己价值的平台。可是，我带领技术部奋战十几昼夜击败了走着瞧，你却把我架空给我虚衔。我熬了几个通宵，提出的网站振兴计划花费少、成效大，可是你都没有认真看过就决定不采纳。我早就预言《流浪的达·芬奇》是个风潮，事实证明现在走着瞧的点击率已经有所下降，你们却还要逼着我找王大亮，背地里却瞒着我偷偷开发新的项目。这次我就是要抓住王大亮不是个哑巴的确切证据，重新得到你们的信赖，获得洗牌的机会！"

邹总脸色阴沉地看着李时恰，"李时恰，我原来觉得你血气方刚不跟你计较。不料你在职场上那么幼稚。你有能力没错，可是公司不是你开的，不是你想干吗就干吗？我为什么要让你做顾问？因为想让你用你的经验扶植我的儿子，也就是ICC的未来CEO。在古代，这就是太子的老师，你还嫌没有发展？至于你的计划，确实有不错的地方，最后的振兴计划也采纳了你的部分观点，可是公司没有必要一一跟你汇报。第三，《流浪的达·芬奇》确实是一股风潮，可是是一股积极向上、催人奋进的风潮，王大亮身上体现的是现代年轻人最缺乏的追求梦想的激情和积极进取的精神。和一般的搞笑搞怪视频根本不能混为一谈！我们要找到王大亮，不但是为借他的名气，增加ICC的点击率，更为了提振网站的正面形象！这些都通过了董事会全体人员的赞同。你自己一厢情愿，主观臆断地认为我们在打压你，可ICC有自己的发展理念，而且，不需要你的支持和体谅！"

李时恰一时失语，"可是……可是我也有知情权！"

邹总："公司那么多的员工，难道每次决策都应该跟每个人交代了吗？好了，王大亮的事情交给邹树。你暂时停职，具体工作等候人事部通知。"李时恰跳起来，"我不服！"

邹总："李时恰，我的决定已经给了你最大限度的面子了。"李时恰愤然地飞步离开了办公室。

郭灿灿已经很久没有见到母亲了，晚上她像小时候一样躺在床上将头埋在母亲的臂弯里和妈妈聊天。

郭母柔情地问："你跟妈妈说，和高博是不是有感情了？"郭灿灿搪塞说：

"没有，我怎么会喜欢他呢？"

"妈妈看得出来。高博没什么坏心眼，也真心对你好。我也不是拦着你，就是怕这孩子年轻毛糙，你跟着他受苦。"郭母摸着女儿的手继续说，"现在手都粗了。"

郭灿灿撒娇地说："您说什么呢？我的护手霜300一瓶呢。而且我做家务都戴着手套的。"

郭母："还是的。老实说，我不是反对你找个同龄的，也不反对你找个外地的。可是你跟着我清闲惯了，妈妈怎么放心你一个人在外面，还要做家务……"郭灿灿理解母亲的担心，但是她也希望母亲能接纳高博，至少要看到他身上的优点，"高博也不全是我说的那样。他其实挺上进的，也爱做家务，就是，就是他那个老板不怎么样，他么，偶尔又有点瞎仗义。"

郭母刮着郭灿灿的鼻子微笑，"还说不喜欢人家，我一说他不好你就急了。那个时候妈妈就叫你不要到外地读书，也不知道你怎么回事？非要到北方来，现在还住在这么个小屋子里，妈妈心疼啊。"郭灿灿辩解说："我这不是才刚开始工作嘛。我一个人住，要那么大房子干吗？"

郭母："你是一个人住吗？妈妈看你在这里过得不好，就想让你跟我回家。"郭灿灿对妈妈的要求有些吃惊，"我不想回去。我过得挺好。"

郭母看灿灿态度很坚决，但仍柔声说："家里有什么不好，我看什么都比这好。再过几年我就退休了。看着你在身边，照顾着你，妈妈才放心得下。"郭灿灿终于明白妈妈这次来的用意，她一时不能接受妈妈的要求，在这里虽然没有家里安逸，但是她在这里的生活刚刚开始，而且生活得也很快乐，有自己热爱的工作，有自己的好朋友，"可是我在这工作，刚刚才有了起色。"

郭母知道灿灿脾气倔强，自己认准的事，别人很难说动她，但她依然说："当老师在哪儿不都是一样教书？你别怕回家找不到工作，实在找不到，妈妈养你一辈子。只要我们母女俩在一块不就好了吗？你是舍不得他吧？"郭灿灿摇了摇头，但是不说话。

郭母眼睛红了，"找对象不能只看人品好，这孩子一根筋，贴钱卖力地帮别人搞网站，自己都没长大呢，怎么能照顾你？你爸爸走了以后，妈妈就只有你这一个亲人了，最怕的就是看到你受苦。更何况妈妈现在身体也不好，如果将来有个病有个灾的，你又不在身边……"

这触动了郭灿灿内心的柔软部分，她知道妈妈这么多年很不容易，一个人把自己带大，供自己大学毕业，妈妈是这个世界上最亲的人。可是她不能为这个就放弃这里的一切呀，于是她佯装开心地说："现在交通那么方便。这儿到咱们那儿才一个多小时的飞机，您要有什么，别说是生病，就是想我了，我立马打个飞的赶回去。"

郭母："妈妈知道这样对你说有点自私，可是我只有你一个亲人。听妈的，跟我回去，咱们那里的霓虹灯高楼大厦不比这里多？咱们那里的小伙子不比这里的精神？到时候，你成了家，每周末还能回家看妈妈，妈妈还能帮你带孩子呢。"郭灿灿终于犹豫着轻轻点点头。

　　郭母高兴地亲了女儿一下，"好宝贝，妈妈一回去就替你安排工作。你听话，我是不会让你吃亏的。我的乖丫头这么好，得找个好工作，再找个会疼她的人。"郭灿灿心里充满了纠结，她不知道现在答应妈妈，将来能不能真的跟妈妈回去，"过几天我要带着班级的小朋友去电视台做个节目，联系了很久了。"

　　郭母高兴地说："没关系，妈妈等你。"郭灿灿郁闷地转过头，凝眉看着架子上的贴着小阿博的玩偶。

　　今天，汤若终于可以松一口气了，CMC终于答应看自己的资料，高博听了这个消息也非常高兴。这时乔乔开心地走进办公室，这么多天来，汤若和高博第一次看到乔乔这样的笑脸。

　　汤若凑了上来，"呦，我的病美人今天怎么神采奕奕？"乔乔没有说话，从包里拿出五沓整齐的钱放在桌子上。

　　高博眼都直了，拍着汤若的肩膀，"朕自从跟了你，很久很久没有见到过那么多红艳艳的银子了！"乔乔说："要说起来还得多谢郭灿灿。"

　　高博不解地说："她？她哪有那么多的积蓄？她那点工资早就送给房东替人交房贷了。"乔乔告诉俩人这五万块钱是郭灿灿问她妈妈借的，高博才恍然大悟。

　　"虽然我跟郭灿灿的关系是不错，可她还是看你的面子。她打电话跟我说，如果钱还不上，走着瞧铁定也要倒闭，她可不想你两年多的时间付诸东流。"乔乔的话差点让高博感动到流眼泪，"真的？"

　　汤若："五万块钱不是小数目，看来你这个毛脚女婿倒还挺得丈母娘欢心的！""哎呀，那我得赶紧打电话好好谢谢爱妃！"高博急忙拿起电话打给灿灿。

　　灿灿正在陪妈妈逛商场，郭母正在试穿一件今年流行的连衣裙。郭灿灿拿着手机钻到一个无人的角落，似有难言之隐，"喂？嗯……等我回去再说。"郭母走过来问："是不是高博？"郭灿灿轻轻地点了点头。郭母边欣赏着货架上的衣服边说："灿灿，虽然妈妈不知道这五万块钱对你那个叫乔乔的朋友，或者高博具体有多重要。不过，妈妈愿意为你付出。只要你别忘记了跟妈妈的约定。"郭灿灿连声的"嗯嗯"。

　　乔乔终于可以松口气了。凑齐了这二十万，她就可以从缠绕她这么多天的"挪用门"事件中解脱出来了，自己就不用再提心吊胆了。她希望她和汤若都能平安度过这一关。一会儿她就可以心安理得地去上班，不用担心赵经理的怀疑眼神了。想到这她就跟汤若和高博说："我请病假已经一个星期了，今天该上班了。"高博说："去吧，一会儿我会把资金打到账户里。"临走前，乔乔突然问："对了，汤若，你跟那个牧歌，最近怎么样？"

汤若尴尬地笑了两下。高博低声对乔乔说："估计黄了！"汤若低头喃喃："这个问题咱们能不能暂时不讨论。"乔乔看看汤若又看看高博，"对你这没有开始就迅速凋零的爱情，致以十二万分的嘲笑！"

乔乔一走进瀚海公司的财务室，小叶就兴高采烈地跑过来，"林黛玉病好了？告诉你个好消息，挪用门解决了。"乔乔一脸疑惑。小叶："就是那二十万的事啦。"

乔乔拉小叶坐下，"你跟我说说，怎么会解决了？"小叶："具体情况我也不知道。对了，赵经理让你一来就去办公室找她。"

乔乔敲门走进赵经理的办公室，看到赵经理一脸的轻松。赵经理关切地问："陈乔，病好了。之前我对你有些误会。不过现在已经解除了。其实我这个人不是不好相处的。希望你不要把这次的事情放在心上。"乔乔有些发愣，赵经理接着说，"汤总已经把情况都跟我交代清楚了。汤总说，是他让你划走二十万，而且改了公司的账目。"乔乔疑惑地低下头。

赵经理问："可是之前的询问，为什么你都没有提出来呢？"乔乔因为尴尬有些结巴地说："我以为，我以为您已经知道了。"赵经理："好，你出去吧。"乔乔疑惑地出了门。

黄昏的时候，高博依然在办公室电脑前，不断郁闷地挠头。因为瀚海公司的防线突破不了了，他没有办法把钱划转到瀚海的账户上。高博对旁边的汤若说："瀚海的防线突破不了，钱划不过去。我先回去跟郭灿灿他妈吃个饭，晚上回来弄！"说完已经一溜烟地跑没影了。

这时乔乔急切地打通了汤若的电话，"你怎么关了一天机？你在哪儿？我去找你，有重要的事情。"于是，汤若和乔乔约好了，去"爱来不来"。刚坐下，乔乔就急切地问："高博的钱划过去没有？"

汤若摇头说："瀚海的系统突破不了。怎么，又找你麻烦了？"乔乔告诉汤若，汤八营已经知道挪用资金的事了。汤若连着摇头说不可能。

乔乔说："你别急，先听我把话说完。今天赵经理找我谈话，说汤八营告诉他，是他让我转走二十万而且删除了记录。"汤若沉吟着。"看来汤叔叔这次真的帮了我们。"乔乔说这话的时候不知道汤八营这忙帮的是喜还是忧。

汤八营约了朱总和刘祺打高尔夫，球场上他终于憋不住心中的郁闷，把汤若伙同陈乔挪用公款的事情告诉了自己的两个老朋友。刘祺也终于明白老汤不支持自己向走着瞧投资的原因。打完球后，三个人来到他们常来的茶餐厅。刚坐下，朱总就说道："汤总，我说几句你可能不爱听的话。汤若这次挪用公款，确实做得不对，可是，你也有一定的责任。首先，要不是你拜托刘总把他公司放上了黑名单，也许他们早就拿到了广告投资，发展的困境就解决了，不用出此下策。其次，他问你借过钱，你没有同意，我想他也是百般无奈。第三，你之前想收购他的公司，给了他空前的压力。这也是导致他出事的主要原因。"

汤八营感到朱总没有理解他对儿子的良苦用心，"可是，我不给他钱，他就能挪用吗？我承认二十万，对我确实是小数目，我不给他，就为了让他知道生存的艰难，懂得自己去奋斗。他的家庭条件很好，我又只有他一个儿子，他从小自私自利惯了，什么事情伸伸手就能得到，哪天能明白自己的责任？"

刘祺也搭腔说："可你一推就把他推到犯罪的深渊边上了。而且，真到了他要负责任的时候，你又不可能眼睁睁看着他入狱受刑。"

汤八营越说越气愤，"这次的事情，我原来是不想帮他的。可是乔乔是陈大虎的女儿，我从小看着长大的好女孩，不能连她都连累了。要说起来，今天的事情还真是乔乔救了他。"

家丑不可外扬，董事会那里也只能瞒着了。汤八营觉得自己为儿子用心良苦，却不能得到儿子的信任和认可，他一直耿耿于怀，他多次暗示，汤若竟然没有主动向自己坦白，如果他能主动，至少他会觉得儿子有担当，从感情上讲，他把自己这个父亲当做可以亲近的人，这也是对他的一个安慰。朱总劝他可以主动找汤若认真谈谈，汤八营摇着头，"我从小就教育他为人要诚实，要敢于担当，他这个年龄说大不大，可也已经二十四岁了，作为一个成年人、一个经营者，对公司、对父母、对职员、对自己所作所为都应该负起责任来。就是退一万步说，至少应该问心无愧地生活。可是我现在却成了他犯罪的帮凶，我自己对公司就没有付一个领导人应该付起的责任。我心里堵得慌啊。以后要我怎么教育他？"说着又难过地灌了一杯白酒。

晚上，汤若和乔乔站在天桥上，汤若沉默不语地看着滚滚的车流。乔乔劝汤若是时候跟汤八营老实交代了。汤若不语，只是叹气。他不知道怎么交代，交代确实是自己伙同乔乔挪用的二十万？交代他汤若治理公司无方，还连累乔乔跟着犯罪？

"我刚才一直在想这段日子的事情，绿萝公司黄了，公司被大厦扫地出门，我第一次问汤八营借钱，我第一次开口求他，可是他却不愿意帮我。我当时就想，绝对要站起来，要死扛，要作出个样子给他看看。如果我现在道歉，以后别说是继续做公司，就是在他的面前我都得匍匐前进。"汤若望着桥下的车流依然思索着。乔乔劝道:"汤若,你不要跟你爸爸赌气了。"

汤若转过身来,"不是赌气,如果他不帮我,我也许就认了。坐牢也好,还钱也好,毕竟是我自己做的事,应该一人做事一人当。可现在,二十万,我们跑断了腿,最后的结果却因为他是我爸,就帮我扛了。这二十万连我这一辈子的尊严都买走了。在他心里我将永远都是一个小孩,一个扶不起的刘阿斗。"

乔乔对于汤若的固执有些不解,"不论你怎么想,我还是要找汤叔叔坦白的,至少,应该跟他说声谢谢。"汤若点点头,"你先回去吧。让我想想。"

汤八营的帮助像一记重磅炸弹,把汤若所有的尊严都击得粉碎。他觉得自己很无能,为了二十万,拉朋友犯罪,到处问人借钱,跑广告公司腿都要跑断了,可是最后的五万竟然还要靠平时最不喜欢他的郭灿灿问她母亲要辛苦钱才凑够。汤若告诉自己一定要努力,一定要把走着瞧经营好,不论用什么办法,要向汤八营,向所有人证明,他汤若不需要任何人帮助收拾残局!

高博也被投了一个重磅炸弹,使生性乐观的他情绪彻底到了低谷。没有想到郭母烧得一手好菜,高博想自己将来有这样一个丈母娘也是自己有口福。他甚至畅想着跟郭灿灿以后的生活,没想到后来的事让他的心好像掉入了冰谷一般。

晚饭后郭母突然对灿灿说:"你不是说有话要跟小高说吗?我去洗碗。"留下郭灿灿愣了半天,不知道怎么开口。

高博有点云里雾里,不知道一向伶牙俐齿的灿灿怎么口吃了,"爱妃,有什么就直说吧,别吞吞吐吐的。朕什么都答应你。"郭灿灿突然答道:"高博,我要跟我妈回家了。"

高博愣了愣,突然醒悟过来,"……啊?"郭母走了过来,"小高,灿灿还是不太习惯这里,所以准备跟我回家。"

高博拉着灿灿的手,"可是你住得好好的呀,而且你过去不还说就是喜欢吃北方菜,北方的天气还适合你,你一回家就长痘痘吗?"

郭灿灿低头沉默着,高博看看郭母又看看灿灿,气呼呼地坐在沙发上,"你决定了?"郭灿灿点点头。"你别说真是因为不习惯要走的。是不是你妈对我不满意?"郭灿灿张张嘴又闭上了。高博逼问着:"你说呀!"

郭灿灿急了:"你嚷什么?你看看自己,每天吊儿郎当,就知道跟着汤若鬼混,别说我妈,就连我也越来越没信心了。你知道我想过什么样的生活,可你呢?你能帮我达到吗?"

高博:"你不就是想当公主吗?我都答应你了,等我有了钱我一定会满足你的。"郭灿灿摇着头:"你根本就不了解。我是想当公主,我想像公主一样无忧无虑什么都不担心。可是我跟你在一起,却一点也没有安全感。一会儿要为了你们的造假门担心，一会儿又要为了挪用门劳力，你要我怎么相信你？要不是我妈妈慷慨解囊，说不定我现在还忙着帮你们请律师办交保手续呢！"高博嘟囔着："说来说去你不就嫌我没钱吗？你放心，问你妈借的五万，我会尽快还给她的。"

高博从家里出来，神情沮丧地走到路边摊，没想到汤若也正双目无神地坐在那里，他走过去给了他一拳。汤若揉着胳膊，"别开玩笑，今天我过得特惨。"

高博："特惨，比得上我吗？"汤若疑惑地看着高博，还没等他问个究竟，高博倒上一杯酒郁闷地喝了，"汤若，咱俩是好哥们儿好朋友，可是，今天我有件事情不得不找你帮忙了。"汤若点了点头。

"你能不能把乔乔借郭灿灿和她妈的钱尽快还给我？"听高博说完，汤若立刻拿出钱包里的银行卡，"明天你去取。二十万汤八营已经替我们还上了。"高博吃惊地问："啊？你跟你爸招了？"汤若摇头说："说说你吧。到底怎么了？"

高博沮丧地回答："也没什么。她妈嫌我整天不干正事，就知道跟着你胡混，没有前途收入无着。灿灿受她影响也认为我毫无安全感。准备就此与我一刀两断，跟着她妈回上海。"

汤若喃喃地说："可是，前途和收入如果来得那么快，还有什么意思。拼搏创业的意义何在？那你现在打算怎么办？"高博茫然地摇着头，世界是现实的，郭灿灿的妈妈不会给他时间去创业的。

这时，李时恰走了过来。高博扫了一眼，"呦，铁面人来了。"汤若问："这段日子老在这里碰到你，有心事？"李时恰："你不也一样？上次收购的事，你做得太一流了，害我在公司的地位节节下降。"汤若笑着，"收购的事还真不是我能预料的。不过，把你绊倒，倒也是意外的收获。"

李时恰显然有些误会，"没想到，满口理想的汤才子，进了社会也学得这么一套厚黑学。"

高博："你们聊吧，我心情太差，实在无法进行你们这种严肃的讨论。"李时恰拦住了高博，"别走啊，高大天才。我还有好多技术方面的问题要向你请教呢。怎么了？"汤若回了一句，"感情问题。"

不同的原因，同样糟糕的心情，让三个本来视为对手的年轻人坐在一起似乎有了共同的话题。高博端起一杯啤酒，"什么都别说了，让我们把痛苦都溺死在酒精里吧！"汤若和李时恰也举起来酒杯说，干了。

同样在这个晚上，邹总在邹树的带领下找到了正在照着菜谱炸臭豆腐的王大亮。

一进门，邹树说："你好，你就是'达·芬奇'吧。"王大亮狐疑地看看邹树，忽然意识到了，握着他的手摇了摇，又从桌上拿起小本，撕下两张签名塞在他手里。王大亮接着从厨房端出炸焦了的臭豆腐，打开气窗，用力扇着。

邹树不由得被臭豆腐熏得咳嗽，"我们是ICC公司的，我叫邹树，这是我的父亲，ICC的董事长。我们想跟你谈谈合作的事情，如果你愿意，我们想给你拍一系列的视频，当然，报酬是很优厚的。"王大亮的注意力完全在臭豆腐上，没听清他说什么。

邹总："这样吧，我们把名片留下，你考虑好了，可以拿名片直接到CEO办公室找我。"王大亮点点头。邹总和邹树无奈地离开了。

邹树和父亲边走边说："爸，您觉得怎么样？""看房间的布置确实匠心独具。希望他能给我们带来好运吧。"邹总想如果这个王大亮在优厚待遇的诱惑下能够和自己合作，无疑给了走着瞧一次致命的打击，也给ICC带来好运。

有一部好莱坞电影《宿醉》，讲的是这样的故事，派对中，在酒精的刺激下，四个好朋友昏昏沉沉地睡去了，而醒来之后，他们对昨晚发生的一切完全没有印象。这也没什么，但最麻烦的问题来了，房间里只剩下三个人，而这场派对的主角却不见了！更奇怪的是，浴室里居然有一只老虎，而且衣橱里还有一个看起来不到一岁的婴儿！于是故事就这样展开了……

汤若、高博也经历了一场宿醉。第二天醒来他们发现自己竟然和李时恰横七竖八地躺在办公室地上的床铺上。高博揉了揉眼睛不由得一声惊叫："你，你怎么在这儿？"

李时恰也醒了。高博推汤若，"咱们昨天真是喝多了，怎么跟敌人睡一个战壕了？"李时恰整理一下衣服站起来，"你们不想跟我睡一个战壕，我还不想跟你们睡一个战壕呢。邹总怀疑我是间谍，要知道咱们三个都睡在一起了，还不立即要我收拾东西滚蛋？"

汤若和高博击掌，"邹总怀疑你？那可太好了！""哼！你们就高兴吧，等我……"李时恰话没说完，转身离开了走着瞧。汤若和高博同时作了个鄙视的手势，"铁面人！"

"唉，朕怎么又喝多了。对了！"高博边说边快速翻找汤若的外套。汤若从裤兜里掏出银行卡扔给他。"态度要诚恳，但方法要不择手段。"高博作了个OK的手势迅速离开了办公室。

汤若笑着摆弄两下电脑，想起了王大亮，就出门骑车直奔王大亮的地下室。刚到地下室入口，正看到打扮古怪的大亮拿着几个装着臭豆腐的瓶子，对着车玻璃打量自己，做着各种幅度的微笑。汤若故意咳嗽了一声，"'达·芬奇'？"大亮这才从车玻璃收回了目光，一看汤若还是露出了他标志性的憨笑。

进入房间，汤若在王大亮摆满书的床上拨出一个地方坐下，指了指一边的纸，"这几天过得不错？这个准备得不少？"

王大亮："每次都签嫌麻烦。"站起来转了一圈，"你觉得俺这身衣服怎么样？是不是缺个墨镜？俺看人家大明星都戴的。"汤若看他一副得意的样子有些想发火但忍住了。

"那个纪啥片上次不都剪得差不多了嘛？刻的盘咋还没给俺送来？"王大亮的话让汤若心头一动，"牧歌没找你？"

王大亮摇摇头，"白天俺都在春春那儿，这周除了昨天晚上来了两个粉丝，鬼影子都没见到。唉，俺都一个多星期没人说话了，快憋死了。"汤若吃惊地问："粉丝怎么知道你住在这儿？"

王大亮得意地笑着说："俺咋知道？可能是被俺的明星气质吸引的。"汤若："我跟你说，真正的明星都是很低调的。春春那里你以后少去，人多嘴杂，万一暴露了很危险！"

王大亮："俺可注意了，一句话都没说。俺可告诉你，你要是不让俺去找春春，俺这个哑巴可不装了！"汤若："没不让你去，就是问问。牧歌也没给你发短信？"王大亮摇着头。

汤若："那你也不问她要？"王大亮："她刻完了肯定会给俺送来的，谁让俺是主角呢？谁让俺是'流浪的达·芬奇'呢？"说着就哼起走调的《流浪的达·芬奇》中的配乐。

汤若撇撇嘴，"'流浪的达·芬奇'怎么了？人家还是著名的摄影师呢。也许回去看看觉得不怎么样，已经扔进垃圾桶了。我看你主动点，不然你做大明星的梦想恐怕就……"汤若故意不往下说，只是摇头作出惋惜状，他真的不明白牧歌为什么对自己突然变得这么冷淡，俗话说，女人的心大海针。这种莫名的冷水泼到头上，真的对情窦初开的汤若是一种煎熬。他希望通过王大亮重新建立和她的联系。在汤若的催促下，王大亮费力地拼了几个字发短信给牧歌，问什么时候能刻好光盘。

汤若盯着手机屏，竟然很快有回复：已经刻好了。汤若让王大亮问今天能不能把光盘送到走着瞧公司。牧歌的回答是明天送到王大亮的地下室。汤若的脸顿时失望到冰点，王大亮一边回信一边得意地说："哎呀，看来人家是不想送到走着瞧呀。这是为什么呢？"

汤若气得说不出话，正在这时他留意到了压在几本食谱下的邹总的名片，汤若脸刷一下白了，"这东西你哪儿来的？"王大亮漫不经心地说："昨天两个粉丝给的。对了，我今天还得去趟他们公司，叫什么I……"

汤若把火全发到王大亮的身上，"I什么I？他们是我们头号敌人，最坏的大坏蛋！"王大亮疑惑地瞪大眼睛。

没有想到ICC公司这么快就找到了王大亮，情况紧急，高博陪岳母分身乏术，汤若把乔乔叫到了自己的办公室。汤若把邹总找到王大亮的事情告诉了乔乔，"ICC给王大亮的，乔乔，我现在只能依靠你这个军师了。"

乔乔皱了皱眉，"王大亮什么意见？"汤若："他能有什么意见，他又不是真的。"乔乔："ICC实力雄厚，如果拍摄肯定能给一大笔钱，他就一点不动心？"

汤若虎视眈眈地看着王大亮，"ICC给你一万块钱拍纪录片你干不？"王大亮坐下说："俺给他们拍，就等于把你们都暴露了。俺不能给他们拍，给多少钱都不行。"汤若点点头。王大亮又有些犹豫，"俺只要继续装哑巴不就行了。你放心，演员这个行当，俺现在都干出心得了，牧歌的片子不也干得挺好？"

汤若脸色一沉，"你不明白。ICC的人很阴险，他们会想尽一切办法让你说话。更何况他们是我们最大的竞争对手，哪怕你没暴露，你的系列视频也会使他们网站的人气急升，到时候，走着瞧就真进了绝境了。"

汤若好一番劝说，晓之于理，诱之于利，终于使王大亮答应不和ICC合作。王大亮举起了账本示意，"你得答应我一个条件。"汤若明白是报酬的意思，"钱我一定会给，先记着账。"王大亮舒了口气会心地笑了。

郭灿灿答应和孩子们录完电视节目就跟妈妈一起回上海。可能这是她最后和孩子们一起集体活动了，演播厅内郭灿灿有点强颜欢笑，好像有什么心事。监视器前一个打扮帅气气宇轩昂的男子，看着郭灿灿的镜头，微微抬了抬金丝眼镜。

录完节目小朋友在另一名老师的带领下结队离开了，郭灿灿终于松了口气。正准备推门时，刚才在监视器前那位气质非凡、风度翩翩、戴着一副很少见的绿色眼镜、斯文优雅的男子兰冰很绅士地走上前，主动为郭灿灿开门，"郭老师，请！"郭灿灿下意识地看了一眼兰冰，说了声谢谢。

兰冰微笑着说："咱们通过电话，还记得吗？"郭灿灿这才认真看看他，"哦。你叫兰冰，我们的同事都说你的声音很绅士，果然人也是这样。"

兰冰故作优雅不紧不慢地说："不过是举手之劳。可能因为我在英国住得久了吧，在英国，男人都愿意谦让女士，这是传统美德，尤其更愿意为你这样又漂亮又知性的女士效劳。"

郭灿灿："你的讨好就像掩耳盗铃，技巧拙劣但英勇无畏，尽管如此依然得到了立竿见影的效果。我听了的确很高兴。"

兰冰继续展示着他的绅士风度，"我小时候特别怕老师，印象中他们总是一脸严肃凶巴巴的，你是我见到的例外，漂亮，幽默。刚才录节目的时候你和你的学生在一起，就像大姐姐带着一群弟弟妹妹……"郭灿灿："反正特不像老师就对了？"

兰冰摇着头："NO，NO，我的意思是说，那个情景让我想起了《音乐之声》，没有以老师的姿态高高在上的说教，而是风趣机智的引导，你和学生之间充满了温馨。"他故意用英文说："Like A Set Of Genial Sunshine（如一道和煦的阳光）。"

郭灿灿低头笑了，接着脸色就变得忧郁地说："其实，这是我最后一次带孩子们来电视台了。过不了多久我就打算辞职回上海了。"兰冰："哦？为什么？"

郭灿灿："因为我妈不喜欢我的男朋友，当然她也希望我多陪在她身边。"兰冰抬抬眼镜，郭灿灿也突然反应过来，"对不起，刚认识就跟你说这些。"

兰冰掏出相机给郭灿灿看，"为淑女排忧是我的荣幸，对了，刚才我忍不住拍了剧照，你看看是不是很像《音乐之声》？"郭灿灿好奇地凑过去看，照片上是郭灿灿和几个孩子坐在一起谈笑风生的情景。

郭灿灿："你是巨蟹座的？"兰冰有些疑惑地"嗯"了一声，"体贴、细心，不是巨蟹就是金牛，可是金牛没有你会说话。所以我断定你是巨蟹。"灿灿说完兰冰笑了，"那看来咱们的星座很合。我亲爱的处女座麻辣教师。"郭灿灿疑惑地看着兰冰，"你怎么知道？"

兰冰指着郭灿灿小包上的玩偶："处女座吉祥娃娃，还有红色发箍，红色是处女座本月幸运色。还有处女座守护黄水晶手镯。还想听我说更多？"郭灿灿被眼前这个细心的男人逗笑了。

兰冰一直把灿灿送到门外。郭灿灿边走边笑着说："别忘了把照片发给我。"兰冰："星座书上说，处女座这个月会遇到重大变故，不过最好还是保持现状。我想，你应该不会离开北京的。"郭灿灿摇摇头。

兰冰："我请你吃饭吧，谢谢你们师生帮了我们这期节目一个大忙！还有，纪念一下我们的初识。"郭灿灿："不了，给孩子们机会录制节目我应该多谢你，至于我们的相识，我都要走了，也许以后咱们再也不会见面了。"

兰冰："我有预感，不会的！"郭灿灿刚想回答，看见远处站着高博。高博一见郭灿灿出来了也赶紧推着自行车冲上去，"郭爱妃！什么破节目录那么久？我都等你半天了……"兰冰听了，脸上划过一丝不悦的神情。他绅士地对高博点点头，"那我先走了。"说着开启了门口的一辆宝马敞篷车，扬长而去。

高博拍了拍自行车示意郭灿灿上车，"不了。高博，今天是我工作的最后一天，我打算过几天就辞职回家了。咱们两个……你先走吧。"高博打开包给灿灿看，郭灿灿一看大惊失色。"你哪来的那么多钱？"

高博兴奋地说："二十万的事情汤八营帮我们解决了，你妈和你的钱都在这里了,我们这就还给她去。还有,刚才CMC给我打了电话,让我和汤若明天去谈谈投资的事情,走着瞧会越来越好,我也会越来越有钱,咱们两个……"高博想拉郭灿灿却被甩开,"高博,这不是钱的事情,你不明白。"高博:"我有什么不明白的?!"

郭灿灿:"走着瞧的事情咱们两个也吵了不知多少回了。虽然你们这次侥幸过关,可是以后呢?我不能一直这样为你担惊受怕。总之,如果你不离开汤若,咱们一切免谈。我妈还在等我,先走了。"说完扬长而去。高博很懊恼地看着灿灿远去的背影。

医院门口,汤若陪着乔乔把钱还给了刘威。乔乔舒了口气说:"就差我爸妈的钱没还了。对了,我想了想,我那三万块钱的积蓄就给你用吧。你的那些项目最好赶紧上马。听高博说点击率下滑得很快。"

汤若推托着说:"不了。我的事情自己想办法。"乔乔真诚地看着汤若,"就当我投资。"汤若有些郁闷地接过钱,"放心,保证不会让你赔。那个刘威,好像对你还有点意思。"

乔乔:"说什么呢。人家有女朋友。跟你的女神还没联系上?"说着话俩人走上了立交桥,汤若郁闷地靠在桥上,看着远处的车流和闪烁的灯光,脑海里闪现着和牧歌长吻的那一刻,不由得长长地叹了口气。乔乔看了看汤若:"其实你跟牧歌什么也没发生,她不理你不也很正常?"

汤若苦笑,"真要什么都没发生就好了。"乔乔:"就你帮拍纪录片那点事?跟没发生差不多。"汤若苦笑着朝下走。

乔乔疑惑:"那……是不是又发生了什么?"汤若张张嘴又苦笑,"说了你也不懂。我真的不理解你们女人,那你告诉我,你会不会前一天吻了一个人,后一天又马上不理他了?"

乔乔瞪大眼睛,"啊?你跟牧歌……"乔乔失落得张大嘴巴,等了良久才说,"她这样对你就说明她根本不喜欢你。所以你更应该迅速地忘了她。"

汤若:"我知道她不是随便的女孩,她这样做可能是还不了解我,也可能是有什么苦衷,也可能是……"乔乔打断了汤若的话,"也可能是就不喜欢你。"汤若还是摇头。

乔乔很痛心,"冥顽不灵!我先回家了,送你一句名言,时间会抚平一切伤痛的。"

第二天,汤若路过花店买了一朵漂亮的雏菊。他来到牧歌楼下把车停好,仔细察看着信箱,把雏菊塞在了信箱上,退出楼道,仰望着牧歌家的窗户,向后退着慢慢离开。

晚上，汤若终于忍不住拨通了牧歌的电话，电话一接通，他有些语无伦次，"喂，啊，我想问问你最近怎么样了？""你到我家来喝杯茶吧。"牧歌口气已没有了原来的热情，汤若心中忐忑不安，即使他见到牧歌也不知道怎么来打破这个僵局。

来到牧歌家，牧歌已经沏好了茶。汤若环视房间，每个角落都贴着照片，"你布置得还真好，那么多照片都是你一个人贴的？"牧歌点了点头。

"其实你可以找我一起贴。我的意思是，大家是朋友嘛。"汤若希望他们之间像以前那样能活跃起来。汤若发现了用布罩着的素描，很好奇就想揭开。"别动。"牧歌阻止了他，汤若很是尴尬。

坐在沙发上，两个人默默地喝着茶，汤若暗中观察着牧歌，"其实那天的事情我说我怕你误会了，是……是……"牧歌突然站起来，"你先回去吧。我还有点事。"汤若失落地点点头，走到门口又回过头来："你是不是觉得我特烦？"牧歌轻轻一笑，"没有，我只是觉得你特像小孩。"汤若无奈地点头离开了。

王大亮觉得做明星也有做明星的烦恼。他最近的苦恼是自己做的臭豆腐总不能让自己的心上人满意。晚上他给春春送来自己做的臭豆腐，春春尝了一口，将面前的臭豆腐推给王大亮，"你都做二十多回了。每次味道都不一样，每次味道都不对。"王大亮掏出食谱，指着上面的臭豆腐加工工艺示意自己是照食谱做的。

项春春："这书上说的和现实中的总有那么点差异吧，不然谁看书都成大厨了。俺的师傅说，名师出高徒，俺看你要真心想做，就好好找个师傅吧。"

王大亮点点头，比画着说自己明白了。正在假装客人接受按摩的李时恰回过头看见王大亮走出了理发店的门。王大亮快步走着打上了一辆车，李时恰也连忙跟上。王大亮的出租车拐了几拐，进入了小吃摊林立的小吃一条街。李时恰付完车费，下车却看不见王大亮的身影。

他在小吃摊忙乱地寻找着，忽然他听到一个声音，"咦！这臭豆腐咋那么好吃呢！"李时恰拨开人群，说话的正是戴着墨镜喜气洋洋的王大亮。

第十章

听见声音竟然是从王大亮嘴里出来，李时恰不由得一惊，撇嘴冷笑着小心翼翼地接近王大亮。

王大亮捧着臭豆腐，兴奋地问老板："大哥，你这臭豆腐真好吃！咋做的？"

老板边招呼客人边说："我告诉你你还在家做啊？做这玩意儿臭得很。"王大亮堆着笑说："俺不怕臭，就想知道咋做的，你告诉俺吧。俺不是开店的。"

老板："你是开店的我也不怕，我这店在这开了五六十年了，还怕你偷师？告诉你，我家的臭豆腐，没别的，就是用的汤头好。这可是祖传的汤头，学问大着呢。"

王大亮告诉老板自己做过汤头，是用冬笋、香菇、曲酒、豆豉、花椒做的卤水，泡的时间也够了，就是没有真正的臭豆腐味。老板没想到还有这么执著地研究臭豆腐的上进青年，他说不能再往深里说了，家里有规矩不能向同行说。接着老板就转身去招呼别的客人。王大亮连连解释说学做臭豆腐是为了女朋友，老板不信，大亮急得就要哭了，此刻的李时恰早已明白他终于获得了"达·芬奇"不是哑巴的确切证据。他一边听一边早已悄悄地掏出了手机。

"'达·芬奇'怎么屈尊来这儿了？没想到，你不但会画画，还是个美食家。"看见有人认出自己是"达·芬奇"，王大亮惊讶地张大嘴。李时恰脸上带着一丝掩饰不住的得意，"怎么不说话了？"王大亮像是做错了事，转身往外走去。

李时恰看着店里的臭豆腐，不慌不忙地说："这里做得再好，也只是沧海一粟。要说臭豆腐。北京有臭豆腐乳，长沙和绍兴有臭豆腐干，武汉有铁板臭豆腐，四川有麻辣臭豆腐，广东有炭烧臭豆腐，台湾有甜不辣臭豆腐，还有上海臭豆腐，南京臭豆腐，你就是问出这家的做法，也不一定就是你女朋友爱吃的那种吧。"王大亮早已听愣了，站在那里用崇拜的眼光看着李时恰，但还是不敢说话。

李时恰拍拍他的肩膀，"走吧，我带你去个好地方。我说的这些臭豆腐，那里都有。"王大亮犹豫着，想要比画什么，被李时恰打断，"别比画了，我知道你会说话。我是汤若的朋友，比你认识他可早多了。"

　　王大亮还是很怀疑，李时恰接着说："不相信？那我怎么知道你在找臭豆腐的秘方？"王大亮还是有点狐疑，张张嘴，但最终只是咽咽口水。李时恰："那好吧。既然你不想要秘方就算了。"说完，装模作样地转身就走。王大亮忍不住了："等等。你真知道？"李时恰露出一丝得意，"当然了。我知道的多着呢。"

　　两个人来到一个臭豆腐店，分坐桌子的两端，桌上大大小小摆得全是臭豆腐。王大亮兴奋得手舞足蹈，忙着吃了这个吃那个，还掏出小本子来记。李时恰静静地看着。"俺可太谢谢你了。等俺学会了，第一个就让你试吃。"王大亮非常兴奋地说，李时恰笑着抬抬眼镜。

　　王大亮也赶紧戴起了眼镜，"汤若说了，戴上这个俺才能说话。不戴，就要赶紧SH什么UP。"

　　李时恰微笑，"你很听汤若的话啊。我是听汤若说你最近在研究臭豆腐。碰巧碰到了这家店，一直想告诉你，但是没有机会，谁知道今天又碰到你了。"王大亮憨笑着说："那可真是太巧了。"

　　李时恰："是巧。你帮了汤若那么多，他肯定报答你了吧？""你是说拍那个电影的事？"王大亮不知道李时恰设了一个陷阱，让他把汤若策划《流浪的达·芬奇》的视频的事全部告诉了李时恰。在李时恰的诱导下，王大亮说出了自己是个厨子，汤若为了挽救走着瞧危亡的命运，才策划了"流浪的达·芬奇"让他出演"流浪的达·芬奇"，当然哑巴也不是真的，自己只是为了项春春和优厚的报酬才配合汤若的等等。王大亮一边说一边手舞足蹈地比画着，桌下李时恰捏着手机暗中全都录了音。

　　临走的时候，李时恰将手中一袋臭豆腐外卖递到王大亮手中，"这些给汤若捎回去，你就说是他的朋友让你带的，他就知道了。看着远去的王大亮还在车里冲自己挥手，李时恰不由得嘴角上扬。

　　从臭豆腐店出来，王大亮哼着小曲来到汤若办公室。汤若正趴在桌上画着什么，素描纸散落四处，全都是牧歌的侧影。打量着这一幅幅画，汤若不由得叹气。他回头看见王大亮，脸上掠过一丝不快，"你怎么来了？不是跟你说了ICC找到了你的住处，你要尽量减少出门的次数，有人敲门也要看清楚对方的态度！我会尽快给你再安排一个新的住处！"

　　王大亮憨笑着，"你这胆儿咋跟兔子似的。给你送好东西来了。"说着递上臭豆腐袋子，汤若一闻见臭味就连连往后退，捏着鼻子，"你做的？闻着就不好吃，我可不试吃！"

王大亮脸色一沉，"不是俺做的，你朋友给你买的，俺哪能私吞了？"汤若疑惑地看着大亮。王大亮比画着，"瘦高个，板寸，戴个金丝眼镜，看着比你老点。"

汤若愣住了，"等等你再说一遍，慢点。"汤若眼前出现了李时恰的冷笑，"是不是整天板着脸，像戴了个面具？"王大亮点点头，"不怎么笑。"

汤若一听，糟了！问王大亮怎么见到李时恰的，王大亮就把臭豆腐店跟李时恰聊天的事儿全告诉了汤若。汤若听完瘫坐在椅子上，继而对着王大亮爆发，"你那么大个脑袋，怎么就不长脑子呢？他说是谁你就相信？他说他是奥巴马，你是不是还上去跟他讨论一下国际形势啊？我们瞒了这么久，你怎么一点警惕性都没有！"

王大亮被暴怒的汤若吓得结结巴巴，"那……那咋办？这城里的骗子咋那么多？不……不过就算是个骗子，这臭豆腐总是真的，你尝尝吧，味道还……"气得汤若一把夺过王大亮手中的臭豆腐，从窗口扔了出去，"臭豆腐臭豆腐！你除了臭豆腐还知道什么？我们的心血白费了你知道么？这个楼明天就是别人的了！我们完蛋了！你明不明白！都是你这臭豆腐！什么大不了的事，你就非说话不可！"王大亮委屈地站着，却一句话都不敢说。汤若脸上的表情像是看到了世界末日。不一会儿，他迅速从发呆中清醒过来，拨通了乔乔和高博的电话告诉他们李时恰知道了王大亮会说话的事，并要他们到公司商量对策。

而此时，邹树也接到了李时恰的电话，说有紧急事情跟邹总当面汇报，并要求他们马上到公司去。邹总看看时钟显示十一点，"搞什么？现在几点了？"邹总生气地说，"跟他说我已经睡了，明早八点听他汇报。"

电话被挂断了，邹树父子的无礼和轻视，李时恰已经习惯了，但这次他要给父子俩看看自己不是"吃素"的；想到自己的对手汤若也会在铁证面前低下头，李时恰开心地笑着自言自语："汤若，这次你完蛋了！"

正在此时，他的电话又响了，"喂，邹总？"电话显然不是邹总，李时恰的表情紧张起来，"李奶奶，啊？！好，我马上就到！"挂了电话他飞快地往医院跑去。

李时恰冲进病房，"妈，你怎么了？"病床上一个瘦骨嶙峋却整理得非常干净的女人朝李时恰伸出手，李时恰连忙一把抓住。

医生走出来，"你是她的家属？你母亲从床上摔下来，无法上床，在地上坐了整整四个小时，要不是邻居及时发现，会有危险。现在经过检查已经没有大碍。不过，你们做家属的要多注意陪护，防止类似事件再发生。"

李时恰眼睛红了，"妈，你怎么不给我打电话？"李母笑着，"妈妈能靠自己爬上去,就是太慢,不知不觉就过了四个小时。李奶奶听到动静进来,吓得连忙把我送进医院。其实当时我正在歇劲儿,就差最后一点就上去了。"又正色说,"李时恰,堂堂的男子汉,怎么一点事情就红眼睛?"

李时恰连忙擦擦眼睛,"妈,这段时间我工作太忙,忽略了您,明天我就去给您找个护工!""不用了。找护工,妈妈真一点自理能力都没有了。你忙你的,妈妈没事。"李时恰只能点点头:"那我在这儿陪您。"

李母:"你回家吧。妈妈把家里弄得挺乱的,你要好好收拾一下。我一个人在这儿没问题,你明天再接我出院。对了,王大亮的事情进行得怎么样了?"李时恰高兴,"我已经完全搞定了。"

李母点头,"虽然我不知道你说的王大亮的秘密到底是什么,不过,我相信你的判断。对了,我今天在电视上看到了几本不错的书,已经给你记下了,就在床头,唉,要不是笔没墨了,我去找笔,也不会出这样的事情。不说了,你早点回去吧。相信这次,邹总他们能信任你了。"李时恰眼睛又红了,但他迅速地转过头,走出了病房。

门口外,李时恰观察着母亲的情况,李母朝他挥挥手。李时恰只能狠心离开。回到家,李时恰打开房间的灯,这是一间不足十平方米的房间,一切都简单而陈旧,唯有对着床位的墙壁上,贴了满墙的红色奖状,显示着主人过去的辉煌。

床单滑落在地,痰盂也打翻了,地上有十几个李母的手印。看着母亲爬行的痕迹,想到这四个小时母亲经历的事情,李时恰忍着眼泪低头收拾。

每个人的人生都是一个故事,或者离奇曲折,或者简单纯粹……多数时间故事的情节,由别人和你一起写就,有些情节只有你独立去面对。多病的母亲一直藏在自负的李时恰内心最脆弱的地方,然而母亲确是他的精神支柱,母亲的支持和鼓励使他在面临任何困难的时候都能勇敢去面对。

第二天早上,在ICC公司,邹总在等着李时恰的汇报,不满地看着已经指向九点五十五分的时钟。邹树站在旁边说:"爸,李时恰还没来。咱们十点有个会议,经理们已经在会议室等候了。""这个李时恰,欺人太甚,这次不给他点厉害看看是不行了!"两个人快步离开办公室。

这时,满头大汗的李时恰冲进公司,看到邹总、邹树和公司的各部门经理从会议室出来,赶紧迎上去,"邹总,我有重要的事要跟您说!"邹总没好气,"怎么了?"李时恰看看围在邹总身边的人,"我想和您单独谈。"

邹总:"有事现在就说!"李时恰欲言又止,"总之您什么时候有时间,我需要仔细说明。"邹总很不耐烦:"我还有事!"头也不回地和众人出了公司门。

汤若和乔乔、高博在公司办公室过了一夜。早上微凉，汤若给乔乔披上一件衣服，乔乔揉揉眼从睡梦中醒来，哭丧着脸，"完了完了！我梦见大楼的人来收你的公司了！"

汤若颓然地坐在椅子上，高博则无精打采地趴在桌上，"讨论了一晚上，否认了无数种方案。我看这次是真没辙了。"

此时门被小心翼翼地推开，王大亮冲他们尴尬地笑笑，谨慎地关上门，忽然又开门，跑到众人面前，冲着他们说："你们别这样了，俺心里可过意不去了，昨天一晚上没睡着。你们说怎么办，俺都愿意做。你们再让俺演个别的不行吗？"大家瞄了他一眼没有人答理他。"要不俺再给他说，俺只是暂时会说话了，但是那个病还没有全好，说了一天又不会了？"

高博站起来冲着王大亮，"你都给他交底了，咱还能翻得了局吗？你都告诉他你是个厨子了，他还能相信你是个艺术家？你说你到底是天真还是无知呢？"

"俺是真的想帮你们，可俺也不能不去吃臭豆腐呀，春春还等着呢。俺就是个厨子，俺本来就不是画家，要不是为了你们，俺早就不想干了！"王大亮说完蹲到墙角抱着头。汤若被说得哑口无言。

汤若知道不能过多地责怪王大亮的无知和失误，本来他只是个厨子，他只是被卷入了这场危机中的。眼下当务之急是想办法来对付，再去求汤八营？那自己不是彻底在他面前威风扫地了么？去收买李时恰等于也是在对手面前低头。走着瞧的路为什么越走越窄呢？

高博的电话响了，听着电话他的脸色沉了下来，然后绝望地挂上电话。乔乔看着高博，"他怎么了？"汤若说："灿灿，明天要走了。"

高博眼睛红了，"朕不难过。奋斗了两年的事业，经营了五年的感情，就算一天完蛋又怎么样？朕真的一点都不难过。"说着，却痛苦地把头埋在手臂中，"我这毕业后别的都没忙，一猛子就扎你这刀山火海了。感情也一样，大学四年，毕业两年，唯一喜欢的就是郭灿灿一个人。"

乔乔对汤若说："郭灿灿要走的事情你怎么不早跟我说？"汤若："说了又有什么用？郭灿灿和高博的实际矛盾就是他的工作问题。他一天跟着我，郭灿灿一天不安心。算了，既然走着瞧要完蛋了，我也就索性成人之美吧。高博，我现在以走着瞧董事长兼CEO的身份通知你，你被开除了。"

高博："别开玩笑了。"汤若拍拍高博，真诚地说："我说的是真的。"他环顾着整个办公室，"我过去一直以为我对这个公司没什么感情，它只是我用来和汤八营叫板的工具。直到三十九天前，物业将公司搬空的那一刻，我突然第一次有了上班的感觉。我摸着走着瞧那三个字，忽然觉得它是我的家、我的事业、我的血脉，这种感觉你们有过吗？"

乔乔："可惜流年不利，你们再怎么尽人事，不还得知天命吗？现在李时恰应该已经在跟邹总汇报了。明天，不，也许两三个小时以后，ICC的网站上就会出现一条巨幅标语：走着瞧惊现摆拍大丑闻。"

汤若走到高博面前，"所以你现在走，至少能挽回郭灿灿。关于摆拍的事情，你要想办法跟郭灿灿统一口径，只要她不揭发你，她妈妈不会知道你也参与了这件事情。到时候，你再把责任都推给我就得了。"

高博愣愣地看着汤若，"刚才朕心里确实掠过一丝这样的想法。可是被你这一说，我怎么就狠不下心这么干了呢？"

王大亮凑过来，"哎，你们两个咋跟演电视剧似的，弄得好像生死离别。跟俺说说，灿灿姐咋的啦？"汤若推了下王大亮，"一边去！"王大亮郁闷地喃喃："问问咋的啦？俺对感情就没发言权啦？俺觉得你虽然又胖又矮，工作也不咋的，但最大的优点，就是爱灿灿姐。"高博和汤若都不屑地嗨了一声。

乔乔："我觉得大亮说得不错。女人虽然心中有各种各样的白马王子，但归根到底最重要的一点就是希望这个男人爱她。"

王大亮眼睛亮了起来，"俺看这件事情唯一的解决方法只有一个，那就是彻底断了郭灿灿母女俩对你的埋怨，并且让灿灿姐真的过上一天理想中的公主生活。"

乔乔叹气说："唉，那就只能让高博跟汤若决裂了。"王大亮拍了拍脑门，"有了。"

楼下，四个人正在把高博的车子整个装饰成缠着粉红色丝线的公主车。汤若抬起头晃着脖子，"这样行么？"乔乔笑着，"确实是郭灿灿的STYLE。不过是不是太夸张了。"汤若："现在还顾得上夸张，表达心意是最重要的。"

高博的脸色也不像原来那样难看，"朕本来是心灰意冷了，看你们那么拔刀相助，朕好歹也得博一把。"说完上了他的公主车，扬长而去。

烈日下的李时恰徘徊在在高尔夫球场门口，不时擦擦满头的大汗，远远地望着高尔夫球场的门。一个老板以为他是小弟，递给他钱，让他帮自己去开车。

这时，邹总几人从里面一出来，李时恰赶紧迎上去。邹总定神看了一会儿才认出来，"李时恰，你怎么又跑这来了？"李时恰："我想等您一有时间就谈那件事。"

邹总："我没有时间！明天公司再说！"李时恰："我送您回去，路上……"话未说完，车已开到门口，邹总上了车，汽车扬尘而去，留下李时恰呆呆地站着。

已是华灯初上的时候，王大亮垂头丧气地走着，他为自己的鲁莽和无知深深地自责，他想，必须找到李时恰和他谈谈，希望他不要把自己会说话的事实公布到网上。如果能为汤若挽回败局，他什么条件都可以答应，王大亮捏了捏手中的名片，朝ICC公司走去。

"你好，有什么能帮您？"前台热情地招呼着王大亮。王大亮拿出一张纸，上面写着李时恰几个字。前台眼睛一亮，"李顾问出去了。哎，你，你是达·芬奇？"

王大亮连连摆手。"不对，你肯定是'达·芬奇'。我们全公司都在找你。小李，小王，'达·芬奇'来了！"前台惊喜地又叫来两个同事，王大亮连忙跑出了ICC。

王大亮刚走，李时恰就跟着邹总和邹树走出来。前台跑上去，"邹总，我真的有很重要的事情要跟你说。"邹树忙用眼神示意。前台看了看李时恰，和邹总走到一边，对着邹总耳语，"哦？他是不是来找我的？怎么没留住他？"前台又是耳语，邹总狐疑地看看李时恰。邹总走到李时恰面前，"今天你先回去。明天一大早到办公室，我有重要的事情要问你！"说完，便拉着儿子下了电梯。

李时恰追着邹总，"邹总，到底发生了什么事？您为什么不让我知道？"邹总没好气，"你心里清楚！"李时恰被遗忘在空荡荡的停车场中，车声渐渐远去，灯一盏盏熄灭，只剩下几盏昏暗的地脚灯。李时恰突然起身往外跑去。

显然，这是一场误会，邹总误认为李时恰隐瞒了找到王大亮的事实是另有所图。这个误会不是偶然，邹树父子本来对李时恰就充满了无来由的偏见。李时恰也无法理解为什么自己总是"坐冷板凳"，还会对邹树父子、应该说对ICC忠心耿耿，也许他仅仅是为了证明自己，但是为了这一份证明他承受得太多了，偏见、冷落、误解，他终于忍不住了。

邹总的车倒出来正要开走，李时恰伸开双臂挡在车前，车灯照亮了他严肃到狰狞的脸。司机不满地从窗户里伸出头来，"邹总说了有事明天再谈！讨厌！"

李时恰打开邹总这一侧的车门，居高临下地冲着里面目瞪口呆的邹总一字一句地说："我——不——干——了！"他砰地关上车门，转身离去。他脚步沉重，脸上却是一副解脱的表情。他用力大喊一声，走出了ICC的大门。

此时的汤若正在浏览着ICC的网页，他在想象着ICC公布走着瞧造假的一幕，想象着网友铺天盖地的批评和责骂，甚至想象着李时恰脸上得意的笑容，"奇怪。为什么消息还没出来。"

乔乔关切地看着汤若，"你希望尽快结束？"汤若无奈地叹气。乔乔撑着头，"不知道高博那里情况怎么样了？"

郭母喜气洋洋地提着许多旅游纪念品开门进来，郭灿灿则垂头丧气地跟在后面。母女俩吃惊地发现整个房间已经被布置成了粉红色的天地，高博在客厅正襟危坐。

郭母不由得说："怎么了？"高博走了上来，"阿姨，你能不能坐下听我说几句。"

母女俩疑惑地对视一眼，还是点点头同意了。高博和郭母对坐在茶几两端。高博摊开一堆证件，"阿姨，我正式向你介绍自己。我叫高博，二十二岁，祖籍上海青浦县，所以从根上说，咱们也算是老乡。我毕业于科技大学。父亲是无线电工人，母亲下岗后开了间杂货店。家境清白，无不良嗜好，偶尔喝一点酒，不过绝对不酗酒，酒后闹事那更是从没发生过。这是我的身份证，这是学位证，毕业成绩上除了体育全是优秀。这是驾驶证，早就考出本来了，虽然现在没有车，但是以后会有的。这是病历本，这两年除了去年秋天感冒一次什么病也没得过。这是献血给的光荣证，这个是我的名片，用公司打印机直接打印的，做得比较粗糙。我完完全全一心一意爱着的人就是灿灿，如果没有她，我就什么也没有了。"

郭灿灿看高博这个时候还在练"贫"，心里就没什么好气，"你这是干什么？"

郭母："小高，我不是说你不好，只是觉得灿灿跟我一起会更幸福。毕竟生活上的保证很重要，小时候我带她是吃过苦的。"高博诚恳地说："她跟着我不会吃苦！我把她当宝贝一样，她说什么我就听什么，她不想做什么就可以不做什么。我这么年轻，又不怕苦，不就是房子、车子吗，我都可以挣！"

郭母看看高博这么真诚，心里也不免暗暗感动，"不是阿姨不相信你，灿灿也说了，你一直没个正式工作，就跟着那个叫汤若的胡闹，怎么能让灿灿有安全感呢。你说你能好好干，总得拿出点诚意来。"

高博站起来，"看到我安的防盗门了吗？那就是我的诚意。从此以后，我在就是我守着灿灿，我不在它会替我守着灿灿，我要让这里有家的感觉，不亚于妈妈守在身边。我会有一份安定的工作，稳定的收入，充足的时间，每天陪着她。你们等等，还有这个。"他冲进屋里推出自己那辆被改装一新的自行车。车子变成了一辆"公主车"，到处都是柔软的粉红，车后座更是有舒适的厚棉垫，"在我有车之前，这就是灿灿的专用坐骑。我宣布，从此以后风雨无阻。"这时候自行车侧面啪地弹出一把伞，撑在后座上空。

郭灿灿捂住嘴，眼泪却掉下来，"高博你烦不烦，搞这些干什么？"高母看在眼里，表情松弛了许多。

高博："我知道，其实你也想留下。你这些年的努力不就是为了能在这里生活吗？只是不想让阿姨一个人孤单，才答应回去的吧？你放心，以后我们买了大房子，第一个就是接阿姨过来住！"郭灿灿眼泪哗哗地流着。

高博告诉郭母，自己已经辞了走着瞧的工作，和汤若分道扬镳了。周一就去应聘！这时手机响了，高博疑惑又无奈地接起来，电话里汤若故意提高了声音："高博去死吧你，你这个重色轻友的家伙，以后再也别找我！"汤若说得很大声，站在旁边的郭母和灿灿都听见了。郭母沉默片刻，"灿灿，妈妈听你的想法。"

郭灿灿心中暗喜，赶紧说："妈，我想……我想留下。我保证以后有空了就回家看您。"郭母无奈地笑了，"你的生活毕竟还是要自己去过。这么说，妈妈也没办法了。"

高博拉着灿灿的手，"伯母，如果您不放心，就多住一段日子考验我。"郭母笑了笑，"我也看明白了，我老了，可不想让你为了我就抛下这边的一切。只要你能让我放得下心，怎么都行！"

郭灿灿期待地望着高博，高博也笑了。爱情会在不经意间开出更灿烂的花朵。经历了这次风波，郭灿灿和高博之间的感情更深了。

乔乔告诉汤若她约了汤八营想把挪用资金和《流浪的达·芬奇》真相都告诉他，本以为汤若会阻拦，没想到汤若沉吟片刻，"算了，你去吧。接连的两次打击，总比一记重击好些。婉转点让他做个准备工作，免得丑闻的消息出来，他抵挡不住。"乔乔低下头。

咖啡馆内，乔乔怯怯地把挪用资金和攻击瀚海电脑系统的事情，和盘端给了汤八营。

听完汤八营并没有生气，而是痛苦地揉揉眼睛，"乔乔，老实说，这二十万我都是看在你、看在你父亲陈大虎的面子上。汤若没长大，不知道轻重。你怎么也不明白自己的职责？财务最不能犯的错误，就是经济错误，你真的让我很失望。"

"我错了。"乔乔低头说。汤八营叹了口气，"现在汤若的情况怎么样？"乔乔："不……不怎么好。"

汤八营有些迷惑，"哦？二十万的事情解决了，怎么会还不怎么好？"乔乔尴尬地说："总之，总之……算是因为ICC吧。"

乔乔一直想把《流浪的达·芬奇》的真相告诉汤八营，但不知如何说出口，她吞吞吐吐地暗示，汤八营依然不知就里。"汤叔叔，如果，我是说如果，如果汤若又做了什么您认为不太好的事情，您能不能也像这次一样原谅他？"

"他还想重蹈覆辙？你告诉他，瀚海已经整顿了防火墙系统，他根本一点机会也没有。还有，乔乔，你……"看汤八营误会了，乔乔赶紧说："汤叔叔，我不是这个意思。"

汤八营："总之这次已经是我忍耐的极限了。以后哪怕他坐牢、犯罪，我都不会再帮他！"乔乔担心地低下头。汤八营却只顾考虑着汤若的前途，没有把乔乔的反应放在心上。

邹总怀疑李时恰一直在阻止王大亮和ICC的合作，尤其是王大亮到了公司，点名找李时恰，一听他不在就连忙跑了，他就更怀疑是李时恰在搞鬼。为了抓紧促成和王大亮的合作，他和邹树亲自来到王大亮的地下室。

王大亮还没有回来。邹总就跟旁边的邹树说："我已经可以确认李时恰是汤若的奸细了，走着瞧肯定怕我们抢走了王大亮分散了观众群。而且ICC的业内影响力绝对超过走着瞧，我们有强大的资金，王大亮到了我们手里一定能引起很大的风潮。到时候，走着瞧一定会垮台。"

邹树觉得父亲的分析非常有道理，"而他们怕的就是我们一定要做的。"邹总欣慰地点点头。此时，王大亮正走下走廊，听见了邹总和邹树的对话，连忙返身跑出去。

办公室内，汤若正坐在电脑前，看着牧歌的照片发呆。王大亮匆匆忙忙进来了。

汤若问："你怎么回来了？"王大亮小心翼翼地把门关好，"糟糕啦。邹总和邹树在俺家门口等着俺呢。"汤若一惊，"俺今天去了ICC，原想找李时恰求他别暴露俺。可谁知道他没在，俺一回家，邹总他们就在那儿了。咱们现在怎么办？"

汤若郁闷地捂着额头：ICC网站上没有公布走着瞧作假的消息，而邹总却亲自登门找王大亮合作，他们葫芦里到底卖的什么药呢？汤若不得其解，但无论如何不能让他们和王大亮再见面。于是他对王大亮说，"你今天晚上就住在这儿，明天等高博上班我就让他给你找新的住处。至于ICC的事情，我再想想办法。"说着沉思了片刻往外走。

此时高博躺在床上也辗转反侧。他不断回想着和汤若在一起的日日夜夜。尤其是汤若"开除"他的时候的话还在耳旁回荡，汤若说越来越觉得走着瞧是他的家、他的事业、他的血脉。高博想自己又何尝不是这样呢？想到这，他披衣起床，小心翼翼地开门出去。

汤若漫无目的地逛到街心公园，刚坐下，却发现一个人影闪了一下又躲起来。汤若知道一定是高博和乔乔，"你们两个出来吧。"乔乔和高博吐吐舌头跑过来，"我们正好路过。"

汤若指着前面的一块地说："小时候这里是片蓖麻地。我们在这抓蜻蜓的事你还记得吗？"高博："怎么不记得。你骗乔乔说蓖麻果能吃，结果辣得她哭了一上午。"

高博笑了，那是多么美好的回忆呀，记得那时候汤若爬上土坡当圣斗士，他和乔乔在下面唱那首主题曲。那时候就觉得自己能拯救全世界，长大了才发现全世界都拯救不了自己啊。

乔乔看汤若陷入沉思，就鼓励他说："大不了从头再来？"汤若的表情显得有些复杂，"我是顶着汤八营的冷嘲热讽从失败里站起来的。为此，我亲爱的帕萨特英勇献身，我可爱的模型，流落别家，最惨的是我收藏了二十年的擎天柱，虽然没做出什么贡献，却已经壮士断腕。'达·芬奇'虽然是假的，但是我是真心在拍摄。更重要的是，因为它，我遇见了牧歌。"乔乔本来深情地望着他，但听到"牧歌"的名字忽然一震，赶紧把头转向一边。

汤若却没有注意，"唉，这个世界上最难以自拔的除了牙齿，还有爱情。"他自嘲地说。

汤若想起了一个故事，古希腊伟大的戏剧家埃斯库罗斯被天上掉下来的一只乌龟砸死的。研究称可能是秃鹫把他的光头当成了石头，想以此敲开龟壳。李时恰碰到王大亮的事情就像天上掉下来的乌龟，直接把"走着瞧"砸进无底深渊。他不由得苦笑了一下。乔乔拉起了高博和汤若的手，"不过至少有一件事情还好。"三个好朋友相视而笑，茫然地望着夜色。

郭母终于要回上海了，在火车站她依然不放心地说："小高，阿姨可把丑话说在前面，我要是发现你照顾不了灿灿，还是会把她接走的。到时候你说什么都没有用了。"

高博忙殷勤应声，"我知道我知道，我一定好好表现，让两位老师给我打高分。阿姨，您随时可以来北京对我抽检，不合格不用您动手，我先自己开除自己。"进站的时间到了，三个人挥手道别，直到郭母消失在视线中。

郭灿灿回身拧着高博的耳朵，"君子一言驷马难追，出了事你可别忘了自己说过的话。"高博哇哇大喊："遵命遵命。爱妃，有件事情忘了问了，你说我这见习男友是不是应该早日摘帽了？"郭灿灿笑着走了，"看情况吧。"高博兴奋异常，连忙推车跟上，"郭爱妃，咱们现在上哪儿去？"

郭灿灿："学校。还好主任喜欢我，把辞职报告从校长室里取了出来。不然我这次的工作都丢了。"

高博："那是那是。郭爱妃人见人爱，花见花开。沉鱼落雁，闭月羞花……"郭灿灿高兴地跳上了公主车的后座，高博奋力踩着车，不断有路人回头看这辆拉风的单车。郭灿灿得意地享受着众人的注目礼。

在路上，高博告诉灿灿自己已经被一家公司聘为程序员。当得知这家公司是瀚海时，郭灿灿有些吃惊，"瀚海？汤若他爸爸那家？你怎么还是脱不了他的魔爪！"

高博尴尬地笑两声，"汤若和他爸的关系你又不是不知道。我去瀚海，才是和走着瞧决裂的最强有力证明！"郭灿灿听了这才放心，"我费了半天劲没改造成功的下脚料，我妈来了两天就搞定了。看来你还真是需要刺激，不鞭策不上进！但是前进的路上不要自满，要继续努力！"

高博："喳！爱妃咱审核完毕了没有啊？到底赏我什么？"郭灿灿笑了，"赏你一个和我共进晚餐的机会。"

高博又为王大亮找了一间新的地下室，一进来王大亮就抱怨这间没有窗户，没法做臭豆腐。大家不理会他，高博对汤若说："对了，都一周了ICC怎么还没动静？"

汤若无奈地说："生杀大权在他们手里，什么时候行动都一样。这会儿八成在准备用怎样刻薄的语言给我们撰写墓志铭呢，等着就是了。"

高博："我觉得有点怪。如果那个人真的是李时恰，按他的性格，我们当晚就该被曝光了。我觉得这个世界上戴着金丝眼镜，又长了一副铁面的也不只李时恰一个，也许，就单纯是个粉丝？"汤若也感到疑惑，"高博，你相不相信咱们的公司也许可能或许还有百分之一的希望能继续经营下去？"

高博："对于你这种乐观主义主观唯心者的观点，朕只能打开天眼，准备看奇迹降临。"汤若："我不是乐观，我是感觉上帝不会那么轻易放过我。"高博无奈地笑笑。

汤若焦灼地过着每一天，事业的低谷、爱情的困惑一直围绕着他。办公室内，他满脸的郁闷，高博看出了他的心思，拍拍他，"行啦。人家说不定早就离开北京了。"

汤若郁闷地坐下，"还没呢。好哥们儿就开诚布公了，我经常晚上做梦梦见牧歌突然离开了北京，吓出一身冷汗，然后就跑到牧歌家窗底下等，直到她第二天出门，看到了她本人才敢放心回来。"

高博张大了嘴，"恋爱中的人智商不都为零嘛。不过，朕觉得这么下去也不是回事。你还是应该跟她好好谈谈。"汤若困惑地说："怎么谈？电话不接，短信不回。就算好不容易回一个，就说忙。"

高博："我觉得你还是不够执著。拿王大亮来说，不能说话，还没有手机发短信，跟项春春不也热火朝天的？学王大亮呀，写信。"汤若眼睛一亮，"有道理。我不写情书,我画情画。"

一个背着照相机象征牧歌的女孩,和一个梳着汤若鸡冠头的男孩在浇灌一棵小苗。汤若把画塞进了牧歌的信箱。

而此时李时恰在大大小小的写字楼中应聘,因为得罪了ICC,很多公司都把他拒之门外,所以每次都失望而归。而李时恰并不气馁,他相信他的才华终究会得到认可,而ICC这种任人唯亲,对下属缺乏必要的信任的公司必定不会走得很远。

晚上街边的小吃摊,汤若正捧着牧歌的画思索着。乔乔则在一边酸溜溜地看着他,突然一把抢过画,"看什么呢?"汤若不耐烦地说,"给我,瞎抢什么?"

乔乔脸上露出一丝失望,"牧歌给的?你知道现在社会最折磨人的疾病是什么吗?是自恋症。"汤若头歪到了一边,"我又没自恋。"

乔乔靠近了汤若,"明代的冯小青喜欢和自己水里的倒影谈恋爱,叫影恋,说白了也是自恋的一种。你的病比这还严重,先是恋上别人的倒影,现在恋上人家看不见摸不着的精神文明。几万年的进化人类最杰出的进步就是开始使用文字,传情达意就写字呗,画什么画,又晦涩又原始。"

汤若:"像你这种四肢发达大脑平滑的人是不会理解像牧歌这种女孩的思想和情调的。"乔乔不屑地哼了一声,"你不平滑你理解她的思想,那你还看得一脸疑云?"

汤若一边看画一边琢磨着,"牧歌每次回信给我的画我都看不懂。你说我画两个人给一棵爱情的小树苗浇水,她给我回一棵大树是什么意思?"

乔乔:"连我这种智商都能看出来,人家意思就是说小苗要自由成长为大树,或者你眼里的小苗本身就是大树了,要拥有自己的空间和绿茵,不用你护花使者给浇水。恐怕就只有你自己看不明白吧。"

"我觉得你分析得不对,要是她是拒绝我的意思,给我回信一次就够了,干吗每次都回我、答理我?每次都画一些我看不懂的。"汤若思索着说。

乔乔好奇地问:"她画什么了?"汤若:"一只飞鸟啊,一滴水啊,一棵树什么的。"

乔乔现学现卖:"哦,那肯定就是拒绝你了,向往一个人自由不羁呗。不是射手就是狮子,这种火向星座的女孩最捉摸不定了,敏感善变,自我中心,哪个男的爱上这种女人算是毁了!"乔乔虽然没有见过牧歌,但这是她第一次遇到"敌人",这是一场隔空的对决,她和她的力量在汤若的身上碰撞,乔乔不得不承认自己暂时处了下风。乔乔突然提出想见见牧歌,她的理由是希望对她有更具体的形象认识,就能帮汤若更好地解读牧歌的画。

汤若听了兴致盎然,"说的也是,我正发愁没理由约她呢!你好好跟人家学习学习，别成天大大咧咧跟男孩似的。"乔乔扭过脸一阵失落。汤若拿起乔乔的手机，"我的电话她不接，用用你的。喂，是我……"乔乔看着汤若的样子很不是滋味。"我介绍个人给你认识。……对，就是乔乔……好吧，看你时间吧……好。"没想到牧歌痛快地答应要见乔乔，乔乔若有所思望向窗外，"这下倒是成全你了……"汤若嘿嘿笑着。

乔乔问："对了，ICC还是没动静？"汤若疑惑地说："看来我的预感确实出了问题，王大亮不着四六估计就是遇到个粉丝。不过，也弄得我够呛。这不，网上狼烟四起，质疑声不断，我用上了全市作文第一名的十成功力也刚刚和他们打个平手。不过这也有好的方面，这段时间，走着瞧的点击率又上升了。"

正在此时，一直找不到工作的李时恰来到了小吃摊。李时恰看看汤若，并没有过来，郁闷地点了一瓶酒。汤若拉着乔乔，"咱们快走吧。我看到他怎么坏预感又来了！"

第二天早上，办公室内汤若正拿着一沓简历唉声叹气。高博跟网上的网民正在唇枪舌剑，"我亲爱的汤总，咱都快倒闭了，您这还发招聘启事呢？"汤若懒懒地说："不是我发的。是主动寄来的。"

高博："哦？金融危机，连我们这艘已经撞上了冰山，不知何时突然下沉的泰坦尼克也有人想往上挤？"汤若也没想到，最近的流言弄得走着瞧的网站又成了大家关注的焦点。CMC约了明天谈谈，虽然王大亮的事情还悬而未决，但是走着瞧只要还存在一天，他就要努力。

高博刚出去，就传来敲门声。"干吗呀？是不是又忘了东西了？"从门缝里往外看，可是什么都看不见。汤若疑惑地打开门，看见的却是正抱着大箱子的李时恰，他倒抽了一口冷气。

看来，来者不善，终于李时恰来发难了，汤若还是礼貌地把李时恰请进了会议室。李时恰把箱子放到会议桌上，坐在会议桌的另一端。汤若故作镇静地问："你来干什么？"

"你说呢？"看着李时恰犀利的眼神，汤若掩饰着紧张，"别告诉我是来面试的。"李时恰底气十足，"我是来加入走着瞧的。"

第十一章

汤若愣住了,"我没听错吧?昔日才华横溢、顺风顺水的ICC精英,今天怎么会屈尊来我们这个芝麻大点的小公司面试?"李时恰再次强调,"我很认真地再说一次,我要加入走着瞧,而不是面试走着瞧。"

汤若沉默了片刻,气氛有点尴尬,"你面试都通不过谈什么加入?你可别跟我说就因为你是我师哥。"李时恰一脸自信得意地说:"我既然带来了所有的东西,就证明我有足够把握。我不需要面试,你肯定会留下我的。"汤若依然保持沉默。李时恰则摆出一副老大的样子,"你们公司没什么规模,现在就你跟高博两个人,他算CTO,你勉强算个CEO。那我就做首席运营官吧。每月月底给我看下财务报表,年底按盈利的百分之二十给我分红。至于平时的工资和待遇就按我在ICC的工资算。你有什么问题?"

汤若气得一句话都说不出来。李时恰得寸进尺,"那行,就这样决定了!现在开始,我来上班了。"说着便自顾自地拿起箱子开始往高博的电脑桌上摆放。

高博显然高估了形势,他到CMC拉广告的事情并不顺利。刘总认为走着瞧靠流言火了一把不足以吸引他们投资,另外它的硬件水平也让他们担忧。

"对不起。我是广告代理公司,不是直接的广告商,更不是绿萝那样的风险投资商。我也要拿出确切的资料去说服我的客户。另外,我必须提醒你,当今社会,如果你想吃到肉,就千万别告诉别人你饿了。没有一个企业会给一家资金困难重重的公司注资。"刘总无意中道出一个商业中的普遍原则,高博这个初入商海的毛头小伙子怎能理解,"你的意思是,我们没钱就更没人给钱,有钱反而大家更愿意给了?"

刘总笑了,"可以这么理解。"高博疑惑地问:"那也太怪了。我们要有资金,你再给我,我还在乎吗?"

"所以说,锦上添花容易,雪中送炭难。营销的事情汤若还是新手,我看你们的当务之急还是让他好好学学这方面的知识吧。"刘总的话更让高博一头雾水。

从CMC回来，高博琢磨着刘祺的话，刚进办公室，看到李时恰正坐在他的位置上，他惊讶地瞪大了眼睛，赶紧拉着汤若来到楼下，"你搞什么呢？"

汤若压低嗓子，"我也还糊涂着呢。你前脚刚走，李时恰突然抱着一个箱子就来了。怪就怪在这里，他一不要钱，二不是代表ICC，他说要加入我们，还自己封了个COO。"两个人揣测着李时恰的用意，难道是ICC派来的间谍，想彻底摸清走着瞧的底细？"估计他现在已经在我们公司装了无数摄像头和录音器，就等着咱们自己暴露，抓咱们现行。"

汤若认为高博的分析有些道理，"那我现在通知王大亮这几天别来公司。"高博说："我想办法把李时恰撵走。"两个人击掌分头行动。

高博回到办公室就东张西望，绕着李时恰观察，心里想：看我怎么收拾你。李时恰终于放下了笔，看着他。高博佯装不在意的样子打开了电脑故意问，"师哥，最近ICC放假啊？"

李时恰头也不抬，"我辞职了。""哎呀，那可太不明智了。我在走着瞧都干了两年，现在零零碎碎算起来也就拿了三个月的工资。"高博的话李时恰不相信，他不相信《流浪的达·芬奇》视频那么火，怎么会没广告商投资？

"我们确实没有广告商，对了，有是有两个，一个给了两万，早就花得差不多了，昨天又谈定了一个，不过只给了五千。"李时恰皱紧了眉头，"我看了你们的计划书，上面说准备了一系列的视频。还没有开始操作吗？"李时恰建议继续拍《流浪的达·芬奇》，高博觉得李时恰终于露出了马脚，"王大亮是个流浪艺术家，居所不定的，我们也不好找他。再说，他还是个哑巴，所以连打电话沟通的环节都省了。"

李时恰坚定地说："据我所知，他根本就是会说话的。而且说得是很地道的河南话。"高博一愣，但接着装傻，"是吗？我怎么没听过。不会是你耳鸣吧？"

李时恰掏出手机，播放的正是王大亮的声音："凤凰凤凰，一路辉煌！""告诉汤若不用再试探我了，藏着王大亮也没有用。从现在开始，咱们共同进退。拿你们的话说，咱们现在就是一条绳子上的蚂蚱，一荣俱荣，一损俱损。"说完啪地打开资料夹开始伏案。

高博张口结舌。电话响了，高博一哆嗦拿起了电话，是郭灿灿，"已经到了您用膳的时间。本公主很担心您如此卖命而造成龙体欠安，不能因为人生的创业而造成胃部的创伤嘛，龙也得吃饭，龙也得下蛋啊！"

高博又开始贫嘴，"龙还得降雨，有活也得干啊。郭爱妃你自己吃吧，朕改天陪你。"

郭灿灿不耐烦地说："你少废话，赶紧出来！我特意买了全家桶慰劳你，现在就在瀚海门口。我数三声，马上出现在我面前，3，2，1……"高博吓得手一抖，手机掉在地上，电池摔了出去。高博愣着看着汤若，"郭灿灿在瀚海……"汤若也傻眼了，高博手忙脚乱安装电池，越急越安不上。汤若赶紧拨打乔乔电话，"没人接。节哀顺变吧。"汤若拨了几次乔乔的电话没人接，这时手忙脚乱的高博终于开了机。

郭灿灿不见高博人影，撅起了嘴。她大步走到瀚海公司前台，"您好，我找高博，技术部的。"前台小姐斩钉截铁地说，"对不起，我们公司没有这个人。"这时走来一个中年男子。

前台小姐客气地说："这是技术部的崔经理，你问他吧。"郭灿灿走上去问："您好，我想问下技术部是不是前段时间刚刚面试通过了一个叫高博的人。"

崔经理皱了下眉头，"没有。而且我们技术部最近根本就没有面试过职员。"这时高博的电话打来了，郭灿灿接起就是一声尖叫："高博你个大骗子！"

高博再打郭灿灿的电话已经关了机，他赶紧下楼打的往家里赶去，满脸堆笑地打开门。

郭灿灿铁青着脸坐在沙发上，"出去。"高博赶紧走上去，"你听我解释……我承认，我确实没去瀚海，我……我还在汤若公司。但是我这是善意的谎言，我不想让你生气。"

郭灿灿边落泪边说："我不生气。我就是很失望！收起你那副编定了程序的伪善嘴脸吧，从一开始汤若你们哥儿俩就合着伙逗我玩，我对你那么宽容和那么鼓励，结果忍让和抬举，就换不来你一个真诚相待的资格吗？你们拍假视频欺骗网友，挪用公款欺骗汤八营，现在又骗到我头上来了，你已经被汤若培养成了一个不折不扣的骗王之王！我在你眼里算个什么？你还跟我这儿耗着干吗？赶紧和汤若出一本'骗术大全'直接平步青云吧。你忘了你跟我妈怎么保证的？我这次没法原谅你，绝不！我再也不想被你欺骗了！"郭灿灿哭着跑进自己房间砰地关上门，高博万念俱灰地愣在原地。

乔乔在"爱来不来"看表等候着。牧歌从店外走进来，"你是乔乔吧？"乔乔一下子就愣住了，自惭形秽地低下头，"你，你怎么知道？"

牧歌笑着说："因为你跟我想象的一模一样。开朗热情，有点像男孩子。"乔乔尴尬地笑笑，"你倒跟我想得不一样，听汤若的形容我以为你只是很漂亮，不过我现在觉得你最重要的特点，是很有FEEL。"牧歌笑了。

汤若慌慌张张地从出租车下来，透过玻璃，看到乔乔和牧歌正有说有笑，定定神跑进去，"不好意思，来晚了。你们两个聊得挺高兴？"牧歌难得的好心情，"是啊。说你呢。"

汤若脸色一沉，"说我什么了？是不是说我小时候尿裤子啦，从幼儿园小朋友嘴里头抠饼干吃啦。"牧歌哑然失笑。

乔乔："就说了初二那年咱们班去农村春游，你掉茅坑里了，老师都吓坏了，村长都亲自来捞你了，幸亏那茅坑不深。还有你初三那年上课睡得太香了结果倒地上了，愣是把胳膊摔骨折了……"

汤若说起过去的趣事也来了劲，"喂。不是说好不说的嘛？好吧，你要非得说我也不拦你，但你得讲后半段。我打着石膏参加中考，身残志不残，终于以全校第一的分数考上重点高中。"

"但是你别忘了，要是那几个月在学校没我细心照顾你，你能考么好吗？你倒是好了，害得我天天被老师找去谈话，非说我对你有早恋倾向。还有，天天上下学我都得骑车带着你，我现在的大粗腿都是那会儿蹬车子落下的终身残疾。"说完，牧歌也跟着两个人开心地笑起来了。汤若紧张地问："你，你笑什么呀？"

牧歌依然笑着说："没什么。乔乔，我感觉你除了热情还是一个特别细腻的人。"汤若："我跟乔乔二十多年的交情了，我怎么不知道她还有'细腻'这种不为人知的优秀品质？"牧歌摇头笑笑不语。乔乔白了一眼汤若。

汤若转头对牧歌说："对了，你那个画我还是没看懂。我画的都是你一眼能看明白的，可是你画的都是我永远也看不懂，这样不公平。"牧歌反问道："你怎么肯定你画的我就懂了？"汤若无言以对。

乔乔看俩人聊得火热，她郁闷地放下筷子。牧歌看在眼里，连忙夹了个鸡翅给她，"乔乔，我这几天要拍一组照片，你做我的模特吧？我感觉你最合适。"乔乔连连摆手，"我不行，化妆不上镜。"

汤若装模作样端详一下乔乔："自然她也不行。她一自然别说是镜头，连钢化玻璃都得碎。"乔乔狠狠打汤若一拳，牧歌笑了。

乔乔说："而且，我也不专业，一对着镜头就害怕。"汤若抢着话，"你们明显忽视我的存在嘛，你看我行吗？"

牧歌："我的主题是关于女性的。"汤若失望了，"那就太不幸了。乔乔肯定没问题，你大学的时候不是主持过好多大型活动吗？台底下那么多摄像机拍你，我也没看你怕过。牧歌身在异乡为异客，咱们得不是亲人胜似亲人呀。您就别端架子了。"乔乔郁闷地看着汤若，"我就是怕给帮倒忙。"

汤若想想，拍乔乔就又多了和牧歌在一起的机会，"行了，我看就这么定了。"乔乔勉强挤出一丝微笑。

牧歌微笑着说："你放心吧，没你想得那么难，就是抓拍。我准备好了就给你打电话。为了表达我对你的谢意，今天这顿饭我请客。买单……"汤若急忙冲出去，"别别，我请！"

对于乔乔来说这顿饭吃的心里有些堵，她觉得为了争取和牧歌搭话的微不足道的机会，汤若是多么"厚颜无耻"。回来的路上她心里有些酸酸的，"告诉你，我才不去做模特呢，要去你去。"

汤若并不知道乔乔的心思，"咱们新世纪青年可不能干这种出尔反尔的事。你既然答应牧歌了就必须去。"

"你还好意思说，你们两个一唱一和，我当时是被你们赶鸭子上架的。为了讨好牧歌，你不惜出卖朋友，而且不顾一切不择手段，我现在才发现你是这么个见色忘友的人。"

汤若半开玩笑似的拉着乔乔的衣襟，"我错了还不行吗？我单独约牧歌，她都不理我；你去她那拍照，我才能借找你的机会去见牧歌嘛。你不去我可就一点找她的理由都没了。"看到汤若对牧歌的痴情，乔乔心里五味杂陈。她嫉妒，然而站在友情的角度，她又不愿看到自己的好朋友那么痛苦。汤若甚至要求她帮他带信给牧歌。

汤若对她的感谢，让乔乔心里更多了一份酸楚，"你对我的大恩大德我这辈子也不会忘记的，我做鬼也不会放过你的。"

乔乔只顾低头走路，不看汤若一眼，"你对我说来说去也就剩这句话了，除了感激我，别的什么也没有了。"

晚上，郭灿灿依然红着眼睛抱着枕头，若有所思。高博在门口徘徊着想敲门却不敢敲。灿灿的手机响了，是兰冰的短信。郭灿灿按了几下把手机扔在床头。可手机很快又响了。

高博赶紧走进厨房端了一大锅汤出来，桌上已经放着满满当当的一桌道歉菜。

郭灿灿匆匆从房里出来，高博连忙迎了上去。灿灿不理他，换鞋准备出门。高博赶快问："灿灿，这么晚了上哪去啊？"郭灿灿还是不理，高博挡住她，"外面坏人多，漫漫长夜，咱们两个还是火锅谈情比较好。"

郭灿灿白了高博一眼，"千防万防，家贼难防。外面坏人再多，有我家的坏人坏吗？高博，别忘了你跟我妈说的话，我希望你尽快地自己开除自己，从这里搬出去。"说完跑下了楼。

楼下兰冰的豪华宝马在狭窄的楼门口显得突兀。郭灿灿一走下来，兰冰便打开了车门。刚哭过的郭灿灿只能强作笑颜。高博拿着锅铲带着围裙跟了下来，"灿灿，你听我解释……"郭灿灿懒得答理他，扭过头对兰冰一笑，"我们去吃饭。"头也不回地钻了进去。兰冰看了一眼高博，趾高气扬地钻进宝马，车子立即发出嚣张的轰鸣。

郭灿灿坐在车里,看见高博灰溜溜地让到了一边。她有点犹豫,但最终什么也没有说。望着消失在夜色中的宝马,高博自知无趣,郁闷地脱下围裙上楼。

半路杀出个程咬金,兰冰的高调出现使高博像掉进了冰窖。第二天他没精打采地来到公司,看着李时恰那种得理不饶人、颐指气使的样子高博更是气不打一处来,要不是王大亮的证据在他手里,真恨不得揍他一顿。还是分散一下注意力吧,高博中午约汤若来到茶餐厅,把刘祺跟他说的一套理论跟他复述了一遍,汤若喝完一杯咖啡思索着,"刘总真这么说的?"

高博点点头,"我现在总算明白了,为什么有钱人越来越有钱,没钱的却越来越没钱。"汤若也赞同地说:"经济学老师说,第一桶金要靠自己的奋斗,第一个机会要靠自己努力。可现实社会看来更复杂。不过也很好理解,就拿股票来说,2000点的时候没人买,6000点的时候挤破了脑袋都有人冲!"

高博:"怎么办?咱们怎么在没钱的情况下把自己包装得有钱?要不……"汤若摆手,"别。公司资产状况可绝对不能造假,咱们也再不能连累了乔乔。二十万的事情我现在还心悸呢。"高博点点头看看一点了,"还不上去?"

汤若眉头紧锁,"你先上去看看吧。我懒得见他。对了,郭灿灿的情况怎么样?"一说到郭灿灿,高博立即泄气了,"我也不想见那个铁面人。先走了。"

然而,第二天早上,高博却关机,问郭灿灿却说他不在家,汤若感到纳闷。在办公室他实在觉得和李时恰没有多少共同语言,两个人四目相对,空气都仿佛有些凝固。汤若来到公司楼下大口地吸着空气平复心情,突然想起好久没有见牧歌了。

茶餐厅内,汤若和牧歌对坐着,一人面前一杯芒果汁。气氛沉默得有点尴尬。

汤若忍不住了,"是不是我不跟你说话,不给你打电话,你就不准备理我了?""没有啊。"牧歌说完就没有了话题。

汤若打破沉默,"我给你新画的画,收到没?""收到了。"简单的三个字后,牧歌在餐巾纸上画下了几笔递给汤若,画上是一条河川。汤若很疑惑,"什么意思?"牧歌笑而不答。

墙上的钟已经指向了下午一点,高博走进办公室,整个办公室已经变得非常整洁,桌上还摆放着一盆鲜花,高博很意外,但还故意哗啦啦在拉开椅子。李时恰问:"你知道汤若去哪儿了吗?"高博看也没看他,"我哪知道。"

李时恰严肃地说:"你们之前也是这样的工作状态?我现在真后悔当时高估了你们,为了和你们竞争风投带着全营销部门熬了十几晚。"

高博却依然不屑一顾,"你没来之前我们每天都在公司里,有时候一忙还忙过夜,你看,那不是汤若的被子?"李时恰问:"那为什么我来了,你们就变成这样了?"

高博走到李时恰跟前,"想听实话?那我老实告诉你,因为我们,讨,厌,你!"李时恰沉默了片刻,"我知道你们讨厌我,我也不喜欢你们。不过既然咱们现在是一家公司的,就应该相互忍让。最主要的是不要因为我们的内部矛盾影响了走着瞧的发展。"

高博冷笑着,"你运气好,碰到了王大亮,你精明还录下了证据。知道我怎么想吗?虽然我不知道你具体有什么阴谋,但我坚信你绝对不是为了走着瞧好,你根本就没安好心。"说完便拿着东西走了。李时恰沉默了。

来到学校门口,高博百无聊赖地等着,郭灿灿从里面出来。高博刚想上前,兰冰的宝马却抢先一步,根本没看到高博的郭灿灿跟兰冰打个招呼上了车。高博呆呆地看着远去的宝马,突然朝自己的胸口猛击了一拳。

在一个高档西餐厅内,兰冰给郭灿灿斟满一杯红酒,"昨天那个就是你男朋友?你们两个已经住在一起了?"

郭灿灿轻描淡写地说:"他?就一普通朋友。你别误会,我们可不是同居,是异性合租,而且我已经让他尽快搬出去了。"兰冰尴尬地笑笑。

服务员走过来,"先生您好,我们前台要结账了,您可以先买单吗?"递上清单:一共是3480。"兰冰怀疑地指着其中一道菜,"法式焗蜗牛的价钱怎么是580?菜单上的是400。"

服务员慌忙查看菜谱,"对不起!是我算错了。总共应该是3300。"兰冰平静但强硬地说:"你们这是欺诈顾客,想不到这么大的餐厅也玩这种低级手段。叫你们经理来。"

服务员紧张地哀求兰冰,"别别,我是新来的,这道菜这几天是特价,菜谱上改了可是电脑上还没来得及改,我忘了提醒前台。对不起,请原谅!"兰冰依然很坚决,"我实在没法相信你,叫经理来吧。"

郭灿灿赶紧打圆场,"算了兰冰。我这段时间已经很心烦了,好容易和你吃饭有点好心情,别再搅和了。"兰冰转念一想,付了款,"那……好吧。"服务员灰溜溜地离开了。

兰冰边喝边说:"我在国外的时候经常听见一些言论,有些外国人觉得我们中国人很精明很喜欢骗人。经常在菜单和秤上面做手脚。我每次都要花很多的时间跟他们解释。其实,诚信一直是我们的美德,为什么到了现在大家却都忘了呢？"

郭灿灿点点头，"不过，被陌生人骗还好吧。"兰冰："要是熟人，那就更忍无可忍了。"

郭灿灿耸耸肩膀，"就算他刚才是真打算骗你，但最后又跟你道歉了，你能把他怎么样？我过去也特别较真，可现在觉得，好多事情该糊涂就得糊涂，要不然，不是累死就是气死。"

兰冰一副义愤填膺的样子，"大部分的骗子都是被你这种心慈手软的人给宠出来的。要我说，一遇到这样的事情就应该立即揭发，让他以后再也不敢干。"

郭灿灿："可是如果是你朋友，如果结果很严重你也去揭发吗？"兰冰看着郭灿灿眼中赞许的目光，"不论是不是我的朋友，诚实永远是一个人的立身之本，如果结果很严重，我会在揭发或说服他承认之后再帮助他补救。你是老师应该最有体会了，如果孩子们说了谎，你会仅仅为了保护他们的自尊就不进行批评吗？当然合理的批评方法是需要学习的。你要知道你一次的妥协，可能换来无法挽回的后果，当对方将说谎变成了习惯，你该怎么办？"

郭灿灿尴尬地沉默片刻，笑了，"你说得真对。想不到你还这么有民族使命感和正义感，来，敬咱们民族斗士一杯吧！"听到灿灿的夸奖，兰冰乐得合不拢嘴。

天渐渐地黑了，高博郁闷地独自骑着单车，别人都行色匆匆，他却慢慢悠悠的，似乎没有目的地。

汤若正走在公司楼下，看看表已经八点了，可是大厦中走着瞧公司的灯还是亮的。正在此时灯暗了。汤若等了一会儿，走进大厦。他打开门，灯突然开了。李时恰站在墙边，汤若一时感到非常尴尬。李时恰却只是哗啦啦地打开资料，"高博说我们到现在都迟迟弄不到广告费，你有什么打算？"汤若没有说话。李时恰抬抬眼镜，"我已经跟高博说过了，咱们现在是同舟共济，你们躲着我根本没有意义，只会造成不必要的效率低下，影响我年底的分红和工资，以及走着瞧的前途。"汤若还是不说话。

李时恰接着说："我考虑除了计划书的问题，是不是你们在谈判过程中的某些说法有问题。明天我亲自跟你去CMC。"

汤若不知道李时恰究竟在想什么，难道真的加入走着瞧？"等等。李时恰，你认为我们是同舟共济，可我们不那么想，你心里清楚要不是王大亮的证据在你手上我们根本不会接纳你。"

李时恰反问道："你从哪个层面说这个话？是走着瞧的发展还不需要一个COO，还是就我个人而言？"汤若冷笑着说："我们需要人手，可是不需要你这样一个我们无法信任的人。"

　　李时恰看着汤若，突然掏出手机递给他，"证据在里面，你现在就可以删除。"汤若疑惑地接过手机，接着快速地按了几个键。

　　李时恰按住他的手，"不过我希望你在删除之后能够好好听我的意见，公正的评价是否要留下我。"说着亲自按下了删除键，"咱们现在可以好好谈谈了。"

　　显然汤若的神情依然表现出对李时恰的反感和不信任，"我承认你运营以及技术方面的经验是很丰富，不然ICC也不会让你负责具体项目。不过，走着瞧的实力你也看到了，我们庙小，盛不了你这大佛。"

　　李时恰正视着汤若，"你别跟我说你对自己的公司没信心。"汤若："有没有信心是一回事，有没有实力是另一回事。"李时恰自信地说："那咱们打个赌，明天我跟你去CMC，我保证可以尽快让他们对公司进行投资。"

　　汤若不能理解李时恰的行为，"不是我不相信你的实力，只是我还是无法相信你是真心来帮走着瞧的。虽然ICC的邹总在任用人才方面确实有些问题。但你完全可以选择其他的大公司。"李时恰张张嘴，又低下头，"这些我有自己的考虑。"

　　汤若说："你不想说就算了。我也保留对你的信任度。咱们先说好，如果三个月没有达到你所说二十万元投资金额。你就离开公司。"

　　李时恰斩钉截铁地说："不用三个月，一个月内，拿不到投资我自己滚。但这一个月内，你和高博都要尽量配合我的工作。"汤若很惊讶地看着他，最终点点头。李时恰自信满满地离开公司。

　　一辆宝马车缓缓地开到楼下，车门打开，郭灿灿穿着时髦，面带笑容地走下来。她已经看到趴在窗台上的高博，狡黠一笑，故意俯身向车窗里的兰冰说："谢谢啦，回去开车慢点。"

　　高博从楼上向下看去，两个人的姿态像是在亲热。这是对自己男性尊严的挑战，但他相信灿灿还是爱他的，他宁愿相信这是灿灿给自己做的戏，不屑地哼了一声。听见脚步声他急忙跑去开门，郭灿灿进门都不看他。

　　"爱妃还生气呢？有意见你就提，有愤怒你就发泄，有委屈你就倾诉，但就是别不说话行吗？"郭灿灿的冷漠使高博抓耳挠腮，他急得脱口而出，"郭灿灿，你可真够乱世佳人的！"

　　郭灿灿冷笑，"哟，我有斯嘉丽那么美吗？"高博："你倒是别理我啊！我再怎么惹你生气，你也不能拿男女关系来气我呀！我劝你，千万别搬起石头砸了自己的脚，舞了半天大刀，才发现站在关公他老人家门口。宝马并不是人品好的象征！"

郭灿灿哼了一声说："宝马的确不是人品好的象征，但的确是收入好的象征。你有收入吗？"高博耐着性子，"爱妃，我说了多少次了。这怀才就像怀孕，时间久了别人才能看出来。我现在是没钱，前途看来也并不光明。可是逆风的方向，才适合飞翔。我不怕万人阻挡，就怕自己投降。您就不能多给我一点时间，顺便加上一点小小的鼓励吗？"

郭灿灿依然不给高博任何机会，"我已经鼓励你很久了，如果你真在飞翔我说不定还能再容忍一下，可惜的是，我发现你不但没有飞翔，连起飞都没开始。你现在就像一只无聊的陀螺，和汤若一起百无聊赖地满地打转，找不到方向。还自以为自己是在太空遨游，和UFO是朋友。行了，我不想和你说话，我早就说腻了。对了，忘了说了，有没有钱，有没有工作，重要，但不是最重要的。我最无法容忍的是，像你这样一个骗子，还能整天嬉皮笑脸地苟活在世界上。"说完走进房间砰一声关了房门。

第二天一早高博做好了早饭，在沙发上等候着，可是郭灿灿却径直换鞋出了门。高博想叫住她，但最终什么都没说，郭灿灿却转过头来，把一沓中介资料扔给他。

高博终于急了，"灿灿，你这到底是什么意思？我歉也道了，理也赔了。你别给我没完没了的。"郭灿灿笑笑，"我没完没了？！总之，今天下班回来，我不想再见到你！"高博没想到灿灿如此绝情，"这是我的家，我不走！"

郭灿灿凑到高博跟前，"你的家？你为这家付出过什么？高博，别把我的客气当成了福气。你没有付出过责任，就别想有回报。你说这是你的家，好，晚上我搬出去！"高博还没来得及说话，她已经关门走人了。

CMC的态度并不像想象的那么乐观，但是李时恰认为CMC还是给了条明路，走着瞧必须用具体行动来证明实力，以增强投资者信心。

李时恰想到了一个主意，"据我所知，瀚海最近联合另外一家公司正在收购豆豆网，网站的经营者是我的高中同学。如果我们可以抢在瀚海之前把他们收购过来，一定能在业界引起轩然大波。到时候，所有的质疑都会消失。"汤若瞪大眼睛，"开什么玩笑。我们有瀚海的实力吗？"

李时恰认为谈判的事情必须得靠技巧，他要请一个小时的假，一个小时后带资料给汤若。

高博拿着郭灿灿的杂志，站在服装店中。小姐取出一件衣服，"这是今年的新款，售价是一千元。"尽管觉得囊中羞涩，高博咬咬牙，"给我包……包起来。"

付了钱，高博小心翼翼地捧着衣服从百货大楼出来，这是灿灿喜欢的，为

心爱的女孩买衣服是他的快乐，也是为了他的尊严，能不能把郭灿灿的心从宝马里拉出来，还要看郭灿灿的检验。

上次牧歌给汤若的信中，隐隐约约是个卡通笑脸，而这次不知道汤若给牧歌的信是什么，乔乔在灯光下反复地琢磨着。

这时候乔乔的书桌上，多了一个电水壶，里面的水已经被烧开，哗啦哗啦响着。水壶的盖子已经被打开了，腾腾热气从里面升腾出来。乔乔拿着汤若的信，把信封背面的封口处放在热气上面。正在此时电话铃响了，乔乔一个激灵，手被烫了，立即红了。乔乔手忙脚乱地接起电话，"喂？"电话那头是汤若，"瀚海最近是不是正在跟一家叫豆豆网的公司谈收购的事？"

乔乔漫不经心地答了一句，"这是投资部的事情，我不太清楚。不过听说收购的价格大概是五十万左右。"边说边从医药箱拿出烫伤膏，小心翼翼地涂着。

"等等。那个，你跟牧歌见面的时间都约好了？"乔乔听后脸一下子沉了，"嗯！""那……那你别忘了把我的画给她。"话还没说完，乔乔就挂断手机，气呼呼地对着手机做了几个鬼脸，小心地涂着手，又重新拿起信，放在蒸汽上熏，封口处很快就湿润了。乔乔不费吹灰之力，就打开了信封，迫不及待地拿出里面的信纸。

上面只画着一只机器猫。乔乔很费解，只好原封不动把信纸装进去，然后小心翼翼抹上胶水，把信封上。信封看不到任何被人拆开过的痕迹。乔乔郁闷地盘腿坐在床上，反复思索着。

乔乔和牧歌走在郊外的山林里。乔乔像一只出笼的小鸟，牧歌一边走，一边拍照，"我喜欢你这种随性的感觉，其实你比汤若说得有内涵多了，他说你大大咧咧，说你风风火火。可我觉得你是粗中有细，有时候还带点羞涩，而且我直觉你是很敏感的人，看起来热情实际上却有点内向。"

乔乔羞涩地说："我哪有那么好？以后汤若再这么说我，你就录下来，我非让他铁证如山、跪地求饶，以后再也不敢在别人面前造我的谣。"

牧歌笑了，"他就是个大小孩而已，等他学会欣赏周围每一个人的时候，就说明他长大了。不过长大了也不一定好，长大也是变老的一种。现在他身上最宝贵的气质就是天真，这恰恰来源于他没变老。"乔乔问："你很喜欢他这点？"

牧歌想了想说："他身上还有好多可爱之处我都很喜欢，比如真诚、执著、简单、坦率，总之他有一种很少见的纯粹。"乔乔郁闷而感慨地说："看来你们真是情投意合，汤若也觉得你浑身上下哪里都好。唉……这就是传说中的'王八看绿豆，对上眼了'吧！对不起，我不是骂你，就是形容一下！"

牧歌平静地笑了一下，向前走去，"也许我们的心一个在白天，一个在晚上。"显然乔乔没有听懂牧歌的意思，在后面问："是什么意思啊？"

牧歌看见一棵树，斑斑驳驳，上前敲了敲树干，黯然神伤起来。乔乔看着她的动作又是一头雾水。

牧歌意味深长地说："这棵树活不了太久了。"乔乔不解地抬头看看树冠："为什么？这不活得挺好吗？"

牧歌全神贯注地给树拍了一张照片。乔乔掏出汤若给牧歌的信，"汤若让我一定把这个给你。"牧歌看都没看就装进口袋，她在生病的树上摘了一片叶子给乔乔，"你帮我把这个给他吧，顺便告诉他，我现在还不想考虑感情的事情。"

回到瀚海公司，乔乔得到一个好消息。在财务部的部门会议上赵经理宣布："今天的会议主要是通知大家一件事，瀚海公司为了提高财务能力和效率，并进一步加强我们公司财务方面与世界大公司的接轨，准备在财务部选派一名职员参加中央财经大学的ACCA课程培训。总共学习三个月时间，并参加最后的会员考试。如果考试通过的话，公司还可能送他去国外的一些大型企业交流合作。经过研究，公司决定派陈乔参与学习。大家鼓励。"这个消息对乔乔也是个意外，对同事来讲更是个意外。因为在财务部乔乔资历最浅。

难怪有同事议论纷纷，有同事说："陈乔什么人？我听说她跟汤总儿子正谈恋爱呢。"小叶一听很惊讶，"真的假的？"同事说："当然真的。你没见汤总每次看见她都笑嘻嘻的。"

在汤若的办公室，李时恰捧着一沓资料和光盘走了进来。

汤若说："收购的事，我已经打听过了，费用方面我们根本不可能负担。"李时恰诡秘一笑，"你先看看这个。"汤若看光盘写着：271期企业家故事——以合作代替收购。李时恰把光盘放进电脑，自信满满地看着汤若。看着光盘，汤若的眼睛亮了起来。

在咖啡馆，汤若见到了光盘中的主人公——豆豆公司的负责人潇潇。简单的寒暄之后，汤若直奔主题，"我们想收购你的公司。"潇潇笑了，"最近瀚海公司也正在跟我们洽谈，资金待遇很不错，我想你们应该知道。"

汤若也笑了笑，"可是他们的收购是纯商业行为，据我所知，是打算将你们的域名、技术、服务器，乃至办公室甚于租期分开卖给不同的公司。一旦收购成功，豆豆动画视频网将完全不复存在。而你们做这个网站已经三年多了，投入了巨大的时间和热情，经历了很多挫折和坎坷，特别是豆豆的动画造型，是你们高中时期就开始投入创作的人物。"

李时恰补充了一句，"你们对网站还是很有感情的，所以犹豫了两个多月还没有达成协议。"潇潇："那你们的计划呢？"李时恰拿出计划书。

汤若说道："我们与其说是收购不如说是合作。我们计划将你们的豆豆网并入走着瞧网站成为一个下属的项目，保留一切现有资源，而且继续由你的团队经营。"潇潇："哦？可是……"

汤若为了让潇潇增加合作的信心，接着又说："你们开发的豆豆形象以及玩偶的版权还是归你们所有，走着瞧会利用在网友中的影响，为豆豆推出一系列新的视频。绝不会让你们的豆豆形象消失掉！"

潇潇合上计划书，"比如说，《流浪的豆豆达·芬奇》？"汤若一愣，但接着说："对。还有《奋斗中的豆豆达·芬奇》、《美丽的摄影师豆豆达·芬奇》等等。"潇潇边听边饶有兴趣地看着计划书。

高博捧着新买的衣服等在学校门口。呼地一下，一辆宝马急速朝他开来，然后一脚刹车停在他面前，他下意识地踉跄，兰冰笑嘻嘻地看着他。

兰冰下了车，贴着高博的耳朵，"你根本不配跟我争。"高博急了，"说什么呢你？"他没看见郭灿灿此时正从学校里走出来。

兰冰故作一脸无辜，"我没说什么啊。"高博一脸怒气，"你有种再说一次。"

郭灿灿跑上来推开高博，非常厌恶地看了他一眼，对兰冰说："我们走！"高博拉住郭灿灿，"你傻啊？他是骗你的。"

郭灿灿冷笑着，"你不也骗我吗？爱被谁骗是我自己的事情，你管不着。"高博拉住她，"你说要搬出去，就是跟这小子？"

郭灿灿："这是我的自由。别忘了咱们两个一点关系都没有。"说完便钻进了车，兰冰偷偷对高博做了个鄙视的手势，高博气得把新买的衣服狠狠地砸在地上。

高博的心情真是郁闷到了极点，这几乎是他人生遇到的最大的挫折。爱情和尊严的失落让这个生性乐观的男孩子再也高兴不起来，他带着落寞的表情进了办公室。

汤若并没有注意到高博与平时有什么不一样，"今天他要说的倒是正事。"李时恰接着说："刚才我们与豆豆网进行了谈判，效果还不错，不过对方要求进一步查看我们的技术资料。可我刚才仔细检查了一下编码，发现起码有十处漏洞。我都记下了，你看看。"高博拿过来看，撇撇嘴。

李时恰一本正经地说："之前我们很幸运，一直没有被黑客利用攻击网站。我希望你今天晚上能把这些漏洞都修复好。"高博看都没看他，"今天？我干不了。"

李时恰："我知道你的计算机水平，一晚上对别人来说不可能，但对你来说并不是极限。"高博白了他一眼，"你觉得我水平高，那是因为我拼命，这话要汤若说我干，你说，我不干。"李时恰看着汤若。汤若说："要不你就加加班，毕竟是为了公司。"高博有点郁闷。

接着，李时恰提出了一系列公司管理的事情，诸如不许迟到早退，在公司里不许接私人电话，每天轮流打扫办公室等。高博觉得分明是针对自己，然而汤若对于这些确实存在的问题也不好说什么。

而李时恰对于一笔广告费的一些说法彻底激怒了高博，李时恰不紧不慢地说："高博，之前你说你谈成了五千元的广告费，我查了一下账还没有到，打电话去对方公司，他们说给了你现金。钱呢？"

高博终于跳了起来，"你是说我贪污了公司的钱？李时恰我告诉你，我高博一心一意为了公司，我在走着瞧干了两年，别说贪污，我自己的钱贴进去多少你知道吗？"说着，拿起了一些办公用品，"这个，这个，连公司的鼠标都是我从家里机器上拆下来的。你一来，我就知道完了，你挑三拣四，这个看不惯，那个不喜欢。你是真为公司好吗？你都是为了你自己！"

李时恰呵呵一笑，"不错。我是为了我自己，但是我的利益和公司的利益是结合在一起的。"高博："你……你就一打工的，还真把自己当老板了！"转身对汤若，"你怎么说？"

汤若沉默了很久说："要不就按他说的？"高博气得直甩头，指着汤若，突然爆发出来，"我不干了！！"李时恰不屑地瞪了他一眼，若无其事地工作。

汤若这次是真的愣住了，张着嘴，难以置信地看着高博。面对汤若的反应，高博伤心至极，他感到他是世界上最孤独的人，朋友、恋人都对自己背信弃义，他的火一股脑儿发泄了出来，"你还不信？就是因为一直以来你说什么我就做什么，面对你的独断专行我从来没说过一个'不'字，你就以为我是嘻嘻哈哈、没有脾气的人？其实我心里也有喜怒哀乐，你只需要稍微留意我一点点，就可以知道我心里的感受，可是你从来没有在意过，难道非要我主动把心掏出来给你看，你才能知道我现在的心情吗？难道只有牧歌才配让你每天花那么多心思琢磨吗？咱俩这么多年的交情，我把你当成最好的朋友！"

高博的眼睛红了，渐渐湿润，声音也越来越激动，"从小到大，哪次不是你捅娄子我背黑锅？小学时候，你捅完马蜂窝跑了，我挨蜇；中学，你考试打小抄被抓，我跟老师说纸条是我的，我写检查、请家长；毕业你答辩，我给你写论文；我为你做了那么多，你却从来没对我说过一句谢谢！算了，我已经习惯了。现在跟你开了两年公司，再苦再穷，我都从来没有一句怨言，因为我觉得汤若是值得我这么做。为了拉点广告费，我一家一家公司去跑，低三下四抛下坚持了二十多年的面子去求人家，唾沫都说干了连口水都舍不得买，这些我

都跟你说过吗？我做这些就是希望帮你扫清一切障碍，让你毫无后顾之忧去经营公司，我相信你能让走着瞧重新站起来，你是干大事的人，小事杂事就全交给我吧。可是你都干了些什么？满脑子就想着怎么和牧歌黏糊在一起，我那天做好的程序都放在你眼睛底下了，你也没上载；我约好工人来检修服务器，你为了和牧歌约会把工人给推了，到现在还没检修；为了牧歌连广告投资的事都给耽误了！还有乔乔，她为了我们可以抛弃前途，可你呢？除了开口问你妈借过钱，你还向谁开过口？你忍心让乔乔低三下四地问所有朋友借钱，却低不下头跟汤八营道歉！你可以不在乎乔乔和我的感受，你也可以自己爱得死去活来、不管不顾，但我不能再这样继续下去了——我们为了弥补一个骗局，不得不制造一个又一个骗局，你知道郭灿灿说我们什么吗，她说我们不应该搞网站，应该当作家，写本书就叫'骗术大全'。现在我已经丧失了人的基本原则，连面对郭灿灿我都要一次次地撒谎。你和牧歌约会，带着走着瞧在胜利大道上狂奔的时候，郭灿灿却当着我的面钻进了别人的宝马。"

高博低头蹲在地上，手抓着自己的脑袋，突然起身指着李时恰，"现在又来了哗众取宠这看不惯那看不惯的二百五……"李时恰突然抬起头来，"说谁呢！"

"就说你呢！"李时恰吓得不敢吭声。

高博努力平息自己急促的呼吸，正色对汤若说："你都不和我商量就把过去我们都最讨厌的人拉进来入伙，口口声声共同创业、为了公司，我看根本就是狼狈为奸。他不就是知道点王大亮的事吗，你至于那么怕他？怕到任他为所欲为，怕到宁愿牺牲你最好的朋友也要'共同创业'？我在你眼里到底算个什么……汤若，走之前我最后嘱咐你一次，他来走着瞧不会就是想和你'共同创业'那么简单，也许他是ICC派来的卧底，也许是他自己有什么阴谋……"

李时恰气愤地说："高博，如果你再这样当众诋毁我的话……"

高博怒视着李时恰，"闭上你的臭嘴！"转身难过地看着汤若，"总之你今后要小心他。别以为你把COO的职位给了他，他就会感恩戴德、对王大亮的事守口如瓶；羊就是把自己的肉都给狼吃了，也满足不了狼的野心和胃口！我不想继续跟你们做一丘之貉，也厌倦了被拴在这根绳子上走也走不得、跳也跳不得的滋味，我早就想结束这一切了。"他从裤兜里掏出五千元放在桌上，"这就是刚才李时恰咬定我贪污了的钱，是我费了一下午的嘴皮子才拿到的，我回公司本来就是为了把钱给你。你们折腾吧，保重！"说完头也不回地走出公司。

汤若听得呆如木鸡，直至高博把门重重地关上，砰的一声，汤若才如梦初醒。

李时恰来了劲，"什么素质！"汤若呆呆地看着门。李时恰声音逐渐高了起来,"让他走。像他这种儿女情长而置公司利益于不顾的员工,根本不配留下来!要是在ICC,这号人早就被邹总开了,也就你汤若还拿他当宝一样。你别忘了,即便你们私交再深,你也是走着瞧的CEO!"

汤若忍无可忍地看看李时恰,索性跑到里屋去,像泄了气的皮球瘫在椅子上。几分钟后,汤若呆呆地站起身,失魂落魄地踱来踱去,最后径直朝门走去。

李时恰严肃地拦住汤若,"站住!"汤若懒得答理他。李时恰一板一眼说:"你想去找他?现在是上班时间,禁止处理私事。你和高博就是因为公私不分才落得今天这步田地!"

汤若终于憋红了脸,大喊:"还不是因为你?这下你满意了?!"推开他,摔门而去。

第十二章

夕阳里，郊外的无名小河闪着细碎的波光。汤若独自坐在河边，眼睛迷茫地盯着河面，一遍又一遍地往河里扔着石子。

汤若的脑子里一遍一遍地回响着高博的话，每回忆一遍，就像在心头割上一刀，疼得无法呼吸。他不知道回忆了多少遍，只记得每回忆一遍就向河里扔一颗石子，因为他希望把那个不愉快的情景像扔石子一样统统扔掉，沉入水底；汤若希望扔完了那块石子，就回公司去，能看见高博像什么都没发生一样坐在公司里，一边笑嘻嘻地编程，一边喝着可乐，还会说，汤若，我给你带了瓶可乐，放你桌上了。

就那样不停地扔着，不知扔了多少颗，高博的每一句失望的话，每一个伤心的眼神，都仿佛刻在了他的脑海里，挥之不去，那样刻骨铭心地提醒着他，曾经对高博的无视是多么深地伤害了他。汤若知道，他再也不会回来了。那天对汤若来说远比风投竞标的失败更让他感到无助和孤独，父亲瞧不起自己，牧歌不理自己，就连和自己并肩奋斗的高博也离他而去……一切都乱成了一团麻，汤若像被紧紧地箍在里面，对待未来，他头一次开始不知所措，伸展不开腿脚……

为了转移注意力，汤若来到瀚海。在公司楼下，汤若故作轻松地对着乔乔挥手，小叶和几个职员用异样的目光看着他们窃窃私语地走过去。

乔乔一把把汤若拉到一边，"你以后少到公司来找我，这是你爸的公司，我又在这里上班，你整天来找我算什么？"

汤若呵呵笑道："这不正好给你长威风，让那些人不敢欺负你嘛。"乔乔掏出树叶摔在汤若手里，"给你！别装了。看你那副魂不守舍的样子就知道你为什么而来！"

汤若看着树叶纳闷地说："这什么啊？别开玩笑了！我今天心情不好，咱们俩'爱来不来'。"说着搂起乔乔，忽然"啊"了一声，拿着叶子左看右看还朝着太阳照照。

乔乔在旁边说道："新鲜吧！我也头回见识。而且还是从一棵快要死了的树上摘下来的。她让我告诉你，她现在还不想考虑感情的事。"

汤若苦笑了一声，"你别走，我现在特需要人跟我说说话分散精力，你跟我说说牧歌到底怎么说的？"乔乔听了这话，顿时发起火来，"我有什么义务牧歌说什么都要记住？我就多余管你们的事！累死我了不说，还费力不讨好，落埋怨、挨批评！你们俩倒落个轻松，不费吹灰之力就爱得你侬我侬！"

汤若："你别生气。其实我找你是因为……"乔乔用力摇摇头，"当时可是你死乞白赖求我去的，我要不看你可怜，我才不管呢！我不是大大咧咧、风风火火、马马虎虎吗？你既然心知肚明，还让我去？以后千万别找我当你俩的传声筒了，谢谢！"转身就走，汤若一把拉住她。

乔乔回转身说："为了你，我每天提心吊胆，好不容易做出一点成绩让公司送我去中央财经大学学习，大家又都说我是靠了跟你的关系。还有那钱……我直到现在还每天晚上做噩梦！早知道这样，还不如不认识你的强！"乔乔转头走了，眼泪不知不觉落下。

汤若并没有跟上，乔乔转过头，却看到汤若扶着一棵树，很痛苦地埋着头。乔乔连忙跑回来，"汤若，你怎么了？"

痛苦和快乐一样容易在好朋友之间蔓延，尤其像汤若和高博这样的死党。高博离开了汤若，一路上自言自语地说着"朕不干了"，心里却充满了委屈和无奈。他眼圈红肿地走进家门，郭灿灿见状反倒不知该说什么了。她跟在高博身后，一直走到他房间，犹豫了半天问："是不是……今天在学校门口……对不起，我当时说话太重了。"高博强颜欢笑，"郭爱妃，你多虑了，不是因为你。"郭灿灿不解地看着他。高博鼻子一酸，眼泪掉下来。

高博冲进了卫生间，并把门反锁。马上把水龙头打开了，但是水流声还是无法完全掩盖掉高博沉闷的哭声。郭灿灿在洗手间外听了很久，想敲门却又没有敲，哭声一阵阵传来，她在门外，眼里饱含着担心。

高博终于从洗手间里走了出来，两只眼睛肿得像桃子一般。客厅没有人，但厨房里的灯亮着，高博走进厨房，发现郭灿灿摆了一桌子饭菜和两个人用的碗筷，安静地等着他。"今天赶上超市打折，我买了好多菜……"高博佯装若无其事地微笑，眼泪却再次夺眶而出。郭灿灿嘴唇动了动，想说些什么，把一盒面巾纸摆在了他面前。高博忍痛一字一句地挤出来，"郭爱妃，这次我是真的和汤若决裂到底了。我……我明天就去找工作！"郭灿灿难以置信地看着高博，"你这次不会又骗我吧？"

高博咬着牙，"以后我再也不会骗人了！"郭灿灿一把抱住他。

晚上乔乔和汤若一直待到很晚。汤若已经喝得醉醺醺了，趴在桌上闭着眼。但还紧紧抱着酒瓶不撒手。乔乔把汤若手里的酒瓶抢走："别喝了！对不起，我不知道你今天心情不好，我说的话太重了。"

汤若喃喃："汤八营说得没错，我真是个特别不靠谱的人，他恨我我以为是有代沟，可是现在牧歌也恨我，你也恨我，就连高博也恨我。"

乔乔安慰着汤若，"牧歌我说不好。但你爸，我跟高博是绝对不会恨你的。你还记不记得第一次介绍我跟高博认识，你跟我说……"

汤若睁开眼，无奈地笑着，"我说，我今天终于找到了铁磁三人组中最后一块铁板！以前高博我俩哪次都是逢酒必喝，逢喝必多！有一次你送我俩回家，高博还吐你身上了！你不用怕我难受，不敢提以前的事。你放心，我的心理抗打击能力强着呢！"说完，故意装作哈哈大笑，可眼里却湿润了。

乔乔关切地看着汤若，"你跟高博到底怎么回事？"汤若半睡半醒般嘟囔着，"高博，我今天才发现，原来你是这么一个爱记仇的人！隐藏得够深的！那么多年前的事，一件一件，你都记在心里！当年背文言文的时候你要是有这劲头，也不至于被老师罚写五十遍！有三十遍还是我帮你写的！"

看到汤若似乎误会了高博，乔乔解释道："他不是记仇，而是记得为你做再多，也没听你说一句谢谢。这事我可以作证！我不单没听你对他说过谢谢，也没听你对我说过谢谢。"汤若："哥们儿之间谢来谢去的多见外？"

乔乔嘲讽地一笑，"我们并不在意你说不说'谢谢'俩字，但看重的是'谢谢'代表着我们的付出得到了你的认可。你懂吗？"汤若像发现新大陆一样认真地坐起来，若有所思。

乔乔接着说："你们俩之间，不会有什么深仇大恨，也许高博过阵子消了气自己就回来了。"汤若激动地打断，"你还真不知道，高博对我仇比海深，恨之入骨！你是没看见他当时说话的样子，好像恨不得把我吃了似的！直到现在我回想起来还跟做梦一样，我怎么也没法相信那些话是从他嘴里说出来的！"

乔乔觉得他们的矛盾主要来自李时恰，"李时恰成天跟他过不去，你作为他的好朋友，非但不帮他，还把他当成你和李时恰握手言和的牺牲品，本来就是很过分，他说不干了也是正常。要是我的话，就先打你两拳，再说不干。"

汤若："你怎么也向着高博说话？我是被逼无奈才那么忍让李时恰，你以为我真愿意和他共同创业？我的缓兵之计和良苦用心，高博应该理解才对。"

乔乔依然把天平倾向于高博这一边，"他理解。但是理解了之后，你有想过他能怎么做吗？是忍气吞声、心甘情愿被李时恰刁难。高博在这样的情况下已经忍受了整整两周，更何况这个假视频风波何年何月才能结束都不知道。"

汤若没有想到，乔乔会再为高博说话。难道真的是自己太自私了吗？也许确实该反省自己了。"这不是谁对谁错的事情。汤若，你难道没有看出来，高博夹在你和李时恰中间有多难？一个是不能不要的朋友，一个是绝对不能要的敌人，可你们俩无论谁他都不能得罪，甚至必须把你们俩紧密维系在一起！他就像个辣鸡翅，被夹在两扇滚烫的铁网中间烤，他很痛苦你知道吗？你在意过吗？"

汤若痛苦地抢过酒大喝一口，"我……知道！但我确实没有在意过。"

乔乔的话并不只是为了高博，显然她也是为了自己在牧歌和汤若之间当"传声筒"而愤愤不平。自己受到的伤害远远要比高博深得多。

"所以像我和高博这种越是你认为熟的人，越容易受你委屈，你认为我们帮你、让你都是天经地义、何足挂齿的，怎么，我们上辈子欠你的？你和牧歌不是也很熟吗，你怎么不忍心委屈她一点点？为什么她的一颦一笑你都会在意，而高博受了天大的委屈，就应该第二天必须忘了？这根本不是熟不熟的问题，而是你会选择性地看伤害谁才会对你的杀伤力最小，这叫自私。"乔乔把自己最近压在心底的情绪也一股脑儿发泄了出来，汤若听得哑口无言。

酒吧里已经空空荡荡，两个人都默不作声，汤若像犯了错误的孩子一样低着头，长叹："现在回忆起来，别说你和高博，就连我妈，也从来没被我恩赐过一句谢谢，更别提汤八营了。我的确很自私，怪不得汤八营看不上我。谢谢你提醒我！"

乔乔开心地看着汤若。"我现在真有点受宠若惊。不知道高博听了是不是和我感觉一样。明天我就去找他，你俩重归于好这事就包在我身上！"

汤若严肃起来，"别！我俩谁都不会真的怨恨对方，更谈不上谁低头。只是这一次高博被我伤得太深，要不然他也不会到现在还关机。可能这回他需要很长时间来慢慢恢复，我会每天给他发一条短信，直到他原谅我。"

乔乔笑着说："你还挺煽情。可是走着瞧离了高博，只有你跟李时恰，你们两个又是死对头，这么下去不倒闭才怪。"

汤若沉思着，"其实我并不很想让高博回来。你知道郭灿灿不喜欢他跟着我混，更何况虽然王大亮的视频很火，可是广告商都在观望，网友们对王大亮的信任度好像也出了问题。将来的事情，我也说不好，万一他回走着瞧，过不了几天公司又倒闭，那不是连累他。"

乔乔点点头，"我真的很少听你说那么负责任的话。"

汤若摇头："你以为我真跟汤八营说的那么不靠谱吗？就拿创办走着瞧来说，就像你说的，这是我的梦想，也是高博的梦想，我还记得毕业前跟他那一夜夜的卧谈。还记得他说起未来发展时的兴奋和快乐。也还记得他一次次应聘因为无法得到适合自己岗位时候的沮丧。还有你，你为我所做的一切我都记在心上，只要走着瞧步上正轨，我第一个就是报答你们。"

乔乔说自己并不想要报答，所做的一切都是为了友情。但汤若这次是认真

的,他也觉得欠高博的太多,高博没有拿一分报酬,为了走着瞧,甚至牺牲了和郭灿灿的爱情。于是,汤若决定为高博在瀚海找一份稳定的工作,为了高博他要破例求一次汤八营。

汤若回到家里,汤八营正准备睡觉,闻到汤若一身酒气。汤若诚恳地走到父亲跟前喃喃地说:"爸,我今天来想求你帮个忙。如果我这副样子惹您生气了,那么,对不起!"

汤八营心里嘀咕着:这么晚了又有什么幺蛾子,一定是弄得焦头烂额来求我了?但他还是平静地说:"是不是黑名单的后遗症还没过去?资金又出了问题?"

汤若低着头,"不是。我想推荐一个人去瀚海上班,不知道您肯不肯接受?"汤八营笑了,"你可别说你要推荐的人是你自己,如果真是这样,那我求之不得。"汤若低声说:"是我的同学,高博。"

汤八营有些纳闷,"哦?你长那么大,除了上次走着瞧濒临破产要我投资,这次是第二次求我。他不是你公司唯一的职员吗?你老实说,是不是走着瞧遇到大麻烦了?还是你已经打算结束公司?""都不是。总之,您就回答我行,或者不行?"汤若真诚地看着汤八营。

汤八营叹了口气,"老实说上次你让我投资走着瞧,我没有答应,主要是因为你的所谓振兴计划实在谈不上是个计划。而这次你又什么都不告诉我,却要让我走后门安排高博的工作……"

"高博绝对能胜任您公司计算机部门中软件开发或者系统维护方面的工作。他在我们学校的成绩很好,年年拿奖学金,还得过全国软件技术开发方面的大奖,走着瞧的整个基础平台建构都是他一个人完成的,你看我公司网站的运转情况就能看出他的能力。"听汤若说完,汤八营还是犹豫地看着汤若,终于无奈地轻轻点点头。汤若高兴地说:"谢谢您。爸……"

第二天,汤八营来到办公室,神情恍惚地想着昨天汤若的表现,这也是进步呀,想着想着就笑了。

这时候朱总急地进来,告诉汤八营,今天早晨接到豆豆动画视频网的电话,说已经跟走着瞧确定了合作的事项,下午就签合同。届时,豆豆动画视频网将并入走着瞧旗下。汤八营一皱眉头,"那么快!那小子昨天怎么一个字也没提?"

朱总摇着头说:"汤若不知道使了什么迷魂术,对方公司说追加多少钱都不跟我们合作。我们这次输了。"

而此时,在走着瞧公司的会议室,潇潇和汤若签下合同,李时恰则捧着

DV在一旁拍摄俩人握手的画面,他把象征性的五万元递给了潇潇。

潇潇笑着说:"希望你们信守承诺,如果我们网站的点击率在三个月内没有达到你们所说的数目……"汤若坚定地说:"网站回到你的手中。"

潇潇走后,汤若脸色一沉,"咱们这么做到底有没有意义?毕竟我们才出了五万。"李时恰呵呵一笑,"可别忘了广告公司得到的消息是五十万。"就这样,按照李时恰的主意,投入区区五万元,以三个月达到理想点击率为条件,走着瞧变相地收购了豆豆网。

李时恰得意地说:"我只是以五十万作为宣传,给广告公司的资料里根本没注明这次收购的实际价格。而且商场如战场,你以为过去打仗动辄号称八十万大军,就真有那么多吗?做公司有时候需要一点技巧,仅凭诚实是做不了大事的。况且业界都知道了我们的收购行动,本身就是对我们的宣传。"

这时李时恰的手机响了,"大胜广告公司?好的,我马上过来。"他挂了电话,"你看,生意已经上门了。"

汤若最近的行为把汤八营搞得一头雾水。推荐自己的得力干将到瀚海来上班,跟瀚海公司做竞争对手收购了豆豆网?他想不明白。这时候,乔乔就成了他们父子之间最好的传声筒。

对于收购的事,显然乔乔也不清楚。汤八营叹了口气,"公事说完了,我们说说私事吧。高博跟汤若是不是闹别扭了?"

乔乔点了点头,"主要是因为汤若现在对走着瞧也没有什么信心,所以不想连累他。再加上高博的女朋友希望他在大公司工作,认为那样更有前途更稳定。"汤八营赞同地点了点头,"没想到汤若还挺讲义气的。"

"他们两个是最好的朋友。汤叔叔,您会帮高博吧?"乔乔期待地看着汤八营。汤八营叹着气说:"我已经答应汤若了。我还真没想到,他居然为了高博求我,而且还叫了我一声爸。"看到乔乔很意外,汤八营接着说:"从初中开始他就不叫我爸,改叫父亲了,我明白他的意思,爸包含了更多的情感,而父亲只是一种他无法选择的关系。所以我是他无法选择的父亲,而不是他值得信赖的爸。"

乔乔微笑着,"我倒是觉得父亲这个词比爸来得更具有尊重的含义。其实您应该找机会跟他好好谈谈。"汤八营点点头,长叹了一口气,"通知高博,三天以后来公司面试。"

而此时的高博正从站台一侧的车厢里,孤单地走出来。他漫无目的地坐在站台的长椅上,看着眼前匆匆的人群。

在一个高档咖啡厅,兰冰西装革履与郭灿灿对坐着,郭灿灿则显得心事重重。兰冰抿了一口咖啡,"你今天怎么一直不说话?有心事?"

郭灿灿笑着说没有,她在想,眼前这个男人似乎没有什么缺点,文雅、绅士、知性、善解人意、聪明、有耐心……这就是传说中的白马王子吗?不,还是缺了点什么呢?郭灿灿并不是那么浅薄的女孩子,从小到大,自己就是一个平凡的家庭中的一个平凡的女孩,没有风起云涌的家庭背景以及跌宕起伏的人生经历,从来不过多地要求自己,虽然希望有完美的白马王子会到来,但没有真正期待过。

兰冰看灿灿若有所思的样子,说道:"灿灿,其实我们也有很多共同点。"

郭灿灿笑了,"你喜欢开宝马,我过去喜欢开宝马的人,觉得很潇洒,可坐了几次你的车,我才发现我真正喜欢的却是坐地铁,平稳舒适,除了高峰的时候容易被挤成明信片;你喜欢穿西装,我过去总嫌弃高博不修边幅,可接触你久了我却发现还是不修边幅来得轻松;你喜欢喝咖啡,我喜欢闻咖啡的香味,可是要说喝,还是喜欢白开水。说到底,我发现我本质上喜欢平平凡凡地活着。"

兰冰笑着说:"那我就陪你去坐地铁。"郭灿灿淡淡地说了句,"我又发现你一个优点,宽容博爱。"兰冰附和着笑起来。

高博心事重重地坐在地铁站的长椅上。郭灿灿和兰冰有说有笑地走了过来,她意外地发现了高博,高博回过头也看到她俩,很尴尬,慌忙起身想躲,又无处可躲。

郭灿灿拉着高博,"站住!你怎么在这儿?你不是去找工作了吗?"高博:"我……正准备去。"他看看兰冰,一句话没说,只是笑笑,就走开了。郭灿灿望着高博远去的背影,怅然若失。

这时车来了,郭灿灿却一动不动,闷闷不乐地坐在等候椅上摇摇头,"他这个人一向嘻嘻哈哈,说个不停。就算遇到再大的烦恼,也从来不会像今天这样,一句话都没有。而且,我认识他六年,他从来没哭过,昨天,他哭了半宿。"

兰冰看着灿灿,"看来,你的心里只有他。要重新填满一个人的心,不知道要花多久的时间啊!"

郭灿灿感激地看着兰冰,"谢谢你陪我坐地铁。不过,我们还是做普通朋友吧。"兰冰无奈地笑了,"没关系。我可以等。我的哲学老师告诉我,对一个绅士来说,最重要的美德就是等待。"对着郭灿灿释然地一笑。

对于在收购上失力,而且输给了自己的儿子,汤八营心里究竟还是有些别样的滋味,他以谈高博的事情为由把汤若约到了茶餐厅,事实上他真正的目的是了解走着瞧的运营情况。当得知公司和豆豆网之间是以合作代收购时,他沉吟片刻，"听乔乔说你们公司来了一个ICC前顾问，这种以合作代替收购的方法是他帮你想的？"

汤若看了汤八营一眼，"他叫李时恰，确实在ICC待过。而且根据他的推断，由于前期大部分公司都已经知道了瀚海准备收购豆豆网的事情，我们现在又半路杀出一定会受到关注，我们的实力也会得到认可，届时我们的广告费一定会上升。"

"我不得不承认你得到了一个张良似的人物。根据这种合作模式，你们一定签订了类似点击率的达成合同。"汤八营带着赞许的表情，接着他话锋又一转，"有没有想过如果做不到怎么办？"

汤若自信地说："我相信我们的实力。"汤八营点点头，继而显得有些疑惑，"不过我还是不明白，我们提出的收购条件那么优厚，他们为什么不同意，毕竟五十万不是个小数目。"

汤若摊摊手，"因为你们的拆散零卖合同是一份无视年轻人劳动与梦想，不负责任的霸王合同。您别急，听我说完，我们两家公司都是靠着自己的能力和疲劳一步步走到现在的，我很知道创新型网站经营者的想法，我们不怕没钱，不怕吃苦，就怕我们辛苦经营的东西被无情地打破。虽然，您的资金比我们充足，可是您无视了他们的实际需求。"

汤八营依然不解地问："可他们拿了五十万完全可以重新再做一个网站。"

"不错。网站可以重做，可是他们这些年来为豆豆网付出的劳动可以重现吗？他们当年的激情可以重来吗？这些都是钱无法衡量的。也许我们对公司的感情，在您这样的大公司眼里根本不算什么。可是我们却很珍惜。就拿他们设计的动画形象豆豆来说，这是几位经营者从高中时期就开始努力设计的形象。这个看起来很粗糙的动画人物，记载了他们这些年的努力，可以说已经成了他们的孩子。而您现在却要亲手掐死它、您认为他们会同意吗？"

汤八营低头沉思，然后说："不过，高博离开了你们网站，虽然近期你们的技术支持还是足够，但是之后肯定会出现麻烦。我希望你就这方面好好想想办法。毕竟靠着营销产生的单一扩张是会在短期中迅速扩大一个公司的表面实力，但真正的内核才是最重要的。"提到高博，汤若不由得说不出话了。

汤八营也不理解最近自己为什么越来越关注走着瞧的网站，以及网友对《流浪的达·芬奇》视频铺天盖地的评论。网友对王大亮褒贬不一，尤其一些负面评价非常刺眼。就连刚合作的豆豆网上都有人在质疑王大亮。好多人都说王大亮这辈子就画蒙娜丽莎那一幅画，是个人天天画也熟能生巧，这根本不叫天才。还有的干脆就说蒙娜丽莎是别人替他画的，更有些说这个视频本身就是走着瞧网站造假……看到这些汤八营有些坐不住了，他约了乔乔来到茶餐厅想问个究竟。

"您千万不要相信他们说的。反正现在网上以批评家自居故意找茬挑刺的网友大有人在,理也理不过来。再说,王大亮是自学成才,他是对画画有天赋,有激情,但毕竟是一个没有条件接受专业训练的爱好者。他既没文凭又没大画家如雷贯耳的各种头衔和作品。网友们自然会提出各种猜测。但是他们凭什么如此苛刻地要求王大亮一定还能画得更多,画得更好?"对于乔乔这样的辩解,汤八营不太认同,"生活中你可以这样面对别人的无理要求,但走着瞧是做网站的,网友就是它的上帝,不学会对上帝投其所好,哪来的点击率?"

乔乔无奈地说:"可王大亮就是个地下通道的流浪艺术青年,不是签约七彩画廊的著名艺术家。"

汤八营灵机一动,"你倒提醒我了,为什么不行?有句真理叫勤能补拙,只要他肯下苦工夫,多学多练,我相信他总有一天能成为七彩画廊的头号大画家。"这时候,他脑子里出现了一个念头,帮王大亮就是在帮走着瞧和汤若。他清楚如果王大亮真的得到七彩画廊的认可,那大家对于走着瞧的质疑就会完全打消了。

乔乔看出了他的心思,笑着说:"除了想帮王大亮,您还有别的意图吧?"汤八营脸红了,"这话什么意思?我原来是对汤若很失望,可是这次豆豆网的事件确实让我对他的看法有所改观。我想他虽然在很多方面不成熟,但就经营理念和态度上,还是在成长的。"

乔乔问:"您原谅他了?"汤八营摇着头,"这是我给他的最后一个机会。"

汤若没有想到豆豆网很快设计出了"豆豆达·芬奇"的卡通形象,李时恰也带来了好消息,大胜公司的五万元广告费已经到账。他一边让李时恰赶紧打电话催豆豆网推出动画版的系列达·芬奇故事,一边忙着在电脑上操作。李时恰凑到电脑前问:"怎么啦?"

汤若:"别提了,前段时间有个叫LUCUS的,在王大亮的群里说掌握了王大亮不是哑巴的证据,现在很多网友都相信了他。这不,我正回答他们的质疑呢。"李时恰不说话,汤若回过头,"你别跟我说你就是LUCUS……"

李时恰迟疑了一下,"以后这类问题让我来回答吧。我打算近期推出对王大亮的访谈。"

看汤若脸上的诧异的表情,李时恰接着说:"他不用说话,用笔交流就行。到时候再安排他的粉丝们来参加,让他们亲眼见证王大亮到底是不是哑巴。"汤若对于李时恰的冒险行为不敢苟同,"算了吧。我看要得不偿失。"

李时恰一笑,"你先别那么快下结论。对了,高博什么时候来上班?咱们的系统要维护了。"汤若沉默了。也许李时恰是随便说说,也许是他良心发现。这恰好击中汤若内心的痛楚，他真的不知道应该怎么样来对待高博。尽管他希望高博回来，但郭灿灿呢？

天下的事情有时候就是这么巧，汤八营让公司的老王去打听谁跟七彩画廊的老板有私交，没想到老王兴冲冲地回来说："远在天边，近在军营。"说着手在天空中画了一个大弧，"老陈和他有私交。"

汤八营非常诧异，"以前怎么没发现他交际面这么广？这个老东西。"老王高兴地说："有他引荐，王大亮与画廊合作的事应该是板上钉钉。"汤八营这时面露喜色胸有成竹，"我现在就去老陈家。"

对于老朋友的请求，陈大虎当然乐意帮忙。尽管汤八营嘴上说着，"我这是爱才。像这样自学成才的农村小孩，经历了那么多坎坷依然斗志昂扬，实在不容易！咱们能帮一把就帮一把，也算为社会做贡献！"但陈大虎一眼就看懂他的心思，"我还不知道你？你是想帮汤若。王大亮但凡有个正经名分，汤若的网站就可以理直气壮地拿这噱头炒作。更何况七彩画廊还是全市最著名的先锋画廊，影响力就不用说了，到时候再让媒体到画廊现场报道王大亮签约的事，再弄个粉丝见面会什么的，走着瞧还不得一夜之间咸鱼翻身，红得发紫！"

汤八营津津有味地听着，"老乔，原来你才是真正的世外高人！这些主意我倒是从来没想到，就按你说的办！"

乔父得意地说："幸亏我当年没下海搞网站。要不然你那瀚海还能成业界龙头？"

陈大虎告诉汤八营，七彩画廊的老板就是爱喝茶、聊茶，见面只要投其所好就行了，而且有他出面事情一定能够搞定。汤八营连声称谢。

"不用谢，我听乔乔说，她被选上去中央财经大学培训，而且机会难得，全公司只有一个名额，我也得谢谢你啦！这都是你栽培的好。"陈大虎笑着说。

汤八营连连摇头，"这是她自己努力的结果。我早就看出来这丫头身上有股子韧劲，很像你年轻时候的作风，而且脾气还继承了她妈妈，能干，稳重！哎，她最近找没找男朋友？"

乔父凝眉说："我和她妈正为这事犯愁呢。你说她老大不小怎么也不着急？是不是现在的年轻人都这样？你家汤若也还是光棍？"

汤八营是看着乔乔长大的，乔乔如果能嫁给汤若，那也是他的愿望，他半认真半开玩笑地说："是啊！我那小子更不靠谱，一催他考虑考虑终身大事，他就说我八卦！乔乔这丫头多好，我怎么看怎么喜欢，又是我看着长大的。要是汤若能把乔乔娶回家，那可是我们汤家上辈子修来的福分！"

"老班长太抬举乔乔了。不过，我还真觉得乔乔对汤若有意思！"陈大虎的话让汤八营一阵兴奋，"真的？那就更好了！我可警告你，肥水可不能流了外人田！"两个人哈哈大笑起来，老王在一边无奈地直摇头。

乔乔没想到自己被选去中央财经大学学习的事招来了小叶强烈的不满和嫉妒，这是她最近苦恼的事情。乔乔一直简单地认为，她和小叶应该算好朋友，小叶不应该这样。但是职场上，她们这样同处一个部门，年龄资历能力都相近的两个女孩子，怎么能少了猜疑和嫉妒呢？

办公室里正在沉思的乔乔看到汤若在门口冲她招手。乔乔注意到小叶在旁边撇了撇嘴，她无奈地走了过去。

乔乔气呼呼地跑出来，"不是叫你别来公司吗？现在是上班时间！是不是问高博的事情？一切秘密且顺利地进行着。汤总已经和技术部主管打好招呼了，可以让高博马上就来面试，可是高博手机还在关机，我下班后去他家告诉他。"汤若欣慰地说："太好了。"

汤若对着天做了个飞吻的滑稽动作，乔乔忍不住笑了。身后小叶和同事从办公室里出来，小叶冷眼看着二人看似甜蜜的表情，愤愤大声哼了一声。乔乔脸色一下变了。

汤若："你这同事怎么这样？""废话。都怪你！"说着，乔乔掐了汤若一下，汤若却不知就里。

下班后乔乔敲开了高博的家门，开门的是郭灿灿。高博正在打游戏，看到乔乔却若无其事。

郭灿灿小心翼翼地问乔乔："他跟汤若到底怎么了？我问都不敢问。"乔乔作了个嘘的手势。乔乔小心翼翼地跑过去，用力拍了高博一下。高博依然不为所动，"先说好，不许做说客。"

"今天来是有好事找你。亚洲五百强企业，软件开发的知名企业瀚海公司，明天开始举行招聘活动，招聘岗位，计算机部门。月薪七千元以上，不包括项目奖金，每年有三十天的年假。一年发十三个月工资。年底还有至少五万元的年终奖金。怎么样，够诱惑吧？"乔乔的话似乎依然没有说动高博。

郭灿灿微笑着走过来，耐着性子说："高博，你有没有听见乔乔说？"高博懒洋洋地说："可我不想去。"

乔乔知道与其说高博还没有从伤害中彻底解脱出来，倒不如说他还没有决定是不是真的和汤若分道扬镳。但是乔乔觉得分开一段对他们两个都好，也许对将来他们的友情和事业都是有益处的，她走到电脑前，"作为你的朋友，我是真的希望你把悲伤和愤怒都溺死在工作中，工作是最好的疗伤药。"高博有些动容，但不置可否。

乔乔趁机说："这样吧，你先把简历给我，我帮你投到技术部。你慢慢考虑，至于人家挑没挑上你，你去还是不去，你自己决定。"

郭灿灿把乔乔拉到一边，"我这有他的简历，我发给你。"高博不情愿地看了一眼郭灿灿，无奈地默许了。

天边已经泛起微微的红色，街上渐渐恢复了清晨的繁忙。

第二天早上，一缕阳光透过窗帘照在高博的脸上，高博被电话铃从睡梦中惊醒，他抓起电话，"什么？面试？这么快！"

郭灿灿在房间偷听着，兴奋地跑出来，"我就知道以你的资质肯定能鹤立鸡群！"高博并不开心，"我还没想好去不去。"没想到郭灿灿体贴地说："我知道你现在心里很挣扎，很痛苦，这样吧，你不想去就别去了。你是不是还想回走着瞧？"

高博没有想到郭灿灿这么善解人意，终于说出了自己的心声，"这次我跟汤若是真掰了。即使我肯回去，他也不会原谅我的。你是不知道，我连小学的事情都倒腾出来了。"

郭灿灿笑着摇头，"以为你俩真是铁哥们儿呢，没想到也能有矛盾。这样吧，虽然我不喜欢汤若，不过如果你真的想回走着瞧，我也不会反对你。其实我不喜欢汤若，不仅仅因为他弄了个假的'达·芬奇'去骗人，更主要是因为他把你留在走着瞧，太自私了。假如有一天你们一事无成，他至少还有一个叱咤风云的老爹，他能摔得多惨？可他有没有想过你怎么办？你把大好的青春浪费在走着瞧，个人发展的最佳年纪也错过了，要钱没有，要工作成绩也没有，要有权有钱的老爹更没有，你只能从零开始。汤若并不能给你带来光明的前途，因为他并不是一个好的决策者；而你也不善于决策，你是一个好的执行者。我觉得如果你可以到瀚海学习经验，巩固你的执行能力，如果将来你还是想回走着瞧，你不是可以更好地帮助汤若经营吗？"

高博感动不已，"灿灿，没想到你考虑得那么多。"郭灿灿轻声地说："那当然，你跟汤若就是眼高手低。整天想着一夜成功、穷人乍富。可真要成功就必须制定详细目标然后一步步踏实地走下去。老实说，我觉得瀚海的这次面试正好是你重新开始的机会。这样吧，如果你能顺利在瀚海开始新的工作，我就恢复你见习男友的资格！我可不是趁火打劫，TO BE OR NOT TO BE，你自己考虑吧。"

高博意外惊喜地问："此话当真？"郭灿灿二话不说，拿来便笺纸写下了"见习男友"四个大字，贴在了门后。

"成交！我这就去准备，顺便让乔乔多给我找点瀚海的资料。"女人的体贴和包容或许比干瘪的说教更能激起男人的斗志。面对灿灿的包容，高博整个人一下子积极起来，郭灿灿也很欣慰地说了声加油。

小叶的态度，一直成了乔乔的心病。乔乔在公司没有什么好朋友，而且刚来的时候还是小叶交给我财务方面的很多事情，所以她不希望因为这件事情影响了小叶对自己的看法，于是主动约了小叶一起吃饭，但小叶依旧很不高兴，"不要以为你主动找我吃饭就能打动我。老实说吧，之前赵经理因为公司财务方面的问题找我谈过，让我接近你，看你有没有什么问题。"乔乔"啊"了一声低下了头。

"这段时间我仔细想了想，汤总忘记告诉赵经理让你执行特殊任务的几率约等于零。他是专业的，不会犯这种小儿科的错误。明摆着是他帮了你的忙，而且整个财务部门，你的资历最浅，为什么这次的机会会给你？你刚来公司的时候，我是很喜欢你，觉得你热情开朗，而且没心眼，所以才处处照顾你。真没想到，你竟然是这种人，踩着别人的身子往上爬。"小叶的话深深刺痛了乔乔。

一上班乔乔就坐在赵经理面前，"经理，我想问下这次派我去财经大学学习，是不是主要因为汤总的推荐？"

赵经理很纳闷，"怎么突然这么问？老实说是有关系，财务部门你的资历还比较浅，如果光要凭经验的话，恐怕小叶占上风。不过，这并不是主要原因。我知道你可能觉得这次得到这个机会有点不光彩，但这是职场，上司对你的喜爱与否也是一个人职场成功的必要条件之一。小叶虽然工作努力，但是性格比较孤傲，而你热情随和容易和大家打成一片，这些都是你的优点。"

乔乔肯定地说："您说的这些我觉得都不是我得到这次机会的主要原因。"

赵经理解释道："其实之前我怀疑过你挪用了公司的二十万元钱。还让人调查过你，不过后来汤总告诉我是他让你执行了特殊任务。所以这次的机会，也算是瀚海对你的一点补偿。这点你可以当成是最主要的原因。"

听到这里乔乔终于下定了决心，"我决定放弃这次机会。"

 第十三章

　　小叶也并没有接受乔乔让出的这次培训的机会,而是让给了不声不响在财务室工作十年、领导不怎么注意的老刘。

　　下班后乔乔拉着小叶,"对不起。我还以为你就是想要那个机会才跟我发火的呢。"小叶拉着乔乔的手说:"我是觉得不公平才不高兴的。老实说,我这几天也在想,如果是我未必肯把机会让出来的。所以我还是佩服你。"

　　两个好朋友就这样化解了一段误会,手拉着手走出了公司大厦,还商量好了一起自费上财经大学的ACCA班。

　　高博来到瀚海公司,胸有成竹地面对技术部来面试的主管。主管翻看着高博的简历念叨着,"管理学、计算机专业双学士学位?通过CEAC国家信息化认证考试及网络工程师资格认证,计算机四级,英语八级?!"而后难以置信地看着高博,打开电脑里的一个程序,点击了一下"运行"。紧接着,电脑"滴"的一声黑屏了,"这是我自己做的一个病毒包,看看你能不能把电脑系统恢复正常。"高博走上前,"我试试。"

　　"我给你五个小时时间,如果五个小时内不能搞定,我将不会聘用你。"主管看了他一眼。高博没有说话,只是默默地拿出自己的U盘插上,飞快地敲击着键盘,打出一串串字幕。不到一分钟,电脑屏幕亮了起来。

　　主管用赞赏的眼光看着高博,"你U盘里有什么?"

　　"我自己做过的一个杀毒包。您的病毒包集合的是VB破坏者变种N、金成和机器狗的变种病毒,正好我这里有。要不然,五个小时还真不一定够。"高博的话刚说完,主管就握住高博的手,"恭喜你!你被录用了!明天就可以来上班!"

　　从瀚海公司出来,高博兴奋地打电话给郭灿灿,"爱妃,朕通过了!好,我这就回家!一会儿见!"手机突然连续振动起来。而所有的短信都是一个人发的：汤若。

"对不起。""我错了。""别闹了。""你唯一的固定资产也不要了？"……看着汤若发的一连串的短信，高博的眼睛红了。

高博来到走着瞧的楼下，神情恍惚地推着自行车要走，看车大爷拦住了他，"以后还存不存了？"高博："怎么了？"

"你要是不存，我好把钱退你。有个小伙子是你朋友吧，帮你交了十块。而且还天天下来帮你擦车。你看看，亮多了吧。"高博看着晃眼的自行车，难过地低下头。大爷找了他一沓零钱："他还让我给你带句话。我给记下了。就是'对不起'。年轻人别记仇，你那个朋友好像很难过，他跟我说完自己眼睛都红了。"高博跨上车，抬头留恋地看看大厦，低头猛蹬了几下车走了。

晚上，汤若在"爱来不来"喝得酩酊大醉，高博的自行车没了，他来过公司，却没有上去看看，竟这么绝情。同学、最好的朋友、创业伙伴难道就这么一刀两断吗？汤若边喝着，眼睛不知怎么有些湿润了。

郭灿灿要给高博搞个庆功宴，桌上摆着五六个菜，显得非常丰富。高博却似乎没有什么胃口，愣愣的也不说话也不怎么动筷子。

沉默片刻，高博自嘲地摇摇头，"不想他了。见习男友的待遇就是不一样，还有人专门给朕做庆功饭！"

郭灿灿调皮地笑着说："我还是要郑重地提醒你不要得意忘形。"说着郭拿来一张纸条放在高博面前。高博接过来念着："第一，见习男友离正式男友还有很长的距离，我愿忍辱负重，努力工作，争取早日晋级正式男友；第二，如果我再次犯下不思进取的错误，将被剥夺'男友权'终身！第三，必须把自己工作中的竞争对手远远甩在身后，用工资收入来向郭灿灿同志证明，不然后果自负。这些条件也太刻薄了吧？"

郭灿灿把笔举到高博眼前，"签还是不签？"高博马上堆出满脸幸福的微笑，"尽管刻薄，但是充分体现了爱妃对朕的殷切关怀，朕看得心里暖暖的！"迅速签下了大名。

郭灿灿高兴地拿来一个袋子，是一套价格不菲的名牌西装，高博没有想到灿灿对自己这么好，他深情地说了声谢谢。郭灿灿羞涩地瞄了高博一眼，"傻瓜。"高博把灿灿拥入怀抱忘情地吻了下去。

等郭灿灿进入梦乡，高博却辗转反侧，拿出手机，一条条看着汤若的短信，重重叹了口气，起身来到了书架前，对着书架上放着擎天柱的那条断臂，久久地凝视着。

这时候，郭灿灿站在门边看着他，欲言又止，但最终却没有上前。

"谁能够划船不用桨，谁能够扬帆没有方向，谁能够离开了好朋友，没有感伤。"像歌里唱的一样，汤若和高博共同经营的事业就像一艘小船，他们都感到失去谁这艘船都会缺少动力、失去方向。

鉴于高博上班后的出色表现，不久瀚海就给了他一个重要的任务：在一次和国外公司的重大谈判中为汤八营担任翻译。高博在这次谈判中，他的活力四射以及一口流利的英语，征服了外国人，使他们跟瀚海公司合作充满了信心。

回去的路上，高博突然问汤八营："您会英语，还让我做翻译，就是为了考验我吧？"汤八营脸红了，"你早就猜到了。"

高博："谈判时候，对方一说到关键问题您的表情就跟平时不一样，要是不懂英语，您不可能在第一时间做出反应。"

汤八营笑了笑，"没想到你还挺有观察力。我今天确实是考验你，不过试你的内容主要是口语和口译能力。外国公司对你高薪邀请我一点也没想到。你现在后悔了吧？"

高博摇了摇头，"我虽然出生在小城市，家庭也不富裕，但从小父母就告诉我做人要忠诚。瀚海对我有知遇之恩，我必须对瀚海忠诚。"

"听着有点假。"汤八营嘴上这么说，但心里仍然非常高兴地嘀咕着，没想到汤若的朋友也不都是狐朋狗友。

乔乔和小叶从财经大学下课后，无意中看到了牧歌和一个男孩有说有笑地走着。乔乔连忙跟踪过去，只见男孩做了个询问的姿势，既绅士又亲密地推了推牧歌的腰，两个人朝前走去。乔乔连忙又跟上，小叶很狐疑但也只好跟着。一路尾随，一直走到了牧歌的住处，牧歌和男孩一同进入了公寓。乔乔忧心忡忡地喃喃道："不会吧。难道牧歌有男朋友？"

走到走着瞧公司的楼下，乔乔自言自语，"说，还是不说呢。说吧，我又没证据，好像在挑拨离间。不过，万一真有那么回事，汤若又蒙在鼓里。"这时汤若正好走出来，"乔乔你怎么来了，正好，借你电话用用。不对，先用我的。"

汤若拨电话，里面传来："您拨打的电话暂时无法接通。"再用乔乔的拨，对面的电话铃响了，传来牧歌的声音："喂？"

汤若连忙挂了电话，神色恍惚，"你这几天见过牧歌吗？"乔乔说没有。汤若接着说："我这几天给她打电话总是打不通。我怀疑她把我号码拖到黑名单里去了。要不你帮我问问她出了什么事情。算了，直接点，你就问她到底喜不喜欢我？"

乔乔突然莫名其妙地发起脾气，"她当然不喜欢你了！"汤若脸色大变，"她跟你说的？"没等乔乔说完，汤若电话响起来。

汤八营自嘲堂堂一个瀚海公司的老总，已然成为走着瞧这样一个小公司的编外员工。在陈大虎的撮合下，汤八营终于在一个装修精致典雅的茶馆结识了有些仙风道骨的七彩画廊老板兼美术家协会的曹会长。为了让走着瞧度过信任危机，汤八营多次和曹会长接触并反复推荐，曹会长终于答应让王大亮这个"出生农村，身有残疾。但自学成才，一路用粉笔画着达·芬奇的蒙娜丽莎，来到这个城市追求艺术梦想"的文艺青年签约先锋画廊。还蒙在鼓里的汤若接到这样一个电话：

"喂，是走着瞧视频网站负责人吗？我是七彩画廊。我告诉你个好消息，我们打算招纳王大亮成为我们的签约画家！和你们网站一起举办个新闻发布会！像王大亮这样刻苦追求艺术造诣的人在现代社会已经不多见了，所以，我们要把他的精神发扬光大，对现在社会有着非常积极的教育意义。媒体也已经和我们取得了联系。不过我看到网上也有一些对王大亮的负面评价，主要集中在他到底是不是真会画画这件事情上，所以我想让王大亮来七彩画廊现场画一幅油画来证明他自己的实力。"

"好、好！嗯。"汤若挂断电话，呆若木鸡，然后气得把手机扔在桌上，问旁边的李时恰，"你老实告诉我，是不是你干的？王大亮的事情你心知肚明，你这么做安得什么心？"

李时恰平静地说："不是我干的，但我认为这是好事。王大亮的事，我不说，你不说，谁会知道？这不正是让走着瞧咸鱼翻身的大好机会吗？现在虽然得到了一些广告费，可是因为网友们的质疑，很多广告商也在观望。不瞒你说，就连豆豆网上都出现了对'达·芬奇'的不利评价。"

"这不好的评价的源头在哪，我想你最清楚。"汤若没好气地说。李时恰胸有成竹地看着汤若，"只要七彩画廊给王大亮正名，这些顾虑自然就打消了。紧随其后的就是大笔的广告费，我们下一步马上就可以壮大公司规模。"

汤若冲着李时恰大声说："《流浪的达·芬奇》好不容易有些销声匿迹的迹象，我压着他还来不及，现在被画廊和媒体又抖出来，你还高兴得起来？王大亮根本就是个厨子，不是什么艺术青年，别说是画油画了，就除了蒙娜丽莎以外的其他粉笔画、水彩画他都不会画，这次要一穿帮，紧随其后的不是大笔的广告费，而是咱们面对道德以及法律的宣判！"

既然不是李时恰干的，那么是高博干的？不可能。汤若深知不管是谁干的，这件事也不能推了，不然更显得有问题。只能兵来将挡，水来土掩。风险和收益永远并存，就像李时恰说的那样这件事情虽然冒险，但是未必不是机会。

ICC公司，邹树急切到刚回国的邹总办公室汇报，"这段时间发生了很多事，李时恰果然去了走着瞧，而且汤若还让他做了COO！之后李时恰利用营销方式，成功与之前瀚海想收购的豆豆网合作，不但扩大了网站，在业界更引起了很大的轰动，豆豆网更是推出了'流浪的达·芬奇'造型的玩偶，分发给在网上实名留言的网友，最近还推出了动画版的'达·芬奇'形象。我报社的朋友还告诉我，现在七彩画廊邀请王大亮签约，他们正准备找媒体来宣传呢。"邹总的脸阴沉了一下。

邹树紧接着说："李时恰这个人心高气傲，他肯定是故意和汤若联合起来报复我们。"邹总琢磨了一下，"我还真小看了他。他对我们的情况了如指掌，但上次我故意气他没有给他面子，看来是伤了他的心了，现在也不可能争取他回ICC，这事棘手！你派人去盯着走着瞧的动静，另外召开运营部门紧急会议，我们的策略要调整。"邹树点点头，脸色难看地离开了办公室。邹总长长地叹了口气。

李时恰连夜设计出了关于王大亮签约七彩画廊之后的新的网站运营方案，大概分为两个步骤：第一步，推出有粉丝参与的访谈，为持续低迷的"走着瞧"炒作加温；第二步，尽快推出所有设计以吸引更多的广告客户，彻底将网站扭亏为盈。汤若对此并不以为然，看完后不耐烦地把计划书扔在一边。

李时恰对汤若的态度有些不满，"我希望你暂时放下对我的成见和为人的怀疑，以大局为重。这套计划书，你不看会后悔的。"

"我怎么觉得你好像是为了完成你答应我的二十万广告费，在破釜沉舟呢？"边说着汤若像泄气的皮球瘫在沙发上，"人生真是一步错，步步错！"

这时打扮时髦怪异的王大亮笑嘻嘻地捧着臭豆腐冲了进来。"各位好久不见，请尝尝我的最新口味，王记臭豆腐。"谄媚地把臭豆腐举在汤若面前，汤若恶心了一下。李时恰却从汤若那里温和地拿过筷子，吃了一块，还连连点头，"味道不错。"

"真的？"王大亮眉开眼笑。"当然。春春一定能满意。大亮，我们正好有点事情想跟你商量。你看最近能不能练练画？"李时恰跟王大亮套近乎是为了让他按计划行事。

"《流浪的达·芬奇》视频很火，连七彩画廊的曹会长都看到了，所以他们想邀请你签约。"王大亮迷惑，"七彩画廊？啥玩意儿？"汤若在旁边比画着："高博带你去过的。玻璃房子！"

天知道让王大亮这样一个农民工，一个月内学会画油画有多难。李时恰用三寸不烂之舌，以允许他在公司做臭豆腐为条件，说服了王大亮每天二十元到公司带薪练画，一个月后要在七彩画廊现场作画。汤若虽然有一百个不情愿，事到如今只能这样了，但心里总有点不好的预感。

尽管汤若囊中羞涩，还是要和李时恰带着王大亮到电器城选购煤气灶、厨房用品。结账时，收银员告诉汤若，他的卡里没有钱了。李时恰主动掏出自己的卡，"刷我的吧。"汤若脸红了，"我过几天就还你。"

"凭咱们的交情，我可不会借给你钱的。我说过是来跟你们共同创业，王大亮的费用是公司开销，所以我的钱就当是为公司垫资。等活动结束广告费用进入后，就按银行利息加本金还我。或者跟之前的五万块钱一样计入年底分红的比例中。"说完对着汤若冷漠地一笑，汤若张口结舌。

回到公司，汤若和李时恰汗流浃背地搬着铺盖、厨具和画材四处安置，王大亮只关注着他的锅碗瓢盆，不停指挥他们，对那些画板颜料视若无睹。

汤若很无奈，"这下可好，走着瞧成功横跨IT业和餐饮业，俨然一派大集团风采了。"李时恰安慰汤若，"只要不再节外生枝比什么都强。你好好看着他，起码得保证每天有八个小时画画。"

高博在瀚海公司可以说是如鱼得水，有了上次和外企谈判的出色表现，汤八营对他另眼相看。以后每次交给他重要的工作都有上好的表现，汤八营更是对他高看一眼。高博一时成了公司话题的中心，他热情、机灵，又深得老总赏识，当然也会吸引一些女孩子的眼光。就连一向孤傲的小叶下班后也向乔乔打听起高博来："你那个朋友叫什么呀？还挺有办法的。"

听到小叶夸高博乔乔一笑，"他呀，叫高博，就是鬼点子多。他跟汤若一个学校，计算机专业。别看傻乎乎的，还是双学位呢。计算机编程还得过全国大奖。走着瞧网站你也上呀，所有的程序都是他一个人搞定的。"小叶若有所思地点点头。

王大亮制造的臭豆腐味几乎遭到了整个写字楼的投诉。汤若只好让王大亮关起门窗来做臭豆腐，这样可真的苦了他和李时恰。李时恰感慨地说："如果他能把做臭豆腐的热情放一半到画画上，说不定就真能成流浪的达·芬奇了。"

"可惜美好的事物永远存在于幻想中。王大亮终究不是可堪造就之才，如果真能把王大亮培养成'流浪的达·芬奇'那把我培养他的过程拍成视频，那网页歌颂的应该是我了。"想着想着汤若自嘲地笑了起来。

王大亮的话让汤若从思考中走了出来，"俺都定了时间表了。你看，每天做臭豆腐六个小时，画画八个小时，吃饭休息找春春两个小时，另外八个小时睡觉加研究食谱。俺校长说了，要有计划的生活才能出成绩。俺可不想打乱了。"

李时恰开玩笑说:"没想到你还挺讲原则的。"王大亮憨厚地笑了,"那是。谁让俺是凤凰厨师学校毕业的呢。"李时恰学他说话,"凤凰凤凰,一路辉煌!"大家都开心地笑了。

也许王大亮一个月后,能够骗过画廊老板,不至于让自己再次陷入危机,甚至让走着瞧从此走上腾飞之路。胜败在此一赌了,汤若心里暗暗祈祷。

晚上,汤若徘徊在楼下,望着牧歌窗里的微光。牧歌为什么要躲避呢?拿出手机点出牧歌的号码,却没有勇气拨出。而牧歌躺在床上,拿起手机看了看平静的屏幕,又扔在床上。

牧歌留给汤若一个谜题,这个谜题使汤若感到困惑,而应不应该揭开谜底,什么时候揭开谜底,同样是牧歌所困惑的事情。

瀚海公司的办公室内,正在加班的小叶的电脑突然出现了故障,同样正在加班的高博当然当仁不让。这种小故障对于高博来说只是小菜一碟。一直对高博有好感的小叶终于找到了和高博独处的机会,"高博,我这的工作快完了,看你整天这么累,还吃不好,身体会受不了的。我们去吃点好的吧,给你补补,也算感谢啦。"

高博有点诧异,"不用,随便吃点就行,朕对御膳不甚讲究。我们?再说这个……今天有点晚了。"

小叶有点失望,"那就明天。你不会嫌弃吧?"高博只好答应,"不是不是,那……好吧。"

第二天中午,高博如约来到优优餐厅和小叶坐在窗前共进午餐。比起平时,高博显得有些拘谨,埋头吃饭,只夹离自己最近的菜。小叶不时抬头偷看。高博敞开的包里手机一闪一闪,有来电呼入,他却没有觉察到。

小叶把一盘菜推到高博面前,换过他吃的那盘,"够不着么?老盯着自己跟前的吃。"高博附和着,"呵呵,我吃饭不挑,什么都行!"

"那当你女朋友一定很好,你又有能力,又会讲笑话,还不挑剔。"小叶的话使高博怔了一下。天底下总有这样巧合,或者不巧的事。去买糖炒栗子的郭灿灿恰好从窗前经过,看到高博和一个女孩在吃饭,直接冲进店里来。

"我找你一上午,你躲这吃……"郭灿灿的声音在高博背后炸响。高博一激灵,回头看到包里的手机,"你找我?上午开会手机静音了。你坐下一起吃点吧。"

郭灿灿:"我才不吃呢,钥匙忘学校了,拿你的来。"高博赶紧从包里拿钥匙递给她,看见小叶脸上疑惑而惊诧的表情,赶忙解释:"这是我……同屋。是我妹妹。"

高博话一出口觉得不对,果然郭灿灿听了这句话一把夺过钥匙,将手里装栗子的袋子扔在桌上，转身就走。高博愣愣地看着倒下的栗子袋，几颗油光光的栗子滚在桌子上。

小叶看着窗外郭灿灿离去的背影，"你妹妹生气了？"高博显得有点郁闷。

晚上回家，郭灿灿闭着眼睛敷面膜，高博嬉皮笑脸地赶紧蹲在一边，"郭爱妃近日容光焕发，可是这面膜之功？"

郭灿灿依然闭眼不说话。高博站起身，拿起身边的一面小镜子，"魔镜魔镜，谁是世界上最美的人？不知道？朕欲御驾亲征，出宫寻美，你可随驾伺候。"高博又趴到地上作马状，"御马已备好，请皇上上马！"

高博手举镜子，一会儿变人一会儿做马在郭灿灿脚边爬来爬去，口中念念有词。郭灿灿仍然无动于衷，高博就解释说："爱妃，那只是个同事，我帮了她的忙，她请我吃饭。"

突然郭灿灿用大嗓门说："同事？看你们那亲密样？俗话说，兔子不吃窝边草，看来你进了几天大公司，确实是抖起来了。连中国的传统哲学都快忘光了吧。"

高博低声说："吃不吃窝边草，那得看草的质量怎么样？"

郭灿灿急了，"人家质量好。质量好的我都成了妹妹了！"高博连忙解释，"我是怕别人误会了影响你光辉的人民教师形象。"

郭灿灿高声说："好，那我宣布这个误会永远都不会发生！"高博连忙赔笑，"别别，最好把误会变成真相！"郭灿灿揭下面膜，冲着高博扔过去就走。高博接住湿漉漉的面膜，沮丧地站着。

学校门口，高博骑在自行车上，吹着口哨向学校里张望。远远看到了郭灿灿，便一蹬车子冲上去。

一辆宝马同时缓缓滑过。兰冰打开门请郭灿灿上去。高博猛地刹车，郭灿灿看到他，便犹豫着要不要上车。

兰冰见到高博，礼貌地点点头，走到一边。

郭灿灿白眼看着高博，"高博，你来干吗？"高博强笑着，"微服私访，不行吗？"郭灿灿表情很失望，"那我走了，你自己回去吧。"

"我本来就有事，不回去。你晚上是不是也不回来了？"

高博的话让郭灿灿有点生气，"谁说我不回去了！"

高博瞟了一眼宝马车，"高兴就多玩会儿，这宝马明天还不一定又开着带谁去了呢。"

郭灿灿抿了抿嘴，无言以对，兰冰安慰似的将手放在她肩上。

高博骑上车离开。兰冰再次彬彬有礼地邀请郭灿灿，郭灿灿目送高博离去后钻进了车里。

高博买了一听啤酒,坐在学校门口的台阶上喝起来。自行车歪着停在一边。这时手机响,高博以为是灿灿,激动地拿出来,但看到号码激动的表情就消失了——是小叶,"小叶?什么事?"

小叶电话里说:"明天公司组织单身去郊游,你去吗?"高博犹豫地说:"我……去吧。"小叶极力鼓动着高博。高博沉默了一会儿。

"我给你一起报上?"小叶催促着。高博狠狠心,"好吧。"

"太好了,你什么都不用准备,我这吃的用的都有。"电话那端是小叶兴奋的欢呼,高博无语地抓着头发,将手中的啤酒一口气倒进嘴里。

第十四章

郊外的小山上,来郊游的职员们开始四处散开自由活动。小叶和高博沿着小路走到一片树林,高博闷闷不乐又强颜欢笑。

"乔乔说你是特别有趣的人,怎么也没见你特别能玩爱闹?"小叶看着表情麻木的高博说。

高博想了想,"你说,如果你跟你的好朋友因为一点事情闹翻了,而他又一直道歉,你该怎么办?"

小叶真诚地说:"那得看他是不是真心,还得看我想不想继续要这个朋友。我觉得,只要你们两个都真心想继续做朋友,以后努力地维持这份友谊,伤疤一定能消除的。"高博笑了,"真没想到,你还挺乐观的。"

"乐观是24小时,悲观也是24小时,为什么不让自己开心点呢?行了。麻烦解决了,以后就别再发愁了。对了,我发现你是公司加班最多的人,平时吃饭也没规律,我觉得工作固然重要,可不是生活的全部,你也应该注意身体,平时更应该多参加些集体活动,就像今天这样。"远远看到有情侣依偎到了一起。小叶的手环上高博的手臂,高博一惊转头。

小叶突然问:"你觉得……我怎么样?"高博不知所措。小叶的脸越来越近,高博紧张地舔了舔嘴唇。小叶闭上眼睛,高博猛地推开她,"我去那边看看。"小叶留在原地,迟疑了一下又追了上去。

高博看见小叶过来,觉得没处可逃,只得继续和她并肩而行。沉默了很久高博突然意识到什么似的,"我有点事先走了。"

小叶有些纳闷,"走?大家都要在这住一夜的,荒山野岭的,你一个人怎么走。"高博朝放行李的地方跑去,"我拦车。""一会儿天就黑了!"小叶的话高博好像并没有听到,他没有再回话。

夜幕渐渐地降临,小鸟呢喃着忙着回巢,瘦小的小叶站在树丛中逐渐被夜色埋没了。高博坐在车上最后一排,他不停地捶打自己,用头撞玻璃的声音引来不少乘客回头。

他自言自语着，"高博你是鬼迷心窍了？按说皇上三宫六院也不算什么，可是朕不是那样的人啊。要是汤爱卿在就好了。明君还需诤臣。要是汤若知道这事，肯定说，你个臭不要脸不喜欢人家就别去！还想不想追郭灿灿了。那就不会弄成这样，朕现在可真成了孤家寡人了。"

高博忽然看到窗外郭灿灿买栗子的那家炒货店，没等车到站就大声喊停，公交车司机不知道发生了什么，一个急刹车打开了车门，高博急匆匆地跳下去。

晚上郭灿灿走进自己卧室，发现一盘剥好的栗子，旁边放着一张纸条：御赏干果，郭妃专享。

郭灿灿拿了一个放进嘴里，扔下包的时候发现一个可爱的布偶，胸前的衣服上写着"小阿博"三字。她抱着布偶坐到床上，枕头上的纸条写着：爱妃，请接通朕的爱心呼叫。

这时手机响了，郭灿灿忍住笑接听。原来高博就在隔壁，郭灿灿故意嗔怪道："无事献殷勤，非奸即盗。是不是做了什么对不起我的事？"

"没，没有，当然没有，我怎么会做对不起你……你的事？"高博紧张地说。

郭灿灿怀疑地沉默着。高博咽下口水佯装镇定，"我只是希望劳苦功高的灵魂工程师回家后能在洁净的环境中放松一下。今天开宝驴车那位没去接你？"

"接了我也不一定要跟他去啊。"郭灿灿笑道。"开宝驴的都忙啊，接了老师还得去接护士、售货员、大学生、主持人，这么多女孩等着坐呢。"高博认真地说。

"行了吧，你别酸溜溜的。兰冰可不是那种人。"郭灿灿反驳道。

"是哪种人能写脸上？你没听说过，表面衣冠楚楚，一肚子男盗女娼？男人的坏心眼只有男人才能看出来，我可不能看着爱妃受委屈。"高博早就看着兰冰那小子不地道，但是又没有什么有利的证据来说服灿灿。

郭灿灿一笑，"行了，你不要把我带沟里就行了。现在我命令你，陪我说会儿话。"高博有点不情愿，"就这么一直在电话里说？"

"嗯。你不愿意？"郭灿灿故作严肃地说。高博连忙殷勤地答道："愿意愿意，舍命陪妃子！"

第二天在公司，乔乔看见一脸喜气的高博，"怎么了？咧个大嘴跟哆啦A梦似的。"

"我要是哆啦A梦也变个男朋友给你，爱情的甜蜜，人人有权利品尝！"高博还沉浸在昨晚跟郭灿灿的甜蜜热线当中。乔乔被触动心事，"要是人人都像你这么开心就好了。"

"你怎么了？挨训了？"高博关切地问。"你现在就知道工作和郭灿灿，亏汤若还整天想着你。"乔乔的话好像也触动了高博的心事，"他……他最近怎么样？"

"他没了你整个一焦头烂额。七彩画廊邀请王大亮入会，可是要现场作画。可画展都快开始了，王大亮还是画不成样，身边又没个能帮忙的人。唉……"乔乔担心地说。

"李时恰呢？"高博感到自己不能置身事外，他关心的表情，使乔乔看到他们两个有了和好的希望。

"他忙营销的事呢。再说这种操心费力的杂事本来就指望不上他。"高博知道乔乔这么说是有意向他传播汤若的消息，希望他们两个人能重归于好，他又何尝不想呢。汤若需要他，他同样也离不开汤若。

乔乔走后，高博若有所思地仰在椅子里。他看到办公室墙上挂着的一幅后现代美术作品《幽灵》，忽然有了精神，又一个打挺坐起来。

他悄悄地溜出瀚海来到走着瞧公司楼下，躲在一棵大树下大约等了半小时，看到拿着臭豆腐出门的王大亮，一把把他拽到一边。

王大亮见是高博，惊喜不已，"你咋来了？""大亮，最近累不累？"高博急切地问。

"咋不累！俺都想今天跑了就不回来了。就是觉得钱没拿到手，这些罪白受了。不打声招呼就走，把人甩在这里干着急，也有点不大地道。他俩对俺也不算坏，咱不能这么办事。"王大亮憨笑着说。

"是是，你可不能走。你走了那可真是要了他们的命了。走，我带你去拜师。"

"带俺去拜师？做臭豆腐？"王大亮的脑子始终不能离开臭豆腐。高博急了，"什么臭豆腐，学画画，我能让你自学成才。"说完，给王大亮戴了副墨镜和帽子，乔装打扮了一番，带着他来到七彩画廊。

王大亮张着大嘴看着一幅幅奇怪的画，高博观察着他的神色。"这个是大头菜，这个是西红柿炒鸡蛋，这是个铲子和煤球，这幅歪的是个——烙饼！这个三根扭成一坨的，应该是捞面条！"王大亮指着一幅名为《幻觉》的抽象画作品说。

高博问："这个你喜欢吗？能画吗？"王大亮得意地说："这个跟俺在厨师学校学的一样，都是做饭的，这不很简单吗。这是俺的老本行，俺愿意画。"

"好。"高博拿钱在柜台上买了一张《幻觉》的复制品交给王大亮，拉着他飞快地往门外走去。

路上高博小声对王大亮说："这是后现代，回去照这个画。而且千万别提我。今天的事，就说是你自己的主意。"王大亮愣了一下，似懂非懂地点了点头。

回到走着瞧，王大亮郑重地举着《幻觉》，汤若和李时恰莫名其妙地看着，等着他的发言。"这是俺要画的画，你们不要对这个有偏见。这也是艺术，还是后现代的。"

"你还知道后现代了？那你说说这画的是什么？"汤若纳闷地说。

"你管这是啥，这画要是俺看，它就是三根擀面条拧到一起，要是别人画，说它是啥就和俺没关系了。看出它是啥它就是啥。要不也不叫个《幻觉》。"王大亮煞有介事地说。汤若急切地问："你能画了？"

"嘿！当了这么多年厨子，擀面条擀了那么多根，还能画不出三根来？俺这凤凰技校也白上了。"王大亮得意地说。

汤若和李时恰对望一眼，觉得也只能一试，狠狠心对他说："那你就画一幅来看看。要是画不好，就继续画蒙娜丽莎。"

王大亮挥毫泼墨，比着那幅《幻觉》，竟然画了个有模有样。汤若和李时恰在一旁看着，似乎看到了希望。"行啊'达·芬奇'，做臭豆腐的'达·芬奇'变成了画面条的'达·芬奇'，也算是时代的进步。早该发现你的天赋还是在这方面。可是，要我想我肯定看不出这幅画原来画的是擀面条。"

"是啊，你怎么想到画这个的？"李时恰盯着王大亮问，他对王大亮的突发奇想感到奇怪。

"俺今天在七彩画廊……"王大亮的话还没说完汤若就打断了他，"你去了七彩画廊？"

王大亮差点说走了嘴，掏出墨镜戴上说："俺……俺顺路去的！瞧你吓得，俺想着早画完了就能早些安心回去做臭豆腐给春春，就去了，去了就看见这些画，比你那什么蒙面丽莎容易多了。"

"你真是一个人去的？"汤若没想到一心只想做臭豆腐的王大亮怎么突然真的研究起后"现代"来了，而且画"抽象派"也许真为王大亮找到了一条捷径。自己怎么就没有想到呢？

李时恰点了点头看着俩人，也大概猜到了是谁，装作不在意地点着王大亮的新作，"这个还有点意思，我看你再临摹几天，应该就差不多了。"

汤若也重新恢复了信心，拉着王大亮在画前指点，"你看，这个线条，还要再柔和一些。这个弯不要拐这么大。""你说这根面筋道小了是吧？"王大亮煞有介事地点点头说道。

高博得意地回到瀚海公司，哼着歌走在楼道里。他惊奇地发现所有人见到他都是同情或者幸灾乐祸的表情，他觉得有些异样。高博察觉到有些不妙，先

往乔乔的办公室走去。乔乔打着电话迎面小跑过来，看见高博，挂断了电话。"您真是我的万岁爷！这是上哪儿去了。汤总要是再找不着你，估计直接就签开除书了。"原来汤八营要召开技术部的一个全体会议，发现高博擅自离岗汤八营很生气。

"你怎么不通知我。"高博责怪乔乔。"我通知的了吗？你看看我这通话记录，二十多个拨出电话都是你的，小叶那有三十几个。你自己听听！"乔乔拨出高博的电话，听筒里传来机械的女声：您好，您所拨打的电话已停机……

高博一拍脑门儿，"欠费？估计是昨天聊得太久了。那你替我拖延一会儿也好啊。什么紧急会议非得找我。"

"谁非得找你了，是技术部全体会议。谈判出了点问题，汤总本来就不高兴，这回气更大了，你可真会往枪口上撞。你快点去认个错，态度好点，涕泪交加，匍匐前进，不过千万别把一切归咎于自己年轻犯了小错误，汤总最不喜欢别人拿年轻当挡箭牌。"说完乔乔忽然脸色大变，高博顺着她的眼神回头，看见汤八营早已站在他的身后，高博吓得一下子直起身子，却说不出话来。"来我办公室。"汤八营怒气冲冲地说。

来到办公室汤八营拍着桌子直指高博，"高博，你早退已经不对了，竟然还教唆同事，企图合谋撒谎！你这种人不严办，我这个公司的规矩就形同虚设！"高博不说话，一副愿打愿罚随你处置的样子。

最后高博得到的惩罚是扣除当月奖金，罚清扫厕所一个星期。从汤总办公室出来，高博自言自语道："保洁，保时捷，不也就差一个字嘛。"

高博回到家，郭灿灿正在改作业，看高博回来了，灿灿停下了手中的笔，"回来了。听说你最近成了公司的红人了，乔乔说老总都特喜欢你。""那当然，你不看看我是谁。到哪儿都是吹皱一池春水，倾倒半壁江山。"高博挑着眉毛说道。

"说的自己真跟能引起跨国企业大战的高级人才似的。我看你也就在瀚海打打杂。"灿灿打趣道。

"你这是没看到我在公司是怎么的叱咤风云。人称'千手百变小王子'的就是我，人人见了我都礼让三分。"高博挑着大拇指说道。

郭灿灿白了一眼问："切，你在公司具体干什么？让你负责项目开发了吗？"高博嗫嚅着，"……反正就是，帮着汤总做事，有时候，全公司的杂事都得盯着。你不知道，今天汤总找我谈话，全楼的人都出来看了。"

郭灿灿撇嘴不信，"怪不得小女孩一请你吃饭，我就成妹妹了。""又来了，下次你去我公司，我就介绍你说是我老婆，行了吧。"高博看灿灿还在介意和小叶吃饭的事，赶忙堆着笑说。

"不要冒进主义,刚见习上男友还没转正,就老婆?"说完郭灿灿笑着起身,高博长舒了一口气。

汤若四仰八叉地躺在一堆王大亮临摹的《幻觉》废稿之间,王大亮在一旁画好一张,又扔到了他的脸上。

也许是面条激发了灵感,汤若欣慰地看到,王大亮的画越来越有模有样,如果不出意外,他应该能够应付七彩画廊的现场作画。"有救了。"汤若看着王大亮的画自言自语道。

看自己的画受到了肯定,王大亮趁机提出一个要求牧歌来现场录像,并刻成光盘。他要给他心爱的春春看自己的作画过程。

"哎呀。"汤若拍了脑门儿一下,自己怎么没有想到呢?这不就可以顺理成章地和牧歌见面了吗?王大亮真是开了窍了。厨房中传来王大亮的歌声:"狼爱上羊呀,爱得疯狂……"

汤若不由自主地拿出手机,拨通了牧歌的电话,"牧歌,我是汤若,明天王大亮要在礼堂作画。……跟七彩画廊搞的活动。……算是测试吧,通过了他就是七彩画廊的签约画家了。我想……邀请你来。"良久,汤若舔着由于紧张而干裂的嘴唇,突然兴奋起来,"行,那明天见。Yes!"

汤若也哼起了歌来,"狼爱上羊呀,爱得疯狂……"

在走着瞧公司,王大亮还正做着最后的练习。看着王大亮的画,汤若皱着眉头,李时恰则一脸兴奋:"我觉得有那么点意思。你怎么了?"

汤若只是摇头,"虽然我对绘画只是爱好,谈不上专业,但我总觉得他画得有点问题。明天的评委都是专业人士,我们这么糊弄能成功吗?"李时恰也沉默了,两个人看向王大亮,王大亮则正哼着歌闻着臭豆腐。

"太悬了。我有一个美院的朋友,要不先让他看看吧!"汤若说完打通了好朋友赵必成的电话。

"别开玩笑了!画这画的别说是准专业,我看完全是绘画白痴!"看完王大亮的画赵必成说的这番话使汤若和李时恰心里凉了半截。汤若咽咽口水,"这人的绘画水平确实不高。"

"不高?他根本不会画画。但凡稍微自学过的人对点线面的把握都不会像他那么生疏。"赵必成不屑地说。

李时恰点头,"所以,我们才想让他画仁者见仁智者见智的抽象画。"

"抽象画比传统绘画在色彩、结构上的要求更高。你看他画的这三根线,形状扭曲,毫无美感,颜色就更不用说了。感觉就像三根煮烂的面条!"赵必

成用专业知识给汤若解释道。

"照你这么说，这幅画是肯定骗不过七彩画廊的评委喽？"汤若说着就往外走，他必须通知明天的媒体见面会取消。

明天王大亮就要和七彩画廊签约了。今天七彩画廊已经被布置成了记者招待会会场。

七彩画廊的发言人正在接受媒体的采访。汤若、李时恰走进画廊，记者正从画廊中散去。

曹会长拉住俩人的手，"你们两个怎么那么晚才来？刚才记者招待会我还想着让你们两个说几句呢！"

汤若脸色很难看地说："曹会长，我们有些事情想跟你商量。我们想取消明天的活动。"

曹会长有些惊讶，"别开玩笑了！汤若，七彩画廊是全市著名的先锋画廊，有头有脸的地方，哪能出尔反尔？更何况，现在记者招待会都已经开过了！"

李时恰顿了一下说："曹会长，这次确实是我们的问题，我们愿意承担责任！"

曹会长拿出合同说："好。这是合同的约定，取消活动，你们要负担违约责任以及我们的名誉赔偿，场地布置等等，总计一百万元！"汤若跳起来，"啊？！你这是讹诈？"

"什么讹诈？汤若，这次的活动不是办家家，对走着瞧对七彩画廊都是非常重要的社会活动！我老实告诉你，先锋画廊在这个城市本来就不多，七彩画廊又是其中的领头羊，我们收藏的画作和签约画家在有些传统画廊是受到质疑的。而且，前段时间我们错误地收藏进了一张假画。如果这次又临时取消了签约活动，那么多的媒体记者会怎么报道？！"曹会长声音越来越高。

汤若虽然心虚，但气势上不能输给对方，"可是王大亮只是我们包装出来的绘画天才，他画得很努力，但画得是不好，所以我们只是拍了视频，并没有想过要让他跟正式画廊签约。对我们来说，值得歌颂的是他的精神，而不是他的画作，反而是你们主动找到我们的。"

"王大亮的画我在视频中已经见识过了，虽说不专业，但很有灵气，而且我们也很想弘扬他的精神。总之，我不同意取消活动。如果你们执意如此，就等着收律师信吧！"曹会长说完拂袖而去。

画室内，赵必成正对着画布画着，王大亮在一边递颜料，非常疑惑地看着他的画，画布上什么都没有。赵必成用上了显影剂，栩栩如生的一幅花卉作品就诞生了。王大亮连连竖大拇指。

"对了'达·芬奇'！你别光顾着给我做助理，你也画个蒙娜丽莎给我看看呀。我还是你的粉丝呢！"

王大亮连连摆手，赵必成把画笔塞在他手里。只见王大亮凝神静气地在画布上画着，然后涂上了显影剂，三根面条出现了。赵必成脸色一变。

汤若和李时恰垂头丧气地来到画室。汤若看了看必成的脸色说："必成，你是我的发小。我也不瞒你。王大亮确实画得很不好。可是明天就是现场作画与七彩画廊签约的日子了，他们又不肯取消活动，我现在是一筹莫展了。"

赵必成低声在汤若耳旁说："你们这是欺诈！你们打算怎么办？"此时，李时恰注意到正在玩弄显影剂的王大亮，"这是什么？"

"是我的创新，正准备申请专利。我用自己调和的特殊颜料先画在画布上，肉眼看不出来，然后再涂上显影剂，使整幅画瞬间出现，非常适合现场表演。"李时恰沉思，看看汤若。汤若明白了他的意思。

现在只能再次铤而走险了，汤若提出买一幅赵必成的"显影画"，作为明天的现场表演用。

"我明白你的苦衷，可是替身这种事情我实在不想干！"赵必成一听让自己帮助做假就很不情愿，但是面对老朋友很为难。

汤若恳求道："我们就买你的一幅画，临时过关用。"赵必成终于拗不过汤若，"凭我们两个的关系，我是该帮你的。算了，毕竟是你经营了两年多的公司，我也不想眼睁睁看你一败涂地。这幅画算是我送给你的。"汤若也笑了，"今时不同往日，你想去欧洲学院进修的事进行得怎么样了？"

赵必成摇头说："通知书已经来了，可是学费方面……"汤若思索片刻拿出支票，递给赵必成，"这不是买画的钱，是我借给你的。"说完俩人相视而笑。

这是最后一赌了，如果表演成功，就会真的起死回生；如果这次在众多媒体的眼光下表演失败，走着瞧就彻底一败涂地。汤若深深地明白这一点，但他只有这样豪赌一把了。

第二天，汤若、李时恰和赵必成带着王大亮如约来到七彩画廊。

眼看到了作画时间，王大亮紧张得发抖。主持人宣布完了，他一步步往后缩。李时恰突然出其不意地一把把王大亮推到了台上，下面掌声一片。掌声渐渐平息，追光下，王大亮深呼吸一口站在画板前。只见他抄起一根超大号油画刷，对着画布就是啪的一笔，然后以一种奇怪的姿势绕着画板转了一圈，选择了一只10号油画笔，又是一下，他远远近近地看着画板，拿起一支1号油画笔自下而上的一下。

评委们面面相觑。汤若慢慢推动按键播放音乐，小约翰斯特劳斯的《春之声》圆舞曲弥漫在会场中。

大亮双手夹着八根大大小小的油画笔，随着音乐左一下右一下地在画布上画着。还配合上了脸部和身体的动作，随着音乐有时候显得很忧郁，有时候又似乎灵感突至，有时候又很活泼俏皮，最后的音符他突然拿起主席台上的矿泉水喝了一口，一溜小跑，对着画作"噗"的一声把水全都喷在了画上。

所有的人都愣住了。

大亮朝着台下一鞠躬，然后露出了他标志性的憨笑。

主持人第一次见有人这么作画，"那么下面就由七彩画廊的特约评委上台为王大亮的油画作品打分。"

评委们来到台上，围着画作观看。七彩画廊的曹会长显然是大家的领头人，所有人都注视着他的反应，只见他眯着眼睛忽前忽后忽左忽右，汤若和李时恰紧紧盯着曹会长紧缩的眉头。突然曹会长眉头舒展开来，"好。"两个人这时候才舒了口气。

几分钟后评委宣布：王大亮同志的作品《春之声》，构思巧妙，用色大胆，构图完整和谐，有很强的形式感。既继承了毕加索对于点线面的天才与敏感，又发扬了中国绘画史上扬州八怪之一八大山人的写意画境界。不失为一幅用笔成熟，细节丰富准确的优秀画作。尤其是创新性使用不同粗细的油笔，着重突出了1号油笔绘制的红色线条，即显得活泼热情，又富有音乐的动感。综上所述，王大亮的作品是一幅中西结合、具有音乐节奏美感的优秀油画作品。作者王大亮不愧为一名极有潜力的绘画新人。评委会一致决定特批王大亮同志成为七彩画廊的签约画家。

现场很安静，然后雷鸣般的掌声响起。

在一段庄严的音乐中，礼仪小姐带着王大亮上台，王大亮亲手揭开了画布，这幅由三根粗细完全不用的线组成并点缀了无数色彩斑斓点点的画作终于展现在我们面前。闪光灯一片。全场观众起立鼓掌。

汤若杵了一下李时恰，"快监测数据。"李时恰虽然兴奋但还很冷静，一边快速打着数据一边说："现场直播，绝对真实。"结果可想而知：新纪录！

汤若激动地抱住李时恰，坐在舞台后排的汤八营欣慰地频频点头。

庆功会安排在了"爱来不来"。"砰"的一声香槟开启，汤若给大家满上，每个人都是神采奕奕。汤若偷眼看着应约而来的牧歌。牧歌微笑着说："恭喜你。"

汤若深情地看着牧歌，"谢谢你能来。"两个人碰杯，乔乔看到汤若的眼神中满是爱恋，心中不禁醋海翻涌。

李时恰把一张光盘递给王大亮，"答应你的。"王大亮咧嘴笑了，递给春春。春春嘴上说着,"这有啥用?俺不要。"还是塞在包里,王大亮笑了。

汤若跟王大亮开玩笑说:"一张光盘就笑成这样,我很怀疑,爱情的力量到底有多么伟大,能让人为实现它做多少自己曾经或永远不会再做的事情。"他说这句话其实是给牧歌听的,可是大家却从中间听出了别的含义,李时恰和乔乔的脸色立马变了。气氛一下子有点冷,牧歌也感觉到了这一点。

乔乔连忙打圆场,"咱今天是庆功会,不谈爱情,只谈事业。"牧歌接过话茬儿,"来,我们每个人为了今天说一句话吧,我先来:希望王大亮以后的路越走越好,得到更多人的欣赏。"

乔乔:"我希望汤若以后能靠谱点。把走着瞧越办越好。"李时恰:"那我就希望走着瞧能早日登上世界500强。"大家都发出了嘲笑的"耶"字,然后纷纷看着汤若。

汤若想了想拿起酒杯,"我希望今天的事情以后不要再发生了。王大亮的人品和能力有目共睹,他是一个有理想而且肯追求的人,不应该被人怀疑能力。与我们相比,也许他活得更真实一些。"

众人都有些默然,汤若却笑了。李时恰低下了头,王大亮尴尬地笑笑。

汤若拿起酒杯说,"干杯。"牧歌拿出随身携带的拍立得,"一,二,三。""CHEERS!"这群年轻人的笑脸在照片上定格。

回家后,汤若看到汤八营躺在沙发上睡着了,面前则摆放着一堆公司的资料。半根烟还燃在面前的烟缸里。汤若背着换洗的衣服走下客厅,"妈……脏衣服我扔洗衣机里了。"

汤若略略迟疑了一下,还是给父亲盖上了毯子。可此举却惊醒了父亲,两个人都有点尴尬。汤若开玩笑地说:"我听说人衰老的标志就是躺着睡不着,坐着直打盹。"汤八营笑笑,"我可没睡着,就是闭目养神。"

汤若拿起汤八营的半根烟掐灭,"戒了吧。"汤八营有点感动,儿子可是从没有关心过自己的身体。"跟妈说,我先走了。下周末回来看她。"说完,汤若向门口走去。"等等。今天跟画廊的活动怎么样?"汤八营叫住他。

"您不都看见了吗?倒数第三排,第五座。明知故问。"在现场汤若早就注意到父亲的到来。汤八营尴尬地说:"要不是曹会长非要我去,我才不去呢。"

汤若有些得意,"其实您看现场,还真不如看我们走着瞧的网络直播。虽然我们的点击率一路飙升,不过多您一个点击,我们也不嫌弃。"

"就你那低分辨率的单向直播?不说了,王大亮得到了社会的认可实现了自己的艺术追求,走着瞧不但获得了良好的点击率,而且还赢得了社会的公信力与知名度。一举两得,一箭双雕。你就没想想应该怎么奖励这次活动的策划人员?"汤八营有所指地说道。

"对员工激励的最好方式是情感激励与发展激励,而不是酬劳激励。当然,在可支配的范围内进行一些例如吃辣鸡翅的活动,一贯是走着瞧的人事方略。"汤若认为汤八营对自己公司事务关心太多,就是对他的不信任和漠视。

汤八营笑了笑,"不谈你公司的奖励机制多么不因人而异,单论你奖励的人员,就没有面面俱到。"汤若以为他说的是高博,心里有些难过,"您不用拐弯抹角地试图影响我与高博的友情进程。我的事情我自己会处理。"

"他?他哪能那么考虑周到,用心良苦,实现双赢?既然你们都去吃了鸡翅庆祝,那我也不要脱离群众,十个鸡翅,我也尝尝你们的新鲜玩意儿。"汤八营边说就边去拿外套。汤若却愣在那里然后问:"是你找了画廊?"汤八营避而不答,说:"钥匙呢?给你妈留个字条。"

汤若气得颤抖,"你,你知道你做这件事情,会给王大亮带来多少的社会活动?今天还来了那么多家的媒体记者,说不定以后还会让我们上电视呢。""感谢的话,咱们边吃边说。"汤八营以为这次儿子终于能够理解自己的良苦用心。"感谢?你简直是多此一举。"汤若的话让汤八营愣住了。

"《流浪的达·芬奇》好不容易快淡出网友的视线了,你干吗还非要把他从箱子底里翻出来。你知道这给我们添了多大的麻烦?全网络就一个王大亮吗?全中国就他一个会画画吗?你干吗非要盯着他一个人。"说着汤若砰的一声,摔门走人。汤八营有些摸不着头脑。

第二天,汤八营在办公室里向乔乔发着牢骚,"你说我到底哪儿做错了,我不都是为了他好。"他不知道为什么自己好心被当成驴肝肺。站在一旁的乔乔急忙掩饰,"您也知道汤若这个人小孩子脾气,他就是希望靠自己,您帮他,让他觉得自己很没用。"

"可是,我毕竟是他爸。为了他还浪费了我的一罐好茶叶。真是好心没好报。"汤八营没法搞明白汤若为什么这么不领情,有多少像汤若这样的孩子都为没有成为富二代而遗憾呢?

乔乔从包里拿出一筒茶叶,冲着汤八营:"汤叔叔,您别生气了,您看这是汤若让我给您买的西湖龙井。"汤八营接过茶,有些无奈,"他哪儿知道我喜欢喝什么茶?"

这几天网上对王大亮的溢美之词越来越多。王大亮坐在办公室,笑嘻嘻地看着电脑摇头晃脑地念着:"你看这句,《春之声》代表了王大亮对声音的美好向往,这让我们这些生来就会说话,而整天只会说废话的人汗颜。"汤若哼了一声,白他一眼。

王大亮还在口中念念有词,汤若灌下一口酒,自言自语道:"赵必成还真可惜,画得那么好,却一直没有机会,不过我相信,等他去了欧洲一定能成为世界知名的绘画大师！"

"这事儿和必成有什么关系？"乔乔纳闷地问。汤若摇头不语，又灌下酒。

"你爸又不知道咱的秘密，他么，最多算个好心办坏事。你跟他一顿吼，说不定他现在心里正难受呢。"乔乔轻声地说。汤若气愤地哼了一声说："他一句话，差点就要了走着瞧的小命。成事不足败事有余。"

汤若再次见到曹会长的时候，是在七彩画廊的办公室。作为收藏王大亮"画作"的报酬，曹会长把二十万的支票交到汤若手上，顺便问一句："对了，汤若，汤八营，你们两个是什么关系？"

汤若低着头说："他是我爸。""哦？怪不得他那么帮你。"曹会长茅塞顿开地说。汤若只好无奈地摇着头，没有说什么。

曹会长送俩人下楼的时候，却听见一阵喧哗。只听见一个男青年用唐山口音在和工作人员说："怎么啦？你们画廊的画不都是出售的吗？为什么不能卖？"

三个人疑惑地走过去。身着不合适的晚礼服的小青年正气呼呼地指着墙上的《春之声》，"赶紧让你们老板来，多少钱我都不在乎！"

原来小青年叫小狼，来自唐山农村。"我跟王大亮一样来自农村，区别就是他喜欢画画，而我贼喜欢帕瓦罗蒂，我的理想就是成为他那样的著名歌唱家。可是，我妈，我爹，我姐，我大姑，四舅，三姥爷都觉得我的想法不对。原本我没见过世面，看他们都反对，就觉得自己错了，安安心心地在家种地。直到一天，我在县城网吧上网看到了《流浪的达·芬奇》，我才知道，错的不是我，而是他们。这不，我就跑到北京来了。"

原来小狼是王大亮的粉丝，而且是受了《流浪的达·芬奇》视频的影响来到了北京追求梦想。汤若关切地问："那你怎么生活呢？"

"一开始没钱，睡过麦当劳。后来接了点零工，暂时可以维持自己的生活。而且，我还在你们网站的群里碰到了好多志同道合的人，我们就一起在郊区弄了一个'达·芬奇'培训基地……"

汤若有些不明白，"等等，你再说一遍，什么基地？"小狼扯着嗓子一个字一个字地说："'达·芬奇'培训基地！"看到汤若和李时恰一脸迷惑。

小狼接着说："我们成立了基金会，把打工的钱都收集起来，作为日常开销和追求梦想基金，另外我们还有一个理想就是能收藏一幅王大亮的画，因为他是我们的偶像，也是我们坚持下去的榜样！你们看，我钱都带了。"说着小狼小心翼翼地打开包，"四千呢！"

汤若和李时恰面面相觑，尴尬地笑笑，"可是画廊和王大亮有合同，这幅画他们已经永久珍藏了，不准备出售。"

小狼皱着眉头,"那你们说买下那所画廊要多少钱?你们别看我这样哈,我不怕苦,多打几份工,少吃几顿饭,总能凑够钱的,你们说是吧?"

汤若和李时恰只能点头。李时恰安慰他说:小狼,我们很理解你们的心情,作为走着瞧的经营者,王大亮的朋友,更是非常感谢你们对他的喜爱。你看这样好不好,等王大亮有空了,我们让他再做一幅画,作为礼物送给你们。"汤若惊讶地看着李时恰,小狼则高兴地连连点头。

走出画廊,两个人送小狼上了出租车,李时恰还掏出钱递给司机。小狼感激地说:"今天多谢你们了。我等你们的消息哦。"

车开走后,汤若把李时恰拉到一边,"你搞什么呀?""嗨。不过是个粉丝,糊弄糊弄就得了。过不了几天他就找到新偶像了。"李时恰满不在乎地说。

汤若依然有些不解地问:"要是他非要画呢?"李时恰笑着,"那你就给他画一个,就当为公司创收了。"

高博对于发生在走着瞧的这一系列事情达并不知情。这几天他深深体会到"人要倒霉喝凉水都塞牙"。原来灿灿到公司来找高博,恰恰看到他带着保洁员的牌,在楼道里打扫卫生。高博只好把自己带王大亮到画廊,结果被罚做保洁员一周的事告诉了郭灿灿。

"你又是在帮汤若圆谎是吧?"郭灿灿失望地说。"我虽然不在那边了,可也不能眼睁睁看着他们送死吧。"高博真诚地说。

郭灿灿急了,"你还真拿自己当救世主了?我劝你还是先修身齐家,再想着治天下吧。你看看你这满身油污的样子,这就是你口中的叱咤风云?"高博辩解:"我要是怕吃这点苦,就对自己哥们不仁不义,还算男人吗?"

郭灿灿觉得高博强词夺理,就更生气了,"一起撒谎就是男人了?对待一个已经说出去的谎言,最好的办法不是继续撒谎来弥补,是承认自己的错误!"

高博变了脸色,坚定地说:"要是让我再重新来一遍,我还是会这样做。""你就是冥顽不灵!"郭灿灿气呼呼地转身走了。

看到高博依然不能摆脱汤若,郭灿灿回家后一直闷闷不乐。

正在这时传来了开门声。郭灿灿眼珠一转,故意提高了嗓门装作在和兰冰打电话:"兰冰啊,我家的墙壁都渗水了,要不,你过几天找人来粉刷一下?"高博听到了她的电话,笑嘻嘻地凑上去。郭灿灿啪地挂了电话。

"你想刷墙?要什么颜色?"看着高博谄媚的笑脸,郭灿灿白了高博一眼,随手指了指一本杂志里的高级家装图片。

高博面露难色,"其实租来的房子不需要弄成那样,咱们到时候不还得搬新家吗?"

"你可真够口是心非的。不知道谁整天跟本公主说,虽然是租来的房子,咱们也要过出家庭的温馨感觉。不过，我本来也没指望你，兰冰……"郭灿灿扬着下巴故意冷笑道。

"什么小事都麻烦人家大编导，我干。"高博满脸堆笑地说。郭灿灿得意地笑了，"我先警告你，能配得上本公主的涂料最次也得是立邦漆的水平，你可别糊弄我。"

百安居里的涂料价格高得令高博望而生畏，相对于高博来说这些涂料赶上"液体黄金"了。无奈高博只好来到一家廉价涂料店，他豪爽地朝桌上拍上了一百块钱，高兴地拎着两桶印刷粗糙的"立邦漆"涂料出门。

乔乔看着已经铺满了报纸的房间，又看看地上的涂料。高博上前一把拉住她，"朕现在可只有你一个哥们儿了，朕能不能战胜那个兰魔巨人可都看这次的表现了。"

"刷刷墙，你就能战胜人家大编导。人家要身高有身高，要学历有学历，最关键的一点是为人稳重踏实，而且温柔体贴……"乔乔不以为然地说。

"又高雅又风趣。你嫌我受郭灿灿的打击还不够啊？我告诉你，他一定有一个非常致命的缺点，我只要能一次次顶住他对郭灿灿的爱情攻击，就能争取时间让他暴露。"高博脸上带着鄙视的表情。

"你怎么知道？"乔乔反问道。"第一，像他这样毫无缺点面面俱到的好男人在真实世界里是不可能存在的。第二，这是我的直觉。"高博自信地说。

乔乔："我怎么直觉你就用这种劣质涂料想糊弄郭灿灿，不但不会为自己赢得比赛，反而还会更加一败涂地呢？"

高博不为所动地撬开油漆桶，"看来只有时间能帮朕给你送上一个响亮的大嘴巴了。开干！"

"就咱俩？要不你给汤若打个电话？"一提汤若，高博白了乔乔一眼，低头开始干活。

王大亮的臭豆腐已经成为写字楼里的"公害"。汤若除了自己忍受臭气还要应付别人的投诉，更不能忍受的是晚上王大亮的呼噜声。

看到汤若有些疲惫，李时恰问他是不是休息不好。

老实说经过这些天的相处，汤若对李时恰的成见逐渐在减弱。汤若无奈地点点头，"或者忍受王大亮同志的臭气，或者忍受王大亮同志的呼噜，我可怜的睡眠就此随风而逝了。唉，弄得我一点精神也没有，一会儿谈判都不知道说什么。"

李时恰坐下来准备工作，他迟疑了一下，"要不，你今天晚上住我家吧。"汤若愣住了，"这……这不好吧。"

"没关系。"李时恰却很坦然。汤若有些纳闷儿,毕竟俩人的关系没有密切到这一步,李时恰的示好使他有些不知所从。

"我可不愿意你拿缺乏睡眠作为与广告商谈判失败的理由。快准备一下,一会儿广告公司就来。"

李时恰好像并没有想太多。

为了逃避王大亮的臭豆腐的"熏陶",汤若答应到李时恰家中借宿。下班后他跟着李时恰来到旧城区的一个破旧杂乱的小胡同中。

不远处正有个大妈在生炉子,汤若被熏得连打了几个喷嚏。走了几分钟,展现在汤若面前的是一间年久失修的老式平房。李时恰掏出钥匙打开门。汤若疑惑地跟了进去。

第十五章

汤若和李时恰走进门。这是个非常狭小的房子,最靠里边还有一张床。整个房间只有一扇小窗,昏暗中传来一个有点苍老的声音:"李时恰回来啦?"

"妈,怎么不开灯。"李时恰朝着躺在床上的母亲问道。"灯坏了。"李母说完咳嗽了两声。李时恰赶紧把手中的东西递给汤若,熟练地拉过一张椅子。几下,灯终于亮了,展现在汤若面前的是一个狭小、简朴又非常整洁、温馨的房间。由于过分狭小,显得整个屋子东西很多,满满当当,靠着唯一一扇窗的位置,是一个小床,床上有一个白发苍苍但是非常干净的女人。对着床位的墙壁上,贴了满墙的奖状。

李时恰把女人扶起来靠在枕头上。"这是汤若,这是我妈妈。妈,他今天能不能在这儿住一晚?"

李母对着汤若很有分寸也很和蔼地一笑,点点头,"家里有点小,随便坐。李时恰,冰箱里有西瓜,请汤总吃。"汤若这才反应过来,很不好意思,"不用了伯母。"李时恰拉了把椅子给汤若,自己去忙着切瓜。

"您别叫我汤总,您叫我汤若就行了。"汤若有点不好意思。李母和蔼地说:"汤若,李时恰没有给你添麻烦吧?李时恰的性格高傲,不太擅长与人交流,说话比较直接,你要多督促他改正。"汤若偷看一眼李时恰,连忙低头吃西瓜。

李时恰还在忙着,一边整理着房间,一边开窗通风,一会儿又拿出一盆水端到母亲脚下。李母身体一斜,汤若连忙上去帮忙。李时恰认真熟练地帮母亲洗脚。

"我这身体不争气,什么事情都要别人照顾,我今天在电视上看到几本公司运营方面书的介绍,不知道对你有没有用?"汤若看到李母递过的纸上,几行娟秀的字写着《运营管理》、《高性能网站建设指南》……李时恰将母亲的脚洗完擦干,仔细地放好。

"你们聊吧。"说着李母便很体谅地自己打开了一本书看。汤若看到封面竟然也是一本网络方面的书。灯下的李母非常认真,还不时做着笔记。

李时恰的房间比母亲的更小,整个卧室只有一张单人床和一个桌子,但是依然非常整洁,一排排的书码放在桌上,还有大大小小的十多张合影挂在墙上或放在床头。可是这些合影大部分都是李时恰和母亲的合影,唯一的一张三口之家合影,父亲的位置却被李时恰的一张一寸照遮住了。

汤若一边看照片一边说:"你妈人真好。""嗯。她还是咱们的老师姐呢。"李时恰骄傲地说。汤若不可置信,"你妈读过大学?"

李时恰微笑着点点头,"小时候的功课都是我妈教我做的。自从我学了IT,我妈就开始研究这方面的资料,要不是身体不好,凭她的能力绝对能成IT精英。"

看到汤若正看书架上一排排整齐的资料,李时恰说道:"这些都是我妈帮我整理的。她的脑子就像个高级的数据储存器,所有的内容放在第几个文件夹,编号多少她都一清二楚。还记不记得跟豆豆网谈判前,我请假了一个小时就是回来问她拿资料的。"

汤若意外地点点头,他注意到了照片,拿起来,"你爸没跟你们住一起?"李时恰愣了一下,脸色有点难堪,沉默了片刻,自嘲地笑了,"其实我爸爸现在正在牢里,我妈就是在我小学的时候被他打成那样的。"

汤若很吃惊,一时不知道该怎么说,李时恰却放松了下来。"妈妈受伤从医院回来后,就再也不叫我的小名了,我知道她是想让我尽快地成熟起来。这么多年,她从不让我为她掉一滴眼泪。都是过去的事情了,现在我跟我妈在一起过得特别好。"

汤若问:"你没去看过他?"李时恰摇摇头,"有时候也想去,但是我又怕自己控制不住情绪。你知道我这个人有时候说话比较难听。"这下轮到汤若笑了,"原来你也知道。"

"我是我妈的唯一寄托,我现在就想把走着瞧办好,让妈妈晚年能有个依靠。她每天闷在家里,也不好下地活动,我每天回来就把公司的事情跟她说,她给咱们提了好多意见,你看,我都整理下来了。"说着掏出一本厚厚的笔记本。

不知怎么汤若的眼睛竟然有点湿润了。也许汤若这样一个从小家庭条件优越,父母一直溺爱着的"宠儿",无法理解到李时恰这样从小经历波折,和母亲相依为命的"苦孩子"的处境,但是这一幕似乎瞬间让汤若懂得了接纳、理解和感恩。自己为什么就不能接纳父亲呢?这一刻,他突然觉得和李时恰之间的距离近了。

李时恰看了汤若一眼,"你怎么了?""没什么。一看到这些资料就让我想到一个人。"

"你是说你爸吧。我也不知道你们之间到底发生了什么,我就觉得亲人之间没有深仇大恨,他只要能在你身边,即使是说你、督促你,甚至骂你都是好的。"听完李时恰的话,汤若沉默了。

李时恰拿起被子,铺在地上,"我家没厕所,晚上要上厕所叫我一声我带你去。""我睡地上吧。"汤若说道。李时恰故意摆出那副不可一世的样子,"你想睡哪儿就睡哪儿呀?这可是我家。"汤若脸色一变,但继而俩人都笑了。

高博在乔乔的帮助下终于把家里装饰得焕然一新。晚上,高博蒙着郭灿灿的眼睛走进屋。"干吗呀你?磕着我了!"郭灿灿边走边尖叫着。高博放开手,郭灿灿惊讶地瞪大眼睛,"都是你弄的?"高博笑着说:"那当然!"

"行啦。我这个救火队员也该功成身退了,祝你们有个快乐的夜晚。"乔乔笑嘻嘻地看着高博。

郭灿灿把乔乔拉到一边,"你老实跟我说,他是不是又图便宜买了劣质涂料?"乔乔故意迟疑,"这个嘛……"高博在旁边悄悄对着乔乔连连求饶。乔乔明白高博的意思,就把立邦漆空罐推到灿灿面前,"你自己看。""这还差不多。"郭灿灿高兴地说。

郭灿灿送乔乔去车站的路上,一边走一边问乔乔:"我其实是想出来问你几句话的。你谈过恋爱没有?"

乔乔不知道郭灿灿为什么突然问这个问题,感觉有些尴尬,"当,当然啦。怎么了?"

"你觉得,你知道我是外地的,其实在这个地方也没有几个真正的朋友。我想问你,如果一边是丢三落四不求上进毫无优点心胸狭窄但是也挺关心你的,一边是正直稳重而且事业有成的,你会选谁?"灿灿犹豫着问道。乔乔一下子明白了,"你是说兰冰跟高博吧。"郭灿灿不好意思地笑了。

"这你不应该问我。反正我觉得,谁最让你担心最让你牵挂应该就是你最喜欢的人。"乔乔的确是个单纯的姑娘,她的话也正是她自己对爱情的判断。

"可我总不能一辈子为高博担心吧。他那个人其实其他方面还不错,就是太没主见了。而且,他这个人……"郭灿灿迟疑地看看乔乔。

乔乔当然不希望郭灿灿再对高博有任何动摇,"你看,你开口闭口都是高博。我看你,就认命吧。"郭灿灿低头思索着说:"你们是不是都觉得我挺现实的?"乔乔有点尴尬,"也没有。"

两个女孩一样,怀着对爱情的憧憬和向往,但是为了生活,不得不面对现实。可郭灿灿并不希望乔乔把自己看成一个物质女孩,"其实我知道汤若是个很有梦想的人，他各方面条件都很好，家庭更能给他很大的保障，高博就不一样了，他虽然也是本地人，可是家境并不是特别好，而我又是外地的，所以我们俩要在这个城市生活下去，就需要加倍的努力。我希望你能理解我。"乔乔点点头。

"我的意思是，你能不能帮我跟汤若解释一下。虽然现在高博不在他那里上班，但他每天都很不开心，有时候还常常叹气，我不想他是因为我才……"郭灿灿一直以为高博是为她才和汤若分道扬镳的。

"你以为高博是因为你辞职的？"乔乔疑惑地问。郭灿灿点点头。乔乔笑了，"男孩子间的事情说不清楚，虽然我也不能说跟你一点关系也没有，不过他们毕竟认识十多年了，性格都相互影响融为了一体，你也好我也好，都不可能从本质上改变他们。"

郭灿灿似懂非懂地点点头，"那你呢？你不觉得整天跟他们两个男孩子在一起有点奇怪？"乔乔脸色微微泛红，"我的性格本来就是这样的嘛。"郭灿灿诡秘一笑，"我看，你一定有秘密。"

"没，没有。"乔乔有些不好意思。郭灿灿笑着说："你一定一直喜欢着他们中间的某个人吧？""别胡说。"乔乔低头说道。

"高博那么没头脑你一定不会喜欢，你是3月出生的，照你的星座看，你一定喜欢又帅气又温柔出生在十月到十一月间的人，而根据这段时间你的星盘走势来看，你应该很快就会跟他表白。"郭灿灿呵呵地笑着说。乔乔低声说："才不会呢。"

郭灿灿双手搭着她的肩膀，"千万不要违反了星座规律，咱们走着瞧。"

乔乔一声不吭地低头走着，陷入了沉思，灿灿的话真的点到了她的痛处，也许她应该向汤若表白，但是汤若心里有个牧歌，她知道汤若现在肯定不会接受自己。乔乔始终矛盾着，只有默默地关心着汤若，默默地等待能够一诉衷肠的那一刻。

深夜，汤若始终难眠，而他也听见李时恰辗转反侧，并没有睡着。"哎，你说咱们这次能成功吗？"汤若轻声地问。

"我也不知道。不过现在的机会特别好，那天跟画廊的联谊会你也看到，粉丝的数目又上升了，再加上这次的活动搞得那么成功，如果我们可以乘胜追击推出我之前说的访谈节目……"李时恰怕吵醒已经熟睡的母亲，声音压得更低了。

汤若沉默几分钟。李时恰问："怎么了？还想选择谨慎？"

"不是选择谨慎，而是我跟高博有过约定。其实当初，要不是走投无路了，我们是绝对不会造假拍摄王大亮的。当时我们就说好，用一次叫救命稻草，用两次就真叫骗人了。"汤若最近一直在反思，也许当初选择做《流浪的达·芬奇》时就错了。

李时恰一向很自信，他相信有他的加入走着瞧一定会起死回生，"可你就愿意放任走着瞧这么不生不死了？现在ICC的广告商已经有不少开始观察我们了，CMC的态度也有些松动，只要走着瞧能保持平稳的点击率，扭亏为盈只是时间问题。"

汤若问了一个他一直想问的问题："我一直不明白，你到底为什么来走着瞧。虽然你跟邹总有些矛盾，也是完全可以解释清楚的呀。更何况，他们那里的成功几率远远高于我们。只要你把录音交给他们，现在早就没有了走着瞧，你也一定获得了信任。"

"你说得对，我是很想成功。我妈每次听到我工作上有了一点成绩，都会特别开心，可是ICC的人事关系太复杂了，我虽然可以低三下四，但是不能没有尊严。所以我宁愿来帮你。不瞒你说，在来之前，我确实应聘过其他公司，可是邹总却在业内散播了不利于我的言论，这让我对他们最后一点的希望都失去了。"李时恰也霎时间感觉跟汤若近了很多，坦然地跟他说了自己辞职的前因后果。

汤若真诚地说："总有一天ICC会后悔失去你的。"李时恰翻了个身，"我真没想到这句话会从你嘴里说出来。"

"我说的是实话。我认真看了你的方案，很多方面都写得很好，比我想的周到多了。过去我一直不喜欢你，看你哪哪都不顺眼，现在想来也许就是偏见。"汤若口气中带着自责。

李时恰感到了汤若对他的坦诚，也感到自己的自负和孤傲也许是他和汤若、高博之间产生隔阂的原因，"咱俩彼此彼此。高博不知道最近怎么样了，要不要我去跟他解释一下？"

这下轮到汤若郁闷了，"不用了。他离开走着瞧，你最多算压垮骆驼的最后一根稻草，是我的冷漠伤透了他的心。"

李时恰告诉汤若，其实他很羡慕他和乔乔、高博能保持友谊这么多年。而自己自从父亲坐了牢，为了躲避别人的白眼，就把自己的心锁起来，再也没有朋友了。李时恰的话更加加重了汤若的自责，的确是自己太自私了，不懂得包容和理解，忽视了他们的存在。高博几乎为自己牺牲了爱情，乔乔一个弱小的女孩子不惜为自己去以身试法。汤若暗暗思忖：我一定要把走着瞧办好，就算为了乔乔和高博也要这样做。

第二天，汤若刚走进办公室，王大亮的铁杆粉丝小狼操着浓重的唐山口音，就迎了上来，"你可来了。"他拍着王大亮的肩膀，"王大亮可真不错。"

汤若紧张地看着王大亮，唯恐他露了马脚，而王大亮则咿咿呀呀比画着什么。

原来小狼已经等汤若等了很长时间，他是专程来约王大亮的，希望他能到他们的"达·芬奇培训基地"去看看他的粉丝，并给他们一些鼓励。李时恰也趁机要求小狼答应一个条件：就是组织粉丝团参加王大亮的访谈会。小狼当然痛快地答应了。

汤若、李时恰和王大亮都很疑惑地随着小狼来到"达·芬奇培训基地"。没有想到这里有来自全国各地的王大亮的粉丝：来自西安的小贾，是小学老师，梦想是成为舞蹈演员；来自山东的农民六六想成为赵本山；来自东北的二丙，过去是卖肉的，要做中国的下一个朗朗……他们都有一个共同特点就是怀揣梦想，并以王大亮为偶像，希望像他一样通过努力实现梦想。

王大亮——跟大家握手、签名。

小狼带着大家参观平房改建的基地，所有的房间都很干净，但是被褥虽然整齐，却显得破旧。小狼介绍说："这里平时主要住了五六个人，其他的就周末来训练。东西都是大家一起买的。这是音乐室，这是表演室，这是绘画室……"

参观完了，小狼还准备了节目，只见小狼登上舞台："王大亮你好，我叫小狼，跟你一样来自农村。我的梦想是成为一名歌唱家，最喜欢的就是帕瓦罗蒂，下面我为你献上一首《我的太阳》。"说着二丙走调的伴奏就响了起来，小狼则吼起来，五音不全的他唱得很认真，汤若等人则皱起了眉头。一曲终了，众人纷纷鼓掌，汤若也只能尴尬地拍了拍。

临走的时候，粉丝们都来为王大亮送行。汤若问："小狼，你们平时的生活是怎么样的？"小狼淡然地说："就这样啊。"

"可是你们要工作，又要排练，是不是很辛苦？"汤若从不知道有这样一群人，地位虽然卑微，物质条件虽然艰苦，但是他们充满了热情，依然怀着高贵的梦想，和自己的浮躁、冷漠相比，或许自己应该向他们学习。

小狼平静地说："我们不怕辛苦。王大亮不也是靠着努力才成了大画家吗？我们都有工作，搭伙过日子就更省钱了。有时候还能相互替班，省下的时间就能练习。放心，我们能照顾自己。我们最近就开始排练节目，等访谈的时间到了，你们给我们打电话。"

小狼挥着手让几人离开，汤若等人则有些依依不舍，路上汤若陷入深深的思索。

回到公司，汤若三个人都喜气洋洋。李时恰高兴地说："没有想到我们的视频有这么好的效果！"王大亮抢了一句："主要是俺的功劳。"

汤若也很高兴，"你们还别说。这比得到广告公司的投资还让我高兴！"王大亮凑上来到汤若跟前,"那你还不赶紧把这个好消息告诉牧歌?"

李时恰也凑过来,"这可是改善她对于你幼稚印象最好的途径了。"汤若白了他俩一眼,"要你们管?我才不在乎呢!"

王大亮和李时恰哼了一声,各干各的。汤若坐立不安地看了看电脑又拉了拉椅子,终于悄悄地跑出了公司。李时恰和王大亮相视而笑。

来到走廊,汤若忐忑地拨了牧歌的电话,电话中传来了:"您拨打的电话已停机……"汤若脸色立马沉了下来。

牧歌依然继续在给乔乔拍照。期间乔乔有意向牧歌透露现在走着瞧的情况很好,大亮已经特批成了七彩画廊的签约画家。汤若每天都很忙,走着瞧还来了一个新人叫李时恰,不过高博却走了。令乔乔惊讶的是,走着瞧所发生的变化,牧歌竟然了如指掌。

看着乔乔惊讶的表情,牧歌神秘地一笑。难道牧歌和汤若在暗中联系?不可能呀,前几天汤若还在为见不到牧歌烦恼呢。乔乔一直在矛盾着,她默默地喜欢着汤若,另一边她也不希望汤若为牧歌而痛苦。她依然希望牧歌能接纳汤若。"其实汤若对你的感情很深。只是他不擅长表达。我跟他都认识二十多年了,我从来没有看过他这样。"

牧歌像没有听见,只是继续着工作。"我换号了。你记下我的新号码。"她的态度令乔乔很郁闷。

乔乔开门见山地问:"我一直想问你到底喜不喜欢汤若?"牧歌诡秘一笑,"喜欢一个人就一定要跟他在一起吗?"

乔乔低下头说:"可我觉得,喜欢一个人就一定会时时刻刻想着他,在他失意的时候鼓励他陪伴他,在他得意的时候跟他一起高兴快乐。"

牧歌点燃了一根烟,"你知道我为什么抽烟吗?在孤独的时候,它能给你一点温暖,但是如果你沉迷其中,只会伤害了自己。可能我是个懦弱的人,缺乏你这样飞蛾扑火的勇气。"乔乔的脸红了,"你说什么呢?"

人这一生会跟几百万的人擦肩而过,如果你不把握,也许有一天突然发现那个人不见了。乔乔非常懂得这个道理,可是,汤若的心里已经没有她的位置了。偏偏汤若心里装着的这个人对他却又并不在意。

"总之,我希望你尽快让事情有个结果,不要伤害了他。"对于乔乔的这番话,牧歌并没有做出什么明确的表示,而是看着窗外始终不语。

正在跟汤若聊天的时候,李时恰接到母亲的电话,放下电话他的脸色便沉了下来。李时恰苦笑着说:"我爸病了,我妈非要我给他送东西。唉,我真的不想去。"

"你们毕竟是父子，难道你还一辈子不见他了？我陪你去吧。"汤若拍着李时恰的肩膀说。

监狱的门口，李时恰在汤若的再三鼓励下，犹豫着终于走进了高墙。

半个小时之后，李时恰就出来了。汤若关切地问："你爸跟你说什么了？"李时恰摇摇头，"半个小时，我们两个人一句话都没有说，就是这样坐着，他连头都没有抬。"

汤若问："你有什么打算？"李时恰依然摇头，"我记得我小时候他总是一副五大三粗的样子，现在却变得很瘦。我觉得他老了。昨天我从我妈床底下掏出一沓信，这才知道，他们已经联系两年多了。信里面说的都是我的事情。"

汤若问："你妈原谅他了？"李时恰低声说："不过，我妈说我毕竟是他的儿子。"

汤若不知怎么心里也泛起了酸，一路上反复思考着，他应该感谢李时恰，是李时恰的经历让他懂得了珍惜和感恩。他拨通了家里的电话："妈，我今天回来吃饭。没什么，就看看你们。"

听说汤若回家吃晚饭，令汤八营夫妇都很高兴。他们还打电话让乔乔一起来吃。更让他们"受宠若惊"的是饭桌上，汤若一改往日的沉默，又是给母亲夹肉，又是为汤八营盛汤。汤八营甚至觉得是不是儿子又有求于自己。

第二天，汤若早上一上班就收到一个莫大的惊喜：牧歌告诉他换了新手机号，并约他到玫瑰餐厅见面。

而为了汤若想把自己打扮得漂亮点的乔乔也有了意外发现：在商场买裙子的时候，她看到牧歌竟然跟一个高大帅气的模特模样的男孩子在挑选衣服。乔乔迅速打车来到汤若办公室。办公室里只有李时恰一个人。

李时恰看到乔乔有点郁闷的表情，问："怎么啦？"乔乔思索片刻后，终于下了决心，"我今天看见牧歌跟一个男的在一起。我不知道该不该告诉汤若。"李时恰愣了愣，"这是他自己的事，要不，你给他打个电话吧。"

乔乔咬着嘴唇，最后也没打，"汤若这个笨蛋。"李时恰突然笑了，"其实你喜欢他，应该告诉他的。"乔乔脸红了，"谁告诉你的？"

"我虽然严肃，但也不是傻瓜。如果不是喜欢，没有一个女孩会仅仅为了友谊担负着坐牢的危险帮男孩挪用公款的。还有，你这身衣服，不就是特地为他买的吗？"李时恰打量着穿着新衣服的乔乔说道，说完又感觉不妥，"我的意思是，你喜欢他就应该告诉他，即使他现在暂时还忘不了牧歌，你也可以积极争取的。"

乔乔喃喃："我哪有机会？""你们认识那么久，你别跟我说一次机会也没有。"李时恰一改过去经常板着脸的形象，脸上始终带着微笑。

"就是认识得太久了，才不知道怎么开口嘛。他应该早就知道的。"说完乔乔叹了口气。李时恰不由得笑了。乔乔转身要走又折回来，"那个，你能陪我聊聊吗？"李时恰痛快地点了点头。

也许是乔乔太郁闷了，否则乔乔不会把李时恰当做倾诉的对象，但是她发现李时恰是一个很好的倾听者，而且他也不像汤若说的那么冷漠无情。

乔乔打趣说："平时都是我听汤若和高博说话，今天好不容易遇到你这个垃圾桶，我得把这二十多年的情感碎片一股脑地对你倾泻下去。"李时恰笑着说："OK。那我就集中处理，帮你回收。"

"感谢你的理解，就怕你没有那么大的吞吐量。"乔乔轻声说。"那咱们就走着瞧。"李时恰说到"走着瞧"三个字，乔乔笑了起来，两个人笑着朝远处走去。

晚上玫瑰餐厅，汤若始终望着门的方向，满脸兴奋地点了一瓶价格不菲的冰酒。

这时候，手机响了，汤若连忙接起来，"牧歌，我已经到了。"接着他语气变得失望，"噢……没关系我可以等。那行，我们改天……"此时小姐正好"嘭"地打开香槟，无奈的汤若索性就势灌了一杯。这时他的手机又响了。

"喂，高博？"汤若的语气赶快又从惊喜换成了平静，"我以为你一辈子不理我了呢？"那边高博不知为何呜咽起来。两个人久久地拿着电话，高博在一边哭着，而汤若则始终苦笑着。

几分钟后，汤若笑嘻嘻地看着高博和郭灿灿。"事业爱情双丰收，老实说，我觉得你可能真有点克我，怎么我一离开了走着瞧，就突然走运了。"高博开玩笑说。汤若也打趣，"那你们以后都别理我了。"

高博："好啊。"两个人相视而笑，用他们特殊的方式击掌。高博提议，"还是换个地方吧。咱那点血汗，可不能浪费在这些没煮熟的牛肉上。"说着就起身，临走还不忘揣上了那瓶喝了一半的酒。

三个人来到"爱来不来"，没有想到乔乔和李时恰一起走了进来，高博脸色一沉。

李时恰看着高博，伸出手，"没那么记仇吧。"高博终于笑了拍了他一下，'你才不值得朕每天魂牵梦绕呢！"

高博拿过杯子小心翼翼地拿起冰酒瓶一人倒上一杯，"这酒名字就够长的，一千多一瓶呢。要不是牧歌没来，咱谁都喝不上。爱妃，给你多点。"乔乔的脸色有点难看，李时恰看了她一眼。

汤若举起杯，"来，为了我这看不到出路的爱情。"乔乔有点尴尬地端起酒杯，突然说："牧歌爱上别人了。"大家一时都愣住了。

高博看着汤若的脸色，"不……不带那么开玩笑的。"乔乔低声说："美协活动之前我就看到她跟一个男的在一起，今天我去买衣服的时候，又看到她跟那人在一起。"几双眼睛都看着汤若。汤若突然拍了一下桌子，又一脚踢在椅子上，"你……你为什么不早说？"

乔乔急了，"我说你会听吗？你每天脑子里除了牧歌就是牧歌，为了她，连公司的事情都可以不顾。她都多久没有接你电话了？你自己心里不知道吗？你就是自欺欺人。"

汤若也急了，"你怎么心理那么阴暗？你自己找不到男朋友就见不得人好？你要损怎么不损高博？他跟郭灿灿好着呢。你盯着我干吗？我喜欢牧歌碍着你什么事儿了？"

乔乔拿起酒瓶呼呼呼地把酒都喝了，"我跟你认识十多年了。你请我喝过一千块钱的酒吗？请我吃过一千块钱的饭吗？你最多请我喝瓶大可乐！我从初中就喜欢你了，你知不知道？"

几个人一下都安静了下来，只听乔乔一个人在说："我那么好一个小姑娘，老师说一，我不说二。为了你我犯了多少次错误？汤叔叔那么信任我，可是我却做了那么对不起他的事情，要不是为了你，我会冒那么大的风险吗？"汤若："你，你那是帮朋友，别混为一谈。"

乔乔显然醉了，自言自语："你说你见到了你的梦中情人，一开始我还真没当回事。过去读书的时候就有多少女孩子喜欢过你，你哪个都没有看上。我就想，我等等，你就会把她忘了。谁知道，你还真认识她了。自从见到牧歌的第一眼起，我就知道我完了，你是彻底爱上她了。可是你爱上了她，还非得拉上我给你们做传声筒，你知道我心里是什么感觉吗？你凭什么这么伤害我？你凭什么利用我的感情？我现在总算明白牧歌为什么不选择你了。因为你就是个浑蛋！"说完醉倒在桌上。汤若愣了半天拂袖而去。

回去的路上，李时恰陪着乔乔默默地走着，路灯把他们的影子拉得很长。

"你陪我坐会儿吧。"说着乔乔就坐在街边，"都觉得自己很傻。从喜欢汤若的那天起，我就想了很多种跟他告白的场景，有在海边的，有在小岛上的，你知道最不靠谱的在哪吗？在飞机的机翼上。可是，我竟然是在辣鸡翅馆里跟他说的。"说完她变得很平静，问，"我能借你的肩膀用用吗？"

李时恰挽住了乔乔。乔乔贴在李时恰的肩膀上开始哭泣，而且声音越来越大。李时恰看着她带着泪珠的侧脸，久久不能移去目光。

此时的汤若正徘徊在牧歌家楼下。他拨打了电话，都听见了房间里电话的声音，可是牧歌却迟迟不接，汤若急匆匆地冲上了楼。

牧歌打开门，外面站的是汤若。牧歌挤出一丝笑容，"我要走了。""为什么?"汤若直视着牧歌。

"不为什么?我跟你说过,我只是在流浪,等到这个城市已经没有我值得留恋的东西时我就会离开。"牧歌平静地答道。

牧歌还是不说话,汤若突然抱住了牧歌强吻她,牧歌拼命挣扎。"你觉得有意思吗?!"牧歌大声说。

汤若哭了:"有意思!你为什么永远这样?不愿意面对我,面对你自己?你如果不喜欢我,你现在就应该大声告诉我你对我根本就没有一点动心,不要给我留一点点幻想。如果你喜欢我,为什么又不肯留下来?你为什么今天给我一点希望,明天又把它完全打破。你是不知道自己要什么,还是根本在玩一场游戏?我允许你走进我的心,可我不许你进进出出走来走去!我不知道你在想什么,我不知道你是不是突然会消失。我经常半夜突然梦见你走了,然后跑到你楼下来提心吊胆地坐一晚上直到第二天你出门才敢走。这些你都知道吗?你总是只顾及自己的感受,高兴了就给我打个电话,不高兴又把我扔到一边,你有没有考虑过我的感受?"

牧歌平静地说:"你还是个孩子,很多事情你不懂。"

汤若急了:"我不是个孩子。你不要总说我是孩子!我已经二十四岁了!我只知道,你是我二十四年来唯一喜欢上的人!你可以拒绝我,但是你不可以玩弄我的感情!"

说着他转身就要走,一双手却从背后抱住了他。

汤若的眼泪纷纷落下,他转过头,两个年轻的唇紧紧纠缠在一起。

早上,汤若和牧歌看着阳光慢慢升起。汤若始终紧紧拉着牧歌的手,牧歌微微一动,汤若突然如梦魇一般紧紧拉住她。

牧歌苦笑:"想听听我的故事吗?"汤若难以置信地捏了捏脸。

汤若突然兴奋得像小孩一样,"你知道吗,我从见到你第一天起,就想听你的故事!白天上班的时候想,晚上做梦也在想,可是你好像刻意要隐瞒什么似的,对于你自己的一切绝口不提。你就像一阵风,环绕在我身边,却无法捕捉;就像一个谜,谜面就在我眼前,却使所有人苦苦不得谜底。我幻想过种种你过去的经历,猜测过种种你未来的打算,反正每一种都是一个传奇!我日盼夜盼就盼着你能向我敞开心扉!"

牧歌苦笑了一下,"我曾经告诉过你,想象是会骗人的。我的故事并不是传奇,只是一个耳熟的悲剧。"说完打开了墙角素描上的布,汤若惊讶地发现竟然是自己画的牧歌的侧影。

"我说了你也不会相信的。画这幅画的人你并不认识。"牧歌的话使汤若很疑惑。

"它是初恋男友送给我的生日礼物。我第一次去你办公室看见你那幅画的时候,我也不相信。天底下居然有两个人为我画了两张几乎一模一样的素描。"牧歌用柔和的目光看着那幅画,一会儿眼睛湿润了,"这是他辞世前画的最后一幅画。"

汤若很惊讶,片刻以后说:"……对不起。如果你不愿意说,可以不说。"

"没关系,十年了,我应该找个人说说了。那年我刚刚十八岁,我们都是生平第一次恋爱,每一天都是甜蜜热烈的,我们的热情几乎可以煮沸所有悲伤。后来我们爱上了摄影,互相为对方拍了很多照片,我们还打算把那些照片整理成册,出版或是办个属于我俩的摄影展。可就在这个时候……"牧歌禁不住停顿了一下,"就在他给我做摄影模特的那天,他坐在阳台的护栏上,微笑着说,可以拍了,因为这里可以让夕阳映红他的脸……没想到,这竟成了他和我说的最后一句话。我们的恋爱就这么匆忙地结束了,匆忙得不留一点痕迹,匆忙得让人毫无防备。"

牧歌黯然神伤,似乎还沉浸在那一段,不堪回首的瞬间。汤若想安慰她,牧歌却推开了他,"我没事。后来,我离开了我过去所生活的城市,以及过去的一切。开始四处流浪。"

汤若问道:"你为什么要这么折磨自己呢?"

"没办法。我停止不了无休止的沮丧和自责。因为我相信,幸福就像一碗水,上帝是公平的,给我们每个人的幸福都是一样多的,都是这一碗。而我却提前把整整一碗都喝光了。流浪是我对自己的惩罚,我注定要端着个空了的碗,揣着颗空了的心过完一生。"

牧歌目光依然很伤感。

汤若试着把她从伤感中拉出来,"可是,上帝给我们每个人的磨难也是一样多的,就像一碗苦涩的酒。你同样已经提前将它一饮而尽了,不是吗?"

牧歌沉思着,"以前我一直不奢望上帝再原谅我,把我的空碗添满;更不奢望别人能分给我一点点水。直到遇到了你。当我看到你的那幅素描,我一瞬间觉得他又回来了,我不知道这是一个玩笑还是事实,我无法接受,所以我总是在逃避。我怕重蹈覆辙。如果是那样,我宁愿不要开始。"

"于是你就拒绝我,希望我因为痛苦知难而退?牧歌,他的事情是个意外,没有人应该为此负责任,再次发生的几率也是微乎其微。在我看来,爱一个人就认真去爱,虽然不知道结果,但至少我们已经努力。"汤若深情地看着牧歌。

牧歌苦笑着说:"你跟乔乔都有飞蛾扑火的勇气,可是我没有。"

汤若接道:"这无关勇气。而是无法遏制。我的理智每天都在劝说我离开你,我的朋友也每天都在劝说,可你知道为什么我还是要这么自我折磨?因为我做不到。"

此时牧歌眼泪已经决堤,"你这又是何必呢?""百分之五十也好,百分之一百也好。明知道我会被你伤害,我还是要爱你。明知道会一败涂地,我还是要爱你。明知道可能被欺骗可能被嘲笑可能被瞧不起,我还是要爱你。因为我别无选择。我控制不住。牧歌,我爱你!"

汤若刚刚说完,牧歌一把抱住汤若,两个人疯狂地和着眼泪吻在了一起,很久,很久……

第十六章

乔乔早上从梦中惊醒的时候,竟然发现自己在麦当劳睡了一夜,李时恰已经把早餐端到了乔乔面前。乔乔轻声地喃喃道:"昨天……我怎么会?汤若现在肯定恨死我了?不对,我昨天是喝多了。嗯,我跟他说我喝多了发酒疯,我不喜欢他,我怎么会喜欢他呢?"

李时恰拉起她的手,"我觉得你说出自己的想法一点也没错。你根本不必内疚。"

"可是,可是我说了出来,以后还怎么面对汤若。我在他心里根本就没有位置。他不可能爱我,为了避免尴尬,更可能躲着我。我真是太傻了,为什么忍耐了那么久,就不能多忍耐一下……"乔乔痛苦地趴在桌上,"还有牧歌,汤若会不会把我说她有男朋友的话告诉她?她对我那么好,也许她原本有自己的打算,不行,我得去找她解释。"说着冲出了麦当劳,李时恰连忙追上。

乔乔忧心忡忡地走到牧歌家楼下,可是又犹豫了。李时恰走上去安慰地扶住她。

乔乔犹豫着问李时恰:"我该怎么说?说我也喜欢汤若,所以希望她不要脚踏两只船?说我看到了她的男朋友,希望她跟他分手与汤若在一起?李时恰,我该怎么办?"正在此时,他们突然看见汤若从牧歌家楼道走出来。两个人连忙躲在一边看。乔乔发现牧歌正站在窗口,依依不舍地和汤若挥手告别。汤若也一步一回头地与牧歌挥手。汤若离开后,乔乔已经不知不觉的满脸泪水,她绝望地关了手机,失魂落魄地朝远处走去,李时恰则一脸忧虑地跟在后面。

汤八营、陈大虎和刘祺正在高尔夫球场打球。乔乔心事重重地坐在一边。

汤八营看出了乔乔的表情不对劲,走到她身边,"怎么满脸不高兴,跟我们这些老家伙出来没心情?"乔乔强装笑脸,"没,没有。"

"这周末我想让汤若回家来吃顿饭，也不知道他这个大忙人有没有时间……"汤八营笑着问乔乔。"其实他心里一直挺惦记您的，以后您要是想见他就自己跟他说吧。他没准更高兴。"乔乔脸色沉了下来，汤八营并没有察觉歉疚地说："怎么，老是管我们爷儿俩的事，你也管烦了？可是你不管不行！你去告诉他一声，周末必须回家吃饭。你也得一起来。"乔乔无奈地看了一眼汤八营，不语。汤八营这才发现乔乔表情不对，且眼睛红肿。

"乔乔，你怎么了？"汤八营关心地问。乔乔赶紧躲开汤八营的视线。汤八营忙上前，"不对，你哭了？汤若惹你了？"乔乔被说中后眼神飘忽闪烁。

汤八营严肃起来，"告诉叔叔，汤若他怎么欺负你了？我给你做主！咱乔乔多好的一个女孩啊，他这浑小子怎么就不知道珍惜呢，气死我了！"乔乔一听，更加委屈，眼泪又止不住流出来。

汤八营越说越生气，乔乔赶紧搀扶他，"汤叔叔您可千万别动气！我们俩没事，从小到大吵嘴打架，我都习惯了，几天就好。您可千万别问他这事，不然他非恨死我，以为我背后跟您告他的状呢。"边说边止住了眼泪，"我周末正好有事，您自己约他吧。我改天再去看您和阿姨。我还有点事，您跟我爸说一声。"乔乔逃似的跑了，陈大虎也有点摸不着头脑。

汤八营一头雾水，遂拨通了汤若的电话，"喂，你小子是不是欺负乔乔了？没有？没有她怎么哭了？"

"真没有。行了行了，您能别八卦了吗？周末我可能没空回家……再说吧！"汤若不耐烦地挂了电话。"不可理喻！都几岁了，有事还要告家长？"

汤八营挂了电话长叹着："哪个女孩还会为了你承担坐牢的危险？傻小子，一点也不珍惜。"

李时恰一本正经起来，"汤若，你伤害乔乔了。"汤若不敢正视李时恰认真的眼神，"谢谢你沉默一会儿行吗？……我心里乱死了……"

李时恰："她受了伤害，你应该允许她找人倾诉。"

"这么说，她也跟你倾诉一顿了吧？肯定把我有的、没有的缺点统统罗列出来让你尽情地鄙视，把我骂得体无完肤、禽兽不如。她耍酒疯你也信？访谈的事你筹备得怎么样了？"

对于汤若的蛮横和冷漠李时恰有些气不过，"别故意转移话题。其实乔乔真的对你了如指掌，你的确喜欢自欺欺人。她不是耍酒疯，更没有骂你，只是酒后吐真言罢了。你知道她为什么喝酒吗？因为她爱你爱得太久了，一直不敢说，因为她知道说了也会被你拒绝，你的心里只有牧歌。可是她这样压抑着很痛苦，只有借着酒劲才敢把话说出来，才能轻松。你认识她这么久，居然一点没留意过她的心思。"

其实汤若内心惭愧，但极力地装出不在乎，"为什么要怪我？难道我真的愿意伤害她吗？我就是从来没往歪处想，这不合理吗？我就是从来都把她当朋友看，这也错了吗？"

李时恰有些痛心，"这些都合理，你都没有错。你错就错在太、麻、木！太不善于珍惜别人为你的付出。之前高博伤心地离开你不也是因为这个吗？难道你还没吸取点教训？乔乔是个好女孩，你怎么忍心把她晾在一边让她自生自灭。"

王大亮也从厨房里伸出头来，"乔乔可是个好人。咦……俺做了这么长时间的臭豆腐，做一回她吃一回，每次还给俺提意见，哪像你们，当着俺的面就敢直接扔垃圾桶！不是俺拍她马屁，俺发现她这人最明白人家心里想个啥！心可细啦！"说着，把刚出锅的臭豆腐摆在二人面前。李时恰诧异地看了一眼王大亮。

汤若的烦躁一下子爆发出来："去去，拿远点！臭死了。"李时恰拍拍汤若的肩膀，"你应该把你刚才说的那些话，当面说给乔乔听。解铃还须系铃人。"说完继续开始工作，汤若在一旁愣了很久。

这时汤若的手机响了，他没好气地接起来："喂？好，好，我马上来。"挂了电话他对李时恰说："CMC的刘总，让咱们赶紧去。"

要签一份五十万的广告合同，刘总给了汤若一个大大的惊喜

汤若高兴地刚想签，李时恰却按住他对刘总说："这段时间我们要推出一期网络访谈，不知道能不能在此之后，根据我们的点击率重新评估广告费用？"刘总看了看汤若，"那么自信？汤若，你怎么看？"

汤若想了想，"我相信李时恰。"刘总痛快地说："好，那你们把访谈的计划书留下。"

尽管同意李时恰的方案，但汤若还是觉得有点冒险。李时恰说自己有秘密武器。汤若也没多想，出了大门，就向瀚海公司走去。

正好是下班时间，大家纷纷从大厦里出来。汤若在楼下站了很久，终于等到乔乔走出来。乔乔一看是汤若，假装没看见，加快了步伐。但乔乔的一举一动被汤若看得真真切切。

汤若边喊边拉住乔乔，乔乔立即变出一副往常嘻嘻哈哈的样子，"是你啊，我怎么没看见。我昨天喝了多少？特失态吧？你别介意，就当我瞎说八道！"

汤若看着乔乔，半天难过地说不出话，眼神中仿佛流露出对眼前的乔乔从未有过的陌生感。他痛苦地捏着乔乔的肩膀，"你想骂我就直接骂好了，不用演得那么辛苦！我知道我伤害了你，但我是无心的。千万别不理我，我不能没有你这个朋友。"

乔乔话到嘴边，又咽了回去。乔乔头也不回地离开，汤若沮丧地望着她远去的背影……

"我没事，我怎么会有事？我是多坚强的一个人……"乔乔一边自言自语一边泪如雨下。

街上，汤若漫无目的地游荡着，乔乔的笑容一直在他的脑海里时隐时现。他边走边思忖着：高博刚刚好不容易回来，乔乔又离我而去。李时恰说得对，一直以来，是我的麻木不仁一次又一次地伤害了身边最好的朋友，是我从来不善于留意他们对我的付出和对我的好。可当我明白过来的时候，挽回的却只是乔乔远去的背影……今天乔乔生硬的笑容在我的脑海里不断地闪现，挥之不去，让我感到从未有过的陌生。乔乔是个把喜怒哀乐都写在脸上的人，伤心了就哭，生气了就骂，从来不会像今天一样故作若无其事，居然一句责怪我的话都没有。可她越是这样，我的心里就越是难受。我真希望时间倒流，回到我不认识她的时候，我打算那个时候就跟她说好，永远做朋友，永远别谈论感情。可是倒流到什么时候呢？我闭上眼睛，发现我所有的记忆中，乔乔都已经是我的朋友了。

王大亮竟然异想天开地想让春春做他访谈的主持人，汤若为了不让他罢工只好勉强答应了他。为此，王大亮还得意地为春春买了条花裙子。

而乔乔呢，注定成了这个故事里的悲剧人物，高博、汤若还有王大亮现在都沉浸在爱情里，只有她还在品尝爱的苦涩。这几天乔乔越想越委屈，一气之下竟然从手机里删掉了汤若的号码。相比之下乔乔觉得李时恰没有汤若说的那么自私冷漠，而是善解人意，能够体谅他人。为了排遣郁闷她约了李时恰来到一个冰品店。

他们并排坐在靠窗的位置。乔乔如自虐一般疯狂吃着冰激凌，她面前还摆着刚刚吃光的几个空碗。

"这么凉，吃多了伤胃。"李时恰关心地说道。"没事，我从小不开心了就喜欢吃冰激凌。小时候每次哭鼻子，我爸就买一个甜筒哄我，我马上就不哭了；后来这个光荣传统被汤若继承了，每次我不开心或是受了挫折，他就买甜筒给我，我见到甜筒，烦恼一下子就抛到九霄云外。后来长大了，烦恼越来越多，一个甜筒已经不足以溺死我所有的不快，汤若索性就一次买十个甜筒，让我吃到吃不下为止。再后来他挣了钱，我的待遇就提高到十个冰激凌，最贵的一次是哈根达斯的，大杯的。现在我终于明白，为什么我喜欢在难过的时候吃奶油冰激凌，因为它是世界上最香、最甜的东西，吃了它，就会冲淡心里所有的苦涩。其实汤若也挺够哥们的，都给我养成习惯了，谁知到现在得自己买给自己了。"

看乔乔话里还是离不开汤若，李时恰就安慰她说："今天我请你，也让你吃到吃不下。"乔乔感动地看着李时恰说了声谢谢。

李时恰看着乔乔的样子，也不知道为什么心里掠过一丝难过。

乔乔突然哭出声："为什么今天我吃了这么多，心里还是苦苦的？我都已经把汤若的电话删了，可是删了以后我才发现，他的号码已经刻在我脑子里了……"她泪雨滂沱，再次一头扎在李时恰的肩膀上，不管不顾地哭起来。

哭了好久，乔乔擦了擦眼泪，"我那天酒醒了以后，真的好想跟牧歌汤若解释。可是一清早跑过去，却看见汤若从她家出来，我一看他那股子兴奋劲，就知道他俩一定是好上了……想不到汤若竟然这么轻浮……"周围人好奇地看着二人。

李时恰更加难过起来，却强颜欢笑，"以前可从来没人在我的肩膀上哭过，连我妈都算上。这片处女地算是被你开垦了，以后要是再靠着我哭的话，我得收费了！"

乔乔抹着泪，"你怎么也跟汤若学得油嘴滑舌的？我实在是找不到人了，你就当帮我个忙？"李时恰无言，他默默地揽住了乔乔的肩膀。

乔乔轻声地说："其实我一点也不恨他，我真的希望他和牧歌能幸福！"李时恰叹了口气："越是单纯的人就越容易被伤害……"

王大亮扬扬得意地拎着刚买的新衣服从一家专门店里走出来。经过甜品店无意看见乔乔正抱着李时恰的肩膀……赶紧躲在一边偷看，一脸的疑惑。

"知子莫若母。"晚饭时候，李母盯着李时恰看了好一会儿，肯定地说："你有心事。"李时恰一愣，"您怎么知道？"

李母笑着说："而且不是工作上的事。以前工作的事再烦，也没见你抽过那么多烟。你看你这两天魂不守舍的，身上还那么大的烟味。"

李时恰害羞地笑笑。"如果是关于女孩子的事，用不用我帮你出出主意？"看母亲看透了自己的心事，犹豫了一下，说："妈，怎么才能区分你是可怜一个人还是爱上了一个人？"

看到儿子要恋爱了，做母亲的或许比他还要高兴。无论恋爱的对象是谁，这都是儿子人生中，重要的一课，"这个很简单。如果你只是可怜一个人，你的心就不会疼。你摸摸你的心，它在疼吗？"李时恰沉重地低下头。

李母豁然开朗，"要是撕心裂肺的疼，你就是爱上她了。"李时恰害羞起来，"您快点吃吧，都凉了。"说着走进自己的房间。李母开心地笑了。

摄影棚内，王大亮的访谈终于开始了。台下的粉丝们举着牌子，上面写着

"大亮大亮，前途无量"。媒体的闪光灯啪啪不停地闪烁。

项春春身穿花枝招展的连衣裙站在台中央，几乎把坐在后面的王大亮挡得严严实实。

王大亮也穿上了新衬衫，只不过衬衫的样式土里土气的像个小丑，他高兴地看着项春春。

李时恰对汤若窃窃私语："我怎么觉得，王大亮新买的衣服还不如原来的好呢？会不会和他以前的质朴形象有点不符？"

汤若无奈地说："的确浮躁。早知道应该我们帮他买衣服。"CMC刘总坐到了前排，冲着汤若摇摇手。

项春春拿着话筒憋足了劲："大家好，俺是项春春。我真的好喜欢好喜欢王大亮哦。"王大亮嘿嘿地傻笑着。

"作为粉丝团的代表，俺要替粉丝们问几个憋在他们心里很久的问题，困扰他们很久的问题……"听到这，汤若和李时恰紧张地屏住呼吸。只听项春春接着说，"请问王大亮达·芬奇艺术家同志，你家乡的山是什么样的？"汤若和李时恰倒抽了一口凉气，哭笑不得。

王大亮一顿比画。项春春解释说："王大亮说，家乡的山很绿。那么家乡的水是什么样的呢？"

王大亮又是比画。项春春解释："哦，家乡的水很蓝。"

几个粉丝不可置信地看着项春春和王大亮，耳语："哇噻，这女孩还懂哑语！我要是也学了哑语，不也能和王大亮交流了？"

汤若低声问李时恰："她还有完没完，尽问这些不痛不痒的问题。你没有给她准备提问的稿子吗？"

李时恰忙举着稿子晃动两下。项春春看见李时恰的示意，仿佛才记起了什么，"其实憋在粉丝们心里更久的问题是，你为啥要选择画画这条艰难的道路呢？"

王大亮继续比画起来。项春春起劲地在旁边解释，"王大亮说，他虽然身有残疾，但身残志不残！他和所有健康的人一样，做梦都想出人头地，走出穷山沟沟！"李时恰连忙咳嗽一声。项春春补充着，"……当然啦，走出去并不是为了吃香喝辣，是为了带领更多的人走出去……"

李时恰束手无策，"你真不该答应让她主持，我怎么有种不祥的预感？"汤若气得直揉头发："顶多点击率不高，还能怎么样！"正说着，回头看到了刘总正在摇头的表情。

无论这场访谈是不是成功，对于项春春和王大亮来说都是一辈子最风光的时候。粉丝、掌声、闪光灯……回到理发店他们回味着刚才的风光时刻，也憧憬着他们美好的未来……

汤若对于项春春和王大亮的表现十分不满，看刘总的表情，广告合同会不会泡汤呢？汤若想着，垂头丧气地走进了办公室。

李时恰正在看着电脑，"想不到咱们的点击率又创新高！网友们对项春春的主持居然还挺满意，你听这句，'除了王大亮，主持人项春春也为访谈的成功起到了不可忽略的作用，尽管她没有专业主持人的美貌及出口成章的华丽词汇，但她的朴实气质与王大亮如出一辙，二人的搭配可谓是相得益彰。'汤若，看来咱俩那天是多虑了！"

汤若不屑地说："真搞不懂现在人的审美情趣！哎，网友的评价还是其次，不知道刘总是怎么想的。"

李时恰回答道："刘总刚才打来了电话，虽然他对项春春的评价并不怎么好，但对小狼他们的表演还是非常满意的。"汤若看了一眼，"这就是你所谓的秘密武器？"

李时恰丢过来一堆玩偶，"这是我事前让豆豆网设计制作的小狼他们的形象玩偶。我打算在网上开展一个名为'我的达·芬奇故事'的博客活动，只要与达·芬奇有类似经历的人，都可以得到一个自己形象的达·芬奇玩偶。"汤若眼睛一亮，"这倒有点意思！"

王大亮从旁边凑了上来，不高兴地说："你们咋不做春春形象的呢！刘总算啥？群众的眼睛是雪亮的，俺俩就是天生一对。春春特感谢俺让她做了主持人，还上了网，现在对俺的态度热情多了，主动求着俺，以前她可从来不会！"

汤若不屑地说："她求你什么了？求你跟她好？"王大亮举着几张光碟，"求俺把访谈的录像给她留个念想。她说，这是她的光荣！"

汤若笑了起来，"你不是总说不想跟着我们招摇撞骗吗？你要是不装哑巴，说不定到下辈子她也不会求着你。"王大亮连忙讨好地笑着凑上去，"装哑巴挺好，不过你得给俺买个手机。"汤若和李时恰瞪大了眼睛。

李时恰脸一沉，"今天要衣服，明天要手机，你还想要什么？"王大亮委屈地说："电影上都说了，二十世纪什么最重要？联络！"

汤若不屑地一笑，"你为了讨好项春春，都会改台词了？人家说的是人才最重要，人才！""俺不是人才了？别忘了，俺可是凤凰厨师学校毕业的！凤凰凤凰……"王大亮摆出姿势，汤若连忙求饶。

乔乔下班走出大厦，看见李时恰正等在那里，"李时恰？"李时恰脸突然红了，"我，我路过。想问问你今天心情怎么样，要不要吃冰激凌？"

乔乔哀伤起来，"我已经发誓再也不吃冰激凌了。因为我一看见冰激凌就想起汤若来。谢谢你。""谢……什么？那我请你吃麻辣香锅吧，我听汤若说过，你特爱吃这个。"李时恰讪讪地一笑。

乔乔尴尬地笑笑，"吃什么都无所谓。不过先说好，别再提汤若！"李时恰心头暗自高兴。

麻辣香锅店，乔乔又一次吃得狼吞虎咽，满头大汗，李时恰欣慰地看着她。

吃着吃着，乔乔抬起头慷慨激昂地说："我好不容易吃点东西了吧，你就以为我是想把悲痛溺死在食物里？别把我想得那么狭隘！难道我就不能化悲痛为力量，脱胎换骨重新做人？难道你非得看着我终日以泪洗面才高兴？"

李时恰高兴地说："为了你的大彻大悟，干杯。"乔乔笑了，"好，我说到做到！"李时恰欣慰地说："你好不容易有胃口吃了，我以后愿意换着样地带你去吃！"乔乔紧张起来，"别别！我可不敢吃。"

"什么意思？"李时恰表情很纳闷。乔乔刚才脸上的喜悦瞬间荡然无存，"你不知道，这些天我用尽了所有方法想忘掉汤若，我丢了他的电话号码，撕了所有带他的照片。本以为大功即将告成，我带着对崭新生活的渴望坐在了饭桌旁，突然看见我妈炖的汤，一下子又想起汤若来！我家每餐必须四菜一汤，吓得我连饭桌都不敢靠近了。连早饭的时候看见豆浆都能想起汤若来……幸亏这辣香锅是干锅，没汤！"

李时恰的脸色变了，"不让我提汤若，自己怎么又提起来了！我看你就说到做不到。"

乔乔低头说道："也许我还需要时间吧。"李时恰若有所思地点点头，"好吧。那我以后就天天陪你吃麻辣香锅。哎，你会不会从此以后一看见麻辣香锅，也想起我来？"

面对李时恰期盼的眼神，乔乔似乎突然感觉到了什么，一时愣在那里。李时恰尴尬地笑笑，"……啊……吃……吃吧。"

出乎汤若的意料，小狼的人气也在节节上升，更让汤若感到意外的是，刘总竟然找上门来和他商量广告代理的事。

刘总考虑与王大亮签约的七彩画廊联合，将CMC的大广告商都邀请到画廊举行一场酒会。届时，也邀请小狼他们参加，也趁机多推销公司，如果大多数的公司对走着瞧感兴趣，CMC将代理全年的广告业务。这可是一笔大单，汤若暗自惊喜。刘总要求他尽快给出答复，汤若还是犹豫了一下，"这……这我得跟李时恰商量。"

"好，我等你们的答复。"说完离开办公室，走的时候他狐疑地看了看旁边的王大亮和地上的铺盖卷。

瀚海公司门口,上班族们匆匆赶着走进大厦。乔乔却慢悠悠、心不在焉地走过来,而这时李时恰正在迫不及待地等她。乔乔一看见李时恰愣了一下,突然就脸红,浑身不自在。

李时恰递给乔乔一个汉堡,"这个你不会也不敢吃吧?晚上有空吗,我请你吃麻辣香锅……"

乔乔终于忍不住,抢着说:"你干吗老请我吃饭?干吗对我那么好?你是不是喜欢我?"李时恰:"我……"

乔乔低头说:"我一时间还很难忘了汤若,我不能为了解脱自己而接受你,我不想伤害你。因为我知道你是真心对我好。"李时恰突然如释重负,"没关系,不就是等吗?这个我最擅长。"

乔乔苦笑地附和了一下,走回大厦,但没走几步,忍不住回头看了一眼李时恰。李时恰还在原地微笑凝望着她。二人的目光交会在一起,瞬间,乔乔赶快躲开了李时恰火热的眼神,加快步伐走进大厦。

为了避免别人怀疑,汤若和李时恰商量后还是决定让王大亮住进地下室。

一听说又要住地下室,王大亮觉得非常委屈,"切,你这伙人里没一个好人!除了乔乔……还有牧歌……高博也还可以……李时恰有时候也还行,就你最坏!""我怎么了?"汤若问。

"你说你怎么了?不是说访谈完了,俺就没事了吗?咋又要俺参加活动?"王大亮嘟哝着嘴说。

"别忘了,现在是你出名,又不是我出名。再说,咱们努力了那么久,不就是想把走着瞧做出点样子来吗?放心,等酒会结束,保证送你回去。"汤若边帮助王大亮收拾东西边说。

王大亮喃喃:"俺真替乔乔可惜。喜欢上了一个骗子。不过还好她知错能改。虽然现在喜欢的这个也不怎么好,不过总比你强。"汤若愣了,"哦?乔乔恋爱了?是谁?"王大亮顺口说:"李时恰呀。"

汤若有点吃惊,"你再说一遍。""反正俺看见李时恰抱着她,她一会儿哭一会儿撒娇的。唉……俺替乔乔不值,怎么刚脱离苦海又喜欢骗子集团二号了?"听着王大亮的话,汤若停下了收拾,显得心事重重。

汤若知道王大亮是不会说谎的,乔乔和李时恰的事肯定是事实。而这个事实使汤若心里五味杂陈,是愧疚?是自责?他觉得自己欠乔乔太多了,他要当面向乔乔道歉,如果李时恰是真心喜欢乔乔,他一定要为他俩做点什么。

明知乔乔不情愿,汤若还是央求高博约乔乔,就说是和郭灿灿还有牧歌几个人的饭局。高博带着乔乔走进"爱来不来",只见汤若一个人坐在那里,桌上摆好了三杯啤酒。

乔乔落座后,呆呆地看了汤若半天,看得汤若很不自在。"郭灿灿、李时恰、牧歌呢?"乔乔不解地看着二人,高博做贼心虚,假装很饿似的连忙用鸡翅堵住嘴。

汤若开门见山地说:"今天没叫他们,是我专门请你,为了你和李时恰的事。"高博一愣,一口噎住了。

乔乔拿起一杯酒泼在汤若脸上,起身就走。汤若死死地拽住乔乔,坚决地看着她,一句话也不说。

乔乔带着哭腔喊起来,"汤若你什、么、意、思!"汤若不说,只是把乔乔的手攥得更紧,眼神中流露着一丝哀求的神色。

乔乔眼泪夺眶而出,"闹半天,你们俩合着伙把我骗到这!你不就是想赶紧把我踢给李时恰吗?你拿我当什么了?"

高博尴尬地递给乔乔一沓纸巾,"你先坐嘛,好歹也听他把话说完!"乔乔伤心至极,"我看你彻彻底底就是个奸臣。原来最老实厚道的就是你,现在被汤若熏陶得满脸笑容,满嘴瞎话!"说完冷冷地看着汤若。

汤若慢慢放开乔乔的手。乔乔苦笑着,"你不用费那么大力气,我不会搅和你和牧歌的好事。"他把桌上的三个杯子都倒满,摆在自己面前,"乔乔,我汤若是浑蛋,我对不起你!我求你,原谅我!"将三杯一饮而尽,乔乔看着有些心痛。

喝完酒,汤若真诚地对着乔乔,"今天攒饭局的事和高博无关,是我把你俩骗来的。上次在这,你说你喜欢我,我莫名其妙地开始不安,不知道为什么,我不敢见你。可能是因为……我打心眼里不认为是我的错吧,后来被李时恰和王大亮逼着去找你解释,当我看见你假装那天确实是喝多了的那一刻,我才知道我伤你有多深,我真太坏了!比坏蛋还坏,臭不可闻。你什么也不说就走了,我从来没那么难受过。"他眼睛湿润了。

乔乔眼泪再次决堤,却苦笑着举着酒杯。汤若这才高兴地笑了,二人一饮而尽。

半夜,乔乔辗转反侧。脑海里浮现出和李时恰在一起的一幕一幕……她思索了很久,终于拨通了李时恰的电话。

此刻,李时恰的手机响起,他一看是乔乔的来电,几乎高兴到难以置信,"喂,你这么晚了还没睡?是不是又难过了?"乔乔感动地说:"你为什么总对我这么好?"

李时恰:"就像你对汤若一样,无论他对你怎么样,你还是会一心一意的、心甘情愿地为他付出。"

乔乔深吸了口气,"我想给自己一个机会。我们开始交往吧,你愿意接受我吗?"李时恰简直不敢相信自己的耳朵,惊喜得说不出话来,心里有些忐忑不安,"不,不。那……我们从什么时候开始?"

乔乔坚定地说:"现在。我想,你从今晚开始就可以睡安稳觉了。早点睡吧,明天见。"挂断电话,李时恰兴奋地扔起手机,终于释放出按捺已久的狂喜,把枕头抛向空中。隔壁的一直在偷听的李母会心地笑着:"干什么呢,大半夜的不睡觉!"

而乔乔挂了电话后,似乎依然沉重,心不在焉地望着天花板。

第十七章

早上上班时间,汤若神清气爽,前脚进门,后脚李时恰也兴冲冲地跟着进来。二人不约而同地相视一笑。

汤若拍了李时恰一下,"正所谓,人逢喜事精神爽,心无愧疚睡觉香啊!"李时恰笑着说:"这后半句是你编的吧!"

"真没想到不苟言笑的铁面人真的一旦进入到爱情中也是人面桃花相映红。"汤若诡秘笑着。李时恰有点脸红,"说什么呢?"

李时恰似乎高兴得没有心思工作,一会儿看看表,一会儿又看看皮鞋,似乎感觉皮鞋有点脏,索性坐在电脑旁边擦起了鞋子。汤若一直躲在电脑后面偷窥着李时恰,忍不住偷笑起来。

李时恰编写了一条短信:今天下班后我去接你吧。发给乔乔。乔乔回复道:好的。李时恰顿时心花怒放。汤若把一切看在眼里,啧啧嘴,沾沾自喜,故意打开了电脑里的歌曲《不得不爱》,欢快浪漫的旋律弥漫开来。这时候王大亮走了进来。

"我千叮咛万嘱咐,让你没有我的通知不许往公司跑,你怎么无组织,无纪律,无脑,无记性的。"汤若冲着王大亮嚷道。还没等他说完,王大亮从包里掏出一份请柬递过来。汤若看完请柬,一脸沉重。

李时恰慌忙过来看请柬念道:"王大亮同志:兹定于周三十点整,在七彩画廊,召开由CMC与七彩画廊共同举办的'七彩画廊签约画家及知名企业家联谊酒会',届时请拨冗出席为盼。敬请光临。"汤若和李时恰无奈地对视了一眼,"明天开始,训练。"

第二天,汤若把办公室布置成了跳舞场。汤若迈着舞步走到音响前,放出了一首经常在酒会上出现的蓝调音乐,还装模作样地扭了几下。

汤若给王大亮倒上红酒,李时恰给摆好了饭菜。王大亮得意地说:"咦,你们咋那么像电视剧里的奴才呢?你们一要让俺出去装哑巴,就会用各种招数讨好俺。俺此刻的心情美得很啊！"

汤若拍了王大亮一下，"别臭美了！这是讨好你吗？魔鬼训练现在开始！"王大亮疑惑地看着他俩。

汤若示范着，"喝过红酒吗？知道红酒怎么品尝吗？先轻轻地摇一摇，以便让酒水充分与空气接触，红酒经过氧化以后味道才会更加甘醇；然后抿一小口，记住，要矜持，就像我这样！千万别跟你喝你家大缸里的水似的，一口气喝一瓢！"

李时恰也示范起来，"吃过西餐吗？知道刀叉怎么拿吗？左手叉，右手刀，用刀轻轻地把肉切成小块，记住一定要小，还有一定要轻轻地切，千万别发出摩擦盘子的吱吱声……"

王大亮哈哈大笑起来，"知道西餐都分为哪几类不？知道啥时候吃正餐，啥时候吃甜点不？知道刚开饭的时候喝哪种红酒，吃完饭喝哪种红酒不？知道喝不同的红酒都要配啥样的甜点不？不专业呀！"两个人已然被带着蔑视微笑着的王大亮说得晕头转向。

王大亮站起来兴奋得手舞足蹈，"关公面前耍大刀！咦！也不看看俺是谁，凤凰凤凰，一路辉煌！"李时恰和汤若惊喜不已，"这些你都学过？"

王大亮哈哈一笑，"废话，说了俺那个学校是厨师界的哈佛，俺不但会中餐、西餐、泰餐就连越南菜也会做。"汤若摸摸后脑勺和李时恰相视一笑。

人靠衣裳马靠鞍。接着要考虑的事情就是要为王大亮置办一套行头。尽管商场的高档西装王大亮试穿以后，显得格外合身、派头十足。但打完折后近万元的高价，还是让汤若和李时恰望而止步。李时恰灵机一动只好到婚纱影楼里租用一套燕尾服，王大亮试穿后，委屈地说感觉自己像一个变魔术的，引得大家哄堂大笑。

红酒、燕尾服、交谊舞……要把一个打工仔打造成一个出入酒会的艺术家。汤若想想这一路走来，不由得自嘲地笑了起来。

忙完王大亮的事，李时恰来到瀚海楼下，四处寻找，发现乔乔还没出来。其实，乔乔正躲在公司一楼大门的内侧，看着外面的李时恰。乔乔似乎有些惴惴不安，犹豫着。

突然，乔乔手机响了，原来是李时恰正在打给她，她慌忙挂断，只好硬着头皮跑出去，"对不起，对不起……"李时恰宽容地笑了，"我也刚到。"

乔乔看到李时恰面露倦色，"看你的样子好像挺累的。"李时恰故意抖擞精神："还不是为了给王大亮造型，明天他要参加七彩画廊的酒会！不过我不累，我一见到你就什么烦恼都忘了。难道你等了一天，就这么轻易放我走了？"

乔乔有些心不在焉，"我……我不是心疼你吗？"李时恰心花怒放，"我带你去一个好地方。"

乔乔迷惑不解地随着李时恰穿行在一个烟雾弥漫的狭小胡同里。周围有很多坐在门外乘凉的居民，直勾勾盯着乔乔，乔乔感到很不自在。

一个大妈兴致勃勃地喊着："李时恰，下班了？"李时恰点着头不断地跟街坊邻居们打着招呼，其间还有大妈指着乔乔问，是不是他的女朋友。李时恰很难为情地看看乔乔，"嗯"了一声。乔乔面露愠色。

大妈高兴地打量着乔乔，"哟，这小丫头还真俊啊！什么时候交的呀？哎，什么时候结婚啊，你也老大不小了，我们可等着喝你的喜酒呢！"

"您放心，摆喜酒的时候肯定忘不了叫您。"李时恰边说边走。乔乔加快步伐，李时恰连忙赶上去。一群大爷大妈呵呵笑着看着二人的背影，议论了起来……

乔乔问："那些人都是你家的街坊？你要带我去你家？"李时恰笑笑点点头。

一会儿，乔乔和李时恰正站在一间年久失修的老式平房前。李时恰掏出钥匙打开门，还没进门就大喊着："妈，我回来了！我还带了一个人回来！"

穿过狭窄的外屋时，乔乔环视着简陋的房子，李时恰迫不及待拽她进了里屋。乔乔看见卧床的李母，有出乎意料的表情。

李时恰指着乔乔，"妈，这就是乔乔，我之前说的就是她。乔乔这是我母亲。""阿姨好。"乔乔有些不自然。

李母让李时恰倒了三杯茶。乔乔客气地说："阿姨，来的时候也没给您打招呼，打扰您了。"李母和蔼地说："怎么能这么说呢？我常年卧床不起，除了李时恰，几乎见不着外人。你能来家里，我不知道多高兴呢。家里太简陋了，你肯定不习惯。这个李时恰，带你回来也不提前说一声，我也没请人过来打扫一下。"

乔乔客套地说了一句："这样挺好的。"她没有想到李时恰生活在这样的家庭环境中，边喝茶边打量着李时恰的母亲，岁月尽管夺取了她的青春和健康，但她的眼神里的宽容、慈爱和高贵的气质使乔乔觉得她和周围的环境是那么格格不入。

李母似乎看出了什么，"李时恰这个人，做事就是这么火急火燎，有时候能成事，想到就去做，快马加鞭；可有时候未免会败事，还会给人独来独往、急于求成的感觉。所以呀，你们既然在一起了，就要互相多担待，多包容。"

"阿姨放心，他这个人挺好的，而且……我也正在……努力。"说着乔乔闪过一丝惭愧的神色。

李母拿起床头柜上的一本诗集，"初次见面，也没什么准备，就把这个送给你吧，算是个见面礼"。乔乔接过一看，是《裴多菲诗选》。

李母意味深长地说:"这是我像你这么大的年纪时,就迷恋上的诗人,我最喜欢他的一首诗,是《你爱的是夏天》。这首诗最适合你现在的心情去读。"

乔乔似懂非懂,但很感动,"阿姨,谢谢您。我今天也没什么准备,那我就给您揉揉腿吧,这个我最擅长,我们家从我爷爷到我爸我妈,都说我是专业按摩师!"说着撸起袖子就开始了。

李母笑着说:"不用麻烦了!"李时恰在厨房,偷偷看着乔乔,露出了感动的笑意。

郭灿灿最近老是不明原因地不停打喷嚏,鼻子痒,脸上也痒。和灿灿一起吃饭的兰冰就建议灿灿到医院去看医生,医生说是过敏。

"过敏?不会吧,我从来没这毛病。"郭灿灿不相信,因为自己从来没有过敏史。

医生肯定地说:"是过敏,你家最近是不是新买了什么花草或是家具?或者是刚装修房子了?"

郭灿灿摇摇头,突然想起来,"家里新刷了墙。"医生说:"这就对了,很可能是甲醛超标导致的过敏。"兰冰顺嘴插了一句:"是不是高博买的油漆有问题?"

郭灿灿难以置信,"不可能是油漆出的问题,我看了是立邦漆的。"

晚上郭灿灿在阳台找到了油漆罐。撕开上面的"立邦漆"包装纸,发现下面还有一层包装纸,上面写着"流得滑牌涂料"。

郭灿灿把包装纸摔在高博的脸上,甩了一句"好你个流得滑",推开高博,回房间重重把门关上。高博看看油漆罐,再看看包装纸,无话可说。

高博站在门外,"爱妃,你听我解释……"只听"砰"一声,郭灿灿将什么东西砸在门上,吓得高博一个冷战。

郭灿灿哭着喊道:"当时兰冰说什么我都不信,因为我相信你不会再骗我!我还傻乎乎地跟他说,'不可能是油漆的问题,我看了是立邦漆',我真是有眼无珠!"高博咬牙切齿地说:"兰冰,又是你!"

郭灿灿把自己关起来,埋头痛哭。高博只好约乔乔出来喝啤酒。高博有些语无伦次地嘟囔着:"是呀,大部分人都会这样去想,越是从没经历过的,或是从来就觉得很稀奇的东西,在这些人的眼里看来,一定是最美好的。可一旦经历过或者说很失败的话,那这些人一定会大发牢骚说坐飞机的感觉也不过如此,还有一些人会发出这样惊人的感叹——世上最没意思的事情就是谈恋爱了!自虐、伤身体、没前途!"

乔乔同样愁眉苦脸地对着高博,高博一脸郁闷,继续大口喝着啤酒。

而此时，项春春提前打烊正在给王大亮理发。王大亮看着镜子里的新发型，露出标志性的憨笑。

项春春嫉妒地撇嘴，"你社交活动可真多，又要参加酒会了，见识的都是社会名流吧？真不公平，你这样的倒整天前呼后拥，俺这鲜花一朵倒没人答理。"王大亮连忙指着自己。

项春春扫兴地扭过头去继续看电视。心不在焉，手里胡乱剪着。项春春低头发现头发已经剪得坑坑洼洼，她尖叫一声，"哎呀！"

王大亮莫名其妙地摸摸后脑勺，终于感觉到头发的异样，脸红一阵白一阵的。项春春掏出一个头套戴在王大亮头上，"这样就行了，够艺术家。"王大亮前后打量，笑了。

晚上，乔乔拿着那本《裴多菲诗集》不停地翻看。"你爱的是春天，我爱的是秋季，秋季正和我相似，春天却正像是你。为什么说，我现在的心情最适合读这首诗？"乔乔嘀咕着。

乔乔还把这首诗的前四句，用手机发给了牧歌一起分享。牧歌也回了四句："你的红红的脸，是春天的玫瑰，我的疲倦的眼光，是秋天太阳的光辉。"

乔乔静静地看着《裴多菲诗选》，一遍遍地读着到深夜。

是啊，这正是这群情窦初开的少男少女们爱情的写照。在这首诗的背景下或许我们可以配上这样的画面：

公园里，李时恰深情地看着乔乔，想拉乔乔的手，乔乔躲开了。

高博买来正品的立邦漆将墙壁从新粉刷一遍。郭灿灿依然没有展开笑容。

夜里，汤若和牧歌坐在楼顶上，肩靠着肩，看着星空，各自想着心事。

乔乔看着以前与汤若的合影，心酸地笑笑。

高博家楼下，郭灿灿当着高博的面钻进了兰冰的车。

终于到了联谊酒会的这一天。七彩画廊内，人头攒动，每个人都端着酒杯。曹会长带着王大亮参观墙上的一系列油画作品，每走到一张画前面，王大亮就敬佩地鼓掌；再往前走几步，王大亮竟走到了自己的《春之声》面前。王大亮有些尴尬，身后的汤若和李时恰见状，急忙带头鼓掌，周围的艺术家们居然跟着热烈鼓起掌来，还走到王大亮面前，与他碰杯恭喜。

酒会上，没有想到王大亮喝红酒样子很专业，吃西餐时用刀叉也有条不紊。汤若和李时恰终于松了口气。

刘总示意汤若和李时恰过来，这里已经等候着几位衣冠楚楚的企业家。"这几位是徐总，钱总，康总……他们都是CMC的老客户了。而且对网络的广告效益也非常看好，今年可是准备拿出大价钱来投放广告的哦。"

汤若客套地说了一句，其实也是心里非常忐忑，"哦？不知道走着瞧有没有机会。"

几位老总都笑了，康总说："我们之前一直是跟ICC合作的，不过从点击率来看，最近的走着瞧可如同坐上了'神七'火箭一飞冲天，现在是我们怕搭不上你们的飞船呀。"

这时，钱总走到李时恰面前，"哎，我好像见过你。对了，你是ICC的顾问，你叫李时恰。今天ICC也参加活动了吗？"李时恰脸上一红一白，"我现在已经离开ICC了。"

钱总说："哦？那汤总肯定花了大价钱吧。李顾问的个性，呵呵……"他用一连串的笑声来表达对李时恰的评价，李时恰更尴尬了。

汤若却依然神情自若，"李时恰主要是看中了走着瞧的前景和平台，更何况ICC虽然硬件出色，毕竟不像走着瞧拥有年轻的经营团队和思想，拥有自己独树一帜的年轻理念。而且，李时恰的努力、严谨，以及突出的营销运营能力也确实只有在走着瞧这样民主的公司里才能得到发展。"

康总笑了笑说："汤总的一席话，不但为李时恰解围，还给走着瞧作了广告，另外攻击了对方公司的用人制度，真是一举三得啊。后生可畏！"大家都笑了。

这次酒会要比意料的成功许多，汤若向刘总提出了由自己来起草合同，刘总爽快地答应了。

高博对于兰冰在涂料事情上的挑唆一直耿耿于怀，而他明白这次自己在见习男友的道路上还有更长的距离要走。

也许是那首诗给了乔乔什么启示，乔乔还是明白地告诉李时恰，他们还是做普通朋友的好。李时恰火热的心迅速掉进了冰窖。

晚上，汤若正在起草合同。汤八营提着一保温桶的鸡汤走进了办公室。汤若看了一眼汤八营，"你怎么来了？"汤八营关切地说："你妈妈让我给你送鸡汤来了。"

汤若打开保温桶，他吸溜着鼻子，"还是我妈疼我！"狼吞虎咽地吃起来。汤八营暗示着说："疼你的可不只你妈呀！"汤若放下筷子，"都说了我的事情不要您掺和。"

"你小子胆子够大呀，竟然提出由乙方起草合同。"汤八营四周打量着汤若的办公室。汤若眉头一皱，"您……您怎么又打听我公司的事情？"

"我是你爸爸，能不关心你？"汤八营继续打量着汤若的办公室，"说起来你这公司现在倒像模像样了。可惜，只有领导，没有小兵。"

见汤若低头吃饭不语,汤八营接着说:"既然得到这个机会起草合同,就应该对自己的企业价值有明确的认识。"说着将一张名片放在桌上走了。汤若疑惑地拿起来,是一家资产评估公司的电话。汤若拿着名片若有所思,然后微笑着点了点头。

"姜还是老的辣。"汤八营让汤若对公司进行资产评估,显然是一个高招。走着瞧目前这么高的人气,应该得到市场的高估。一旦做出高的市场评估,那对走着瞧来说就占了谈判主动权。

当汤若递给李时恰评估公司的报告的时候,李时恰眉毛一动,"原来你早就找过评估公司,怪不得面对刘总那么有自信。"

汤若笑着说:"要说这种事情应该是你该操心的。不过,介于你目前的状况,我就多费心了。"

李时恰疑惑地看着汤若。汤若一拍李时恰的肩膀,"别藏着掖着了,你和乔乔的事王大亮早就告诉我啦!"

"我们俩就是普通朋友。用不着你瞎操心,也别心甘情愿做我感情道路上的铺路石!我可受不起。"说完,李时恰不耐烦地开始工作。

汤若接着说:"我可不是为了你,我都是为了乔乔。你得加把劲,追女孩子的手腕你还不如王大亮呢!有空跟他拜个师学学艺,乔乔这人吃软不吃硬,你也可以做个臭豆腐什么的送给她。"李时恰站起来张张嘴,但什么都没说,径直走出了办公室。

七彩画廊的曹会长打电话给汤若。说残疾人学校的王校长是他的朋友,他们学校的残疾人孩子都是王大亮的粉丝,希望王大亮能到残疾人学校现场作画,让孩子们有机会与偶像近距离接触,以后可以更努力乐观地面对人生!

汤若想以王大亮最近身体不好为理由推辞掉,曹会长正色说道:"王大亮是画廊的签约画家,这次的活动算是七彩画廊搞的公益活动,我觉得他应该参加。"

汤若只好硬着头皮答应下来,而心情又开始郁闷起来:这样折腾,迟早有一天王大亮会"穿帮"的。

地下室内,汤若和李时恰咄咄逼人地看着王大亮。王大亮委屈:"俺不想去。酒会才过了几天啊?再说骗小孩太缺德,更别说那些聋哑孩子!"

汤若安慰地拍着王大亮,"大亮,我知道你的想法,我也不想这样。可过不了几天我们就要跟CMC签约了。如果不参加这种公益活动,我怕他们对我们的印象打折扣。至于现场绘画的事,我们还按照过去的方案,我会去找必成再买一幅,你就负责比画比画,把显影剂涂上去。"

汤若再次找到了赵必成,买了一幅画,这次可真正成了"下不为例"了,因为明天赵必成就要去欧洲了，这次也算是汤若跟他的送别。

残疾人欢迎王大亮的仪式非常隆重。刚走进大门，王大亮看见不远处的半空，挂着红色条幅，写着"热烈欢迎王大亮同志前来慰问"，道路两边，整整齐齐地站着两排聋哑学校的孩子，每人手拿鲜花，还有一支乐队在奏乐。他们期待的心情溢于言表。另外还有几个学生，在老师的帮助下正在拍摄视频。王大亮惭愧地低下头。

"孩子们好！首先让我代表大家对'达·芬奇'的到来表示衷心的感谢！王大亮是七彩画廊的签约画家，他得到今天的成绩，不是凭着金钱、关系，而是完全依靠自己克服困难，坚持不懈的顽强意志！现在他的这种精神，也就是网上常说的达·芬奇精神，已经鼓舞了越来越多的人！希望小朋友们，不要因为自己身体的残疾，而对生活失去信心，自暴自弃，大亮就是我们的榜样。相信只要你们努力，只要你们发扬达·芬奇精神，就一定能创造出自己的奇迹！"

曹会长的讲话令人鼓舞，一个聋哑小朋友，用并不清楚的声音回答："我也要做达·芬奇！"接着是大家雷鸣般热烈的掌声。王大亮此时的内心更加愧疚了。

作画时间到了。汤若手忙脚乱地把用必成特殊颜料已经画好的画板放在画架上，并把显影剂交给王大亮，狠狠瞪了他一眼。场下的学生们也都摆好了自己的画板，看着王大亮。

王大亮痛苦地看着下面无数张天真无邪的脸，在对自己微笑，无数双干净纯洁的眼睛在期待地看着自己……他挤出显影剂，拿起了画笔，又气愤地放下。

汤若见状不妙，忙走过去，把画笔硬是塞在了王大亮手里，故意大声说："你看孩子们多高兴，你可别让他们失望！你是他们的榜样。"王大亮郁闷地拿起笔，却迟迟不动。

突然王大亮将画板转向大家，将显影剂涂在画上。很快，必成画的蒙娜丽莎就显示出来。众人都很惊讶。这时候，王大亮在画布上愤愤地写下几个字"我不是达·芬奇"。

汤若赶紧补救："王大亮的意思是，是……他不是达·芬奇，他就是他自己。在前进的道路上我们都应该做自己而不是成为别人的翻版。"曹会长也被弄得一头雾水。

汤若见大家半信半疑，遂带头鼓掌。李时恰也赶紧附和："对。他故意破坏了蒙娜丽莎，就是为了显示自己与达·芬奇这个名字决裂的信心。从今天开始，他要进行自己的艺术创作，再也不模仿，抄袭！"

此时曹会长鼓起掌来，全体师生也跟着鼓起了掌。

大街上，王大亮飞快地走着，汤若、李时恰一把拉住他。"别拉俺！以后要去你们自己去，俺再也不敢看见那些孩子啦！他们的眼睛是世界上最单纯的眼睛，俺瞅着一双双眼睛和一张张真诚的笑脸，觉得自己真卑鄙，恨不得找个地缝钻进去！一口一个达·芬奇叔叔，大艺术家，又是仪仗队，又是鲜花掌声，俺真不配。因为他们这么真诚、热情地对俺，可俺却在骗他们，俺的良心让狗吃了，俺不是个人……"王大亮说着哭起来。李时恰难过地说不出话，只好默默地递上手帕给王大亮。

王大亮脱下衣服扔在地上："去你的漂亮衣服！去你的大艺术家吧！谁稀罕！俺不干了。"李时恰紧紧拉住他。

这时，街对面远远地开过来一辆出租车，不知不觉停了下来。汤八营坐在车里，狐疑地远望着汤若他们。其实，听说汤若带领王大亮参加公益活动，汤八营很欣慰，为了不打扰汤若他早就悄悄来到会场。王大亮在现场作画时的反常表现也使汤八营起了疑心。

这时汤若也发泄起来，"你以为我愿意骗人？你以为我一次一次地骗心里头高兴？我比你要难受一万倍，因为是我从一开始走错了一步棋，这跟你们都没关系，是我的错，是我欺骗了一群单纯的孩子！我也想坦坦荡荡地活着，想把真相告诉给孩子们听，可是这无异于扼杀了他们所有的期盼和理想！你已经点燃了他们心中的希望之火，甚至改变了他们对未来憧憬的人生轨迹，你在他们的眼里，代表着所有美好，你的存在，让他们相信战胜自己不再是神话。"

李时恰也在劝导大亮："大亮，扼杀一个人的希望是最残忍的事。你离开对孩子们来说将会是场灾难。你就当这是一场善意的谎言。"

汤若推着王大亮，"行，你走，或者像刚才一样上台把真相说出来。不用理会那些孩子的失望，也不用理会我们，做你自己想做的事情，让你自己开心就行。你去呀！去呀！"王大亮张着嘴哭起来。

李时恰低声对汤若说："你去跟曹会长打个招呼，他这情绪下面的活动肯定参加不了。你就说他感冒复发，高烧要上医院。我直接把他送回家。"

汤八营狐疑地看着他们，但因为距离远，他听不清声音，只能看见几人的动作。

李时恰和王大亮刚回到地下室的门口，竟然发现邹树在等王大亮。王大亮告诉李时恰，邹树找了他好几次了，要他拍视频。李时恰悄悄地拉着王大亮躲进了路边的便利店，并帮王大亮戴上了墨镜。

"你要亲笔写个纸条，告诉他们你要离开北京。"李时恰拍着王大亮的肩膀说道。王大亮虽然不情愿，但最终犹豫地低下头。

李时恰出现在ICC的办公室，一脸焦虑，"你们看看这个。"邹总和邹树都

很吃惊。纸上是王大亮歪歪扭扭的几个大字：俺流浪去了，别找俺。告诉邹总一下。邹总和儿子对视一眼。

李时恰开门见山地说："我知道你们找过大亮。其实大亮拍完那个视频后就一直很不高兴，还曾经来走着瞧跟我们闹过，原因就是因为他觉得粉丝们的介入影响了他的生活。"邹总也直截了当地说："可是那次视频后他又跟你们合作了很多次。"

李时恰故意一本正经地说："可是发起单位并不是我们。老实说，走着瞧自《流浪的达·芬奇》以后接二连三发现了很多艺术青年，可不知道为什么，各家媒体企业还是喜欢把我们公司跟王大亮联系在一起，这让我很头疼。"

邹总笑了，"我怎么感觉你有点欲盖弥彰？"李时恰也笑了笑，"我毕业以后就做您的下属了，我认为您应该了解我的个性。"

从某种意义上讲，邹总是李时恰的"伯乐"，是他带李时恰走入了这一行，他对李时恰的离开多少有些失落，"我就是自认为了解你的个性，所以对你离开ICC后去往走着瞧的情况非常意外！"

"我承认，过去我在处理事情上是有些幼稚，但是在离开ICC之前我并没有一丝一毫对公司不忠。去到走着瞧，一方面是为了实现个人价值，另一方面您也很清楚，您在行业内散布对我不利的言论，准备封杀我，我是不得已而为之。不过，这都是过去的事情了，如果您现在继续怀疑我，继而怀疑这件事情的话也无所谓。总之，来告诉您是我的职责所在。告辞了！"李时恰头也不回地离开。

邹总很疑惑地问："我们什么时候封杀他的？"邹树故意摇摇头，"对了，他是辞职的，是不是人事科在他的辞职报告评语上写了什么了？"邹总低头沉思着说："看来，我还真错怪他了。"

拿着纸条，邹总叹了口气："看来王大亮真是不想拍了，我最近还是要再派些人看能不能说服王大亮。另外我们公司很多制度也要做些改革了。"

一回到办公室，汤八营就把乔乔叫进了办公室，"乔乔，你老实告诉我王大亮到底是不是哑巴？"

一听这话，乔乔吓出一身冷汗，"汤叔叔，我、我不明白您在问什么，王大亮就、就是哑巴呀。"汤八营口气软下来，"你是我看着长大的，我对你的爱护和关心甚至超过了汤若，我把你当成亲闺女看。你可不要骗我，不然我真的会很伤心。"

乔乔惭愧不已，但强装笑容，"汤叔叔您对我比我爸对我还好，小时候每次我爸打我，都是您来救我，还狠狠地批评我爸……"

汤八营笑了，"那我就放心了，我量汤若也不敢弄个假哑巴糊弄人。虽然他平时爱耍个小聪明,但毕竟骨子里至少是诚实的。更何况他即使是敢,你也一定会劝他,劝不住也一定会告诉我的,对吧?"

乔乔只能干笑,低着头声音很小,"那我先走了。"乔乔走后汤八营又露出疑惑的表情。

下班后,空无一人的办公室,高博还在认真工作。汤八营走过来,"这么认真?主动加班,公司可是不给加班费的!"高博受宠若惊地站起来,"汤总!我就是想临走前再检查一遍网站,不费什么劲。"

汤八营赞许地笑笑,"公司里每个人要是都像你这么尽职尽责就好了。对了,我前阵子看汤若的网站,发现有很多人留言说王大亮不是哑巴?"

高博一愣,"那些人都是胡说的,不用理他们。况且,后来王大亮也用自己的行动证明了他的清白,流言飞语不攻自破。"

汤八营点着头,"哦?那就好……我还以为他真的不是哑巴呢!要是这样,汤若你们几个可是欺骗了所有人啊,要忏悔一辈子的!"高博感觉自己脸上在流汗,勉强挤出一丝笑容,"汤总,您多虑了。"

汤八营假装轻松一笑,半信半疑地离开了高博的办公室,看着汤八营离开了,高博急忙收拾东西跑出去。

李时恰正跟汤若说着ICC的情况。高博上气不接下气地跑进来,"不……不好了。汤八营可能发现王大亮不是哑巴了。"汤若"啊"了一声。大家同时看着王大亮,王大亮委屈地摇头。

李时恰先冷静了下来,"你们先别紧张。没准汤总就是看见了网友留言,随便问问,他是关心走着瞧,作为一个父亲,关心自己的儿子也是应该的。"

汤若肯定地说:"第一,他才从来不会对我怜香惜玉;第二,他做事一向讲原则且就事论事、具体问题具体分析,在他没有确切证据的时候不会仅凭着捕风捉影就打草惊蛇。凭我对汤八营的了解以及一次次血的教训,我确定汤八营一定已经知道了什么。"

高博挠着头,"那会是谁泄露了秘密?"汤若说:"晚上谁都别走,把乔乔、灿灿也叫来。我要挨个摸底。"

高博不同意,"我怎么觉得像是鸿门宴,又像是每周一次最令大家厌恶恐惧的摸底考试?要是真把那个人问出来,你怎么收场?""管不了那么多了,就这样决定。"说完开始通知乔乔和郭灿灿。

第十八章

"爱来不来"鸡翅馆内，一伙人除了牧歌以外，全到了。个个面色沉重。

郭灿灿气愤地拍着桌子，"高博！你把我骗来闹半天是为了这破事？我告诉你，你们这叫罪有应得，一群骗子事情败露了非但没有悔改，居然有脸大张旗鼓召开圆桌会议，讨论到底是谁出卖了你们？这真是我见到的最无耻的强盗逻辑！这个人良心不安而弃暗投明，你们不审视自己的过错，反倒怪人家无情无义？"郭灿灿鄙视地笑着，转身就走，回过头来又补了一句，"对了，高博，回头一定要告诉我这个人是谁，我一定要给他做朵大红花！浪子回头金不换，他才是我郭灿灿最佩服的人！"她飞快地走出去，大家都傻了。

大家你看看我，我看看你。既然不是郭灿灿，那其他的人都有嫌疑，但李时恰的嫌疑最小，王大亮也不可能，虽然高博在瀚海公司工作，但凭他和汤若的"死党"关系也不可能。

只剩下最后一个人了，就是乔乔。汤若把目光投向了乔乔，乔乔愣了。"你总不会怀疑是我吧？"汤若尴尬地笑起来，"我当然不是怀疑你。但是现在事情没有水落石出之前，每个人都有嫌疑，我既然问了他们，就应该问问你。"乔乔坦然地说："没错，你爸是问过我……"

汤若急了，"我就说嘛，你嫌疑最大，你是咱几个里和汤八营最亲近的一个！更何况你本来就是反对派，整天说我们是骗子，骗子。不过你也太阴险了，要说好歹跟我打个招呼。亏我好心好意撮合你跟李时恰，好心没好报。"李时恰一愣。

乔乔也火了，"你什么意思？我是最不可能告密的人，我要是都招了，汤叔叔干吗还去问高博？"汤若愣了半天，讪笑着说："说的也是。我特怕你还没有原谅我就……"

乔乔怒不可遏，"就什么？你说啊！不敢说了是吧，你不说我替你说，你一相情愿地认为我感情上遭到了你的拒绝之后，从此一蹶不振，对你恨之入骨，伺机寻找报复你的机会，终于向汤叔叔告密而后快！我说得没错吧？"

高博也觉得不该这样误会乔乔，愤愤地说："汤若，你有点过！"汤若连声对乔乔说对不起！

　　乔乔委屈的眼泪又流了下来，"我之前从没恨过你，只是想忘了你，可是我忘不掉。现在我终于明白，即便我拿自己的原则为你遮风挡雨，也仅仅是我一厢情愿的贼心不死、自我麻痹罢了……"

　　看着乔乔跑出去，高博也为乔乔喊冤："你怎么能怀疑乔乔呢？她是那么为你付出，可你却一次次伤害她！"汤若喝了一大口酒，没有说话。

　　此时一直沉默的李时恰突然说话了，"你那天问我和乔乔怎么样，我说我们只是普通朋友。其实我们是在那天前一晚刚刚分手的。因为我知道她身在曹营心在汉，她依然依赖和眷恋着你。现在，你把她最后一点点希望都击碎了。"

　　高博似乎已经疲倦透了，"唉，全乱了……全乱了……"四人无言，一片死一样的寂静，时间仿佛凝固了……李时恰拂袖而去。

　　牧歌说如果把乔乔比作一种植物，她觉得乔乔就像含羞草，这种草轻轻一碰叶片就会蜷缩起来。乔乔不但顽强而且敏感，就像含羞草。或许用顽强这个词不太贴切，爱情不是意志控制的东西，而是一种自然吸引：你会因为他的一句话而笑，又会因为他的一个眼神而忧郁，除了爱情，很难有东西具有这样的魔力。牧歌总是想趁拍照的机会和乔乔沟通，试图让她从爱情的漩涡中解脱出来。

　　"你是不是在理智上阻止了一些人走进你的心里，让你的心有新选择？"牧歌也觉得只有真正地接受了李时恰，乔乔才能彻底忘掉汤若。乔乔不明白地摇头。

　　"你爱着一个人的时候就会全心投入地观察他，你的眼睛只为他而看，大脑只为他而想。你的心自然别无选择地为他而动。但只要你耐心地回头看看，也许有个人跟你对他的情感一样，默默地观察着你，为你担心，为你难过，甚至为你生气，为你发狂。"听完这番话，乔乔依然木然地凝视着牧歌。

　　汤若拟好和CMC的合同之后，就开始盘算着这笔钱的用处，"第一步是招人，就连汤八营都说我们人手太少。第二步，资金进入硬件一定要跟上，绝对不能让广告降低我们的浏览速度和清晰度。第三步，我考虑增加一项有奖调查，我要看看，现在有多少人将走着瞧的网站设成了首页。"汤若兴奋地做着前景规划。

　　然而李时恰脸色却很阴沉，"你爸，还有之前乔乔投资在公司的三万块钱你打算什么时候还？"汤若脸色变了，他迅速地拿出支票本，开了一张支票，"帮我给乔乔，就说我谢谢她。不过得等到CMC划款了再去兑。"

李时恰一看上面竟然多了十万，"你这是什么意思？你以为她会要这十万块钱？"

汤若突然抓狂地说："我钱也还给她了！歉也道了！你们还要我怎么样？我跟她十多年的朋友，我们的事情自己会解决，不用你管！"

李时恰也气呼呼地说："我承认，我认识她的时间是很短，但是我知道她是个好女孩，你伤害她还不够吗？"汤若大声说："她是好女孩，我是骗子，我是混蛋，行了吧！"

李时恰气得收拾东西，"我真是看错你了！每次遇到问题就知道说，'我是骗子，我是浑蛋'，摆出一副我是流氓我怕谁的样子。不负责任，还认为理所当然。怪不得那天高博要走！"汤若急了，"你走，你们都走！现在走着瞧欣欣向荣，有广告商有点击率，我告诉你们，我汤若以后再也不要你们帮我！"

"我真可怜你！"说着，李时恰走出了办公室。汤若冲着他的背影大声喊道："可怜我！你还是可怜你自己吧。你喜欢乔乔你为什么不敢明着追求她？跟我发什么火？又不是我要她喜欢我的！我要知道，就不会让她帮我了！"

李时恰本来已经走到走廊，听到了这一切，他咬了咬牙，终于还是控制不住情绪，冲进了办公室，一拳打在汤若脸上，"说什么你？乔乔豁出坐牢的危险帮你，你还说这种话？我打死你，正好断了她的念想！"

汤若有些愣了，但很快也突然转过身一拳将李时恰打倒。李时恰愣在那里一动不动，突然爆发起来，两个人扭成一团。一阵激烈的打斗后，两个人都满脸淤青。汤若点了一根烟，并递给李时恰，两个人一人一口地抽起来。

汤若拍拍李时恰的肩膀，"跟她说吧。不然她伤透了心还不知便宜了哪个家伙。虽然你也不怎么样，毕竟比个不认识的强。"李时恰推开汤若，"别自我陶醉了，说不定人家早就否定了自己的一时冲动，现在过得开心着呢。"李时恰走了，汤若低下头喃喃自语："但愿吧。"

高博正在收拾东西准备下班，他看见汤八营走出来，连忙想躲，但还是被叫住。

汤八营很威严地说："你老实说，那个王大亮到底是不是哑巴？是不是你跟汤若雇了个群众演员拍了假视频？"高博出了一身冷汗，但他还只能假装，作出一副很吃惊的样子，"您听谁说的？您可以不信任我，可汤若是您一手培养起来的，您总不能不信任他。"

汤八营叹了口气，"我是很想信任他。可像他这样急于求成的人，如果犯了这种错误，也是非常有可能的。你老实告诉我，你们到底有没有干？"高博犹豫了半天终于吐出两个字，"没干。"

汤八营长出了一口气，终于笑了，他自嘲地摇着头。"从你拒绝外资企业重金邀请的那天起我就确定你是一个负责任讲诚信的人，汤若虽然平时有点骄傲不着调，但归根到底至少应该是诚实的。人老了，难免变得多疑。过去我年轻的时候，就提醒自己到了年纪大的时候，千万不要变成个老奸巨猾，但现在我竟然还怀疑了自己的亲身儿子和优秀下属。我向你们道歉。"说完起身对着高博深鞠一躬，高博更加汗颜。

"您别这样。您也是为了我们好。"高博有些受宠若惊。"我也在反思，是不是我对汤若的期望太高，反而让他的压力太大了？中国人总是习惯将自己未完成的理想交由下一代去完成，却从来不问这是不是他们的理想。"汤八营低头沉思着说。

高博连忙堆笑，"其实别看汤若那样，您在他心里一直是他的偶像。"汤八营喃喃："他只是想超过我吧。对了，你是他的朋友，他平时做事情容易激进冲动，而且性格又很固执，有了问题也只肯一个人扛，不愿意告诉别人，如果他在经济或者能力方面真有什么达不到的地方，你告诉我，我毕竟是他爸爸，帮他也算是职责所在，虽然他不一定肯接受，但我一定会帮他的。"高博低下了头。

"还有一点，你要记住。今天这件事情是我们的秘密。"汤八营冲高博眨眨眼。

接下来是汤若人生中重大转折和走着瞧公司里程碑式的事件。汤若和CMC的谈判一直持续到深夜，进入最后冲刺阶段。

只见汤若侃侃而谈："主要是以上这些。还有一点我要特别补充。我们走着瞧根据市场需求，经过几次的硬件升级现在的信息吞吐量已经达到了每秒一百亿比特以上。经过CHARIOT测试，我们现在的条件已经可以满足一千万人同时在线收看同一视频的需求。速度方面可以达到五秒内播放，六十秒内完全加载。可以说不但全面超越了国内普通视频网站，与ICC也不相上下。"

刘总沉思片刻，"那么广告费用方面……"汤若拿出了一沓资料，"这是我们的价目表，这是合同，这是我们的资产评估报告。"

刘总疑惑地接过来，笑了，"看来你这次确实做了万全的准备。我有些后悔让你起草合同了。"汤若自信地说："但这是走着瞧应得的，而且，相信我们为CMC创造的价值还不止这些！"

刘总很高兴，"好。希望如此。"拿出支票写下了几个数字，递给汤若。汤若瞳孔放大了一下，但接着很镇静，"好的。那谢谢您了。"

刘总跟汤若握手，"老实说上一次的会面我对你的印象不太好，但是这一次我看到的是一个适合未来市场发展，有希望在网络世界使自己的公司占有一席之地的合格的IT企业家。恭喜你。"

汤若一笑，"士别三日当刮目相看，更何况距离我们的上次见面已经有半年时间了。未来走着瞧一定能给您更大的惊喜。"刘总赞许地说："你是我第一个看到面对如此多的财富竟然还能保持冷静的人。"

"因为我知道这些钱，更代表了责任。"汤若坚定地说。两个人再次紧紧地握手。

电梯门一关上，汤若立即改变了神情，出现了一种突然乍富时的狂喜。他掏出手机，却拿不稳，颠了几下终于拨通了电话："喂！我们发财了！"

离开了汤若，李时恰不停地回想汤若的话："你根本就是自卑，你从头到尾就是个自卑的人，你怕被人瞧不起，所以整天摆出一副公事公办六亲不认的样子，你怕被乔乔拒绝所以不敢跟她说。你根本就不是个男人。"

既然爱她，为什么不去争取呢？为什么还装出一副清高的样子呢？李时恰一遍遍地问自己。他终于掏出手机打电话给乔乔。然而手机里传来："你拨打的电话正在通话中。"李时恰又拨了一下手机，电话响了一声，然后被挂断了。

而此时，乔乔正在公交车上，看着窗外的风景。她的脑海里不停地回想着牧歌的话："你爱着一个人的时候就会全心投入地观察他，你的眼睛只为他而看，大脑只为他而想。你的心自然别无选择地为他而动。但只要你耐心地回头看看，也许有个人跟你对他的情感一样，默默地观察着你，为你担心，为你难过，甚至为你生气，为你发狂。"

乔乔突然有所悟，掏出了手机，准备拨打电话，恰好手机响了一声，接起来，可是并没有声音，原来是没电了。乔乔有些郁闷，然而在公车即将关闭的时候，她突然跳下了车，朝着李时恰的家狂奔。

李时恰也突然转过头朝着乔乔家的方向奔去。然而他们并没有在家看到对方的身影。乔乔失望地在街上漫无目的地闲逛着。

而此时，李时恰则坐在公车上。也许上天在有意安排，隔着公交车玻璃李时恰看到了正在路边行走的乔乔，"乔乔！"乔乔也看见了李时恰。乔乔开始追赶公交车。

终于车停了下来。李时恰从车中跑下来。"你愿意和我在一起吗？"乔乔温柔而充满了激情。"我愿意。"李时恰一把紧紧抱住了乔乔。

一走进公司，高博就被技术部主任叫到办公室，"今天找你来是要通知你一个好消息。经过董事会研究，为了提高我们公司在软件开发技术方面的能力，我们打算选派一名技术部的主力去美国的INB总公司学习。虽然你来的时间不长，但是业务水平突出，而且汤总也力荐你去。所以，恭喜你了。"高博尴尬地笑着和主任握手。

技术部主任语重心长地说:"这次去到国外,你要记住,你不但代表了公司,也代表了国家和其他十多个国家的骨干一同学习。希望你能把西方最新的技术给我们带回来。"高博犹豫片刻,"可是我来的时间比较短,技术部还有很多有经验的人。"

这时候汤八营走了进来,"你说得没错。论资历你确实有所欠缺,我也坦诚地告诉你,虽然我们对瀚海的实力非常有信心,但是我们既然花重金培养人才,自然不希望他因为种种原因留在国外或者回国后直接投奔了其他的企业。所以,除了经验和技术,我们更看重这个人的人品和责任心。在这一点上,我相信你绝对没问题。"说着冲高博眨眨眼。但高博却恨不得找个地缝钻进去。

高博回到自己的办公室思索片刻,终于咬紧牙关,在电脑上打下了几个字:辞职书。

汤若约牧歌来到动漫店门口,汤若伸开手兴奋地朝着牧歌,"亲爱的牧歌小姐,赶紧给你的精英企业家一个爱的拥抱吧!"牧歌笑着说:"1500万?你确定不是卢布?"

"红艳艳的RMB,如假包换!"汤若的兴奋溢于言表,说着搂着牧歌进入动漫店。

汤若从动漫店里赎回了自己两个心爱的变形金刚,搂住牧歌,"赎完这个,再去赎我的爱车。亲爱的牧歌同学,赶紧跟你聪明的男朋友提要求吧,名牌包还是照相机?或者,我直接给你买个五克拉的大钻戒?"

牧歌轻轻一笑,"一副暴发户的嘴脸。"

"人人瞧不起暴发户,人人想当暴发户。不过我可是不忘旧情的,凭着我现在的个人资产,完全可以买下比原来这些高级得多的东西。所以,我真是佩服我自己,不但能力出众,还有情有意,唉⋯⋯"说完汤若做出自我陶醉状。

牧歌问:"通知高博、李时恰他们了吗?"

"古怪的是当我有麻烦找他们的时候,他们个个整装待发,而当我急着跟他们分享好消息的时候,他们竟然都关机了!"汤若一脸兴奋地回答。汤若赎回了自己的爱车,又带着牧歌大肆购物。

晚上,回到牧歌家。汤若坐在躺椅上傻笑。牧歌观察着他,时不时拿起相机拍一张。

汤若突然来了劲,"哎,你猜李时恰、高博和乔乔知道这个消息的时候会怎么样?乔乔一定喜极而泣了,高博说不定直接兴奋地跳上了桌子,李时恰虽然表面还是冷冰冰,但这种人最有可能范进中举!"牧歌笑而不答。

"说出来你也许不相信,我今天这么高兴,其实不是为了我自己。钱对我来说,从来都不是问题。可是,有了这些钱,高博终于能在郭灿灿面前扬眉吐气了。而李时恰所谓的上市计划也看到了曙光,乔乔就更不用说,那些为我担惊受怕的日子终于得到了回报。"汤若望着天花板笑着说道。

"你还说没有被钱冲昏了头脑?他们的问题难道就因为这些钱一下子都解决了?"牧歌看了汤若一眼说。

第二天上班,乔乔正和李时恰来到走着瞧公司楼下。汤若在车上看见了他俩。"昨天我打电话给你俩,总是关机,走,乔乔一起上去。"不由分说汤若把乔乔也推到了办公室,按在了椅子上。

"真不能待了。迟到这个月奖金就没有了。"乔乔不懂为什么今天汤若这么热情。汤若拍着李时恰,"你呢,从今以后,愿意上班就上班,不愿意上班,他绝对够养活你的。"

李时恰也有点摸不着头脑,"汤若,我警告你啊。我跟乔乔的事情,请不要独断专行的都安排好。"汤若连连作揖,三个人都哈哈笑了。

汤若突然严肃起来,看着乔乔,"今天我要当着李时恰的面对你好好说一声,对不起。"乔乔别过头,掩饰了一下,故作轻松,"你反正就这老毛病。我也习惯了。对了,你那车怎么回事?汤叔叔帮你赎的?"

"难道在你心里,我自己就不能有成功的那一天?"汤若故作愁眉苦脸地从兜里拿出三个红包发给大家。三个人打开红包,里面是一张支票,看着上面的数字。高博的支票上赫然写着三百万。

三个人没有人相信这是真的,乔乔非常不以为然,还以为汤若在搞恶作剧,"亲爱的汤若,虽然你不止一次地欺骗伤害了我,不过我还是要提醒你。开空头支票是非法的,即使,你的支票是真的!"说完大家扬长而去,各忙各的事情去了,汤若愣在那里,心想:你们兴奋去吧。

高博路上正好路过银行,拿着支票,看看上面有水印,就将信将疑地侥幸地走进去。他胆怯地对柜台小姐说:"我想兑支票。"万一是汤若搞的恶作剧,高博早已经做好了被银行工作人员奚落的心理准备。

小姐接过支票,操作了一下,"先生,三百万都要兑吗?"啊哦?高博眼睛瞪得巨大。

随即高博满头大汗兴奋地踩着车到了学校操场,也不顾旁边的小朋友,大声地对郭灿灿说:"灿灿,我们有钱了。"郭灿灿疑惑地接过红包。

"是……是真的!我们发财了!"说着高博就想拥抱郭灿灿。小朋友都好奇地看着他们,郭灿灿连忙推开他。

"你想做公主的愿望终于要实现了。走,咱们这就去辞职,我带你吃香的喝辣的,对了,你不是喜欢宝马吗?咱们这就去买三辆,一人开一辆,还有一辆光放着看。或者你想买房也可以,你不是喜欢复式吗……"高博说着拉住了灿灿的手。

郭灿灿挣脱开高博,"这钱哪来的?"高博高兴地看着灿灿,他希望灿灿能改变对汤若的成见,"汤若给的……"

没有想到郭灿灿急了,"汤若汤若!高博,你是不是又跟他做什么见不得人的事了?"郭灿灿把支票扔在高博身上扬长而去,高博很疑惑,有点丈二和尚摸不着头脑。

回到走着瞧,高博也顺便把自己辞去瀚海工作的消息告诉了汤若。汤若和高博击掌,真诚地说:"欢迎你回来。谢谢。"李时恰也冲高博招招手,开玩笑说:"看来咱们的战斗又要开始了。""我是不会服你的!"高博的一句话逗得大家都笑起来。

高博拿着支票兴奋地打量着,"汤爱卿,朕愚昧啊,愣是差点把你的真金白银扔进了下水道。"李时恰也说:"倒霉得太久了,一朝走运,我也觉得不可能是真的。"

这时候李时恰掏出一张支票,"这是你给乔乔的一百万。她取走了属于自己的三万元钱。这九十七万一定要我退还给你。这是我的二百万,我考虑还是投在公司。"

汤若纳闷,"你们这都怎么了?没钱的日子熬得咱们多惨,怎么有钱,你们倒不会花了?"李时恰雄心勃勃地说:"不是我们不会花,而是如果把这一千五百万就这样挥霍掉了,我不甘心。别忘了,我的目标可不是赚大钱,而是公司上市!"

汤若点点头:"这样吧,你们都是股东,如果决定分掉这笔钱我也同意,如果决定把钱投放在公司我也不反对,当然,收益不敢担保。"李时恰和高博相互看看。

汤若问高博:"高博,你怎么决定?"高博犹豫片刻,"我同意把钱投在公司。"

汤若搂着两个人的肩膀,"但别忘了我毕竟是公司的CEO,我决定一千五百万中的一千万投入公司,另外五百万咱们还有乔乔每人拿四分之一。乔乔的那份暂时由李时恰保管。"李时恰和高博相视,终于笑了。

过了两天,工人将走着瞧.com的大牌子挂在公司门口,汤若、李时恰、高博三个人面对着已经招了六七个人的办公室,这里已经是人声喧哗,一副大企业的样子。

汤若、李时恰和高博三个人俨然一副青年才俊的样子,神清气爽、踌躇满志地走进了他们的办公室。他们三个印证了一句话,成功是上帝赐给奋进者最好的礼物。"

而高博却望着宽敞明亮的办公室叹了口气。"只可惜你们两个现在都有佳人相伴,而我却孤家寡人。"汤若纳闷地问:"郭灿灿不是嫌你没钱吗?怎么现在成了百万富翁她还不满意?"高博摇摇头:"我也奇怪……"

突然三个人透过玻璃窗看到了正在朝里面张望的王大亮憨厚的脸,汤若连忙把他拽进来。

王大亮说最近收到了很多粉丝的来信,都是希望得到他签名的,还有一些残疾人想和他学习画画的等等,他都做了回复,其中有一个小女孩的信自己不知道该怎么处理。

汤若接过来一看。只见上面写道:达·芬奇叔叔你好,我叫一一,今年9岁。去年爸爸带我去医院化验的时候,医生叔叔说我得了白血病。虽然爸爸没有告诉我,但我听见他和妈妈哭了,所以我想我应该是得了让他们很不高兴的一种病。我吃的药很苦,而且去了几次医院以后就开始掉头发。过去我一直很喜欢照镜子,可是现在不喜欢照了。我很孤独,很不开心。爸爸给我讲了你的故事,我还看了《流浪的达·芬奇》,虽然我从来没有见过蒙娜丽莎,不过我相信,你画得一定很好,也许还比那个外国的达·芬奇画得还好呢。我也很喜欢画画,但一定没有你画得好。我很想见见你。我会一直坚持下去,在家里等你的。一一。

汤若痛心地低下了头。

这是一处非常普通的民居,汤若和大亮提着水果站在楼门口,两个人沉默片刻走进了楼里。

一个中年男子打开了门。汤若上前说道:"您好,我们是来看一一的。"王大亮冲着男子比画了一下,掏出信挥了两下。

男子的眼睛红了,"你是'达·芬奇'?谢谢你来看她。"将俩人让进了房间。一一的卧室朴素而温馨,墙头贴满了卡通画和王大亮的照片。可是房间却已经空了。

男子让开身,汤若和王大亮这才看见女孩的遗像,一一在照片上笑得非常灿烂。

男子悲痛地说:"我女儿让我跟你说,'对不起,她坚持不住了。希望你能够继续坚持下去。'这是她送给你的画。"王大亮两眼愣愣地走进了一一的房间,并且关上了门。

回去的路上汤若和王大亮漫无目的地走着。王大亮始终紧紧捏着画,突然他号啕大哭起来。汤若拉王大亮,王大亮却不动,"别哭了,别哭了!"汤若越说越带哭腔,终于汤若忍不住了,"你以为我愿意吗?"

两个人在街头，一个站着，一个蹲着，一个号啕，一个默然。

晚上，牧歌掏出手机给汤若看了一个短信，是王大亮发给她的：俺这几天总是做噩梦，梦见俺走在沙漠里，没有方向，也不能停下来，只能不停地走。俺特别累，结果一停下来就掉到流沙里，汤若、高博、李时恰、乔乔、春春还有你都站在上面看着俺，但没有人拉俺。汤若有点纳闷，"他写的？"

牧歌点点头，"可是我问他最近到底遇到了什么麻烦。他却没有回。我觉得你们两个最近都似乎有很多很多的心事，或者是秘密。"汤若唯恐牧歌察觉到什么，"没……"

汤若话还没有说完，牧歌便笑了，"即便是有，如果你不想告诉我的话，我也不会问的。在我看来你一直就是一个任性的孩子。"汤若无奈地笑笑。

牧歌自顾自地说："我第一次见到王大亮就觉得他很特别，可我一直没有找到他特别的地方。现在我知道了，他最特别的就是嘴。他的嘴角上翘，但给人的感觉不是乔乔那种乐观的上翘，而是有一种敏感，一种表达欲，特别是这段时间，他似乎有很多话想说。"

汤若干笑着，"我觉得是你太敏感太有表达欲了。其实他就是个普通人，没什么特别的，你看我的嘴角也是上翘的。"

"不，不一样，我想给他拍一套照片。名字就叫《沉默的达·芬奇》。"

"啊？"汤若脸上出现不可置信的表情，但一时也找不到拒绝的理由，只好支吾着答应了。

牧歌要拍《沉默的达·芬奇》，汤若把这消息和自己的担心告诉了李时恰。"王大亮最近的心情你又不是不知道，上次残疾学校的活动就差点把我们给卖了。现在又加上了——的事，我真怕他一股脑儿地把心里的苦水都倾泻给牧歌。"

李时恰神色很严肃，"老实说，你觉得如果牧歌知道了咱们的事，她会不会揭发？"

汤若摇着头，"不好说，她个性自由，心情更是飘忽不定，我根本把握不住。我想，她为了我可能不会揭发，但是她肯定会因此不再理我。可是……如果我反对得太直接，她也会怀疑，她那么聪明一定很快就能知道真相。"李时恰收拾东西准备走，"那没办法了，只能让王大亮自己拒绝。你跟他好好说说。"

"王大亮跟牧歌的关系不错，听高博说他俩还经常发消息，很多话大亮没跟我们说，都跟她说了。"汤若郁闷地抱着头。

李时恰耸耸肩，"我感觉不会出什么大问题，大亮久经沙场，更何况他跟

牧歌认识那么久始终没有拆穿我们,说明他还是有原则有底线的,我相信他。"说完李时恰神秘地笑了,说了声BYEBYE。汤若看他眉飞色舞的样子就知道去约会了。

高尔夫球场,汤八营和刘祺正在休息。汤八营突然长吁短叹。刘祺疑惑地问:"怎么啦?一千五百万的资金给了汤若,还不高兴。我说,老汤,你也太不地道了,帮着儿子找什么评估公司。"

汤八营:"怎么,如果他瞎折腾,你还打算少给他?"刘祺笑了。汤八营接着叹气,"高博辞职了。"

刘祺并没有太多惊奇,"哦?正常啊。之前的走着瞧岌岌可危,现在可是蒸蒸日上,他回去帮汤若正是时候。""可我却觉得有问题。"汤八营的话令刘祺不知所以,疑惑地看着汤八营,汤八营却摇头不语。

刘祺问:"对了,这次的尖端视频网络评选名单中怎么没有走着瞧?""虽然他现在是你的摇钱树,你也不用这样吧。"汤八营知道即使增加他们,汤若也未必接受。

"为我的客户争取最大利益是我的职责呀。另外,他们本来就实至名归。"刘祺笑了笑。"我也觉得应该增加他们,可我想,他是不会接受的。"汤八营摇着头。

"这可是个好机会,要知道所有参赛的视频网站都要递交资产情况说明表。你对他的怀疑,不也能从中得到一些验证吗?"听完刘祺的话,汤八营若有所思地点点头。

第十九章

汤八营约了高博。关于高博辞职的事情，汤八营只是轻描淡写地说了句："今天约你来我不是想问你为什么辞职回走着瞧的事，因为我知道即使我问你你也不会说的，我想让你把这个交给汤若。"

高博一看却是一份请柬：瀚海联合国内十家顶尖的风投公司准备进行一场尖端视频网络的评选。希望走着瞧可以参加。

汤八营说，这次评选，虽然瀚海是发起单位之一，但是并不参与评委工作，评委会成员包括了知名企业家、策划大师和顶级网络技术人员，而且还将在各大门户网站上对网友直接开放点击评奖，最后的结果要同时参考专家和网民的双方面意见。所以如果这次走着瞧可以得奖完全是实至名归。

高博不明白为什么他不直接给汤若，汤八营坦率地讲，其实，他一直希望能跟汤若有一次面对面平等交流的机会，毕竟从事网站建设和系统软件开发二十多年，对经营技术甚至人生上的问题都有经验，也许能够给汤若提供一些参考意见。但是又怕自己控制不住脾气，说出一些伤害他的话，所以一直不敢跟他聊。他的个性汤八营很了解，如果自己亲手把请柬交给他，他会对这次评奖的公正性产生很大的怀疑。高博听完低下了头。

"你帮我跟汤若说声……"汤八营想说对不起，但嗫嚅了几下，最终还是自嘲地摆摆手。

这真是一对父子冤家，高博一路上想着如何才能说服汤若主动去参加这次评选。请柬放到汤若桌上，汤若果然犹豫了，这次是展示走着瞧的机会，但是这是汤八营公司组织的评选，自己得了奖别人也认为自己是靠汤八营才评上的，这是他汤八营给出的一个难题。

看汤若犹豫，高博又添一把火："我看你爸是看准了你怕输的个性，早预料到你不会参加评比才给你请柬的。""谁怕输！你不用激我。这次的比赛输赢我一定参加！"汤若说完拂袖而去。高博却笑了。

财富如同美梦中描绘的一般从天而降。牧歌留在了汤若身边，高博也重新回归，乔乔终于放下了心事和李时恰走到了一起。可汤若不知道为什么总还觉得不满足呢？

为了得到这一切付出的努力他汤八营有没有看到？又或者在他的心中，这些根本就不值一提。我还是那个无知又无能的儿子。到现在汤若才知道，原来他太在意汤八营，不，是父亲的看法了。

李时恰心里十分明白尽管乔乔和他在一起，但是乔乔并没有忘掉汤若，他明白地感到乔乔和汤若之间并没有了断。李时恰开着自己新买的二手"牧马人"，在郊外的公路上愉快地奔跑着，乔乔把手和头伸出窗外，风吹起乔乔的长发，她开心地笑着。听着乔乔的笑声，李时恰心里有了一丝欣慰，但他从这笑声背后依然听到她对汤若纠结着的情丝。他可以等，他愿意用他的执著赢得乔乔的芳心，终有一天他要让乔乔的笑成为真正的开怀大笑。

李时恰深情地问："乔乔，你愿意一直陪在我身边吗？"这时候乔乔回身坐到座位上，收起了笑容，不敢看他的眼睛，低着头，轻轻点了点。

李时恰很高兴，把车子停在了路边，"这段日子你跟我在一起，我很开心。我……"他想说我爱你，但终于没有好意思开口，他俯下身子想吻她，乔乔却躲过了。李时恰非常难过。乔乔也意识到了，连忙换了一副轻松的表情。

这时乔乔的手机响了，"喂？高博，我正忙着呢。你慢点说，行，我马上来。"李时恰问："怎么了？""高博可能出事了。"乔乔催促李时恰赶紧回去。

来到高博家楼下，乔乔和李时恰冲下车，却正看见高博很危险地坐在窗台上。两个人吃了一惊，连忙上楼。

乔乔看门没锁，冲进来问："高博你干吗？"高博慢吞吞地从窗台上爬下来，"叫什么叫？看看风景也不行？"乔乔掐了高博一把，"吓死我了你。"

高博笑了，"哇！大姐，怎么几天不见你还这样。你跟那个家伙生活甜蜜蜜吧？"乔乔心痛地看着高博，"关你什么事？说吧，又有什么事情要求我。"高博叹了口气，"我刚才坐在窗台上，真想跳下去算了。"乔乔愣住了。

高博换了一个郁闷的表情，"钱也有了，地位也有了，可为什么郭灿灿还是不满意呢？你知不知道，我昨天把一百二十五万，满满当当放了一床，可她却连正眼也没瞧上一眼！"

乔乔最了解郭灿灿，"郭灿灿这个人，你别看她表面上喜欢时髦，其实在骨子里是一个特别纯朴的女孩子。也许正直善良对她来说就是比钱更重要。不然，过去你没钱的时候，她为什么不早离开你？更何况她现在是老师，每天的工作就是把未来的花朵们塑造成有理想有责任感的一代，可同时她却要跟你这样的骗子每天生活在一起，你要她怎么办？"

高博顿了片刻，似有所悟："我觉得你刚才说的什么正直、善良都太虚了。郭灿灿不理我，最主要的还是我没有给她最想要的东西。哎，对你来说什么最重要？"乔乔不假思索地说道："可能是关心和安全感吧。"高博一拍脑袋："明白了。"

乔乔约汤若来到南锣鼓巷。汤若跑过来，"怎么了？"
"没事。就想跟你一起走走。"乔乔轻松地答了一句。汤若有点尴尬，"行，没问题。"
乔乔和汤若默默地走着，看着两边的店铺，这都是留下他们童年记忆的地方。
乔乔突然说道："我跟李时恰在一起，可是心里却一直放不下你，所以，想约你出来，了结我的一个心愿。"汤若纳闷，"什么？"
乔乔依然轻松地说："跟你做一天的情侣。行吗？"汤若停了片刻，认真地点点头，"你想要什么我都会答应的。"乔乔拉着汤若的手，像情侣一样。她数着街边的店铺以及发生在这里的童年趣事。不知不觉夜色已经笼罩了城市，店铺的灯、路灯、车灯渐渐亮了起来。
乔乔和汤若坐在马路边，突然说："真没想到，你是个挺无趣的人。""你才知道？"汤若瞥了乔乔一眼，"我倒是羡慕李时恰。其实，仔细看看，你还是挺有女人味的，而且是很特别的那种。"
乔乔半开玩笑说："我总算发现你深得女人心的原因了。"她突然吻了汤若。时间仿佛变慢，汤若愣住了。
乔乔开心地笑了，"我以为我吻你，心一定会狂跳，但是它没有，它没有！我好了！"乔乔欢呼起来。但汤若没有注意，乔乔的眼里闪烁着晶莹的泪花。这欢呼和泪水预示着乔乔将对汤若关闭心门，也是一段新的感情的开始。汤若看到乔乔如此淡然，也终于笑了。
但是谁也没有想到，乔乔给汤若的热吻和欢呼，都被准备来接乔乔的李时恰远远地看在眼里。乔乔的情路上再起波澜。

"我跟你住在一起781天零10个小时了，原来在你心里我就是这样一个人。你以为，汤若用钱能收买你，你就可以用钱来收买我吗？"高博提出要为灿灿买房子，郭灿灿却放声大哭起来。高博一时慌了神，"我不是这个意思。我就是想买个房子来增加你的安全感。"
郭灿灿发泄似的大声说："安全感？过去两年，我都一直很有安全感，你是没有钱，没有地位，但是你善良诚实，可是自从你跟汤若想出那个馊主意以后你就变了。你开始骗人，而且骗我。你离开了汤若，我很高兴。因为我以为你改过了。可是你现在竟然又重蹈覆辙！这十几天来，我一直没有跟你说话，我想用这种方式让你意识到错误，自己去改，可是你呢？化妆品、衣服、香水，你竟然还把一百二十五万都码在床上！你知道我当时是什么感觉，我感到自己好像正在诈骗犯的分赃现场！"

看来郭灿灿和汤若是水火不容呀，可是一个是哥们儿、一个是女朋友，怎么办呢？或许郭灿灿在意的不是汤若，压根儿就是郭灿灿觉得他们几个靠欺骗公众得来的钱是不干净的。可是《流浪的达·芬奇》也不可能收手呀。

高博迟疑地站在楼门口。郭灿灿拖着一个大大的箱子往外走。两个人四目相对，一时都不知道说些什么。郭灿灿迟疑了一下，"我先去朋友家住几天。柜子里有方便面，不要老吃，对身体不好，水电费该交了，去银行交就行，卡我放在书柜第三个抽屉里了。你冬天的那些衣服我洗过了，你过几天再拿出来晒一晒，其他的没有了……"

高博一把拉住了郭灿灿的手，紧紧抱住她，"再给我一次机会。我会说服汤若的，我永远不会再骗你。"

第二天，当汤若神清气爽走进办公室的时候。他收到两封信。打开了第一封信：李时恰的辞职信。还没来得及看第二封，汤若就拉着高博，"快跟我走一趟。"

来到李时恰的院子，汤若大声问道："你到底什么意思？""没什么意思。就不想干了。"李时恰没好气地说。

"那你投在公司的钱怎么办？我可说好，要走，这笔钱的未来我不担保。"汤若想用钱来留住李时恰。李时恰掏出钥匙和卡扔给汤若，"原本打算给我妈买房子改善的，现在我也不要了。"

"有病。"马路上，汤若踢飞了一块小石头。高博试探地问："我给你的信你看了没？"

"没呢。一进门两封信，刚看了一封就是李时恰要辞职。哎，我说你不会也想辞职吧？"汤若眉头一皱。

"不是。不过，我确实是想不干了。我的意思是我不干了，你也别干了。"高博说完，汤若惊讶地看着高博。

"爱来不来"烤翅店，汤若扔给高博一页纸，高博念道：如何应对王大亮的社会活动问题。原则，能推就推，不能推按实际情况参考方案。方案A，如需要偶像激励的场所，尽量让小狼代去。方案B，如果非要王大亮出马的，尽量把时间控制在半小时以内。方案C，如果需要现场作画，由汤若用必成留下的配方先行绘画，让王大亮现场涂抹应付。另外，尽快举办大型活动，在活动上，以王大亮需要继续流浪寻找灵感为由，宣布王大亮离开这个城市并不再接受任何活动邀请。

高博放下纸:"老实说,我觉得郭灿灿说得挺对,咱们不应该这么继续骗下去。"汤若深情但坚定地说:"咱们不过是说了一个小小的谎。谁从小到大一个谎没说过?"

"你想的一点也没错。咱们说了一个谎就要用成百上千个谎去掩盖最初的那个。汤若,我觉得这么下去根本没有止境。"高博没有想到汤若如此的顽固。

汤若沉思片刻,"我写这份东西的时候,也感到很犹豫。但是,我们拿了广告商的钱,这些钱也代表了责任,我们必须对他们负责。还有咱们公司的那些员工,最近金融危机,要是走着瞧一关门,你要他们到哪找工作?另外,自从王大亮的视频播出后,越来越多为了理想奋斗的年轻人都将自己的视频上传到我们网站,比如说小狼、六六,他们组成了流浪的奋斗家族,相互鼓励相互交流,还提出了达·芬奇精神,咱们现在关闭网站,不等于直接让他们流离失所吗?"高博低下了头,没有说话。

汤若没有想到自己真的成了孤家寡人。当他把一沓一万元放在王大亮面前时,王大亮掏出本子,"几次活动加起来你们一共欠俺5018块3毛2。"他开始数钱,又从口袋里抠出几张毛票,"从今天起,俺们两清。"汤若指着王大亮说不出话来,拿起零钱拂袖而去。

更让汤若和高博吃惊的是王大亮也拒绝了牧歌拍摄《沉默达·芬奇》的要求,说自己要找工作。

"你知道王大亮要找工作了吗?"牧歌见到汤若就疑惑地问。汤若支吾着:"是……是吗?那不错啊。"

"我过去以为他一定会坚持下来的。经历了那么多的事,吃了那么多的苦,现在他成了七彩画廊的签约画家,又有了很多粉丝,为什么却要放弃呢?是不是他有什么秘密。"牧歌不解地问。

汤若尴尬地笑:"敏感有利于创作而不利于生活。这一点上我要批评你,王大亮不就是要找工作吗?你何必联想到什么秘密?你就当他是坚持不下去了,或者就是突然转移了爱好。"牧歌怀疑地看着汤若。

李时恰帮母亲洗完了头,正在梳头发。这时他的手机响了,李时恰看了一眼是乔乔,挂了电话。

"你跟乔乔是不是有点矛盾?"李母似乎看出了李时恰有心事。"您别瞎想。"李时恰故作轻松地说了一句。

"你的感情问题,妈妈不想干涉,但是乔乔是个重情重义的好女孩,这一点妈能感觉得出来。也许她做了一些不让你高兴的事，但是两个人之间最重要的是交流和信任，我跟你的父亲在这一点上就没有做好。"李母的话让李时恰更加郁闷了。

"你父亲三天前出狱了。他让我把这个交给你。"李母从枕头下面拿出信，递给李时恰。

过了好久，李时恰终于下定决心打开了信封："小恰，你好。你收到这封信的时候，我已经在去往南方的火车上了。这些年来由于我的冲动和不负责任，让你和你的母亲都遭遇了人生中很大的不幸，我知道一句对不起是完全不够的。听你的母亲说，你现在已经成了一家网络公司的负责人，我非常高兴。希望你可以坚持下去，不要因为一点挫折而放弃。另外，我也知道了你现在已经有了一位漂亮又热情的女朋友，希望你好好珍惜。两个人在一起最重要的是相互体贴相互关心，还有一点就是相互信任。在这些方面你母亲做得很好，而我却做得很不好。其实，我一直是个对自己没什么信心的人，所以我总是表现得不负责任，对你的母亲又有很强的疑心病。如果将来，你在感情生活上遇到什么问题，希望你先给对方一个解释的机会。不要像我一样，一意孤行，最终亲手断送了自己的幸福。你现在是你母亲唯一的希望，也是支撑她生命的动力，希望你可以获得成功。我现在是没有任何脸面来见你的，我会努力找到工作，至少可以养活自己。等到那个时候，如果你愿意，希望我们两个有见面的一天。罪人李健。"李时恰捏紧了信，眼睛中却充满了泪水。

为了不让牧歌过多地猜疑，必须让王大亮同意牧歌拍摄。让谁来说服倔强的王大亮呢？汤若反复琢磨着：看来非乔乔莫属，这拨人中王大亮最信任的是乔乔。

"俺真是被汤若害苦了。当了什么骗人的艺术家，现在连厨子也做不了了，到哪都有要签名的。"见到乔乔王大亮就开始抱怨。

乔乔紧张地问："那你找工作的时候有没有……""放心，俺一直装着呢。毕竟认识俺的人那么多。唉，这当明星看来也不是什么好事，一点自由都没有。对了，你今天怎么来找俺了？不跟李时恰出去玩？"王大亮看乔乔自己来找他，有些摸不着头脑。

乔乔开门见山地告诉王大亮："其实是汤若叫我来的。他想请你帮个忙。""又有什么坏主意了？"王大亮皱起了眉头。

乔乔说希望王大亮能配合牧歌拍照。王大亮不假思索地点点头，"俺是无所谓。反正现在工作也不好找。"乔乔很高兴。

"汤若这家伙，连自己的对象都要骗，真不是好人。唉。"王大亮慨叹了一声。

没有人真的愿意让走着瞧不光彩地收场，好男儿不能让儿女情长断送了事业，李时恰回来了，高博也瞒着郭灿灿再次回到了走着瞧。

"咱们三个难兄难弟又会合了，汤总，未来的悬崖峭壁怎么过，你想好了没有？"高博一副调侃的神情。

"什么悬崖峭壁，在咱们面前的已经是金光大道了。更何况，咱们三个在一起，别说什么悬崖，就是刀山火海也能直接飞过去。"汤若拉着俩人的手放在自己手背上，"为了走着瞧！"李时恰和高博有气无力地齐声说："继续混下去！"

接下来三个人的计划是：搞一个小狼的接班仪式，让他全权接过王大亮达·芬奇精神的大旗，然后一方面送大亮回老家，另一方面，铆足马力宣传小狼，让他成为下一代的偶像，让达·芬奇精神不再专指王大亮，而变成努力的代名词。这个计划让李时恰和汤若都很兴奋。

高博无奈地说："朕原来是极有信心说服你们结束的。怎么现在反而糊涂了呢？"

"因为我们说的都是正确的！好极了！终于找到了走着瞧的未来之路！"汤若用力拍了拍高博，高博依然一脸无奈。

汤若告诉小狼王大亮要四处流浪，寻找灵感，而小狼将作为下一代达·芬奇精神的代言人走入公众视线。小狼被这迅速成为偶像的消息搞得激动万分，几天都无法入睡，每天和六六他们要排练到深夜。

听说ICC也要参加视频网站评选，"可是他们过去的领头人现在在我们这里。你预测他们会在技术的哪方面下工夫？"高博看着李时恰。"他们可能会使用'云'。"李时恰一副胸有成竹的样子。

高博给汤若介绍说，这是最近国外特别流行的"云端服务"，简单地说就是一家企业无需拥有服务器，靠租用的方式获得所需的资源，包括硬件、平台和软件。而提供资源的网络就被称为"云"。

"不错，'云'中的资源在使用者看来是可以无限扩展的，并且可以随时获取，按需使用，随时扩展，按使用付费。这种特性经常被称为像水电一样使用IT基础设施。"李时恰紧接着说，"不过他们这么做，可以算成是一次冒险。云端服务在中国还没有发展起来，很多网络公司都在观望，本土还没有服务提供商，所以如果ICC要参加只能与国外的公司合作，费用必须以美金结算，而且一旦出了问题，由于时差上的关系，联系起来也会比较困难。"

李时恰说邹树这个人又太执迷于西方的技术和经营理念，云端服务应该是他的主意，但是走着瞧可以采用提振服务器利用率，同时采用数据中心最佳实作,来降低成本。加上云端服务在中国可能还会"水土不服",走着瞧还是有一定胜算。

汤若还得知连汤八营的瀚海还没有采用这种技术。瀚海一向是网络技术方面的先驱,如果瀚海都没有使用云端服务,说明它在技术或者其他方面还不适用于国内的企业,所以他断定这次ICC一定会出现麻烦。

下班后汤若对李时恰说:"一起去'爱来不来',再叫上乔乔。"李时恰脸上有些尴尬,"我不去了。"高博和汤若都有些疑惑。

"你有没有觉得铁面人最近怪怪的?"高博回去的路上问汤若。"谁知道,他不是一直怪怪的。"汤若随意地答了一句。

高博说李时恰这次怪和过去不一样,好像有什么心事。"他现在应该高兴才是,现在乔乔是彻底把我放下啦。"汤若说。

"你怎么知道?"高博不解。汤若就把乔乔吻过自己的事实和乔乔的一番话告诉了高博。"女孩子的心事太难懂了。"高博心里也想起了郭灿灿。

而乔乔也坦诚地把吻过汤若的事告诉了牧歌,乔乔以为牧歌会生气。牧歌却点点头,继而笑了,"其实汤若早已跟我坦白了,放心,我不生气。总之问题解决了就好,希望你以后好好对李时恰,不过关于这件事最好还是不要告诉他。"

"为什么呀?汤若不也告诉你了?老实说,我也知道做得有点不妥当,但不做,就似乎总有一个心结,总是放不下。"乔乔真诚地向牧歌吐露了自己的心声。牧歌摇摇头,"傻瓜。感情的世界里,有时候是不该坦诚的。"乔乔若有所思地离开了。

李时恰一进门却发现门开着,母亲不见了,他非常紧张,却看到不远处,李母正坐在轮椅上和乔乔有说有笑,乔乔正在晾衣服。

李母笑着说:"你看乔乔多细心,说这几天老下雨怕我的被子潮特地跑来给我晾被子,还连衣服都洗了。"

"阿姨,这是我应该做的。李时恰是男孩子,平时工作又忙,他哪想得到那么多。"乔乔边晾衣服边说。

"太阳晒完喽。我得进屋了。"李时恰推着母亲回房间,李母推了他一把,让他跟乔乔说话。李时恰有点尴尬,只能帮乔乔晾衣服,两个人默然无语。

该回去了,李时恰把乔乔送出了大门。"那个,我有件事情要告诉你。"乔乔犹豫着说道。

李时恰停了一下，又继续往前走。乔乔看着李时恰的眼睛，"那天我做了一件不应该做的事。我吻了汤若。"

李时恰浑身颤抖了一下，但还是故作镇定，"是吗？那恭喜你们了。不过，牧歌那里，你们打算怎么办？"

"你听我说完。我虽然吻了他，可是却一点感觉也没有，所以我确认，我已经不喜欢他了。"乔乔一副如释重负的样子。

"你不高兴？"乔乔的话让李时恰突然爆发，"我为什么要高兴？我喜欢的女孩吻了别的男人我还高兴？陈乔，你还当不当我是男人？"李时恰快速走了，乔乔愣在原地。

李时恰漫无目的地走着。他背后被人拍了一下，一回头却是骑着摩托的牧歌，于是他们边走边聊了起来。

"你好像心情不好。"牧歌关心地问。李时恰苦笑了一下。

"是不是因为汤若和乔乔的事情？"牧歌猜到了李时恰的心事。

李时恰尴尬地笑了："你知道？我真搞不懂你们女孩子的心理，出了这样的事，你就一点不怪乔乔？"

牧歌告诉他，其实乔乔是个特别单纯的女孩，这么多年她的身边只有汤若和高博，所以她对他们的感情也特别深，尤其是对汤若。如果不做个了结，她可能会一辈子走不出来。虽然乔乔最后的方式有点不妥，毕竟她走出来了。希望李时恰能再给她一个机会。

李时恰被牧歌的宽容和善解人意所折服，回去的路上，牧歌的话一直在耳边回绕：有时候爱一个人是很痛苦的。人们总是不喜欢把自己内心深处的东西说出来，尤其是女孩子更是如此，所以男孩总是觉得女孩难懂，而女孩也会觉得男孩难猜。其实在感情里我们都是自私的动物，不单希望爱人只属于我们一个人，就连对爱人本身也是自私的。因为我们大部分的时候只考虑自己的喜怒哀乐，希望所爱的人可以理解关心我们，而忘了要得到首先就要懂得付出和倾听。我想乔乔和你在一起的时候的难过你是看到的，而她现在轻松你也能感觉到。如果你对这份感情已经没有信心了，不要急着放弃，先看看她的眼睛，再看看你自己的眼睛，如果里面有爱，就再尝试一次，至少这样做了，以后不会后悔。

评委会打来电话，三天以后公布结果，王大亮已经被推选为2009年度最佳网络榜样人物的候选人了。汤若听到这个消息也激动了好久，"也好，算个绚丽的收场！"

汤若来到王大亮的地下室，王大亮看是汤若，脸上一副不耐烦的样子。"这次绝不是骗人，而是让你永远淡出大家的视线。"汤若上前拍拍王大亮。

王大亮很感兴趣地看着汤若,继而不相信地哼了一声,背过头。汤若继续说道:"我们打算搞一个大型的接班活动,在活动现场宣布你要去流浪再也不接受任何活动邀请,而小狼则作为你的接班人,成为新一代达·芬奇精神的代言。怎么样?天衣无缝吧!"王大亮这才笑了。

"不过在此之前,你先得跟我去参加个颁奖晚会,记住,这次的你还不是你,是你扮演的你,总之继续装哑巴就行了。"汤若的话使王大亮脸色沉下来,郁闷地躺倒在床上。

"大后天下午三点,我来接你,别出去了。"汤若并没有意识到有什么异样,说完走了。过了一会儿王大亮转身走出了门。王大亮面对长长的走廊一头栽了下去。

第二十章

一点小小的误会,并不能改变两颗相爱的心。"如果你对这份感情已经没有信心了,不要急着放弃,先看看她的眼睛,再看看你自己的眼睛,如果里面有爱,就再尝试一次,至少这样做了,以后不会后悔。"下班的路上,李时恰一路思索着,牧歌的话点醒了他,他终于明白不应该责怪乔乔,相反他应该珍惜乔乔的一颗真诚的心。乔乔这么好的姑娘,如果自己不珍惜,不知道会花落谁家呢。"走,跟我一起去找乔乔。"李时恰对车上的高博说着就朝乔乔家的方向开去。

乔乔一个人在阳台上发愣。这时,她看到一辆牧马人缓缓驶入了胡同,但又迟疑地停了下来。乔乔随着车子的运动而紧张,终于牧马人停到了楼下。乔乔冲下了楼扑进了李时恰的怀里,"对不起,对不起。"

"别说了。以后我一定会天天看着你,不让任何人有可乘之机!我会天天接你下班,周末的时候也24小时不离开你!"李时恰突然变得如此热烈,乔乔愣住了。

李时恰问:"你不愿意?""我愿意,可是我不想你不相信我。"乔乔羞涩地回答。李时恰把乔乔拥入怀中。

"哎,那边老人都看着哪。"高博开玩笑地说。两个人这才意识到乔乔的父母在窗口正疑惑地看着他们。"走,我带你见见我父母。"乔乔高兴地说,"高博,你等我们一会儿。"说着拉着李时恰走上楼去。

高博点点头,拿出手机拨通了郭灿灿的电话:"灿灿,晚上请你吃饭。没事,就是想你了。"说着脸上也浮现出一丝笑容。

今天是颁奖的日子。汤若三人驱车赶到王大亮的地下室门口,然而没有见到王大亮的人影。"跟他说好了三点在这里等,真不着调。"三个人下到地下室,敲了几下门没有人答应。汤若从奶箱里拿出备有钥匙开门,眼前的一切把三个人惊呆了:房间里一尘不染,可是王大亮的所有东西已经不见了。地上用粉笔写着三个大字：俺走啦！

汤若并不知道，王大亮现在正在项春春租住的小平房内。他故意擦破了额头，撒谎说有人敲诈他。

"咦……咋能打人呢？他们真说你要是回去不给钱就打断你的腿？"项春春心疼地帮王大亮擦拭着额头。王大亮连连点头，嘴里还发出咿咿呀呀的声音。

"看来做了名人还真不好。对了，你这几天住在我这里汤若他们知不知道？"项春春关心地问道。王大亮连忙比画示意不要告诉汤若。"那你先在这里住几天。"项春春说完回店里了。项春春走后，王大亮立即换了一副失落的表情，独自躺在床上看着天花板。

不见了王大亮的踪影，汤若首先找到春春的理发店。"大亮来过没有？"汤若冲进来问。

项春春故作不知道，"咋啦？"汤若："他被推选为2009年度最佳网络榜样人物的候选人，只有40分钟就要颁奖了。可人却不知道跑哪儿去了。"

项春春一副欢喜又诡秘的表情，"啥？那他还不知道吧？我还没见他呢。"汤若看出其中的端倪，"那好吧。我先走了。"

汤若出门躲进车里。果然他走后项春春连忙出门，汤若悄悄地跟上，终于在春春的小平房内找到了王大亮。

汤若见到王大亮也并不敢发作，只能无可奈何地劝说他，"大亮，这次活动你一定要参加，完了搞个接班仪式，你就可以全身而退。我知道——的事情让你很难过，但这是一个偶然……"

一提——王大亮突然爆发起来，"别跟俺说——。俺从小到大从来都没有骗过人，为什么认识你们之后就要一次次的跟着你们去撒谎？——那么小，她在去世之前还以为我真是一个画家。可我不是！她画的那些卡通画，我临摹了半天都画不好。她还以为我一定能画得很好！"

汤若安慰他，"这件事情我们谁都没想到。再说，虽然你不是真的画家也不是真哑巴，但毕竟你给了她临终前最后的一丝希望，这总比她在绝望中迎接死神来的好些吧。"王大亮抹了抹眼泪。

汤若接着说："你觉得每次都是我们来麻烦你，其实我是最不想麻烦你的人，我希望大家尽早把你忘了。真不知道你哪来那么大的魅力，那么多明星两三天就过气，你就偏偏过不了气。不过你放心，我们一定会把接班活动搞得感人又真实。而且这次以后，公司的宣传重点会放在小狼身上。对了，说起小狼，他可是完全被你鼓动起来的真'达·芬奇'！所以，你的付出并不是没有回报的！"啜泣的王大亮疑惑地抬起头，汤若拿出一千元塞给王大亮。

王大亮委屈地说："俺不是财迷，俺就是觉得这每一张钱都是俺付出尊严得到的，应该认真看看清楚。你知道吗？自从当了那个什么流浪的达·芬奇以后，俺一点自由也没有，上街就得装哑巴，跟春春在一起也不能说话，一一的事情发生后，俺更是一点心情也没有，连做饭都没有以前香了。"

"行了，你的委屈我懂。最后一次，下不为例。快走！"汤若说着拉着王大亮迅速赶往颁奖会场。

"下面我宣布网络榜样人物候选人名单，凭借歌曲《我的理想主义》走红网络的新生代音乐人阿拉雷，凭借网络历史小说《元朝97年》开创历史新写法的写手'大都人'，通过视频《流浪的达·芬奇》为大家所熟知的艺术青年王大亮……"

最后评委宣布2009年度最佳网络榜样人物的得奖人是"大都人"。

汤若低声对王大亮说："还好你没得奖，不然那么多媒体，又上电视又上报纸，小狼什么时候能取代你？"王大亮没有说话。

主持人接着宣布："下面我宣布最尖端视频网站候选名单，'ICC视频网站''酷酷视频网站''走着瞧视频网站'。"听到走着瞧的名字，汤若、高博、李时恰三个好朋友暗中拉住了手。

"我宣布2009年度最尖端视频网站的得奖公司是'走着瞧'！"整个会场掌声如雷。三个人欢呼起来，脸上满是惊喜。汤若满心兴奋地快速走到台上，接过了奖杯，冲着台下一鞠躬，台下哄堂大笑。

汤若双手颤抖地站在台上念起了自己偷偷准备的获奖感言："我非常高兴地代表公司同仁来领这个奖。走着瞧是一家由平均年龄不超过25岁的年轻人共同创办的网络视频公司。我们的宗旨是，将最新最流畅最清晰的视频奉献给大家，同时为20至40岁的年轻网民提供一个可以说话、可以交流、可以相互扶植的基地。作为一个独生子女，我清楚地知道我们的成长过程中经历了多少的孤独，多么需要朋友，也深知我们与父母是如何的无法沟通，他们甚至还主观地把垮掉的一代强加给我们。所以，我希望我的网站不但可以带给大家快乐，还可以带给大家朋友，甚至改善我们的形象。走着瞧自从创办开始，经历了很多的挫折，曾经账上的流动资金不足十元钱，曾经负债，我和我当时唯一的员工还因为没交大厦租金而被停电失去了第一笔风投。所幸在经历这些困难的时候，我身边一直有很多朋友的帮助，乔乔、高博你们用自己的行动诠释了朋友的意义。李时恰，你用你的坚持让走着瞧终于走上了正轨，还有王大亮，要不是你的宽容走着瞧不可能走到今天。而我最要感谢的人还有一个，虽然在你心里，我可能永远是一个不成器的儿子，但要不是你的激励，我不可能坚持到现在。谢谢你，我的父亲。"他朝着台下深深一鞠躬。现场沉默了片刻，爆发出热烈的掌声。

一个人影悄悄地走出了会场，会场外汤八营偷偷抹了抹眼泪，刘以萍递上一张餐巾纸，"儿子长大了，你倒接受不了了。"汤八营叹了口气："看来我过去对他的态度是真错了。"一对老夫妻携手看着会场中热闹的场面。

"钱有了，名誉有了，爱情也有了，还缺什么？"高博躺在王大亮地下室的床上幸福地看着天花板对汤若和李时恰说道。

此时三个人注意到王大亮默默地坐在一边。汤若拍了拍他肩膀，"别失望。以后还有机会。"

王大亮摇头，"俺今天是特别高兴，你们知道俺为什么突然跑了吗？——一的事情对俺是个很大的打击，可最主要的就是俺怕自己会得奖。因为俺不知道，站在台上心里应该是开心还是不开心。三个候选人，只有俺是假的。如果得了奖，对他们两个真正努力的人不是很不公平？"

"你放心。今天你没得奖，这说明公众对你的注意已经少了很多，过不了多久你就能继续做回真正的你了。"汤若安慰王大亮。

王大亮嘟着嘴问："汤若，俺一直很想问你。你到底要得到多少东西才甘心？"汤若一时无言。

也许是时候结束走着瞧了，可是留下的一堆问题怎么办？如果在走着瞧上发表道歉怎么样？汤若反复思索着。

"就怕你舍不了你那些IT精英，'80后创业模范'的光环，你看看这儿，都把你写成偶像了。"汤若拿着这些问题问乔乔的时候，乔乔递过一本杂志，上面刊登了汤若领奖时候的照片。

汤若说这都是小问题，高博和王大亮是不想继续干了，每天就催着结束公司。如果向公众道歉或者结束公司，汤若怎么来面对公众？汤八营怎么看？又如何面对刘总等广告投资商？欲进不得，欲退不能。想得汤若的脑袋都炸了。

李母自从家里出了事很久都不跟亲戚们来往了。这次李时恰的确让她骄傲，很多亲戚朋友都主动登门来祝贺。朋友们告辞的时候，嘴上还在夸着李时恰。等他们走后，李母边擦眼泪边摸索着奖杯，开心地捶了李时恰一下。李时恰知道如果要结束公司，母亲是不能接受这个现实的。

汤若郁闷中想起了牧歌，虽然这些事情不能跟牧歌说，但是跟她聊聊或许心里会舒服一些。

牧歌正在郊外给王大亮拍照片。汤若开车过来，牧歌冲他热情地招手，"我亲爱的IT精英，最近的日子是不是特别舒服？"汤若郁闷地说："别提了。""送你的。"牧歌拿出一瓶香水。

汤若很高兴，"据说在国外只有亲密的爱人之间才送香水，看来我们之间的关系又更进了一步。"牧歌也笑了。

王大亮此时站起来,自己朝远处走去,坐在石头上想心事。

牧歌看着王大亮对汤若说:"他最近的情绪很不对,总是心事重重,刚才好不容易把他的情绪提高起来,不知道怎么回事,一说画画,眼神立马散了,嘴角的肌肉部分也僵硬了。"

汤若有意地说:"要不你别拍他了。别忘了他虽然是'流浪的达·芬奇',但不是真正的达·芬奇,而且达·芬奇也不会拥有蒙娜丽莎的微笑。"

"我本来就没把他当成达·芬奇,倒是你们,似乎刻意想把他塑造成达·芬奇。"牧歌的话让汤若一时语塞,气氛一下子沉默,他说:"我问你个问题,如果我结束走着瞧,你觉得怎么样?"

牧歌摇摇头。她不明白汤若这时候为什么开这种玩笑。

汤若无奈地笑了,"我只是有点累。在最辉煌的时候急流勇退,不好吗?"

"我知道你不是这种人。你连在困难的时候都要坚持,更何况现在顺利呢?除非,你的公司出了什么致命的问题。"牧歌看着汤若,汤若回避她的眼神。

牧歌说下周要在798搞一个个人摄影展,要把王大亮的照片也用上。汤若的表情很不自在。牧歌有些忧心忡忡地问:"我觉得你们之间有什么秘密。你能告诉我你们的秘密到底是什么吗?"

汤若脸色有些紧张,"哪有秘密?更何况你说过即使有,我不想说你也不会问的。"

牧歌:"我过去那么说是因为我希望也坚持我们大家都能保持一点空间,可是我现在感觉到这个秘密已经影响到了很多事,而且王大亮似乎也牵扯其间,乔乔似乎也知道些什么……"

汤若站起来,"你多虑了,根本没有秘密。我帮你准备摄影展。"汤若说着挤出一丝笑,牧歌看着汤若,表情十分担心。

"汤若,做女人的担心你理解吗?我希望你尽早结束公司,放了高博。"郭灿灿找到了汤若当面催促他赶紧结束公司,"放高博一马。"汤若低头说道:"这件事情,我现在真不能给你答复。"

"你知道为什么我那么长时间一直没有举报你们吗?就是为了高博。如果你再这样执迷不悟,说不定哪天我就控制不住自己正直善良的心直接发帖揭露你们罪恶的本质。"郭灿灿想以此来胁迫。

"你不会的。虽然你表面上铁板一块,但本质绝对是心慈手软,富有同情心。你知道如果一旦揭露了我们,不但我、李时恰、高博甚至连乔乔和王大亮都会受到牵连。"汤若知道郭灿灿也是个刀子嘴豆腐心的人。

郭灿灿沉默了几分钟，"你说得对。所以我求你结束公司。你如果不结束公司，高博是绝对不会离开你的。他是个很善良的人，我看他周旋在我们两个中间都替他累。还有乔乔和王大亮，你没有觉得他们现在越来越不开心了吗？"汤若无奈地点点头。

听说汤若要终止合同，刘总脸色一下变了，"你们是不是找到了更好的代理商？这样吧，价钱方面我们还可以商量。"汤若连忙解释，"不是的。是我们自己的原因。"

刘总拿出合同，"你们看下。"几个人认真读了一下，脸色都变了。

从CMC出来，高博大叫起来："三千万，有没有搞错，违约金竟然是签约金的一倍！"李时恰沮丧地说："实在不行，咱们就熬到合同到期。"汤若无奈地笑笑。

汤八营慨叹走着瞧成功给了他一记响亮的耳光。但是这一耳光值得，这不单是商业上的成功，他更收获了父子间的理解和心的靠拢。汤若的成长和成熟真真切切地让他感到欣慰。而这一点也正是汤若为难的地方，如果向公众道歉，自己的自尊往哪里放，刚刚修复的父子关系岂不是又要进入水深火热中？更深一层次讲，对于刚刚为自己有这样的儿子在众人面前骄傲了一把的汤八营将会是怎样的打击？汤若也一直在反思，自己真是像汤八营说的一样是个不负责任的人吗？这难以收拾的局面都是自己的不负责任造成的吗？

"对了，问你一个问题，先说好只是一个父亲对儿子的关心，而不是质问。"汤八营和儿子之间终于可以这样面对面地沟通了，以前这样的问题或许需要乔乔当"传话筒"呢。

汤若有些心虚，"我怎么觉得您这是欲擒故纵？先说好，高博辞职的事情不许问。"汤八营皱了皱眉头，"好。我先不问你他的事。那个小狼，是不是假的？"

"你怎么也这么说？"汤若心里合计着是不是父亲又要向自己发难。汤八营抬抬眉毛看着汤若，"你是不是觉得他和王大亮的经历如出一辙，而且执著的劲头也异于常人？除了会说话，喜欢的是帕瓦罗蒂之外，几乎就是王大亮的翻版？"汤若心里有些打鼓但依然故作镇静。

汤八营故意说："世界上没有两片一模一样的叶子，如果王大亮是真的，小狼一定是你们找来的托，而如果小狼确有其事，王大亮就……"

汤若似有所悟地跳起来，"他们两个都是真的就不可能吗？小狼本来就是受到了王大亮事迹的鼓励才勇敢走出农村追寻梦想的呀！"汤八营笑笑，"真要是这样，你网站的导向还真起作用了！"

汤若神情有些兴奋，"我现在明白了，我要传达的就是一种执著奋斗的精神，对了，大家现在已经叫它达·芬奇精神了！我要塑造的就是平民偶像的成功先例，王大亮是第一个，他的画被全市最大的七彩画廊收购，小狼将是第二个，也许将来他会在全市最大的音乐厅开演唱会，不，不是将来，也许就是明天！演唱会……爸，我终于知道该怎么搞接班活动了！"汤八营疑惑地问："什么接班活动？"

"总之，总之是一个从来没有网站搞过的活动！小狼的父母不愿意他喜欢帕瓦罗蒂，只希望他安心在家种地。可是当他们看到小狼站在万人音乐厅舞台上时会是什么表情？高兴，愧疚，欣赏。走着瞧届时将用视频直播的方式将一切都记录下来，播放给全球观众！"

汤若一连串的话让汤八营一时不知所云，"等等，等等，你说他的父母不喜欢他当帕瓦罗蒂？是什么意思？"

"就像你不喜欢我创业，不喜欢我的鸡窝头，不喜欢我的生活方式以及思考方式一样。没有理由，只是自以为是地认为我们没有长大。小狼很想跟父母沟通，可是，他每次打电话回去，得到的不是理解，而是抱怨与责骂！这是他的困扰，我的困扰，所有年轻人的困扰。可在演唱会上一切将颠倒过来，小狼会将这些年的经历、想法，都完全地说出来，没人能打断他，没人愿意打断他！他终于有了一次说话的机会！一次和父母平等沟通的机会！而走着瞧也终于有了一次宣扬自己价值观的机会！这样我就更有信心要让20至40岁的年轻人群中的百分之八十将走着瞧作为主页。"

"呵呵，这个胃口可够大的，我拭目以待呀。现在是六月，咱们就看看六个月以后你能不能实现百分之八十的目标。"如果在以前汤八营会批评汤若自负、好高骛远，但是这一次他相信儿子的实力。

"相信我，爸爸。"汤若沉浸在自己的想象中，突然打了个呼哨，用力抱紧汤八营，汤八营很意外。"谢谢爸，我终于明白我要什么了！"汤八营不知就里，汤若说完开心地朝远处跑去。

"我想跟你们商量一下，咱们能不能暂时别关闭网站。"汤若的话让李时恰、高博、王大亮所有人都惊呆了。高博纳闷地问："为，为什么？"

汤若："前几天我跟汤八营见了个面。你们知道他一向瞧不起我，说了很多过去从来没有说过的话。他好不容易才尊重我了，要是现在结束公司……"

高博跳起来，"汤若，可不带出尔反尔的啊！你别忘了答应过我，答应过郭灿灿的！"

汤若沉默良久后说道："你们知道我创办走着瞧一直有个梦想，就是希望在网络世界中为年轻人、年轻的思想争取自己的话语权。我曾经定下一个目标，就是要让20至40岁的年轻人群中的百分之八十将走着瞧作为主页，从我们的网站中接受资讯，同时也有机会发出自己的声音。现在，这个八十的目标，已经实现了五十多了，如果放弃……"

高博还是不理解："可我们不是说好了，即使关闭走着瞧还要继续创业吗？"

"高博，你也知道那就是说说而已。走着瞧的诞生你是亲眼见证过的，你跟汤若还能有当年的那股勇气吗？"李时恰从心底里并不愿意过早结束走着瞧。

汤若慨叹着说："唉，更何况，走着瞧几次死里逃生，我们能保证下次还有那么好的运气吗？即使有，我们还有一年的时间吗？从头再来，说说容易。"他郁闷地看着大家。

汤若看大家都不说话，"虽然王大亮的事是我们做错了，可是这件事之前，还有之后，我们为走着瞧付出了多少努力？我还记得刚办公司的时候，注册完，账面上只有几千块钱，咱们俩一起去旧货市场买家具，买办公用品，跑了十几家网络公司才寻摸到几台人家淘汰下来的二手服务器。你为了把这几台服务器的性能搞上去，做程序熬了多少夜……我再说最后一句，咱们不应该就因为王大亮的一件事情把其他所有的努力都抹杀。"

高博挠挠后脑勺，"你说的我都懂。其实，别说你，结束公司，我心里也很不好受。毕竟这是咱俩一手创立起来的，关了它就跟掐死自己亲儿子一样让人难受。可是公司很重要，郭灿灿也很重要。你知道我有多为难。"

"还有一件事我要跟你们商量，我想把接班活动，搞成小狼的个人演唱会。"听了汤若的话，李时恰、高博疑惑地抬起头。汤若接着说，"我最近上网看了好多小狼的资料，老实说，我自己都被感动了。之前你们也说过，让他做王大亮的替身是不公平的。既然，他付出了那么多，我们也应该帮帮他！"李时恰认为是个好主意，但担心资金问题能否解决。

"资金应该没问题，我想拿账面上的500万流动资金就绰绰有余了。至于具体的事务，我们可以委托给专业机构。还有，我打算在演唱会当天，将小狼的父母接到现场，让他们亲眼见证儿子的成功。并且，让小狼代表所有的年轻人对我们的父辈发表宣言，将我们的理想信念好好地传达给他们。用沟通的方式，消除误解，打破他们有意或无意中塑造起来的，关于我们的错误形象！重建大家的信心，同时，发扬走着瞧的达·芬奇精神，鼓励更多的年轻人！"

李时恰兴奋地接着说："然后，再像七彩画廊的签约仪式一样由网站进行直播，这样点击率也一定能攀升！"

汤若和李时恰都很兴奋，高博和乔乔则陷入沉默中。

"我……我不是做梦吧！"小狼听到给自己开独唱音乐会，一时惊讶得不敢相信。

"我们还想邀请你的父母来参加。"一听汤若还让父母来，小狼立即摇头。

"不行,他们来了非打死我!"

汤若高兴地说:"不会的。这场演唱会上,你可以把所有想跟父母说的话都说出来,没人会打断你,没人会嘲笑你。你的父母会意识到,他们陈旧的思想是多么可怕,他们的儿子是多么的优秀。"

小狼表情呆滞,突然号啕大哭:"我终于成功啦!"他一把抱住身边的王大亮,王大亮也憨憨地笑着。

汤若和李时恰赔着笑脸来到CMC刘总的办公室。

刘总气呼呼地拿起笔,重新签完合同,"我真是搞不懂你们,一会儿说要关网站,一会儿又说不关了。有几家大公司我废了半天口舌才跟人家谈好,你们这样一弄,不是让我为难嘛?"汤若忙赔笑脸,"嘿嘿,麻烦您了。"

刘总直摇头:"不过先说好,如果那几家公司已经找到了新的网络平台发布广告,赔偿的费用你们还得照付。"两个人只能点点头。

第二天上午,汤若把高博叫到自己的办公室,"得跟你说两件事。第一,CMC刘总打电话来了,幸好我们取消得及时,公司们都还没找到新的发布平台,所以我们账上还能留着一千万。第二件事,我们刚做完给风投公司的计划书,你看看。"李时恰郁闷地跑进来,"五百万的演唱会根本拿不下来。"汤若不敢相信,"怎么可能?"

高博拿起计划书,"废话,看看你们的计划书,全市最大的体育馆,25米超级液晶屏幕,绚彩烟花组合,国家级伴奏,还有这个音响、灯光、超级服装……再说小狼的水平也太差。我看,要不随便找个小音乐厅,将就将就得了……"

汤若打断了高博,"不行!这次是走着瞧打响影响力最好的一次机会。我们不只是宣传小狼,最重要的是宣传达·芬奇精神!这样好了,你跟他们说,多少钱都可以。还有,高博,你迅速帮小狼找个老师,再找个最好录音棚帮助排练。"李时恰觉得这样太冒进。

汤若坚定地说:"我跟汤八营的约定只有四个月了。可现在才完成到了百分之六十,对了,你告诉代理公司,预留出百分之五十的票,我要免费赠送给将我们收藏成主页的网民。"

李时恰脸上带着一丝忧虑,"可这样我们怎么收回成本?"

"你放心,我会说服CMC联合举办演唱会,还有把演唱会的具体情况也加在风投计划书里,那么好的机会,我想绿萝一定也能支持。我这次就是要把演唱会办成'达·芬奇'们的一次盛宴!"听完汤若的话,高博和李时恰面面相觑。

汤若对着李时恰说:"你把演唱会的情况在豆豆网和走着瞧上加大力度

宣传，病毒式轰炸，投票，有奖竞猜，随你用什么方法，目的就两个字——炒热！"高博疑惑地看着汤若，"你这次的状态和以往的好像都不一样。"

汤若点点头，"多亏了汤八营。他点醒了我。我终于明白，我最需要的东西是什么了。不是钱，也不是走着瞧的扩张甚至上市，而是我要拥有话语权！今天的我确切地明白我所宣扬的是怎么样的一种精神，我知道我说得是对的，没人可以反对。你们知道有想法而不能诉说是多么痛苦吗？"高博对小狼的父母是不是能参加演唱会依然存在忧虑。

"你看，这就是问题。小狼的想法有错吗？执著有错吗？可他的父母却粗暴地打断他。年轻人的想法，父母往往是接受不了的，更可怕的是，他们竟然都不听我们说。拿我来说，不也天天躲在办公室里不回家吗？不是我不愿意面对汤八营，也不是我说服不了他，而是他根本就不会给我说的机会。对了，小狼的父母暂时不要通知，演唱会前，我亲自去他们家接人，然后在煽情的音乐下，他们拥抱自己的儿子，惭愧地发现原来是自己错了……"汤若陶醉地讲道。

突然汤若拍了一下脑袋，"差点忘了，牧歌要在798办一个小型图片展。""好事啊。我跟郭灿灿一定到。"高博高兴地说。

"可她要展出的照片里包括了王大亮的写真，还起了个名字叫《沉默的达·芬奇》。牧歌得过很多奖，这次又在798办展览，我估计来的人会很多。到时候，说不定大家就又会想起王大亮。"

李时恰感到这的确是个问题，"那怎么办？现在可是关键时期。""我想，把大亮的照片悄悄地……"汤若做了个手势。"偷出来？"高博说。

汤若故作神秘地一笑，"别说得那么难听，一会儿你想办法把牧歌约出去。我去她家……去她家当007。"

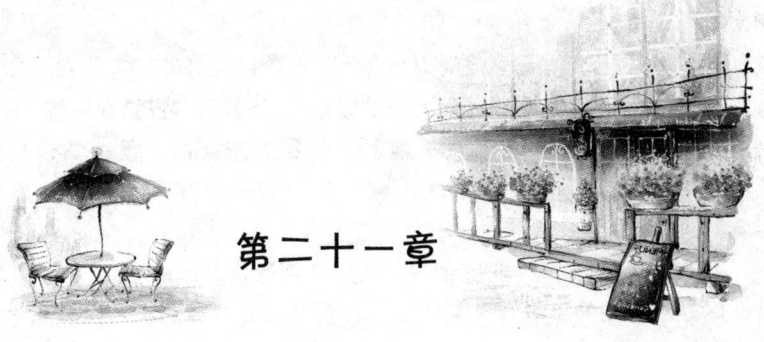

第二十一章

牧歌家门口,汤若怎么也找不到备用钥匙,想去找个开锁匠,可是人家要身份证登记,急得他直挠头。这时,手机响了,为了这次行动,高博故意找个理由把牧歌叫到了外面,他正躲在咖啡厅的厕所着急地催汤若快点。

挂了电话,汤若咬咬牙,从走廊窗户伸出头看看,正好走廊的窗临着牧歌的阳台,只是楼层很高,他不由得一阵晕眩,不过,还是下了下决心,只几下,从走廊翻进了牧歌家,慌慌张张地到处翻找着,终于在一个文件夹里翻到了王大亮的照片,但是,他在偷照片的时候,手腕碰到了文件夹。这时,电话又响了,高博告诉他牧歌已经回去了。

汤若赶紧整理东西,刚想出门,却听见门外有动静,透过猫眼,看见邻居正在送客,站在门口寒暄,他焦急地看着手表,等邻居终于关上了门,连忙跑出来,刚上电梯,另一扇电梯的门开了,牧歌走了出来。

在798的工作室内,图片已经布置起来,就有一面墙还是空的,牧歌拿着文件夹进来,"李老师,麻烦你,这些是北京的人物图片,就布置在这面墙上。"

李老师打开文件夹翻看,"牧歌,不是说好有40张的吗?好像不够。"

牧歌反复察看,"奇怪。明明有王大亮的。"她将照片反过来,照片背后都写着数字,可是其中有两张照片间差了15个数。

助理在一边说:"牧歌姐,你的文件夹真好闻,你在上面喷了香水?"

牧歌将文件夹拿起来闻了闻,眉头却皱了起来,"我出去一趟,你们先按原计划布置吧。"

高博正在走着瞧办公室翻看照片,"别说,拍得还真不错。"汤若赶紧抢过来锁进了抽屉,"别让别人看到了。"刚说完,牧歌走进来,二话不说拿起了汤若的手腕闻,"你去过我家,拿了王大亮的照片?"

汤若心虚，"没……没有啊。"牧歌看看高博又看看汤若。高博吐吐舌头，跑出了办公室。

"你今天是不是喷了我送你的香水？"牧歌目光盯着汤若的眼睛。

"是啊。不过这也不能证明我去过你家。"汤若神情恍惚地回答了一句。

"你特别喜欢把香水喷在手腕上，你翻我东西的时候，味道都留在我家了。一开始我没有注意，助理提醒以后，我回家才发现东西上都是你的香水味。"

汤若还想狡辩，牧歌继续说："我送你香水后，你都没有来过我家。而且，你喜欢把我的杂志书脊朝内放，我自己却喜欢朝外面放，我回去后发现有五本书的书脊都朝里了。"

汤若不说话了。牧歌质问："你为什么要拿王大亮的照片？"

见汤若还是不说话，牧歌转身离开了办公室。汤若赶紧追了出去，"牧歌，我承认是我小气，你拍了乔乔又拍了王大亮，可是你就是不拍我，我心里不舒服，所以就拿了王大亮的照片。"

"那好，我相信你。"牧歌看到汤若对王大亮的照片非常在乎，显然不是汤若说的这个原因。这回轮到汤若疑惑了，"真的？"牧歌点头，"我知道是假的，但我必须相信你，因为你不可能把事实真相告诉我。"她叹了口气，"我现在就想展览的事情，别的我不想多想。"

牧歌伸出手，汤若犹豫地把照片递还给她。

汤若郁闷地在家中吃着饭。汤八营边看报纸边问汤若："我听说你最近在筹办演唱会？"汤若笑而不答。"关于你上次说，要让小狼父母参加演唱会的事情，我认为最好事前沟通一下，毕竟你所得的信息都是小狼一个人说的，如果实际情况根本与他说的不同你怎么办？"

汤八营怀疑一切的态度让汤若有些不自在，"我相信他。"

"原本王大亮的身份，我是已经打消了怀疑，可上次你不让我问高博辞职的事，我又疑惑了。他到底是为了回公司帮你，还是为了掩饰你们的秘密？"汤八营的话字字都戳到了汤若的心里，"我吃饱了。"然后汤若就往房间里躲。

汤八营故意大声说："一个人的成功是不可能掩饰他的罪恶的。"汤若震了震。"就算你逃过了所有人的眼睛，能逃过自己这关吗？"

对于汤八营的话汤若无言以对，轻轻地回到房间，郁闷地摸摸电脑，又看看手机，最终视线落在牧歌的素描上。

图片展开始了，很多人在参观，不时点头发出赞叹。高博、郭灿灿、乔乔、李时恰都盛装出席。汤若注意到王大亮的画并没有布置起来。

牧歌独自端了一杯酒，靠在角落中思索着。乔乔走过来，"我的大艺术家，怎么一个人躲在这里？恭喜你啦。"

牧歌笑了，"你才是焦点呢。刚才有很多人想买你的照片。"

乔乔吐吐舌头，"不会吧。估计他们是想买来挂在厨房抑制食欲的。"牧歌笑了笑，脸上又出现了担心的神色。乔乔："你有心事？"

"我觉得汤若有事情瞒着我。"牧歌的敏感和睿智让乔乔有点心虚，"啊？不会的。你太敏感了。"

牧歌指了指墙面，"你看那堵墙，原来是我准备用来挂《沉默的达·芬奇》的，不知道为什么汤若跑到我家把王大亮的照片偷了。"乔乔不说话了。牧歌看出了端倪，自嘲地说："看来你也知道原因。"

"总之不是什么好的原因，但也不是什么很严重的原因，你不会因此跟汤若吵架吧？"乔乔拉着牧歌的手说，又指了指正靠在另一个角落失魂落魄的汤若，"你看他那样子，多可怜。"牧歌终于点点头。

牧歌走到汤若身边，"差不多快结束了，你送我回去吧。"汤若紧张得连忙点头。

车上，两个人沉默着。汤若尴尬地说："谢谢你没有用大亮的照片。"牧歌欲言又止。

"你想用新一代明星取代旧一代明星的想法是没错，可应该基于老一代明星已经过气。可事实是网友们还是很喜欢'达·芬奇'，网站上的评论和投票你也看到了，百分之九十的网友都希望王大亮现场表演。"刘总不明白汤若为什么这么着重要推出小狼，但是从客户需求来说，王大亮才是投资的重点。

"第一代'达·芬奇'和第二代'达·芬奇'同场竞技，有噱头又能吸引眼球。而且，小狼的实力摆在那里，虽然他很勤奋，可我有时都觉得他是否选错了路。我倒认为，如果你真关心他，应该先帮他梳理一下梦想、能力和现实之间的距离，也许他把这些努力放在别的方面会更有成就呢？可你为什么那么急于把他推到前台，而把王大亮藏起来呢？"对于刘总的疑问，汤若不能找到一个好的理由，显然他的所谓，为了把"流浪达·芬奇"的精神传承和发扬下去的论调无法说服刘总。

"总之，CMC是否投资等你确定王大亮的表演再说！"刘总最终给了汤若这样的答复。汤若颓废地走出CMC。

事情真的好像总与汤若作对，回到办公室又看到网上传来消息，七彩画廊要在欧洲拍卖会拍卖《春之声》。汤若、高博俩人找到七彩画廊的曹会长，但是曹会长坚持说《春之声》是七彩画廊的馆藏，王大亮又是他们的签约画家，拍卖他的画很正常，并且准备在欧洲为王大亮的特殊绘画方式申请专利。

高博鼓励汤若说出真相：《春之声》根本不是王大亮画的！这种显影剂的绘画方式也不是他独创的！汤若咬牙犹豫着，曹会长说只要王大亮在专利书和七彩画廊的合作书上签名，他们考虑投一百万在你们网站。

汤若正在办公室里打电话，"喂，曹会长，专利的事情我一定要跟你说明。这是我的一个朋友发明，并教给王大亮使用的，他并不能取得专利。嗯，好，具体情况我再跟你说明。"挂了电话，又犹豫地拨打，"必成，我是汤若。你知不知道《春之声》在欧洲拍卖的事？你已经回国了，好，我晚些联系你。"

这时，小狼和郭灿灿走进来。郭灿灿决定让汤若他们亲自把真相告诉小狼。

"灿灿，你……你怎么来了？"高博赶紧走上前来。

"我今天来是要你们当面告诉小狼，大亮的事完全是个谎言，而且你们已经准备结束公司公开道歉了。"灿灿的话让几个人面面相觑，高博拉上百叶窗。

李时恰的手机响了，是绿萝风投的韩总约他们明天到他公司谈演唱会的事。

郭灿灿愣住了，"演唱会？你们不是打算结束公司了吗？"高博说不出话了，郭灿灿看看高博，又看看汤若。

小狼不知就里，"灿灿姐，你还不知道？他们打算给我搞个演唱会，大亮还要在现场作画呢！就在最大的体育馆！"郭灿灿终于明白了，夺门而出。

与此同时，王大亮正喜气洋洋地等在火车站。项春春下车，后面跟着他哥哥，项春春走到王大亮跟前，"俺哥是俺娘俺爹的特别代表，特地来审查你的！"王大亮谄媚地笑，同时拍了拍胸脯。

走着瞧办公室内，高博则双眼失焦，汤若很想安慰却不知该怎么说。

李时恰挂断电话，说："韩总也想让王大亮现场作画，说只要我们没问题，明天见面就可以直接签约。"

韩总要求现场作画。必成留下的特殊颜料已经快用完了，显影剂也不够。汤若脑子陷入混乱。但他看高博始终闷闷不乐，想安慰他，却被高博甩开了手。

正在这时，王大亮带着项春春和她哥哥进来了。"哥，这就是大亮的公司，这些都是他的朋友，要不是他们，大亮根本不能成明星！对了，现在还有一个叫小狼的，在大亮的鼓励下，也成了明星。"汤若和李时恰只能强颜欢笑。

"不是俺结婚晚，俺妹早就出嫁了！不瞒你们说，俺这次来就是为了俺妹的婚事。"项哥憨厚地笑着说道，"看了视频，真没想到他还是个艺术家，只可惜他是个哑巴呀。"

"亮是身残志坚。对了,俺在你们网站上看到说你们花了一千万,要搞一个演唱会,是为大亮搞的吗?"春春在哥哥面前炫耀着。当汤若告诉春春,这场演唱会以后,大亮就不做明星了,项春春失望了。

"因为他想拥有正常人的生活,想和你过平凡的日子。"汤若解释道。大亮憨笑着,项春春则郁闷地把脸扭到一边。

"我当初给你画是为了应急,你也说过只是被画廊收藏绝不会流通。现在不但在欧洲拍卖,七彩画廊更将王大亮后来的几次作画过程刻录了光盘加以宣传,还说要申请专利。而那几次,他都用了我的显影剂。现在我在欧洲申请显影剂绘画的专利技术出了问题,原因就在王大亮身上。我下周也要在欧洲举办一个显影剂现场作画的表演,你叫我怎么演?还有,有网站宣传说王大亮下周也要在演唱会上使用显影剂绘画,有没有这回事?"赵必成电话里的语气非常生气。

"这我也想跟你商量。上次你留给我的显影剂和特殊颜料已经不够了,能不能再借我点。"汤若依然耐着性子。

"汤若,你的难处我知道,也理解,可你不能为了自己就把别人的利益全部都扔到一边吧!"汤若默然无语,赵必成给出了最后通牒,"如果七彩画廊公开拍卖我的画,或者王大亮再用我的方法现场作画,我一定会把你们都告上法庭!"

牧歌要去欧洲,计划去一个月。送走牧歌以后,汤若只感觉心里空荡荡的,没有一点希望。

高博和郭灿灿他无颜以对,就连昔日的好友必成,也几乎与他决裂了。至于牧歌,他很想让她留下来陪他,很想躺在她的怀里诉说真相和他所有的苦恼。可他又不敢冒险。汤若则期待,他的守护神能给他最后一次机会,让时间停滞,使他能有时间思考未来和反观过去。而不像现在这样,只在盲目地前进,快得似乎连灵魂都跟不上了。

公司中,彻夜未眠的汤若手机响了。小狼他们昨天排练结束,吃火锅不小心点燃了服装室,准备的演出服都完了。

为了筹备这次演唱会,他们已经投入了一千二百多万,本月公司员工的工资还没有发。汤若决定破釜沉舟。在他的同意下,王大亮签署了跟CMC、七彩画廊以及绿萝公司的合同,拿到了支票。但汤若他们知道,必成的问题不可能解决,公司拿不到显影剂却签署了巨额赔偿金的合同,一旦王大亮现场作画出丑,走着瞧的下场会比现在宣布结束更可怕。

汤若再次去找必成,但又碰了钉子。

汤若把答应ICC的邹总参与演唱会活动的事情告诉大家,众人觉得很是吃惊。

"过去的邹总雷厉风行,这次却两鬓斑白,不知道怎么,我看到他就想起了汤八营,毕竟他的所作所为再有悖商业规律,也都是为了培养儿子。我也不愿意看到,他苦心经营了十多年的企业毁于一旦。"

李时恰猜想他最有可能派邹树来。"反正这次的演唱会都是真的,无所谓他让谁来。"汤若没有怀疑ICC参加这次演唱会的动机。

乔乔与李时恰并肩走在路上。李时恰歉疚地说:"对不起,我最近太忙了,一直没有陪你。"

乔乔拉起他的手,"没关系啊,你是不是觉得我应该像郭灿灿对高博那样每天监视着你?又或者像牧歌一样,跟你经常在一起做些很浪漫的事情?"

李时恰笑了,"我只是觉得我自己特别无趣,怕你无聊。"

"我现在看明白了,有些人的感情很激烈,比如高博和郭灿灿,有些人的感情很浪漫,比如牧歌和汤若。而最适合我的感情却就像现在这样,平静但是细水长流。"

乔乔的话让李时恰脸上笑容灿烂,"真的?"乔乔认真点点头,"明天接我下班。"

高博刚进胡同,就看到了那辆巨大无比的宝马,打开门,正看到兰冰在讲笑话,郭灿灿和小狼则笑得前仰后合。

兰冰看到高博后,绅士地一笑,"那我先回去了。"离开时故意对高博嘲讽地笑了一下。

"哦,对了,这是我的一点积蓄,你帮我给汤若吧,对不起,我们不小心烧了服装室。"小狼走到了高博面前给了他一个存折。

高博接过存折,瞪大了眼睛,"你哪来那么多钱?""我去排练了!"小狼边唱边跑出了门。

郭灿灿自顾自打开书准备备课。高博心里郁闷,"郭灿灿,你以后能不能别随便带人到家里来。"

郭灿灿很冷淡,"你可以私自让王大亮、小狼住在这里,我为什么不能带我朋友来玩。"

高博沉默片刻,"灿灿,咱们能不能别这样。明天下午。咱们找个地方谈谈？最后给我一次机会。"

郭灿灿笑了，"我已经清楚认识到了一切的真相。汤若不会关闭公司，而你也不会离开汤若。在我的面前只有两条路，要不妥协，要不离开。"

"你能不能再给我们一点时间？汤若承诺了我，只要六个月，走着瞧六个月以后达到了八十的目标，他保证结束公司。不，也许不用六个月，也许只要等到这个演唱会开完……"高博说话时带着央求的表情。

"现在我已经无法辨别你说的是实话还是谎言了，我怎么感觉，现在正有人在我家里搞着什么古怪的活动？或者我一回去，又有什么陌生人突然住在我家里？"说完，郭灿灿关上了门。

"王大亮的画正在欧洲进行拍卖预展，他又将在演唱会上现场作画，现在，人气空前的高。我们打算借着这个契机，增加一个名叫'百幅画寄托百种希望'的活动，组织一百名艺术爱好者在王大亮的带领下绘制100幅图画寄往地震灾区。另外ICC准备出资一百万，在汶川建立一所希望小学，名字，我父亲说就叫'达·芬奇小学'，以此感谢你们给我们这个机会。"邹树非常诚恳地提出了ICC参与这次演唱会的计划。

汤若和高博的脸色随着他的话越变越难看。

"你这么搞整个活动不脱离了之前演唱会的宗旨了？"汤若故意提出了异议。

邹树耸耸肩，"我不明白。演唱会也好，公益活动也罢，不就是为了吸引眼球引起社会的关注吗？更何况，王大亮和小狼既然是走着瞧培养出的第一代、第二代偶像，自然应该在演唱会上享有同等的关注。只有这样丰富有趣的演唱会才能吸引媒体，而我们ICC也才能借助这次活动获得宣传的好机会。"汤若默然不语。

邹树告辞后，李时恰说："又要增加活动内容，经费投入会不会太过巨大了？可是，从公司的未来发展，以及这次演唱会的声势来看，确实是个好机会。"

汤若沉默片刻，终于下定决心，"行，我们干！"李时恰高兴地拍了拍汤若的肩膀，"我有预感咱们这次一定能成功。"

高博不高兴地拍了桌子，"我真搞不懂你们。一开始咱们找王大亮只是为了把公司维持下去，现在公司上了正轨，你们又想出什么公益活动。我算是明白了，美其名曰宣扬达·芬奇精神，实质上，你们只是为了牟利！"汤若和李时恰都愣了。

汤若边开车边拨打电话，"喂，牧歌，你那里现在是早晨吧……嗯……"突然，他看到牧歌和一个中年男子很亲密地从家里走出来，立刻傻了。

汤若开车在街上飞驰。脑子里不停闪现牧歌和那个中年男人一起走出门洞的画面。

汤若感觉自己的心似乎被子弹击穿,四分五裂。他希望自己在梦中,希望看到的男人其实是他自己。但他能感觉到车内空调打在脸上那种冰冷又涩涩的凉风,以及后背由于激动而产生的热量。所有的一切在那一瞬间化为乌有,时间仿佛停滞,而他真希望车窗外已经是废墟一片。然而,所有人还是在那样快乐地生活着,整个世界只有他的心在崩塌。

汤若的车一头撞上了电线杆。

乔乔和李时恰、高博围着汤若的病房,汤八营和妻子疯一样冲进来。汤八营语无伦次:"你怎么能这样?为什么开快车?买车不是为了让你冒险的!你的生命不属于你,如果你要糟蹋,当年就不要被生出来!……"

汤若凝视着汤八营的脸,他满脸通红语无伦次,而他的眼神里却出现了一种汤若从未看到过的光,而他竟然是为了自己?这种光表达了两个字,恐惧。

医生走了进来。汤母急着问:"医生,我儿子怎么样?"医生告知他们,身体没有骨折,头部有点轻微擦伤,有没有脑震荡还得观察。

乔乔扶着汤八营坐下,汤八营竟然笑了,"你这小子,命还挺大。从今天起,没收车子!"

大家都在为演唱会忙碌着,汤若出院了,满脑子都是牧歌,他终于忍不住告诉了乔乔,乔乔一脸不相信,"你确定是她?"

晚上俩人来到牧歌家的楼下,汤若望着她房间亮着的灯,绝望地摇头。

"死也要死个明白,你今天不上去,以后会后悔的。"乔乔鼓励汤若上去看个究竟,汤若犹豫片刻走进了门洞。

汤若内心非常忐忑,他犹豫半天,敲门,一名中年男子打开门,"你找哪位?"

"牧歌在吗?"汤若打量了一下中年男子,中年男子答道:"她出去了。你是汤若吧,进来吧。"汤若愣了愣。

落座后,汤若开始仔细打量这个男子,他看上去四十岁左右,身着一身材质优良的休闲服,做派非常欧化。

"牧歌跟你说过我?"汤若心里忐忑地看着中年男子。

中年男子点头,"嗯,除了我以外,她最爱的人应该就是你了。"汤若很郁闷。

中年男子有点失落地说:"希望你原谅她这段时间告诉你在欧洲,因为我们两个独处的时间不多，而我马上又要离开这里了。我一直说服她跟我去欧洲生活，但是她拒绝了，我知道是为了你。"

汤若脸色极度难看，"你跟她是怎么认识的？"

中年男子笑了，"应该说是上帝把她赐给了我。"

汤若悻悻地走到门口。"那就这样吧。你跟牧歌说，我祝愿她以后幸福。她借给我的摄影书，我改天还给她。我希望你以后好好照顾她，别让她伤心，别让她难过，一直很幸福，你能答应我吗？"

中年男子笑了，"我能照顾她，不过不能照顾她一辈子。我觉得以后的工作还是你做更合适。我还要回欧洲。"

汤若有点气愤，"如果你爱她，就应该照顾她一辈子。就应该为了她留在这里。"中年男子："你能做到？"

"当然。我可以为了她放弃一切。"汤若说着声音一低，"不过已经没意义了。"

中年男子笑着拍着汤若的肩膀，"当然有意义。我很喜欢你，只是有一点不喜欢，你没什么礼貌，我们谈了二十分钟，可你一直没叫过我。"

"叫您什么？先生，叔叔还是同志？"汤若没什么好气。

中年男子笑道："或者叫伯父。"汤若傻了。背后传来了牧歌的笑声。

"傻瓜，这是牧歌她爸！"原来乔乔在门口遇到了买书回来的牧歌，偷偷听他们谈了半天了，汤若彻底晕了。

原来，牧歌是为了多陪父亲几天才告诉汤若自己去欧洲了，汤若终于知道了自己在牧歌心目中的位置，他也更深爱牧歌了。

太阳照亮了整个城市。在走着瞧公司，几人正在商谈演唱会的宣传，邹树说他们决定放弃网络直播。

汤若笑了，"都进行直播，才能由点击率看出谁的网站才是真正受到网友欢迎的。小胜靠智，大胜靠德。我们在推出网络直播的同时还会在网站推出一些其他的网友互动活动，另一方面，虽然都是直播，大家直播的角度，着力点也不一样，这样不更能看出谁的更有特色，更贴合网友们的审美取向吗？"

邹树也笑了，"我看过走着瞧上次对王大亮参加美协活动的直播，从流畅性和清晰度来看，都谈不上出色，离ICC还有很大一段距离。虽然你们现在更新了部分服务器，可是总体硬件比ICC还是差一大截。我真不懂，现在离最后的活动时间只有不到一周，你们怎么可能在跟我们的切磋中占上风？"

"那就拭目以待吧。"汤若想和ICC在直播上做一次切磋，但他清楚虽然上次他们在尖端视频网站上赢了，但是网络直播一向是ICC的强项，如果在这方面也能超越，ICC就一定甘拜下风了。

"你未必太冒险了。我在ICC的时候,他们就开发出了最新的视频播放系统,现在的技术在整个IT界都是领先的。"李时恰最了解ICC认为这是一项冒险,但是还是可以请教瀚海。"可是毕竟国内尝试这种服务的企业还很少。我觉得你还是应该请教一下你的军师。别忘了瀚海总在IT界扮演第一个吃螃蟹的人。"汤若犹豫了一下,终于离开办公室。

汤若找到父亲,但遗憾的是,汤八营没有给他任何建设性意见。

"大亮,俺要跟你说件事,俺爹妈,已经把她许配给村长的儿子了!"回到春春的住处,项哥就把他的来意说明了,他的话让大亮愣住了,项春春也几乎虚脱。

项哥难过地说:"老妹,这是爹妈的决定。大亮的人品、才能都是明摆着的,而且现在还做了大明星,可他毕竟是个哑巴,是个残疾人啊!"

春春颓然地坐在沙发上。王大亮看看兄妹俩,两眼直勾勾地冲了出去。

"王大亮也许是假的,可他们是真的。不瞒你说,我每天晚上都会想要结束公司,我之所以没有,就是答应他们要为他们做一个演唱会。演唱会后,王大亮会结束扮演达·芬奇的生涯,而开始自由的生活,我们也将不再说谎,正直地活下去。"汤若带赵必成来到新的培训基地,他的话可谓苦口婆心,但是赵必成并不为所动。

回来的路上,李时恰一言不发地开着车,汤若则双眼无神地看着窗外,即将到达公司的时候,忽然一个人影蹿出来。李时恰一脚刹车,车子险些撞倒了来人,下车查看,却看到王大亮坐在地上咧着嘴嗷嗷地哭着,"春春要结婚了!她爹妈把她许给村长的儿子了!"

走着瞧公司,王大亮神情木然地坐着像入定了一般。李时恰推推高博,高博又推推汤若。

汤若咽了口口水,佯装无所谓,"大亮,她就是定了亲,又没正式结婚。你还有机会。""即使是结了婚,你也可以争取,当然我是说等他们感情破裂以后。"高博也在安慰大亮。王大亮却什么也没说,只是回里屋拿出一条汤若的被子蒙在自己头上。

高博继续说道:"你别太悲观。郭灿灿他妈一开始不也不喜欢我吗?后来还不是郭灿灿一句话她妈就同意了?只要你执著点,感动了春春,所有问题自然迎刃而解。"

这时大亮放在椅子上的外套里的手机响了,汤若拿过来一看,是牧歌的短信:大亮,我发现一家很正宗的上海臭豆腐店,改天带你去取经。汤若和高博、李时恰都很难过。

被窝中，王大亮脸上挂着几滴眼泪，他打开手机，看到了消息，双手颤抖地回复短信：不用了，春春要回乡嫁人了。一会儿，大亮的手机又响了。

"要不让他跟牧歌聊聊吧，感情上的问题，咱们三个都没什么发言权。"对于汤若的建议，高博和李时恰都点头。

"你们两个先回家吧。我一个人能看住他。"汤若朝高博、李时恰说了一句，他俩离开了办公室。

几个小时过去了。汤若不由得打起哈欠。他看王大亮依然在被子底下一动不动，只是短信的音乐隔三差五地响起。

牧歌的家中，牧歌问王大亮："那你有没有说过你喜欢她？"王大亮抬起头，摇了摇。

"她知不知道跟你表不表达是两回事。这么说吧，你如果明确地告诉了她，对她来说就是一份承诺。对啊，你不是会画画吗？"牧歌看着王大亮。王大亮点点头。

"其实喜欢你这种话未必一定要用嘴说出来，靠画画不但更浪漫而且还更能表达你的内心。现在国外有一种立体画，就是画在平地上，看上去却像有立体的效果。你会么？"牧歌的话让王大亮茫然不解。

牧歌："没关系，我多少知道一点，只是……"她看了看表，"我们俩画恐怕来不及了，事不宜迟，我叫汤若来帮忙。"王大亮被牧歌拉着，跌跌撞撞往外走。

牧歌和大亮赶到的时候，高博和李时恰、乔乔、郭灿灿都已经来了。

一夜没睡的春春已经收拾好了店里要带走的东西，其他的桌椅都蒙上了白布。她看着跟大亮笑得灿烂的合影，拿起了行李，"大亮，再见。"

项春春打开门，却惊呆了。展示在春春面前的是一幅立体画卷，这是一个家庭的饭厅。简单而温馨的背景，一面大窗户透出大亮家乡的青山绿水，墙上挂着很多明星的照片，中间春春和大亮的合影则是一张真的照片。一张摆满丰盛菜肴的餐桌外带两把椅子。王大亮站在其中一把"椅子"边，看上去真的像置身于饭厅中。地上写着一行整齐笨拙的字：我想天天做一桌菜，等你一起吃。一身污渍的大家看着春春，继而退到一边。

王大亮指指那行字，又指指春春，最后指指空着的那张"椅子"。大家在不远处等待着她的反应。

项春春看到了墙边的大家，"你们一宿没睡？"王大亮点点头，手执拗地指着空椅子。

"谢谢你们。可是我要走了。俺爹俺娘说店就交给大哥来卖，村长家想早点办。"春春说话的时候,王大亮忍不住了上前拉着春春,春春却要缩回手,两个人就这样僵持着。

突然春春爆发起来,泪眼婆娑,"你以为俺想走吗?俺花了多少时间和努力才能留在这里?俺到现在都记得在北京刚开始打工的那几年,俺没有技术只能帮人洗头,每天要洗三十多人,手指头都洗脱皮了。俺好不容易攒够了钱上了美发学校,每天只睡三个小时研究技术,两年的努力才终于有了这家店。俺喜欢家乡,但更喜欢这里,对俺来说这家店才是俺的家。俺知道城里的姑娘有主见,如果她们的爹妈要她们嫁给不喜欢的人,她们一定会反对的。可是,俺毕竟是村里人,俺不能让俺爹俺娘伤心,他们已经为俺操碎心了。这些你都明白吗?"

春春边说边流着眼泪。王大亮的嘴唇颤抖着。

"俺爹俺娘都说你好,不但老实肯干,还上了著名的凤凰厨师专科学校,俺们那里没有大学生,所以你也算是个状元了。而且现在你竟然还成了大明星大艺术家,好多大企业家都为你拍巴掌。可是……可是……你为什么要得那个病?如果你没有病……"春春说不下去了。

王大亮刚想说话。项春春突然来了一句,"你是个哑巴,俺根本不喜欢你。你死了心吧!"

项春春回头"砰"地关上了门。王大亮死命敲打着门,痛哭起来。街角的汤若等人也很失落。

门那边的项春春也是泪眼婆娑,她用后背顶着门,终于放声大哭起来,"大亮……大亮……俺喜欢你呀!"

这时,汤若手机响了。

汤若颓废地挂了电话,"必成在欧洲取得了专利,曹会长怕《春之声》的拍卖受到影响,已经同意撤拍,并放在演唱会上进行拍卖了。"李时恰:"好事啊。"随即他也皱起眉头。

车上汤若郁闷地枕着头,"公司的财务状况堪忧,即使将画放在演唱会上拍卖我们也无力抢拍。未来得到这幅画的企业,也许会把它卖到欧洲、美国,甚至世界各地,而必成也总有一天会把王大亮的秘密说出来。更何况,我们又没有了显影剂,大亮现在的状态也……"

瀚海公司每年年底才召开的董事大会突然提前召开。门开了,四个西装笔挺头发花白的瀚海公司董事会成员气宇轩昂地走了进来。汤八营也是临时接到通知,不知道董事会为什么突然召集这个会议。

听完公司一些日常事务的汇报,董事会主席突然问:"今天我们来主要是为了陈乔那笔网上汇款的问题。老汤,赵经理给我们的汇报我们一直疑惑。另外,我打过电话给刘祺了,他倒是维护你。可是技术部门的黑客调查表上则显示,当时攻击财务部门电脑的是一家名为走着瞧的网络视频公司。"汤八营有些措手不及,但很镇定。

中午休息的时候,赵经理单独对乔乔说道:"之前之所以过去是因为汤总袒护了你,说是他让你汇款并删除了记录,可现在董事了解到情况并不是这样。汤总下午还要继续跟董事说明情况,你也要参加。"

乔乔听完二话不说冲出了房间,把事情告诉了汤若。汤若立刻飞似的赶到了瀚海。

汤八营最终非常坦诚地向董事会说明了一切,并请求处分。

"董事会决定,汤八营因涉嫌财务问题,停职两周,冻结其所占公司股份。待公司全面审查后再做决定。"董事长宣布了对汤八营的处分,汤八营没有再向董事会解释什么。

汤若和汤八营一前一后沉默地走着。眼看快走到家,汤八营突然停住,汤若也终于下定决心似的紧追了几步。两个人几乎同时说:"对不起!"汤八营:"我一直告诉你要诚实,可是我今天却两次说谎。"

汤若:"您都是为了我。"汤八营:"即使是为了你,也不能掩盖我说谎的事实。做错了事应该承担责任。从一开始包庇乔乔挪用公款的时候我就有这觉悟了。"汤若急了,"您这一辈子就不知道变通吗?瀚海是您一生的心血!"

汤八营也急了,"我有我的原则!如果我为了掩盖谎言继续说谎,那不成了不折不扣的骗子了!"汤若愣在那里。

夕阳下,汤若看着父亲的背影,狠狠一拳打在路边的树上。

乔乔因为挪用公司款项被开除了,索性加入了走着瞧。公司里的所有职员已经都走了。汤若关上门,"只是没想到,折腾了那么久,公司又只剩我们几个光杆司令。"

乔乔的心终于踏实了,"老实说我现在是轻松了。之前总觉得有把正义之剑悬在头上,不知什么时候掉下来,那种感觉……你是司令,而我们都是你的小兵。""还是不要钱的那种。"高博用力握了握汤若的手,汤若感激地看着他。

汤若深吸一口气,"付出那么大的代价,没理由不把走着瞧办好了。现在也管不了了,反正咱们一直被命运推着走,只能走一步看一步。"大家面面相觑。

李时恰接听手机。邹树:"这几天没你们的动静了,我爸让我问问你们,不会是撑不住想要撤了吧。"

李时恰笑笑,"走着瞧要是也老想着'撤'这个字,李时恰也不会弃暗投明了。"邹树:"那就等着瞧好了。别让我看笑话。"

李时恰放下手机鼓励大家,"以我对邹家父子的了解,他们主动打电话问我们的情况,就说明他们把我们当真正的对手了。这就是侧面肯定了我们的成绩。除了资金,我们绝对有和ICC竞争的实力。而且加入了云服务,使我们的能力瞬间提升,汤若的这次决定可真不错!"

汤若叹口气,"可惜硬件解决了,却在人上出了问题。"李时恰表情严肃地说:"那就只能等着命运降临了。成败在此一举,现在要做的,就是撑过这几天。"

第二十二章

"你们俩明天都没事吧，陪我去爬山。"汤母看着心事重重的父子俩说。"我有事。"汤八营和汤若几乎同时说道。

"咱们一家三口多长时间没一块出门了？明天不管有什么心事，都给我放下。"看汤母态度坚决两个人只好答应了。

第二天收拾行装，来到郊外的风景区。汤八营和汤母走在前面，汤若爬得没什么精神，不时停下来。

"能不能提起精神？还要我和你妈等着你。"汤八营招呼着。"你听听？爬山是旅行，不是急行军。"汤若气喘吁吁地说。汤八营有点生气，"你要是把这些狡辩的能耐都放到工作上，也不会总那么焦头烂额的。"

汤若心情郁闷起来，"你要觉得我连累了你就直说，不用拐弯抹角假装关心。你不就觉得停职检查是为了我吗？我告诉你，我现在已经很拼命了，再拼就没命了。"

汤母有些惊讶，"什么停职检查？老汤，怎么回事？"汤八营不说话，摆摆手，"汤若，你以为我这段日子不高兴是为了我自己，我是为你担心。今天你老老实实告诉我，高博为什么要辞职？你们是不是有秘密？那个王大亮到底是不是哑巴？"汤若不说话了。

牧歌说服了兰冰购买了《流浪的达·芬奇》的拷贝。来到汤若办公室，牧歌将手里的纸包递给他，"给。"汤若拆开纸包惊异地看着牧歌，牧歌笑着什么也不说。

"我怎么能用你的积蓄呢？这不是吃软饭吗？"汤若拿出一张纸，写了欠条交给牧歌，牧歌拿起欠条撕得粉碎，"你现在的首要任务是赶紧报告他们这个消息，然后开始还钱！"汤若不好意思地笑了。

郭灿灿正打包自己的东西准备搬走。纸箱都堆在俩人共用的客厅里，她正在用透明胶带封箱子。高博进门看见这一幕登时愣在那里。郭灿灿装作没看见。高博憋不住先开口，"这是要……"

"搬走。"郭灿灿看都没有看高博，"对，这次我食言了。因为我实在忍受不下去了。高博，每天晚上你睡着以后，我都会幻想六个月后我们的未来，可是我根本看不到，因为我心里根本就不相信六个月后我们的生活会有任何改变。"高博脸色很难看，"你要去和宝马叔一起住？"

"暂时没这个打算，我自己新租了房子。高博，有些事情我不能不考虑了。我不像你那些朋友们，挥霍个底朝天还能回家找爸妈。项春春还能回去风风光光地嫁人！我要是过不下去回家了，一切都得重新来过。"郭灿灿边收拾边说。

高博恳求地说："你再给我一次机会吧。"郭灿灿根本没有理会提着箱子走了。高博愣了半天，终于追出去。郭灿灿哽咽着，提起行李朝前走去，尽管她泪眼婆娑，但始终没有回头。高博冷冷地站在原地，良久。

汤若在收拾衣服准备出差。汤八营在旁边边看报纸边耐着性子，"怎么？没脸见人，打算离家出走了？""明天我就去找董事会，你放心，我不会让你二十多年的心血因为我白费的。"汤若气呼呼地说道。汤八营愣住了。

"你做错了事情可以付出代价，可不能因为我做错，你这样让我觉得自己特别浑蛋，特别没用。我以后怎么还能跟您叫板？怎么还能跟您平等对话？您这是断我的后路！"汤若的话彻底激怒了汤八营。

"好，我今天就教训教训你这个不懂感激还狗咬吕洞宾的家伙。"汤八营一巴掌打在汤若脸上。打得汤若踉跄了一下，可是汤若却又上前哭道："你处处跟我作对，我想做公司的时候，你又是冷嘲热讽，又是搞什么收购。我好不容易熬过来，你又整天给我找麻烦。你现在还故意施舍我？！您说自己要接受惩罚，那行呀，您别做出那副苦瓜脸，晚上还总起来抽烟，好像心里很难过的样子。你这么做就是为了增加我的心理负担，为了让我记住你给我的好处，为了让我服软。"

汤八营非常失望，"你以为我做这些都是为了让你服软？好，好……"他说着朝卧室走去。走到门边，突然腿一软昏了过去。

一辆救护车呼啸而过，警示灯红光闪烁，鸣笛声刺耳。汤八营被抬上车。抢救室的灯亮着，汤若和汤母焦急地等待，汤若痛苦地抱着头。

"这次脑溢血情况比较严重，幸运的是，经过抢救，已经脱离危险了。"医生的话让汤若惊喜万分地走进病房，汤八营正戴着呼吸器，各种监控仪正在运转。

汤若跪在床头,"爸,我错了。"汤八营看着汤若,竟然还想挤出一点笑,他并不知道,汤八营有家族遗传史,他的爷爷、大伯都是因为心脑血管病在这个年纪去世的。

"那个时候你还小,后来你爸也就不让我告诉你这些。你以为他熬夜不累吗?他是故意熬给你看,让你明白CEO不是那么好当的,不是靠你那点小聪明就能成大事,要比别人付出更多的心血;你以为他第二天轻轻松松就爬起来了?他经常一觉醒来半边身子麻痹,动都动不了,这些你知道吗?为了六点钟准时叫你起床,他让我必须五点就叫醒他,帮他活动胳膊腿,等半边身子都缓过来了才跟没事人似的出现在你面前,可你还说他不让你睡懒觉就是干涉你人身自由,你一共才跟他下楼几次?你以为他平时锻炼锻炼身体就能锻炼心脏了?你以为你搬出去后的这段时间,他还像以前一样天天去锻炼?你以为当过兵的人就不会老、不会病了?你爸爸……已经老了……"汤母伤心欲绝地告诉汤若。

汤若恨不得找个地缝钻进去,瞬间,他不管不顾地向门外走去,嘴里反复唠叨着:"不可能。那个医生弄错了,我再换个医生来……"

"说点高兴事吧。我最近收购了几部不错的纪录片,准备在电视台播出,第一部就是《流浪的达·芬奇》!这部纪录片中的男主人公就是现在网上特别火的王大亮……"

麻辣烫餐馆内,兰冰的一句话让郭灿灿惊讶得把刚刚夹起来的鱼丸掉在桌上。兰冰不解,"怎么了你?"

郭灿灿讪笑着,"没……没事……我也听说了一点点,是不是那个'达·芬奇'?"

"对,就是他。他可是身残志不残,画了一手的好画,前阵子还被七彩画廊破格签约了呢。这纪录片要是在电视上一播,肯定好评如潮,不但会打破我们台的收视率纪录,而且还会让王大亮的知名度得到更广泛的推广。到时候,我准备再策划一个王大亮的现场访谈……"兰冰迫不及待地炫耀着他的计划。

郭灿灿迅速把这个消息告诉了高博,"你们的大骗局如我所料地惹上大麻烦了。要不是看你们几个命不久矣,我才不找你呢。不知道兰冰从什么渠道收购了一个有关王大亮的纪录片,马上就会在电视台播出,而且还要请王大亮上他们的节目,大肆宣传呢。"

一开始高博还以为郭灿灿要和自己和好呢,这个消息让他目瞪口呆,已经顾不上失望了。

牧歌带了一束百合花来看病床上的汤八营。

高博走进来,汤若和高博故意站在离牧歌远远的地方,低声谈论着。牧歌似乎觉得二人有什么不对劲，坐在病房外的椅子上，好奇地盯着二人。

高博拍了汤若一下，"你放心，李时恰今天晚上就启程去接小狼父母。不过，兰冰的事，你还是要赶紧拿主意！"

汤若很疑惑，"可是，王大亮一直是咱们的人，没给别人拍过片子，除了牧歌给他拍过一个纪录片；牧歌更不会认识兰冰，兰冰怎么会有什么纪录片？如果这些都不可能，也不可能是郭灿灿逗你玩，唯一的可能就是兰冰为了追求郭灿灿，显摆自己，胡说八道！"

高博指指牧歌，"问问不就知道了。如果是兰冰胡说的，当然再好不过了。"

汤若、高博狐疑地看看走廊尽头的牧歌，犹豫着走过去。汤若吞吞吐吐地问："你有没有把王大亮的纪录片给电视台的人看过？"牧歌意外地看着汤若，终于点点头。

汤若失望地说："为什么这么做？你是不是还给他们留了备份？"

牧歌坦荡地说："不。我就是把纪录片卖给他们了，是一个叫兰冰的编导和我签的合同。有什么问题吗？"汤若终于明白原来那二十万是牧歌卖片子的钱。

牧歌看汤若和高博的紧张的表情，就知道他们一定是有秘密，"可是，可是我现在越来越觉得这件事情牵扯重大。汤若，难道我们在一起那么久，你还不能信任我吗？"高博急忙擦了擦额头的冷汗，紧张地盯着汤若。

汤若不知所措，在久久地张口结舌之后，终于鼓起勇气，"王大亮是我们找来宣传网站的托儿，装哑巴只不过是个噱头。"牧歌惊诧地看了汤若很久，眼中那难以置信的目光让汤若焦灼万分。

牧歌沉默了好一会儿，才冷笑了一下，二话不说转身就走。汤若沮丧地看着牧歌的背影。

汤若、高博二人像泄了气的皮球，一屁股瘫在了椅子上，唉声叹气。

一家豪华西餐厅内，"你们一定有大事找我，不妨开门见山。"兰冰轻佻地瞥了高博和汤若一眼。

"也没什么大事，就是想请你把王大亮的纪录片卖给我们。你多少钱收购的，我们出DOUBLE！"汤若耐着性子说道。

兰冰不屑地笑笑，"哼，你们以为我们电视台缺钱吗？更何况据我所知，你们公司因为那个演唱会已经入不敷出，而就你们几个人的个人资产加起来恐怕也没有我一个人的多吧？"

高博很不耐烦，"有钱就了不起了？快点开价。"兰冰盯着汤若，"一个三流网络公司的老板，为了小小一个纪录片竟然能让我随便开价，这充分说明这个片子对你们来说有着不可估量的意义。说不定背后还隐藏着什么不可告人的秘密吧？"

李时恰打圆场，"你可太会联想了！我们就是想对王大亮进行独家宣传而已，不想电视台介入。"

兰冰无动于衷，琢磨了很久说："办法只有一个，你从我和郭灿灿的关系中退出来！如果你做到再也不打扰我和郭灿灿，我马上把纪录片给你们。"郭灿灿听得目瞪口呆，汤若、李时恰瞪着眼，暗中攥起了拳头。

兰冰更加盛气凌人，"接受不了？反正我也无所谓，不接受就算了！"高博脸上的青筋都憋了出来，咬牙切齿，"你太龌龊了！"

兰冰一改绅士风范，顿时变出一副像无赖一般的嘴脸，"你以为你真有我夸得那么美那么有气质？我的女朋友多了去了，各个都比你强，你以为我真的会看上你？"紧着又对高博说道："我根本不屑于跟你争，因为你太差劲了，论资质、相貌、经济没有一点比得上我！我追郭灿灿是因为我这么优秀她居然对我无动于衷，居然死活都不肯放弃我！她选谁我都不生气，但就不能选你，因为你实在是太差了，我怎么能输给你呢？尊严何在啊？"

郭灿灿的脸红一阵白一阵，呼一下站起来，"兰冰，你……你……亏我还把你当成朋友？"高博突然抄起桌子上的啤酒瓶砸到了兰冰的头上，啪的一声，啤酒瓶碎裂，兰冰倒在地上。

郭灿灿愣住了，时间仿佛变慢，她回头惊讶地看着高博和满地打滚的兰冰。

派出所内，郭灿灿、高博、汤若、李时恰整齐地站成一排，靠着墙根，低头不语。警察问："人到底是谁砸的？"

高博大声说："我！"汤若、李时恰异口同声："还有我。"警察笑了，"行了，你们忘了人民警察是干什么的了？现在你们的行为充分证明人是小胖子砸的！"

高博嘻嘻笑着说："警察叔叔英明！"警察向门外的人摆摆手，门外走来几个警察，给高博戴上了手铐，把他带了出去。

高博笑嘻嘻地看着郭灿灿，还做鬼脸，"郭爱妃，你可千万别担心朕！朕不会有事的！千万别想着兰冰的话，他就是个大浑蛋！"郭灿灿忍不住掉下眼泪。

高博想再多看郭灿灿一眼，可惜，警察将门啪的一声关上。高博脸上的笑容瞬间被难过和恐惧的神色取代。

大家聚齐在走着瞧办公室里。王大亮叹了口气，"咋会弄成这样？"说完愤愤地摔门而去。

乔乔对汤若说:"行了,也别多想了。你就踏踏实实地去医院照顾汤叔叔,现在他可是刚刚度过危险期,马虎不得。要是你再敢惹汤叔叔生气,我决不饶你!我就……把王大亮的事说出去!"

汤若眉头紧锁,"我倒不怕事情败露,我怕败露了以后真的会气死了汤八营,我可就这么一个爹!"郭灿灿半天才回过神来,"我去帮高博找找律师,做好打官司的准备。"

"总之咱们就各自想想办法吧。我回家问问我爸,他当了那么多年军人,应该能有些熟人。我想想办法求他先把高博保释出来。"乔乔无奈地说,"我只能尽力而为,能不能成功还要看高博的运气了。"郭灿灿也沉默着离开了。

对于汤若他们来说,爱的魅力或许就是不停地历经波折。求之不得,得而复失,失而复得,然后懂得珍惜。

知道了"流浪的达·芬奇"的真相,牧歌的心像掉进冰窖里。在家里,牧歌看着汤若画给她的素描,不禁落泪。她摘下画,拿来了壁纸刀,决绝地在画上割了个"叉",画幅瞬间裂成了四瓣。

而李时恰和乔乔的感情则来到了风平浪静期。李时恰到小狼的老家接他的父母去了,乔乔在李时恰家里,又是做饭,又是清理房间。李母看了喜上眉梢。

这几天,王大亮每天默默地把新做的臭豆腐放在春春理发店门口,台阶上总是排了一排。

郭灿灿尽管帮高博找律师,但是她正式宣布和高博已经分了手。

还有一个更坏的消息:兰冰已经起诉了,如果起诉构成伤害罪,高博可能面临判刑。现在救高博的唯一方法,就是取得兰冰的谅解。

兰冰的病房内,汤若从袋子里掏出一个酒瓶,"高博砸你一下,你砸我一下,咱们算扯平。""如果你真心想砸,我是不消动手的。我还怕玻璃四溅把我自己弄伤呢。"兰冰瞟了一眼汤若。

汤若指着兰冰,拿起酒瓶就给了自己一下,血一下子从头上留下来。汤若晕乎乎地说:"行了吧。"

兰冰笑了,"我知道你们是担心高博,但我就是要让他尝尝坐牢的感觉。我是不会上当的,你们回去找律师等着开庭吧。""你太过分了!"乔乔呵斥着兰冰。汤若昏了过去。

从小狼家乡回来的李时恰回到办公室说没有找到小狼的父母。去了他们村子,说他父母和哥哥已经离家寻找他了。

乔乔说："高博等着开庭，王大亮……失踪了，说不定是真的去流浪了？"

汤若突然急了，"我真是不明白，我们这段日子到底是为谁辛苦，为谁忙？后天演唱会就要开了，他马上就能自由了，为什么他非要挑这个时候撂挑子！"

李时恰急切地说："没有王大亮，没有小狼的父母，我们这个演唱会还有什么意义？对了，咱们还和CMC、绿萝公司、七彩画廊都签订了合同，如果大亮不出现，巨额赔偿我们怎么承担？"

"王大亮只有两个缺点，一是爱钱，二是爱项春春。项春春现在是指望不上了，暂且不说。以前哪次不是我们给他点钱，他就留下来了？充分证明了他骨子里的小农意识，只有钱最亲。项春春不也是这样吗？看王大亮出名了，有钱了，就热情似火；以前那个送外卖的穷小子，项春春怎么不理他？"汤若话还没说完，王大亮厨房的门开了。乔乔去关，却看到王大亮在里面。

王大亮喃喃："俺就是农民，咋了？"汤若、李时恰、乔乔三人自惭形秽，张口结舌。

王大亮吼道："俺拿你们当朋友，可你们从来没真正看得起我，你们一直骗我哄着我给你们挣钱罢了！农民咋了？俺农民俺骗过你们吗？做啥对不起你们的事了吗？得罪过你们吗？俺有一次撂挑子不干了吗？你们以为俺是为了钱才留下来吗？俺承认俺爱钱，因为俺从来没见过这么多钱；俺就是想不明白，当厨子累死累活一个月，才挣六百块，可俺跟着你们招摇撞骗，咋就能挣那么多钱？"汤若羞愧难当，李时恰想安抚王大亮坐下。

王大亮泪如雨下，"但俺留下来不是因为俺爱钱！俺想去找工作，想自食其力，可上次俺应聘了十多家饭馆，他们一见就说俺是'达·芬奇'，又以为俺去体验生活的，有直接给俺钱说是补助的，还有的非说俺找工作就是网站做的一档节目，到处找摄像头，俺几次差点把实情告诉他们，但为了不露馅，只能继续装哑巴。俺承认刚开始确实迷上了出名的滋味，出了名春春才答理俺；可是后来，俺发现网友和项春春崇拜的是'达·芬奇'，是个包装出来的假象，不是王大亮，俺开始难过，真的不想干了，可是汤若跟俺说过，俺走了就会连累所有人，乔乔还会坐牢，大家也都完蛋了。俺被你们无缘无故拖进一个泥潭里，整个生活都被从此改变了，想跳出去也身不由己了！俺拿你们当朋友，才一直不走。你们也知道ICC曾经出更多的钱，请俺过去拍片子，俺都没去，你们自己想想，俺要是就为了钱，为啥不去？他们后来找了俺很多次，连你们新给俺租的地下室他们都去过，俺一直没有告诉你们，就是怕给你们添乱。"

王大亮说着拿出火车票，"俺刚才已经到了火车站，说真的，俺真想一走了之。可俺也知道，你们签了合同，没有俺你们破产也还不出钱。所以，俺又回来了。别以为农民的思想像你们想的那么简单……"他把火车票扔在桌上，抹着泪离去。

汤若收到一个邮包，邮包里竟然是张支离破碎的素描。

在牧歌家的走廊，汤若使劲地敲着门，"牧歌，开门！我知道你在里面。我知道我骗了你，骗了我最不该骗的人，骗了在这个世界上我第一个深爱着也是第一个对我敞开心扉的女孩。我伤了你的心以后，我的心也伤痕累累，如果你不给我机会把这一切跟你解释清楚，不给我机会向你忏悔的话，我的心也就死了……你可以骂我卑鄙无耻下流，甚至可以骂我更难听的，打我都行，就是别不见我。高博被拘留了，我爸进了医院，小狼的父母不知所终，没有显影剂，王大亮只能凭着自己的能力现场作画，不，我伤了他的心，他根本不会出现，走着瞧现在一片混乱，我的脑子一片混乱，我太想找个人倾诉了，我求你，开门吧……"牧歌无动于衷地听着汤若的话。

陈大虎一脸严肃地给乔乔打电话，"高博的事，不像你说的酒后闹事那么简单吧？你老实交代，什么隐情？不然我可不帮你！"

乔乔正在李时恰家里干家务，看看旁边的李母压低了嗓音，"您又听谁胡说八道了？您怎么能不信任自己的亲闺女呢！"

陈大虎拍着桌子，"你这油嘴滑舌的是汤若教你的？明告诉你，我找了派出所的老朋友，人家说现在不敢放了高博，主要是因为被打的人不依不饶，只要那家伙同意和解私了，高博道个歉也就没事了。闹半天是你们几个要霸占电视台收购的纪录片！那个纪录片的导演叫牧歌对吧？我当然知道，我还看了呢，不就拍的王大亮嘛！台长把前前后后都告诉我了，明摆着咱们理亏，当时我那张老脸臊得呀……我肯定，那个片子一点问题没有，有问题的是王大亮！老实交代，你们想隐瞒他什么？不说是吧，那就让高博等着上法庭吧！"

乔乔目瞪口呆，无奈只好支支吾吾说出来："我告诉你，你可得替我们保密，你发誓……好吧……其实王大亮是装的哑巴，是汤若他们找来的托儿。""胡闹！"陈大虎气愤地挂了电话。

李母在院子里听得隐隐约约，面色凝重起来，推着轮椅回到房间里，沉着冷静，条理清晰地问乔乔："刚才你和你父亲通话，我也听到了一些。高博被拘留了？为什么？你父亲为什么不肯帮忙？你到底为什么被瀚海开除？一个做财务的被开除只有可能是一个原因，就是你弄丢了钱，或者贪污了钱！而且一个被别家公司开除过的财务，很难被另外的公司再次聘用，即便是再好的朋友也会对你心存忧虑，而你却马上被汤若聘用，这就证明他完全不怕你把走着瞧的钱搞出问题！这当然不是正常人的逻辑！唯一的可能，就是汤若、李时恰他们早就和你是同谋。"乔乔紧张得浑身发抖。

"你果真是个不会撒谎的孩子,从你的眼神里我看出来,我都说对了。你们这段时间到底密谋着什么勾当?你刚才说谁是托儿?李时恰到底瞒着我多少事?"乔乔看李母气喘吁吁,连忙端水过去。李母却将杯子扔在地上。

"你要是不说,我就自己去问李时恰!"说着李母推开乔乔,够着床边的轮椅想坐上去,突然整个人掉在地上。乔乔吓得大哭起来,一边抱起李母,一边说着:"阿姨您别再折腾自己了,我说,我说……我们不是故意的,就是想说个小谎,没想到会变成这样……"

李时恰一进门,李母指着摆在桌子上的奖状和奖杯,"你当着我面,把这些统统砸掉。"李时恰目瞪口呆。

李时恰终于忍不住哭声,犹豫着把奖杯摔在地上。他跪在母亲面前,"妈,对不起!这么长时间我一直骗您,我错了!"

"建立在欺骗上的荣誉,比没有来得更卑鄙。你这么多年的书都白读了?你……"李母气得说不出话。

李时恰哭了:"妈,我错了。"李母:"我不是你妈妈,从今往后你不要再叫我。"李时恰只能久久地跪着。

时钟过了半个小时,乔乔的电话响了,铃声在这样的气氛下尤其刺耳。挂了电话,乔乔在李时恰耳边低声道:"我刚接到汤若消息,高博能出来了,他要你一起去接,这时候你在这里也没用呀。今天晚上,你跟汤若、高博索性好好聊聊。我爸也已经知道了,估计现在也在发火呢。我想咱们还是得赶紧把这件事情解决了。"听了乔乔的话李时恰点头。

出门时,李时恰复杂地看看母亲,可母亲留给他的还是背影。

从看守所里面走出来,高博看见汤若和李时恰正在等他。他深吸一口气抱住汤若,"我可想死你了。自由的滋味真是太美妙了。你头怎么了?"汤若含混地说:"没事。摔了一跤。"

高博叹了一口气,"唉。这进去一趟才知道自由多可贵,以后兰冰就是把唾沫吐在我脸上我也绝对不会再发火了。郭灿灿……"他突然发现没有郭灿灿的身影。

"不被别人拒绝的最好方法,就是先拒绝别人。你出了那么大的事,她都不理你,你还想着她干吗?"汤若故意笑着说。李时恰拉着高博的手,"喝酒去,给你接风。"高博感动得和俩人击掌。

医院里,郭灿灿尴尬地和绑着绷带的兰冰对坐着。兰冰挂上电话,"高博已经释放了。"

"谢谢。"郭灿灿低头说。"你别忘了你答应我的。去法国的机票我已经订好了。"兰冰诡秘地笑。郭灿灿点点头。

兰冰压抑着火气,"我真搞不懂你,为了他,值得吗?难道那天我说的话你都没有听见?难道你就愿意跟一个你很讨厌的人一起在法国待十天?"郭灿灿依然沉默。

"其实我根本没有订去法国的机票。我真羡慕这小子。"兰冰从床头柜掏出纪录片递给郭灿灿。

"谢谢,兰冰,我相信你是个好人,你那天所说的话都不是真实的。是我伤害了你,辜负了你的感情,只把你当成宣泄的垃圾桶。对不起。"郭灿灿说着走出了门口。看着灿灿的身影兰冰沉默着。

前一天晚上,三个人都喝高了,第二天汤若很晚才醒来。门铃响起,站在门口的却是牧歌。牧歌走进来,汤若才发现她竟然背着行军包,尴尬地笑笑,"你准备要走了?"两个人沉默良久,牧歌点点头。汤若故意用开玩笑的口气,"是不是我特别让你失望?"

牧歌激动地看着汤若,终于从牙缝里说:"我没想到你那么自私。我过去一直以为你只是个没有长大的孩子,虽然固执但至少还善良。可没想到你竟然是这样的不负责任,自以为是。除了卑鄙和无耻我简直找不出其他的词汇来形容你。"

汤若故作无所谓,"还有什么?"牧歌苦笑一下,"没有了。"说完转身离开了房间。

汤若突然觉得自己特别可笑,怎么早没有发现自己的本质竟然是如此的简单又虚弱,他总认为自己的思想很复杂,复杂到全世界的人都误解了他,他此时才认识到,其实是他误解了所有人,他们早已清楚地看清,他所有所谓的复杂思想,来源只有一个,那就是自私。从高博找不到钥匙的那天起,到现在整整一年,这一年中,他无数次猜测过这次事件的结局,他期待着喜剧,恐惧着悲剧,却忘记了上帝最爱的就是闹剧。而他最终发现缔结这场闹剧的人,竟然不是所谓的宿命,而是他自己。

春春要把理发店转让了。她很留恋地抚摸着理发店内的桌子,目光落在跟大亮的合影上,眼睛竟然湿润了。这时乔乔走进来,"舍不得就别走了。"

乔乔告诉了春春所有的真相,春春很吃惊,但她犹豫再三,说:"还是不了。俺要上火车了。谎言也好,真实也好,俺现在都不想想了。如果你见到大亮,帮我祝福他,一切都好。"提着行李离开了。

演唱会要开始了,体育场门口已经集中了大量的记者和粉丝。众人大声地叫着："大亮大亮，前途无量！"王大亮在众人的簇拥下朝着音乐厅走来，保安则努力维持着秩序。

路过汤若的时候，大亮根本没有抬头看他。乔乔上前拉住了王大亮，"大亮！我已经告诉春春，你不是哑巴了。她现在在火车站，你赶紧去追她！"大亮一震。乔乔真诚地看着大亮，大亮却还是转身进了音乐厅。

刘总皱紧眉头，"汤若，怎么回事？""而且，他会在一会儿的表演中现场说话拆穿他们。"高博悄声说。刘总看看王大亮又看看汤若，气急败坏地说："你这次把他们都害死了！"

"'达·芬奇'不是哑巴，也不会画画，所有的现场作画也都是用显影剂搞的骗局？！"刘总气愤地质问着汤若。

众人的视线都集中在正坐在化妆台前的大亮身上，乔乔还在说服他去火车站。

刘总拍着大亮的肩膀，"大亮，今天CMC所有的大客户都来了。他们都很喜欢你，汤若办事实在太不着调！不过他们一定能找到合适的解决方法。但是今天，请你别跟他们一般见识。"

王大亮动了动嘴唇，说话了，"俺知道，不过，让俺自己做一次决定，成吗？"刘总无奈地放开手。王大亮走上了舞台。

王大亮一上台就激起了一片掌声。

主持人宣布拍卖会开始，"好，大家也等急了。我们这就进行王大亮的《春之声》作品拍卖。相信现场有很多大亮的粉丝，你们也一定希望能拥有一幅'达·芬奇'的作品，对不对？另外，要告诉大家的是，这幅画是大亮与七彩画廊签约仪式上的现场作品，有很高的艺术和收藏价值。闲话少说，下面就请拍卖师，开始拍卖！"

拍卖师高声说："前三排参与竞拍的朋友手中一定已经拿到号牌了，后面几排没有号牌的朋友，如果对这幅画也感兴趣，可以举手示意我。本次拍卖以十万元起拍，加价幅度为五万元，所得的金额将全数捐献给四川灾区。好，现在拍卖开始。起价十万元。十五万元，二十万元。二十万元还有没有加价的？二十五万元，好谢谢这位朋友。"刘总猫着腰来到台上，对着七彩画廊会长耳语，会长十分惊讶。

拍卖师高声叫道："五十万元，第一次，五十万元，第二次……五十万元……"

拍卖师即将落槌时，突然人群中出现一个声音："一百万！"竟然是赵必成。

"一百万元第一次，第二次，成交！"拍卖师落槌。

汤若跑了过来，"必成！"赵必成握住汤若的手，"放心，我不是来捣乱的。这段日子，我仔细想过了，给你们画和显影剂是我自己的决定，也是我自己犯的错误。我应该亲自弥补。"

汤若："钱我会慢慢还给你。""不用了。这也算是对我自己的惩罚。还有……"赵必成将颜料还有显影剂递给汤若。赵必成走上了舞台，王大亮将画颁给赵必成。

知道真相的曹会长一把拉住汤若，汤若手中的颜料和显影剂掉了。

曹会长捡起来，"一定不能让王大亮说话。"说着他撩起胳膊，开始在空的画布上作画。

舞台上小狼动情地演唱着。原本叫着王大亮名字的粉丝渐渐安静了，可是唱到一个高音的时候，小狼嗓子破了。小狼愣住了，伴奏团重新起了个音，小狼还是失败了。

小狼几乎是哭着回到后台。汤若也不知该如何安慰他。突然，一个中年男子挣脱开保安跑过来就给了小狼一个嘴巴。"小狼！你还真是个狼啊！爹现在躺在医院里快不行了！"

汤若惊讶地回头看着小狼。小狼缩着身子，"我……我好不容易得到这个机会，我……我要成功，我要做新的'达·芬奇'……"

"你还是不是我弟弟？"小狼低着头没有回答中年男子，"我问你话呢！"中年男子怒目而视，小狼还是不语。中年男子被保安拉走了，汤若跟了出来。

汤若跟着他赶到了病房。病房中，一个瘦弱的老人躺在床上，小狼的哥哥则在一边哽咽着说："俺弟弟是爹妈最小的孩子，五十多岁才有的。宠坏了呀。他离家出走已经整整一年了，一年里就前几天打来了一次电话，骗走了家里所有的积蓄。他走时，爹其实已经是癌症晚期了，但一直没有告诉他，怕他担心。而他除了之前那一个电话再也没有打来过。娘也因为找他，累倒了，现在已经回家乡了。"

老人慢慢睁开眼睛，"小虎，不许这么说你弟弟。"汤若难过地上前拉住老人的手。

音乐厅内，小狼动情地唱着《我的太阳》，到一个高音，他终于突破了。

"我是一个来自农村的普通青年，在认识帕瓦罗蒂前一直过着普通的日子。自从一次赶集，我听到了他的声音，就一下子被迷住了。我也想变成他那样的大歌唱家、大明星。可是，我家里人都反对，他们说我生来一副破锣嗓，吼一嗓子，能把人吓死，鬼吓活。更何况，家里只有哥哥种地，不够人手。我说不过他们，就放弃了。只敢在没人的时候，叫上两嗓子，偷偷听帕瓦罗蒂的音乐。直到一年前，我去城里上网看到了《流浪的达·芬奇》，我才知道，爹娘都是骗我的。为什么大亮也来自农村，就能不种地，而去追求梦想呢？他的手又粗又大，一看就是握锄头颠菜勺的好手，可他不也拿起了细细的画笔吗？《流浪的达·芬奇》给我打开了一扇窗，我的眼睛一下子亮啦。原来，不论出生，不论有没有天赋，只要执著努力，就连一个像我这样的人都能成为大明星，大音乐家！所以，我离开了家，离开了无法理解我的父母，只身来到这里。今天，已经是我来到北京整整一年的时间了，在这一年里，我认识了很多好朋友，六六、小贾、二丙……他们的执著也激励了我，而汤若更是给我提供了这个音乐厅，给了我一个说出自己、唱出自己的舞台。（渐渐哽咽）站在这里，我想，我的父母都错了，刚才他们还骗我说，我爹住院呢。可我知道只要我一去，他们一定会把我带回家种地的。我不想种地，我想唱歌，我想成为第二个'达·芬奇'……"小狼激动地站在舞台上向着台下的观众说道。乔乔冲上舞台，"小狼，医院电话，你的父亲真的不行了！"

"小狼是个好孩子，就是死心眼。要不是看到了那个'达·芬奇'的视频……跟小狼说，父母，想他。"医院病床上老人叹口气，闭上了眼睛，监护仪也变成了一条直线。

乔乔、李时恰和身着燕尾服的小狼匆匆地赶到。汤若一拳打倒小狼。"你不是说你给父母打了电话吗？你还说是他们不让你说话，不让你表达！是谁不让谁表达？你这个自私鬼！狼心狗肺的东西！""爹！"小狼凄厉的喊声回荡在医院中。

王大亮马上要现场作画了。"一切都结束了。"乔乔叹了口气。曹会长将显影剂塞在大亮手中，大亮却摇头扔了，取出一张素描纸放在画架上。

王大亮认真地画着，所有的声音都渐渐消失了。视频直播画面显示，纸上出现了春春的笑脸，而且笑得很甜。

大屏幕忠实地记录了大亮画画的过程，春春的脸越来越生动。众人纷纷起立鼓掌。

忽然，春春冲到了舞台边。走到大亮面前，"你不是哑巴，对吗？"大亮嚅动着嘴唇，接着，他笑了，咿咿呀呀地比画着，还把自己的素描推到春春面前。春春失望地跑了。王大亮捧着画，朝所有人鞠躬。

大屏幕上打着：我要去流浪了，希望大家别再找我。谢谢。下面是王大亮歪歪扭扭的签名。

"网站首页率超过了百分之八十五，韩总、刘总、会长同意不追究我们的责任。对了，忘了跟你说了，李时恰认为完全赠票的演唱会方式太过激进，在没有跟你商量的情况下，将赠票率控制为百分之二十。这是演出公司给我们的

销售数字。我们公司现在有两千万。"汤若无言地躺在舞台上，听着高博向他汇报演出的成果。是的，转身成功了，王大亮走了，小狼回家了。没有人愿意揭穿这个谎言。可是汤若心里好像依然压了一块石头，他高兴不起来。

成功了，没有鲜花，没有美酒，汤若悄悄来到病房，凝视着沉睡中的父亲，渐渐泣不成声："爸，我解决了所有的问题，小狼代表我讲述了我们的理念，获得了大家的认同，走着瞧的资金问题，也因为李时恰的策略而解决。大亮和必成又一次帮了我。明天，所有的报纸会公布我们成功的消息。走着瞧将变得更好。可是，为什么，此时此刻，我一点也不开心呢？"

价值观，我自以为是地认为我在宣传一种正确的价值观，但是事实恰恰给了我一记耳光。为什么我看到小狼的谎言才知道猛醒？谎言让我忘了责任、价值观，整个过程只有我是错的，难道走着瞧是上天给我安排的一课？汤若反复地思索着。

"明天我想开个记者招待会，把一切的真相都说出来。"汤若在公司里宣布。"因为小狼？"乔乔问。

"我不是为了他，是为了我自己。汤八营说得对，就算我瞒过了所有人，我能过得了自己这关吗？"汤若自责地说道。"我支持你！"乔乔、高博都站了起来。

"谢谢！我母亲知道这个消息一定很高兴！"李时恰也笑了。四双手紧紧握在一起。

"我在视频上造了假。王大亮并不是一个画家，他甚至不是一个爱好者，他是一个厨师，一个菜做得很棒的厨师，我雇他来当的临时演员。当时，走着瞧在风投竞争中输给了ICC，财务状况非常恶劣，几乎破产，我为了挽救公司，才想出了这个骗人的办法，之后又利用种种方法，逼迫大亮装哑巴参加各种活动，以期望可以把这个谎言掩盖下去。为此，他几乎失去了最值得珍视的爱情。其实大亮一直是会说话的。"记者招待会上汤若刚刚说到王大亮，这时门被推开，王大亮冲上台来，使劲拽汤若，并连连比画，示意自己是哑巴。

汤若眼睛红了，"大亮，谢谢你。我对不起你！"

乔乔把手机递给大亮，"说吧，你不说春春就真结婚了！"大亮终于下定决心。"春春，俺爱你！"闪光灯亮成一片。曹会长险些跌倒。

"小狼，我还有句话要告诉你，'达·芬奇'是假的，他的那种执著精神，也是我虚构的，虽然我不知道世界上有没有这种人，或许你就是一个例子，可是一个人如果执著地忘了父母，忘了朋友，忘了一切，那就是自私了。对不起，也希望你原谅我！"汤若相信小狼也一定在关注着现场。

汤若对着三位投资人一鞠躬，并携起李时恰高博的手对着台下所有人以及电视机前的观众鞠躬。

李母微笑着，擦了擦眼角的泪，挣扎着要起来。李时恰一个箭步冲过去，母子俩拥抱在一起。

汤若推着汤八营，长椅上正在看报纸的两个老人对着汤若指指点点。

汤若停下脚步，"爸，我有点事情想跟您坦白。其实《流浪的达·芬奇》视频是我虚构摆拍的，王大亮不是哑巴也不是艺术爱好者，他是一个毕业于凤凰厨师学校的厨子。"

汤八营笑了，"他来医院找过我，他把整个过程都告诉我了。"汤若恭敬地对父亲说："对不起。"

汤八营和蔼地说："这句话你不是已经在电视上公开说过了吗？我很欣赏你的勇敢，很多人在这种情况下很难有这样的勇气和魄力。"

"你不必安慰我。不知道为什么，说出来以后就轻松了。之前一千五百万也好，获得最尖端网络公司也好，甚至实现我梦寐以求的百分之八十的梦想，获得希望中的爱情，都没有让我如此快乐过！"汤若的语气像如释重负。

"因为你不但承认了错误，还设法挽救了一些像小狼一样心智还不成熟的年轻人。汤若，还记得我跟你讨论过的责任问题吗？这就是责任，这就是社会责任！你以为，当一个负责任的人就是付出吗？你最大的收获，就是幸福！你长大了！"汤八营笑着说道。

董事会最终决定不再追究汤八营的责任。但在瀚海公司25周年庆典的大会上，汤八营宣布罚没自己四分之一的股份，不再担任董事长。

"我曾经给自己定下过六十岁退休的目标，还有几个月就要实现了。可是，我却在最后犯了一个经营者最不应该犯的错误。营私舞弊，包庇下属。"汤八营颤颤巍巍地站起来鞠躬，众人也都站起来，"所以我宣布，根据公司第一条规定，我引咎辞职！"众人哗然，董事会成员纷纷挽留汤八营。

汤八营坚决地说："我现在还是瀚海的CEO，拥有处罚员工的权力。我是以CEO的身份，在处罚员工汤八营！就这样，决定了。"

汤八营眼睛红了，"我也舍不得你们。可是，我错了，就应该付出代价。小叶，谢谢你！"他与员工一一握手。大家都哭了，汤八营的眼睛也红了。

咖啡馆内，汤若、李时恰、高博和乔乔起立对着韩总、曹会长和刘祺一一鞠躬。

"好了。就到此为止吧。我们也有错，我和老曹在知道真相的情况下，也曾经自私地准备把这件事情隐瞒下去。"曹会长接着刘祺的话说："我竟然还亲自参与了造假。"

韩总也原谅了他们，"别说了，大家都有责任。汤若，你做得没错。"

这是不是皆大欢喜的结局？或许这不应该是结局而是新的开始。

春春回到了王大亮的身边，在北京开了一家自己的臭豆腐店，两个人还准备在北京结婚呢。

而高博呢，也有了进步，不知道是不是那一酒瓶子的缘故，郭灿灿宣布他为正式男友了。

也许是得益于他的军人体格，汤八营的身体恢复得很快，连医生都感到惊奇。

"您真打算用股权转让得到的费用跟我一起干？"汤若没有想到父亲要支持他继续创业。

"我出资金你出技术。也就类似我是董事，而你是CEO，算是合作，不算完全的上下级。总之，公司的事情你拿主意，当然有大事就得得到董事会通过。"汤八营笑着说，"我觉得还是叫走着瞧。看看你们几个年轻人经过上一次的失败能不能越走越好。"

"行，那咱们就走着瞧！"汤若攥了下拳头说道。

一年以后，走着瞧收购了ICC百分之九十的股份，也就是说，走着瞧自此以后成为国内最大的视频网络分享平台。

而汤若作为走着瞧的CEO，有一个特殊的爱好，在街头模仿达·芬奇"创收"。一天，汤若正在地上非常认真地画着蒙娜丽莎，不时有人过来给他一两块钱，汤若捡起来，继续画，正在这时，一双脚停在他的身边。

他从对面的橱窗玻璃中，看到了一个熟悉的身影，微风照例吹起了她的头发，女孩正拿着照相机，虽然脸部被挡，汤若也一眼认出了她。汤若久久地看着橱窗，女孩的嘴角微微上扬，汤若也笑了。

华丽包装的谎言或许能带来财富、鲜花和掌声，却不能带来真正的快乐，懂得了爱与责任才能与幸福同行。

……这是一个关于成长的故事。